KB057786

한국 현대문학의 제도적 권력과 사회

한국 현대문학의 제도적 권력과 사회

정현기 비평집

문이당

머리말

1997년에 『한국 소설의 이론』이라는 제목의 책을 내고 나서 나는 한동안 책을 묶는 일에 도무지 신경을 쓰지 않았다. 5년 동안이나 마음껏 게으름을 피워 온 셈이다. 그렇다고 논문류의 글이나 평론을 쓰지 않았느냐 하면 그렇지도 않다. 『한국 소설의 이론』이라는 거창한 제목으로 책을 내었을 때 나는 이른바 자기 식의 이론을 세워 보겠다는 욕심을 부렸지만, 그 책도 완결된 것이 아니라 시론만으로 문제의식을 표현했을 뿐이다. 그동안 여기저기 학술 대회에서 발표한 논문이나 학술지에 발표한 논문, 문학지에 발표한 평론들을 모아 보니 너무 많은 원고가 그대로 방치된 채로 죽어 있음을 알았다. 부랴부랴 절반 못 되는 원고를 모아 책 하나를 묶어 내려고 마음을 먹으면서, 나는 그동안 내가 무슨 독서와 생각을 하였는지 되돌아보는 기회로 삼기로 한다.

이 책에 모은 논문이나 평론의 글들을 보니, 지난날에 해왔던 '내 방식대로 세상읽기'라는 궤도에서 벗어나지 않았음을 다시 확인한다. 내 방식대로 세상읽기란 무엇인가? 그것은 대강 이런 내용이 된다.

첫째, 나는 한국 문학이 안고 있었던 이른바 서양 문학 이식론이라는 마음 병으로부터 벗어나려는 생각을 다져 왔다. 이식 문학론은 알려진 바와 같이 전통 단절론과 이어져 있다. 1900년대로부터 이 나라 삶의 모양은 완전히 바뀌었기 때문에 문학 양식들도 완전히 바뀌었다는 논의가 실은 허구라는 사실을 밝혀 보고 싶었다는 것이 나의 그동안 공부의 방향이었다. 우리 문학은, 우리가 누리고 살아온 땅의 모양과 자연 풍토가 다른 서양에서 생겨 세상에 알려진 문학 양식이나 글쓰기 방식과는 다르되 결코 그것들과 비교급으로 해석해서는 안 되는 것임을 알리고 싶었다.

둘째는 서양 문학 이론이라 할지라도, 한국 문학을 해석하고 격조를 드높이는 데 도움이 되면 되었지 뭉갤 성질의 자료만이 아님을 확인하고 싶었다. 거대 시각으로 읽는 문학론은 바로 이런 나의 의욕에 적절하게 적용할 수 있음을 확인하려 노력하였다. 「한국 문학의 사계」가 바로 그런 눈길로 쓴 글이다.

셋째, 한국 문학은 남을 침략하거나 점령하여 행악을 부려 온 대신 남의 나라로부터 행악을 당한 역사를 지닌 사람들답게 자아를 지키는 길에 대한 투철한 정신을 살리고 있음을 확인할 수 있었다. 「한국 문학의 생태론적 사유와 청빈론」이라든지 「이문구 소설의 '아픈' 이야기 방식」, 「이효석과 1930년대적 쾌락」과 같은 글이 이에 해당한다.

넷째, 우리나라가 남에게 침략을 당하는 아픔을 견디면서 자기 정신을 빼앗기지 않고 지키려고 노력한 작가들의 치열한 자기 물음과 대답이 대단한 인간적 아름다움과 위대성을 만들고 있었다는 것을 나는 확인하였다. 앞에 든 글들은 말할 것도 없고, 「김주영 소설과 보부상 패러디」, 「이상의 '지주회시', 돼지와 거미」, 「마종기의 시 세계」와 같은 글들은 이에 해당하는 내용으로 썼다.

다섯째는 근세로부터 현대에 이르는 동안 한국 문학의 지식 권력 판도를 장악한 집단의 지식 정보 근원을 살피는 내용의 글쓰기였다. 「문학 제도와 문학 시장」, 「한국 근대 소설의 자기 정체성 확인에 관한 연구」와 같은 글이 이에 해당한다. 이 내용들은 근래 들어 여러 편을 썼는데, 이 책에는 넣지 않았다. 조만간 다시 묶어 낼 책에 아마도 이 내용의 글들이 주류를 이룰 것이다. 서양 이론으로 무장한 논객들이 이 나라에서는 오랫동안 독판을 쳐왔다. 이것은 앞으로 본격적으로 탐색하고 연구하여, 한국에 옮겨 온 서양 지식 바이러스 숙주인, 한국인 서양 지식 프랑켄슈타인의 횡포가 어떻게 스스로는 물론이고 한국 동포를 기죽여 왔는지를 밝힐 생각이다.

인문학이 극도로 쇠퇴한 이 시점에서 한국 지식인들이 짐 진 무게를 한국의 출판사는 덩달아 짊어진 채 힘겨워하는 실정임을 모두들 안다. 이럴 때 이런 책을 묶어 주는 문이당출판사의 임성규 사장께는 고맙다는 인사만으로 감사를 표할 수 없음을 안다. 더구나 편집을 맡은 권향미 편집장의 철저한 책 만들기 정신에는 저절로 고개가 숙여지는 고마움을 느꼈다. 덜 익은 생각에다가 글쓰기의 미숙함에는 그저 부끄럽다는 말로 대신하겠다.

2002년 8월
정 현 기

제2장 역사·문학 권력·문학 전통·한국 사회

제3장 현대 작가의 방랑과 고통의 지형도

제4장 마종기의 시 세계

제5장 이야기 방식으로서의 소설과 학문·비평

한국현대문학대사전

제 1 장

한국 문학 속에서 정치읽기

한국 문학의 사계

— 한국 문학의 자연: 강과 산, 호수, 꽃, 새, 물고기

1. 문학 작품 속에 담기는 세 개의 우주

우리가 지각하는 세계는 대체로 세 개의 우주 속에 담긴 대상들이다. 늘 가까운 데로부터 지각하는 이 대상들 속에 하늘과 땅이 있고, 강과 산, 들과 냇물, 호수와 갯벌, 더 멀게는 광활한 바다가 있다. 그리고 하늘을 나는 새들이나 그곳을 오가는 구름, 새털구름으로부터 때때로 아이들을 환상에 빠지게 만드는(보들레르가 아이 적에 빠져들었다고 하여 내 기억 속에 찌꺼기로 남은) 황홀한 황금빛 뭉게구름, 먹을 진하게 칠한 듯한 먹구름, 이것들이 용틀임하듯 용솟음치다가 지상을 향해 빗살처럼 내리퍼붓는 장대비들, 아아 그 통쾌하게 퍼붓는 한국의 소낙비, 아니지, 산간 지역을 넘실대게 만들며 퍼붓는 지루한 장맛비도, 도시 곳곳에 침수로 사람들을 낙담시키는 구질구질 햇빛 머금은 여우비도, 농군들과 그들에게 조금이라도 마음이 가 닿아 있는 인사들을 감질나게 만들며 찔끔거리는 빗방울도 있다. 지상은 이들 바람과 구름, 해맑은 하늘 빛, 눈부신 햇빛, 감히 똑바로 마주 볼 수 없는 땡볕으로부터, 구름 사이에 반쯤만 얼굴을 내민 햇빛, 지상의 온갖 식물들을 키우며 살찌우는 온화하고도 치열한 빛들로 충만해 있다. 천지 사방 내려 덮곤 하는 운무라든지, 매연으로 뒤섞인 도시의 안개, 김승옥이 「무진기행」에서 그려 보인 짙은 안개 때문에 사람들로 하여금 햇볕을, 강력한 바람이 불어오기를 바라게 만드는 안개나 요즘의 서울에 들르는 사람들을 짜증나게 하는 찐득거리는 매연들도 모두 우리가 마주치는 우주 속의 대상들이다. 우리는 코앞에 대상으로 늘 대하는 대우주(macrocosm)라 부르는 이것들을 대자연 또는 자연이라 일컬으며, 그것들로부터 친숙하되 때로는 혹독한 애무와 증오를 감당하며 살아간다.

자연! 그 속에 사람들은 빛과 어둠으로 있고 동물들이 있으며, 식물들, 흙과 바람, 부르는 생물들이 있다. 자연은 이 모든 생물들을 담는 그릇일 뿐 아니라 그것들의 나고 크게 자람, 쇠퇴와 잠듦까지를 정리하는 계절을 나누어 운행한다. 위에 담아 열거한 비바람 이야기는 여름에 해당하는 경물(景物)에 지나지 않는다. 변환과 흥망성쇠를 가꾸는 네 계절은 기후는 물론 물상들의 모양도 바꾼다. 문학 작품이 이런 계절의 순환 법칙에 따른다는 생각은 그리 생소하지만은 않다.

봄은 만물이 얼었던 곳으로부터 풀려나는 기운에 잠겨 팽창과 발산의 몸짓 형국으로 움직인다. 꽁꽁 얼었던 호수의 얼음이 아침 햇살을 받으면서 쩌렁쩌렁 울리는 소리를 낸다든지, 먼 산에 아지랑이가 아른거리며 시야를 가물거리게 만드는 일, 하늘 꼭대기에 날아오른 종달새가 지저귀며 들판을 휘저어 놓는 일 들은 이 계절이 보이는 특성의 고식적인 표현이다. 무성한 여름날의 특성은 이미 앞에서 대강 짚어 보았고, 가을이 되어 들판의 곡식들이 무르익어 가을걷이가 바쁜 농부들의 나날들과 맑은 공기, 만산홍엽 중에 천렵하는 한량들의 떠들썩함과 아이들이 무논에 괸 새우들을 건지는 모습들도 이 계절의 한 풍물이다. 겨울, 눈 덮인 산과 저녁 햇살 아래 마을마다 굴뚝 위로 떠오르는 저녁 연기, 들판이 떠들썩하게 얼음 지치는 아이들의 붉은 얼굴들도 보인다. 이런 계절의 자연 모습을 문학 작품으로 보인 절묘한 장면은 이렇다.

> 강호(江湖)에 봄이 드니 미친 흥(興)이 절로 난다.
> 탁료 계변(濁醪溪邊)에 금린어(錦鱗魚)ㅣ 안주로다.
> 이 몸이 한가(閑暇)히옴도 역군은(亦君恩)이샷다.
>
> 강호에 너름이 드니 초당(草堂)에 일이 업다.
> 유신혼 강파(江波)는 보내느니 ᄇᆞ람이로다.
> 이 몸이 서늘히옴도 역군은이샷다.
>
> 강호에 7을이 드니 고기마다 슬져 잇다.
> 소정(小艇)에 그믈 싯고 흘리 띄여 더져 두고.
> 이 몸이 소일(消日)히옴도 역군은이샷다.
>
> 강호에 겨월이 드니 눈깁픠 자히 남다.
> 삿갓 빗기 쓰고 누역(縷繹)으로 옷슬 삼고.
> 이 몸이 칩지 안임도 역군은이샷다.[1]

이것은 자연 그 자체를 가리키는 대우주의 모습을 인위적으로 설

---

1) 정병욱 편저, 『시조 문학 사전(時調文學事典)』(신구문화사, 1966), 26～28쪽.

정된 한 주인공의 눈을 통해 보여 준 내용이다. 또 하나의 우주인 인간 세상의 모습(microcosm)은 위에 적시한 「강호사시가(江湖四時歌)」의 네 계절로 이야기된 자연 예찬 속에 고스란히 들어 있다. 그것은 자연을 읽는 사람의 눈이며 그들이 살던 시대의 모습을 그대로 재현한 세계 모습이다. 고려조가 무너지고 조선조가 들어서던 무렵부터 벼슬살이를 한 사림파의 한 사람인 맹사성의 인간 됨과 그의 정치적 정책 기반은 왕도 정치(王道政治)였으며 그 사상적 기틀은 인문 정신의 완성에 있었다.[2]

이 인간 세계 속의 풍물로 그려진 대자연과 인간 자연은 다분히 당대의 정치적 풍속에 따라 다르게 표현되거니와, 한국 문학은 고대로부터 자연을 본전으로 삼고 거기서 나오는 곡물이나 생산물을 적절하게 거두어 먹는 이자 따먹기[3] 지혜를 누리던 시기가 주기적으로 있어 왔다. 근세에 들어서면서, 황금 알을 낳는 오리를 통째로 잡으려는 나머지, 본전을 까먹게 되는 시기가 시작되었다. 그런 정치 계절을 사계에 맞추어 볼 때, 한국 문학 작품들은 자연의 네 계절이 지닌 특성과 퍽 닮아 보인다.[4] 네 계절 자연 속의 물상이나 풍물들이

---

2) "조선 초기 집권 사대부층의 각오에 있어서 사람이 인격적 완성을 통해 자연〔天〕의 우주적 질서에 조화로이 합치하는 일은 왕도 정치의 이상을 사회에 실현함으로써 인문적 질서의 완성을 구현하는 일과 이념상으로나 실천적으로 모순하지 않는 것이었고, 궁극적으로는 이 두 세계(차원)가 합치함으로써 참다운 완성에 이르는 것이라는 신념의 존재를 인정할 만하다." 김학성·권두환 엮음, 『고전 시가론』(새문사, 1984), 397쪽.
3) 현대인들이 생태계를 지나치게 파괴하는 데 대한 논의 가운데 박경리(朴景利)는 공식 석상에서 생태 이자론을 자주 내세우고 있다. 자연이 주는 것만으로 삶을 영위하도록 슬기를 모아야 하는데도 인간의 탐욕과 그것을 부추기는 당대 문명 때문에 인간은 자연 생태 전반을 파괴하고 더럽히고 있다는 주장이다.

모두 임금님의 은혜로 이루어졌노라는 맹사성의 문학적 언표는 당대 정치 질서가 봄기운에 해당한다는 건국 초기의 세계관에 기초한 사상적 내용으로 읽을 수 있다. 조선조 초기의 강호 사상은 개화기에 오면서 '음풍명월이나 읊던 사대부들의 부패하고 게으른' 사조였다고 타매되어 진흙탕에 묻힌 바가 되었지만, 그것은 바로 자연을 훼손함으로써 재화를 쌓아 쾌락을 증폭시키려는 욕망의 등밀이꾼들의 사고인, 달라진 세계관의 결과일 뿐이다. 문학 작품들 속에 표현된 자연과 인간사 모두를 문학적 세계 또는 문학적 우주(hetercosm)라 일컫는데, 앞서 인용한 맹사성의 「강호사시가」가 곧 이 문학 세계 우주이듯, 나는 앞으로 한국 문학 작품들 속에 드러난 이 대우주와 소우주의 풍물과 인문적 사고, 갈등과 풍자, 비꼬기 등을 통시적 또는 공시적인 시각으로 엮어 살펴보려고 한다.

2. 한국 문학의 자연 합일 전통

한국 문학의 전통을 한마디로 옮긴다면 어떤 것이 될까? 첨원(檐園) 정인보(鄭寅普)는 한국 문학의 사상적 기틀을 '어짊에 피차(彼此) 큰 사랑이 있다'고 전제하고 다음과 같이 논급하였다.

---

4) 노스럽 프라이는 이 네 계절에 맞춘 문학의 원형 탐구에서 각 계절에 맞는 문학은 각기 장르로 구분되어 나타난다고 읽고 있다. 그러나 한국 문학에서는 장르뿐 아니라 그 주제에서도 상당히 뚜렷한 빛깔로 계절을 나타낸다고 본다. 그는 '봄의 미토스(Mythos): 희극', '여름의 미토스: 로맨스', '가을의 미토스: 비극', '겨울의 미토스: 아이러니 또는 풍자'로 규정지어 길게 논급하고 있다. 노스럽 프라이, 임철규 옮김, 『비평의 해부』(한길사, 2000), 228~337쪽 참조.

개체를 싸고도는 간격념(間隔念)이 일지 아니하여 혼연천진(欣然天眞)이 스스로 만물 일체(萬物一體)의 대지(大旨)와 명합(冥合)됨에 이르러 마침내 형구(形軀)의 구구(區區)한 비계(卑階)를 지나 올라가 만유(萬有)를 생발천군(生發天君)의 의향(意響)을 몸 받아 울리게 됨에 안으로 민속(民俗)이 외인의 경모(敬慕)함을 받은 것이니 이만한 숭고(崇高)한 정서(情緖)ㅣ 곧 조선 문학 사상의 원두(源頭)일 뿐 아니라 동방의 덕교(德敎)ㅣ 여기서 분파(分派)되었다 해도 자못 과언이 아니라 할지라. 이러므로 군자국(君子國)이라 하고 불사국(不死國)이라 하고 태평인(太平人)이라 한 것인 줄도 미루어 짐작할 것이다.[5]

'어짊'과 '큰 사랑'이 문학의 근본 원류라고 전제한 후에 '만물 일체의 대지와 명합됨' 사상은, 위 인용문에서도 이미 자세히 설명하고 있지만, 인간의 인간 됨을 자연에 귀속시켜 생각한다는 것으로 풀이할 수가 있다. 자연과 자아를 한 몸으로 읽는다는 세상 독법은 앞에서 언급하였듯이 대우주의 자연 질서를 인간적 소우주 질서와 합일코자 하는 박경리의 '우주 이자론(宇宙利子論)'과도 통하는 문학 사상이다. 이 사상은 이렇게 오늘날 우리 문학의 전통으로 살아 있다. 전통이란 과거의 과거성만이 아니라 과거의 현재성까지를 아우르며 전해 내려오는 집단 정신이다.

자연은 그 자체로 변화한다. 강과 산야는 물론 그 속에 서식하는 만물이 모두 변하면서 그것의 본체를 유지한다. 한국 문학 작품들의 전통 속에 유독 자연 질서에 순응하는 정신을 본받고자 한 것은 어째서일까? 뒤에서 밝혀 볼 것이지만 자기 존재를 온전하게 지키는

---

5) 정인보, 『조선 문학 원류 초본(朝鮮文學源流草本)』(연세대학교 출판부, 1983), 264쪽.

일은 자아 앞에 놓인 대상을 온전한 눈으로 읽어 그의 지닌 바 존엄성을 경외하는 정신이 없이는 불가능할 수밖에 없다. '어짊'과 '사랑'을 사람됨의 바탕으로 읽은 것은 하늘과 땅과 사람 사이의 화해를 도모하고자 한 정신의 정수였고, 이 전통은 단군왕검 시대에 이미 밝혀 놓은 '홍익인간'의 정치 철학적 사유의 깊이와 폭을 읽게 하는 내용이다.[6)]

인문 정신과 왕도 사상은 맥을 같이한다. 존재함은 근본적으로 긴장을 필요로 하고, 이 긴장을 유지시키는 것은 힘이다. 모든 존재함은 그것 자체가 힘이다. 각 존재함이 이 힘을 외화(外化)하려고 할 때 남과의 충돌은 불가피해지고 갈등과 폭력은 스스로 따라오게 되어 있다. 존재의 확장, 이것이 힘의 외화이고 이 힘의 방향이 한 집단을 목표로 삼았을 때 이른바 패도 사상은 불거진다. 힘의 우위만이 존재의 우월함을 인증할 유일한 전거가 되기 때문에 이 행보는 인문 정신에 위배된다. 인문 정신은 존재함의 지탱력을 내화하려는 정신이다. 힘의 내화를 존재의 구심력이라 하고 외화를 존재의 원심력이라 부를 때, 두 힘의 절충을 꾀하는 정신은 과연 무엇일까? 그것은 주체와 대상이 마주 선 윤리적 관계 거리를 지탱할 긴장이다. 이 긴장을 유지하고자 하는 정신이 왕도 사상에 닿아 있고 인문 정신에 닻을 내리고 있다고 나는 읽는다. 자연은 그 자체가 내화이며 외화

---

6) 조흥윤(趙興胤)은 『삼국유사』에 실려 있던 홍익인간 이념이 1946년에 미 군정의 위촉으로 '조선교육이념심의회'가 구성된 회의 자리에서 용재 백낙준에 의해 지상의 물줄기로 흐르게 되었다는 민영규의 논문을 인용하면서 '사람에게 널리 이익이 되다'라는 사상을 정치 이념으로 내세운 예를 다른 데서 찾을 수 없으며, 이것은 바로 한국인들 심성 깊은 곳에 자리 잡혀 있는 무사상(巫思想)에 연관되어 있음을 논증하고 있다. 조흥윤, 『한국 문화론』(동문선, 2001), 37~60쪽 참조.

이기 때문에 일정한 질서를 유지한다.

한국 문학 작품들을 지탱해 온 기본 사상이 인문 정신과 왕도 사상에 있었으며, 자연 친화를 거스를 경우는 곧 인문 정신을 해치는 것이 되고 하늘의 뜻에 위배된다는 점이 누누이 강조되어 왔다.[7]

주어진 자연 조건에 자아를 맞춘 인간 정서나 마음, 그것을 표현하는 적절한 음률과 이야기들은 한국의 전통적인 정신사 속에 면면히 전해 내려오고 있다. 한국의 전통적인 무가(巫歌)인 바리공주 사설에서 조흥윤은 인간 구원의 보편적인 약속(동서양 신화의 모든 규약인 버림받거나 시험에 드는 의식을 통한 성취 등)이 적절하게 갖추어져 있음을 밝혀 내었다.[8] 추상적인 개념이지만 하늘과 땅과 인간은 서로를 용납하면서 존재를 이어 갈 불가분리의 관계임에 틀림없다.

---

7) 한국 고전 문학인 민요나 설화, 시가, 향가 연구자들 가운데 유독 민요 연구자들의 결론은 사대부층이나 권력 상층부를 이루는 기득권자들과는 다른 성정 표현이 이 민요에 있음을 강조한다. 민간인들에 의해 구술 채록된 이들 민요란 근본적으로 민간인들의 심성이 고스란히 드러나 있기 때문이라는 것이다. 그들의 결론에 의하면, 민요 전승의 전통적 사상은 '낙천 사상(樂天思想)'에 있다. 낙천 사상이란 자연에 순응하여 자아를 대우주 세계 앞에 온전히 노출시켜 그들 바람과 빛과 음성에 스스로를 합일하는 정신이다. 최철·설성경 엮음, 『민요의 연구』(정음사, 1984), 135~136쪽 참조.

8) 한국의 전통 종교란 기실 무(Shamanism)에 있다고 파악한 종교학자는 유동식(柳東植)을 비롯하여 조흥윤 등의 학자들이 있다. 전통 무가를 심도 있게 연구하여 다룬 조흥윤에 의하면, 한국 무의 전통은 아주 오래된 사상적 기반에서 비롯되었다. 그는 하느님 환인(桓因)에게서 버림받은 환웅(桓雄)과 그의 아들 단군이 지상에 홍익인간 사상을 펼치는 사업으로 파악해야 한다고 주장하면서 단군의 탄생과 고조선 건국, 홍익인간 이념은 하늘과 땅과 인간이 화해롭게 펼치는 무적 세계 구현이라고 보았다. 조흥윤, 『한국의 샤머니즘』(서울대학교 출판부, 2000), 167~193쪽 참조.

자아와 자연의 관계는 어떻게 수립하느냐에 따라 서로 대립의 대상
이거나 존재의 양날이다. 동양, 특히 한국 문학에서 보이는 이 관계
는 존재의 양날로서 파악되어 왔음을 확인할 수 있다. 나는 이 글에
서 이런 전통적 문학의 전개 내용을 살펴보겠다.

3. 한국 문학의 사계

대우주는 네 계절을 가지고 그들의 질서를 영위해 가고 있다. 소
우주 또한 이 대자연의 질서를 따라나서서 삶을 영위해야 하는 것으
로 한국인들은 오래전부터 믿어 왔다. 기계의 급속한 발달과 기술력
의 향상으로 이 관념은 서서히 퇴색의 기미를 보여 주고 있는 실정
이지만, 자연의 이 네 계절은 너무나 오랜 질서였으므로 이 절기에
맞춘 인간의 사고나 느낌, 바람[所望]의 결, 몸체의 가락, 문학적 소
리 내지름, 가창, 이야기 갈래 등이 독특한 빛깔을 지닌 채 반복되어
이어져 내려오고 있다. 프라이가 규정지어 설명한 계절에 따른 문학
의 장르론은 상당한 설득력을 지니고 있다. 그러나 한 작가 개인에
게서도 그 창작의 봄과 여름, 가을과 겨울은 있다. 특히 한국의 문학
적 현실은 작자 외적인 세계가 봄의 향기를 품고 있느냐 겨울의 독
기를 품고 있느냐에 따라 다르게 표출되고 있음을 확인할 수 있다.
네 계절은 자연의 계절이 인간 계절에 연결되어 있으되 자아의 처지
형식에 따라 다르게 반응하기도 한다.[9]
　대우주의 질서와 소우주의 질서는 같이 간다고 정권을 탈취한 중
국이나 한국 역대의 왕들은 주장해 왔다.[10]
　이 문제는 그리 간단하게 비웃거나 재단해 넘길 사안이 아님에 틀

림없다. 인간들의 소우주는 바로 이들 정권 담당자들과의 관계에서 그 계절이 만들어지기 때문이다. 프라이는 네 계절에 맞는 문학 장르론을 전개하면서, 이를테면 봄에 해당하는 문학 양식을 희극으로 설정하면서 그 '첫째 희극의 움직임은 보통 어떤 한 종류의 사회로부터 다른 종류의 사회에로의 움직임'이라고 보고 있다.[11] 정권이 바뀌는 경우, 한국에선 고려조로부터 조선조에 이르기까지 민중들에게 커다란 동요를 경험케 하는 변혁 사건이었기 때문에, 집권 권력 상층부를 이루는 사람들의 피를 부르는 격동의 계절임에 틀림없다. 그러므로 변혁 사회 내부에서는 자연스레 정권에 동조함으로써 목숨을 부지하려는 부류와 거기에 저항함으로써 자신의 존재함을 확인하려는 부류로 나뉠 수밖에 없다. 그렇다면 한국 문학에서 봄에 해당하는 문학 장르 및 작가와 작품들은 어떤 것일까?

---

9) 예컨대 김지하의 1960년 작품인 담시 「오적(五賊)」은 풍자이고 아이러니여서 겨울의 신화에 속한다. 그러나 그가 영어 생활을 견디고 나온 후 정권이 여러 번 바뀌는 동안 그의 작품 세계는 봄에 해당하는 희극의 신화로 드러나고 있다.

10) 조선조를 건국한 이성계(李成桂)와 그를 둘러싼 공신들은 이성계가 정권을 잡게 된 것이 이미 하늘이 정해 놓은 것으로 민간인들을 믿게 하기 위한 여러 역사적 장치를 만들어 놓았다. 그 대표적인 것이 「용비어천가」 찬술이다. 중국의 주(周) 왕조 개국이 모두 하늘의 뜻으로 되었음을 밝히기 위한 징후 풀이들을 이 「용비어천가」는 비슷한 내용들을 들어 모방하면서 반복하고 있다. 이윤석(李胤錫) 옮김, 『용비어천가』 상권(효성여자대학교 출판부, 1994), 23쪽. 중국의 사서 가운데 하나인 『십팔사략(十八史略)』도 참조. 1961년에 군사 쿠데타로 정권을 탈취했던 박정희 장군도 그의 '국민 교육 헌장'을 통해 자신들이 '민족중흥의 역사적 사명을 띠고 이 땅에 태어났음'을 밝혀 놓았다.

11) 노스럽 프라이, 같은 책, 229쪽 참조.

1) 봄의 문학 ── 서정 가사

나는 앞에서 맹사성의 「강호사시가」를 인용하여 적시하였다. 「용비어천가」를 축으로 하는 서정 가사는 한 사회의 정치적 기틀의 봄철에 해당하는 특징을 보게 한다. 봄은 기반 생산을 위한 땅 다지기와 여름과 가을에 추수할 꿈을 그리는 서정성을 띤다. 정치 기반 다지기로 「용비어천가」를 따를 만한 서정 가요는 없다. 나아가서 맹사성의 강호 자연을 읊은 「강호사시가」는 추수의 꿈과 동시에 이미 그것을 향해 노력하여 완결한 자의 느긋한 여유가 서려 있다. 그런데 이 시의 연구자들은 네 연으로 된 계절별 풍경을 그리는 마지막 행 '역군은이샷다'가 문제적임을 지적하고 있다. 자연의 네 계절에 보이는 삶의 한가롭고 느긋한 풍물들이 모두 '임금님의 은덕'이라고 읊는 이유와 그 글쓰기 태도가 현대적 관점에서 볼 때 걸린다는 내용이다. 도대체 '냇가에 벌여 놓은 탁주와 싱싱한 생선 매운탕'이라든지, '시원하게 불어오는 강바람', '살진 고기들이 많아 그물 던져 놓고 한가로이 소일함'과 '눈 깊은 겨울에 입은 옷 덕에 춥지 않음'들이 모두 임금님 덕분이라니 말이나 되는 소리냐는 독자적 되묻기를 이 작품은 요구한다. 그것은 현대적 관점으로 보아 불가피한 의문이다. 그러나 우리는 고대 가사들의 틀이 대개 왕이나 영웅들에게 바치는 찬미와 아부로 이루어져 있음을 감안할 필요가 있다.[12] 보편적인 문학

---

12) 앵글로색슨 계열의 영웅 서사시 「베어울프」의 영웅 베어울프가 그렌델 퇴치나 메아위프 퇴치 이후 덴마크 왕에게 바치는 헌사는 지극히 노골적이다. "덴마크의 군주, 해알프데인의 아드님이시여, 보시옵소서! 저희들은 영광스러운 업적의 증거로 전하께서 여기 보시는 호수의 노획물을 기꺼이 전하께 가져왔습니다. 저는 호수의 격투에서 간신히 살아났으며 또한 겨우 그 일을 성취했습니다. 만일 하나님께서 저를 보호하시지 않았더라면 저의 격투는 속

적 관습…….

서정 가사에 속하는 이 작품은 맹사성 조금 뒤에 살았던 농암(聾
巖) 이현보(李賢輔) 등 사대부층으로 계승되어 국가 건설의 봄에 해
당할 가사들을 보이고 있다.[13] 강에서 고기 낚는 어부의 심사를 노래
한 「어부가(漁夫歌)」의 이현보는 이미 맹사성과는 초기 왕권 다지기
로부터 좀 떨어진 시기에 활동한 작가였다. 그의 작품 「어부가」에서
보이는 강호 자연 세계는 그가 꿈꾸던 왕도 정치가 현실 세계에서
유리되고 있음을 깨우친 비판적 시각이 드러나 있다.[14] 그러나 이 시
기의 작품들은 실제로 봄에 해당하는 내용을 지니고 있고 현대로 내
려오면서도 그 균형은 유지되고 있다. 서정 시가는 프라이 식으로
읽으면 문학의 삽화적 양식에 속한다. 그것은 개인적이고 주관적이

히 끝나지 않았을 것입니다. 저는 그 격투에서 호룬팅 검으로는—비록 그
검은 훌륭한 무기였지만—성취할 수가 없었습니다. 그러나 인류의 주관자
(하나님)께서는 제가 그 벽에 아름답고, 큰 고검(古劍)이 걸려 있는 것을 볼
수 있게 해주셨습니다." 김석산, 『베어울프』(탐구당, 1978), 162쪽 참조. 이 찬
사에서 베어울프는 하나님까지 끌어들여 왕이 곧 하나님의 가호를 받고 있음
을 암시한다. 이것은 오래전부터 만들어져 내려온 일종의 문학적 관습이라
읽을 수 있다.
13) 우리가 익히 알고 있는 정철(鄭澈, 1536~1593)의 「사미인곡(思美人曲)」이
나 「관동 팔경(關東八景)」 등은 변혁을 마무리지은 정권의 세력 기반 다지기
와 그에 참여한 관료들의 탐욕이 감추어진 왕권을 향한 낙관적인 출사 의욕
이 역설적으로 잘 드러나 있다.
14) "이는 당대가 치열한 정치적 갈등과 쟁투의 시대이자 개인의 도덕적 완성
을 기초로 한 정치의 구현이라는 사대부층의 정치 이상이 가혹한 장애에 부
딪치면서 현실의 합리성에 대해 심각한 회의를 맛보지 않을 수 없었던 시기
임을 말해 준다." 김학성·권두환 엮음, 같은 책, 400쪽. 프라이도 읽었듯이
겨울에 해당할 풍자와 봄에 해당할 서정 가사(프라이 분류에는 희극)가 겹쳐
드러나는 경우는 불가피성의 조건이다.

며 문학 내적 자아와 문학 내적 세계 간의 거리가 자아 쪽으로 이양되어 드러나는 말의 형식이다. 그 앞에 선 세계는 어디까지나 내적 자아에 의해 조절되어 확장되거나 축소 또는 찌그러지기도 한다. 「면앙정가(俛仰亭歌)」, 「오륜가(五倫歌)」 등으로 유명한 조선 중기 송순(宋純)의 시조는 이렇게 되어 있다. "산수의 빼어남을 다 말하였고 유상하는 즐거움을 또박또박 늘어놓아 가슴속에 자연히 호연한 기분이 든다(說盡山水之勝 鋪張遊賞之樂 胸中有自然之趣)"는 홍만종(洪萬鍾)의 평을 얻은 그의 이 시조는 김장생의 작이라고도, 또 다른 이의 것이라고도 하는 작품으로, 자연을 대하는 자세가 지극히 호연함을 읽을 수 있는 빼어난 서정시다. 이 호연한 기상은 가히 절묘한 바가 있다.

> 10년을 경영(經營)ᄒ여 초가삼간(草家三間) 지여 내니
> 나 ᄒᆞᆫ 간 둘 ᄒᆞᆫ 간에 청풍(淸風) ᄒᆞᆫ 간 맛겨 두고
> 강산(江山)은 들일듸 업스니 둘러 두고 보리라[15]

서정 가사의 경우 그 뒤를 이은 서정시 작가들은 아주 많으나 나는, 이들 조선조 초·중기의 작가 맹사성이나 이현보, 정철과 같은 강호 자연을 노래한 봄의 틀을 현대시에서 찾을 경우 그 내용과 수가 상당히 많다고 생각한다. 그들 가운데서 우선 나는 새로운 정치 질서를 만들려고 했던 박정희 정권에 개입하였던 김지하를 주목한다. 그의 후기 작품 세계를 엿볼 수 있는 시편은 1994년에 발간한 시집 『중심의 괴로움』이다. 64편을 수록한 이 시집에는 유독 「봄」 연작과 「산시첩(山詩帖)」, 「꽃샘」 연작 시들이 실려 있어 흥미롭다. 봄 이야기라서

---

15) 정병욱 편저, 같은 책, 310쪽.

봄 계절 작품이라 일컬은 것은 아니다. 순전히 작가 김지하의 문학적 편력과 관련하여 그의 사상적 흐름이 흥미롭기 때문이다.

　김지하, 그는 누구인가? 그가 박정희 장군이 나타나지 않았다면 어떻게 성숙해 있을까? 이런 물음은 가정이므로 어리석은 질문에 해당한다. 그러나 그는 군사 쿠데타에 의한 정권 찬탈자 박정희 장군에 의해 8년여를 감옥에서 보내는 간난의 생활을 겪었다. 그가 쓴 이 시기의 시편은 잘 알려져 있듯이 풍자 담시 「오적」이었다. 이것은 뒤에 다시 언급되겠지만 문학의 겨울에 해당하는 한국 현대 문학사상 가장 빼어나고 돌출하여 살아남은 풍자 작품이다. 이런 풍자 작품은 작품집 『똥딱기 똥딱』에 실린 「나폴레옹 꼬냑」, 「구리 이순신」, 「금관의 예수」, 「진오귀」, 「소리굿 아구」 등 희곡 작품으로 그 한 봉우리를 이룬다. 그러나 그는 본시 서정 시인이었다. 초기 시집 『황토』나 『빈 산』, 『애린』, 『타는 목마름으로』나 『검은 산— 무릉계에서』, 『하얀 방— 백방포에서』, 『검은 산 하얀 방 너머』 등의 작품들은 아름답고 정겨운 서정 시가이며 슬픈 가사들이다. 우선 봄철에 해당하는 문학적 미토스를 보기로 한다.

　귀뚜라미
　밤새워 울고

　내 마음 열리어
　삼라만상을 끌어안는다

　별 없는 밤하늘 너머
　푸른 별들 보이고

먼 강물 소리
귀에 든다

이 가을엔
그리움 없이도 살겠다.　　　　　　　　—「산시첩 4」 전문[16]

그의 초기 서정시 「황토」를, 분단 민족이 겪은 민족적 애환이 가득
담긴 가운데 작품 구절구절마다 숨겨진 서사가 자리한 작품이었다
고 읽는다면, 이 「산시첩」 연작은 지극히 자아 개인에게 돌아와 스스
로 명상하는 자리에 섰다고 읽을 수 있다. 역사의 소용돌이, 정치권
의 극렬한 압제로부터 돌아온 그는 이제 강호에 발을 담근 형국에
앉아 있다.[17] 악독한 폭력과 더러운 회유로 몸살을 앓게 하였던 독재
의 겨울철에도 그는 자유였지만 봄철인 지금은 온전히 자유다. 몸이
고 영혼이고 모두 자유다. 언제나 그랬지만 지금 그는 자아가 지닌
감각 기관을 마음대로 열어 푸른 별을 보고 강물 소리를 들으며, 귀
뚜라미 밤새워 우는 삼라만상을 끌어안았다. 그가 세상에 마음의 문
을 활짝 열고 대우주가 내는 소리와 빛은 물론이고 소우주가 내는
삐걱대는 소리들을 잠잠히 들을 수 있다는 것은 한국 시문학사에도
중요한 경사이고 어쩌면 또 다른 세기의 시작일 수 있다. 그가 자아
를 그렇게 열어 놓고 세계를 읽을 수 있도록 사회가 그에게 부여한
여유와 우주 순환의 틈은, 시인 그 자신은 물론 우리 사회가 여름과

---

16) 김지하, 『중심의 괴로움』(솔, 1994), 46쪽.
17) 김지하에 대한 문학적 논의 가운데 정효구의 「김지하 시의 자연과 우주—
　　우주적 삶을 사는 길」이라는 논문은 김지하의 시적 편력을 자연스럽게 정리
　　한 글이다. 정효구, 『한국 현대시와 자연 탐구』(새미, 1998), 83 ~ 137쪽 참조.

가을을 준비할 삶의 기반을 다지는 봄철 한가운데 있다는 증좌로 나는 읽을 생각이다. 2000년대 동시대 서정 시가에 달통한 많은 시인들이 있음을 나는 안다. 송수권이라든지, 이동순, 황동규, 김광규, 마종기, 정현종, 조정권, 강은교, 최동호, 김정웅, 홍신선 외에도 이 시대에는 훌륭한 서정 시인들이 병풍처럼 둘러서 있다. 이들 세대 시인들 바로 밑 세대이면서 동시대의 서정 시인들도 기라성같이 늘어서 있다.

그러나 이 자리에서 나는, 한국 문학의 봄철을 열었다고 보이는 이들은 유독 시인 김지하와 2001년에 발표한 장편 소설 『손님』의 작가 황석영이라고 판단한다. 김지하의 서정시들이 봄철에 해당하는 풀림의 대표적 상징이라면, 화해와 용서를 꿈꾸는 봄의 작품으로는 황석영의 『손님』을 들겠다. 한반도에 질곡을 가져온 손님은 물론 일본의 어두운 천황식 근대주의이다. 이들 폭력을 거느린 근대주의의 뒤를 이어 들어온 반갑지만은 않은 손님은 '기독교 신조'와 '공산주의 신조'이다. 이 두 손님에 의해 한반도 주민들은 신념의 차이라는 평계를 걸고 동족끼리 죽이고 죽는 살기를 드러내어 스스로를 도덕적으로 모독하였다. 이런 모독의 겨울철 살 판에는 정치적 살얼음만 깔려 지식인들을 숨도 못 쉬게 만들어 왔었다. 그런 철벽과 같은 금기 사항인 북조선을 1989년에 황석영은 다녀왔고, 그 결과로 그는 긴 영어 생활을 치르고, 우리 앞에 오뚝이처럼 나타났다. 서릿발 같던 유신 정권 하에서 사형 선고를 받았다가 8년여 만에 살아 나온 김지하와 그는 쌍생아와도 같은 겨울나기의 작가들이었다. 그러고 나서 황석영은 장편 『오래된 정원』을 써서, 남한에서의 잘 사는 일을 꿈꾸기가 얼마나 괴로운 동굴 속의 여정이었는지를 다시 밝혀 내어 그 동리 사람들에 대한 정리를 한 다음, 이 시대에 오직 그만이 쓸 수 있는 『손님』을 발표하였다.[18] 한국 문학의 봄철은 이렇게 반복하여 나타났다. 다음은 여름철 작품들을 고찰할 차례이다. '여름의 미토스: 로맨스'라고 읽은 프라이에 따르면, 이런 작품들은 한국 고대 소설이라 일컫는 많은 작품들과 비교하여 고찰할 수는 있다. 그러나 견강부회식 해석일 가능성은 언제나 배제할 수 없다.

2) 여름의 문학 ── 군담 소설 또는 영웅 소설

여름은 무성하게 생물들이 자라고 열매 맺고, 세상의 몸들이 모두 긴장을 풀면서 한껏 늘어지는 계절이다. 철로조차 녹아내림으로써 간격 틈새가 메워지는 이런 계절의 문학은 맺혔던 울분을 풀고, 주체와 타자 간에 또는 자아와 세계 간에 막혔던 마음을 트는, 리듬이나 이야기들로 무성한 내를 이룬다. 엄격하게 따지면 한국에는 문학 장르로서의 로맨스가 없다. 한국 문학에서는 군담 소설 또는 영웅 소설 유의 고대 소설들을 무성한 여름의 문학으로 읽을 수 있다. 오늘날 많은 작가들이 사랑 이야기와 자아 정체성 탐색의 이야기로 발표하는 여러 작품들이 이에 속한다.

고대 작품들 가운데 『박씨전』은 전자류 소설 가운데서도 가장 독특한 역사적 맥락을 지닌 작품이다. 물론 한국의 군담 소설이나 영웅 소설들 대부분이 국난으로 겪은 전쟁의 상처를 딛고 사는 인총(人叢)의 마음 달래기를 향한 제례 예식과도 같은 성격을 지닌 작품들이어서, 『임진록(壬辰錄)』이라든지, 『사명대사전(四溟大師傳)』, 『임경업전(任慶業傳)』 등이 임진왜란과 병자호란 병화가 끝나자마자 전

---

18) 황석영의 『손님』에 대한 작품론은 『문화예술』지 2001년 12월 호에 실린 졸고 「기억의 고고학적 단층에 대한 단상」 참조.

쟁 당시 그들과 싸웠던 영웅들을, 그랬으면 좋았을 것이라는 바람 화법을 과장해서 그린 서사물들로 분출해 나왔다. 문학이 지닌 꿈의 속성이 잘 드러난 경우이다. 여름은 나뭇잎들이 무성해져서 상처난 가지들의 아픔을 지우면서 그 흔적을 엷게 하기에 적절한 계절이다. 병화가 끝난 자리에는 언제나 상흔이 남게 마련이다. 비록 병화와 관련이 없다 하더라도 영웅을 기다리는 민중의 소망을 형상화한 것 가운데『홍길동전(洪吉童傳)』은 조선조의 유교적 교조주의에 대항하는 민심을 드러냄으로써 상당한 심리적 치료 기재로 살아남아 오늘날까지 전해 내려왔다. 여름의 문학은 이 상처 지우기로 무성한 이야기가 꽃핀다. 상처는 지금 당장에 난 것이든 전에 난 것이든 치유되지 않으면 안 된다. 1930년대는 당대에 상처를 입고 살던 시대였다. 여덟 명의 여인을 처첩으로 거느릴 수 있다는 사내의 꿈을 드러내 보여 준『구운몽(九雲夢)』을 무성한 여름철의 꿈을 보여 준 작품으로 읽는 데도 무리는 없다.

　1930년대에 한국인들은 일본이라는 괴물에게 끊임없이 상처를 입고 있었다. 이런 시기에 영웅 이야기는 적 괴물에게 복수하는 행적으로 상처 입는 자들에게 필요한 처방이었다. 사회가 집단적인 폭력에 짓눌려 있을 때, 초능력자의 출현을 기대하는 민간인들의 심리적 기재는 문학적 영감을 자극한다. 벽초(碧初) 홍명희(洪命熹)의『임꺽정』은 1930년대의 문학적 산물이다. 영웅적 인물 임꺽정을 비록 조선조 중기 인종, 명종 때 시점에서 취재해 왔다고는 해도, 이 작품은 1930년 당대의 인민을 괴롭히는 일본 적 괴물들에 대한 언령(言靈) 주술적 상처 지우기에 해당하는 이야기 묶음이었다. 우리에게 익숙한 이 작품은 서양식 장르론의 눈길로 읽는다면 다분히 비극의 성향을 띠기는 한다. 그러나 이 작품은 어디까지나 영웅 소설에 속하는 모험과 사랑 이야기의 복합체이다. 이는 이 작품을 여름철의 문학에 넣는 소이이다.[19] 동시대에 나온 이기영(李箕永)의 『고향』 또한 잘 짜인 여름 문학 작품이다.

당연하게도 1970년대의 한국 사회가 군사 독재자들에 대한 풍자문학 산출의 계절임에도 불구하고, 1986년에 조해일(趙海一)은 독특한 화법으로 연작 소설 『임꺽정에 관한 일곱 개의 이야기』[20]를 써서 겨울철에 입는 상처의 치유를 위한 영웅 갈구 의식의 처방을 내리고 있다. 홍명희 작품 다시 읽기라는 독특한 기법을 써서 조해일이 명종 때의 임꺽정을 1980년대에 다시 불러온 것은 그 시대에 여름철의 문학적 처방을 필요로 한 사회적 억눌림과 상처가 있었기 때문이다. 이 소설은 여름의 문학적 신화 이야기로 읽을 만한 작품이다. 1970년대와 80년대는 겨울철에 해당할 글쓰기가 성행한 독선의 시대였으면서 동시에 영웅 이야기를 융성케 할 시기이기도 하였다. 대하 장편 소설이 유행한 이 시기에는 황석영의 긴 장편 『장길산(張吉山)』, 김주영의 『객주(客主)』, 『활빈도(活貧徒)』, 조정래의 『태백산맥』, 홍성원의 『남과 북』이 나왔으며, 그 내용과 성격도 상당히 다른 작품이기는 하지만 박경리의 『토지(土地)』가 집필된 것도 이 시기였다. 적들에 대한 뚜렷한 사회적 분노심이 겉으로 노출된 상태로 이야기되든 감추어진 상태로 함축되든 여름의 문학은 많은 민중들의 아픔과 상처가 치유되기를 열망하는 작가적 사랑과 꿈이 전 작품을 싸고 있다는 특징을 지닌다. 1945년 12월에 발표된 이육사(李陸史)의 유명한 애송시 「광야(曠野)」를 읽으면 한국인 독자들은 문학의

---

19) 이 작품은 한국 고대 작품들에 대한 고찰이 아주 미흡한 채 이루어졌다. 한국의 고대 작품들 가운데는 여름철 문학에 해당할 작품들이 아주 많고, 그 질적 함량이 아주 뛰어날 것임에 틀림없다고 생각한다.

20) 조해일, 『임꺽정에 관한 일곱 개의 이야기』(책세상, 1986).

영웅적 기개와 그 꿈을 당장 어깨에 실을 수가 있다.

　　까마득한 날에
　　하늘이 처음 열리고
　　어데 닭 우는 소리 들렷스랴

　　모든 산맥(山脈)들이
　　바다를 연모(戀慕)해 달릴 때도
　　참아 이곧을 범(犯)하든 못하였으리라

　　끊임없는 광음(光陰)을
　　부지런한 계절(季節)이 피어선 지고
　　큰 강물이 비로소 길을 열엇다

　　지금 눈 나리고
　　매화 향기(梅花香氣) 홀로 아득하니
　　내 여기 가난한 노래의 씨를 뿌려라

　　다시 천고(千古)의 뒤에
　　백마(白馬) 타고 오는 초인(超人)이 있어
　　이 광야(曠野)에서 목 놓아 부르게 하리라[21]

　1987년에 발표한 신동엽(申東曄)의 장시 「금강(錦江)」의 1절은 또
이렇게 되어 있다.

---

21) 이육사, 『이육사 전집』(집문당, 1986), 57쪽.

교수된
전봉준의 머리는
칼로 다시 잘리워
매달리웠다,

다섯 차례의
혹독한 왜식 고문,
일본인 낭인 무전(武田), 전중(田中)의 번갈은
일본 망명(日本亡命) 권유,
인품에 감동, 뒷날의 쓸모를 계산한
일본 공사(公使) 정상(井上)의 은근한 호의
들은 체하지 않고
발밑에 이까려 버린
농민 지도자
전봉준의
비.

그는
목매이기 직전
한마디의 말을 남겼다

「하늘을 보아라!」[22]

영웅과 초인에의 꿈, 그것은 문학적 상상력의 제1차적 소재이고,

---

22) 신동엽, 『신동엽 전집』(창작과 비평사, 1985), 280쪽.

자극이며 사회적 공기이다. 어둠의 시대, 질곡의 시대에 이 꿈은 무성해지고 문학적 소재로 살아난다. 이런 현상을 나는 일러 여름의 문학이라 부르기로 한다.

3) 가을의 문학 ─ 타령, 노래, 전자류, 해학적 양식

한국 문학에서 서양식 문학 장르 '비극(悲劇)'[23]이 없다는 것에 대해서 서양 문학을 전공하거나 연극에 관련된 학문을 하는 한국의 학자들은 아주 의아해하곤 한다. 영웅들이 여지없는 파국에 이르면 관중 모두에게 충격이 가해지고 그것은 개인 자신의 운명을 대신한 큰 아픔이어서 대리 만족으로 성취된다고 하는 이상한 궤변이 서양에서는 아리스토텔레스 이래 정교하게 정리되어 왔다. 거인의 몰락과 충격이 민중에게 대리로 공포와 슬픔, 종래는 만족을 준다는 서양식 문학의 궤변! 이것이 한국 문학 장르에는 없다.

그렇다면 한국 문학에서, 씨앗을 거두어 갈무리하는, 가을에 해당할 문학적 유산은 무엇일까? 이 논의는 좀 더 깊은 연구의 과정을 필요로 한다. 문학의 씨앗, 한 민족이 끊임없이 읽고 읊으면서 울거나 웃는 작품적 원형으로 새겨진 것은 어디서부터 정리해야 옳을

---

23) 서양식 장르론에서 비극은 "지상의 인간 사회와 천상의 보다 위대한 존재의 중간에 위치하고 있다. 〔……〕 비극의 주인공들은 인간들이 사는 세계에서는 최고의 위치에 있기 때문에 그들은 불가피하게 권력을 휘두르는 존재가 될 수밖에 없다. 거목은 수풀보다 번개에 맞기 쉬운 법이다. 지도자들은 물론 신의 번개불의 희생물인 동시에 그 도구도 될 수 있다." 노스럽 프라이, 같은 책, 289쪽. 서양에서의 신(神) 관념과 동양 특히 한국에서의 신 관념은 근본적으로 다르다. 영웅에 대한 관념이 또한 다른 것은 불가피하다.

까? 한국 문학에 '비극' 장르가 없다는 사실은 서양과 사회적 풍토, 정치적 배경, 문화적 색채, 자연환경, 정신사적 흐름이 다르다는 증거로 읽을 수가 있다. 한국 문학의 고전 작품들은 대체로 해학과 풍자가 주류를 이룰 뿐만 아니라 이 두 미학적 갈래가 겹쳐 드러난 작품들이 대다수를 차지한다. 해학이면서 동시에 풍자적인 운문 또는 이야기가 주조를 이루는 경우가 한국 문학에서 하나의 전통처럼 이어 내려오고 있음은 흥미롭다.

한국 문학의 다양한 담론이 보편적으로 형상화된 작품들을 나는 고전 작품들 네 편에서 찾아 그 속에서 제기된 문제점과 해결 방식을 살펴보고자 한다. 이 작품들은 한국 문학의 가을 창고에 들어 있는 문학적 씨앗이며 서양식 장르론으로 보면 희극에 속한다. 이 작품들은 얼핏 보기에 한문 소설 전통에서 온 우리 문학의 특이한 전자(傳字) 양식처럼 보인다. 한문으로 된 전자 소설은 이미 고려조부터 사대부들 사이에 유행하였던 문학 양식이다. 일반 민중이 한글로 읽게 된 『춘향전』, 『심청전』, 『흥부전』, 『변강쇠전』, 이 네 작품들은 18세기 이전까지 민간에 퍼져 판소리, 타령으로 회자되던 민담(民譚)으로, 영조 30년(1754)에 문자로 된 『춘향전』이 나타난다. 따라서 이들 네 작품들은 한문 소설에서 그 양식적 전범을 세우는 전자 소설과는 근본적으로 다르다. 삽화 형식으로 꾸며져 있는 데다 한 인물의 일대기를 연대기적으로 서술하지 않는 특징을 지니고 있어서 교조적으로 읽으려 할 때 엄밀하게는 전자 소설이 아니다.[24] 그러나 분명하게 작품 말미에 전(傳) 자를 붙였고 다른 한글 전자 소설과도 맥이 아주 없지 않으므로 이 작품들을 전자형 소설로 읽는 데 큰

---

24) 박희병, 『한국 고전 인물전 연구(韓國古典人物傳硏究)』(한길사, 1992), 9~186쪽 참조.

잘못이 있다고는 보지 않는다. 오히려 나는 한국 고전 문학 연구자들이 전자 양식을 너무 고착적인 전범으로 규정지어 놓음으로써 현대 작품에도 분명 전자 양식의 전통이 흘러 내려온 것들을 보지 않으려는 경향이 있다고 보았다. 전자 양식의 문학은 후대로 오면서 양반 사대부들의 전유물처럼 되었던 것을 일반 민중 사이에 퍼뜨리는 데 아주 중요한 전환이 이루어졌던 것이다. 타령이나 노래, 판소리 등으로 민중 사이에 널리 불리던 이야기가, 양반들의 전유물처럼 되어 왔던 전자 양식으로 꾸며져 전자 양식 문학에 폭을 넓혀 놓은 것은 획기적인 문학적 발전이라 읽어야 한다. 이렇게 양반 계층의 문학이 민간인들을 위한 것으로 전자 이야기 양식이 확대되면서 이 양식은 두 흐름으로 분화 발전하여 왔고, 이 이야기 방식의 두 씨앗은 현대 우리들이 누리고 있는 이야기 양식, 소설 작품들 속에 맥맥이 흐르고 있다.[25]

봄철의 문학을 나는 희극으로 읽었고, 다시 가을의 문학은 비록 내용상 희극이지만 양식으로는 전자 양식이라 보려고 한다. 『춘향전』, 『심청전』, 『흥부전』, 『변강쇠전』, 이 네 작품들은 각기 계급 문제, 질병과 운명, 가난, 그리고 성 담론을 담고 있다.[26] 너무 잘 알려

---

25) 이문구의 『유자소전(柳子小傳)』을 비롯하여 『김탁보전(金濁甫傳)』, 이제하 (李祭夏)의 「유자약전(劉子略傳)」 등 현역 작가들 작품들 가운데 이 전자 양식의 소설들은 부지기수이고, 비록 이 전 자를 붙이지 않은 작품들에도 전자 양식의 이야기 방식들이 전수되어 오고 있다는 점을 놓쳐서는 안 된다고 생각한다. 심지어 이문구는 작품 제목으로 단편 소설에 '몽금포 타령'을 붙였고, 송기숙은 그의 장편 소설에 '자랏골의 비가(悲歌)', 윤후명은 그의 장편 소설에 '이별의 노래'를 붙여 이야기 문학 양식을 '타령'이나 '노래'라고 불렀으며, 최상규는 단편 소설에 '타조의 꿈'이라 붙여 전통적인 몽자류(夢字類) 양식인 한국 문학의 양식적 전통을 확인하여 주고 있다.

진 이 고전 작품들은 한국 문학의 한 담론적 틀임에 틀림없다. 『춘향전』은 계급이 다른 남녀 간의 사랑을 다룬 작품으로 이 소재는 서양 작품들에도 고르게 분포되어 있다.[27] 계급 문제는 인류 역사상 가장 오래된 인간적 문제에 속하는 담론이다. 인류사에 세 번 있었던 혁명으로 프랑스 혁명, 동학 혁명, 볼셰비키 혁명은 모두 이 계급 문제로 인해 터졌던 폭발이었다. 그만큼 인간은 남 앞에 존엄성을 짓밟히기 싫어하는 존재이다. 문학적 소재로서 이 이야기 틀은 한국 문학의 전통적 틀로 살아 있다. 『심청전』은 질병과 운명에 대한 문제를 다루면서 한 주인공의 희생정신을 극대화하여 놓았다. 아버지의 먼 눈을 뜨게 하기 위해 죽음을 선택하는 인간의 이야기는 인간의 사랑과 그 격조를 극상급으로 높이는 화두로 우리 문학의 한 틀을 형성하는 원류임에 틀림없다. 『흥부전』이 가난 문제를 놓고 그것을 극복하는 방식을 보여 준 작품임은 이미 누구나 알고 있다. 다음은 『변강쇠전』인데, 이 작품 또한 인간의 본능 발산이 어느 정도까지 이르게 될 수 있는지를 극대화하여 보여 주고 있다. 그런데 문제는 이 네 작품들이 그들 문제들을 해결하는 끝 부분이다. 자발적이고 본인 스스로 해결을 보는 내용은 이 넷 모두에 없다. 모두 남에 의해서 흥겨운 결말, 좋은 결말, 바람직한 결말 또는 흉측한 결말로 끝을 내고 있다. 『변강쇠전』을 뺀 세 작품들이 옥황상제의 포상으로 왕비가 되어 아버지의 눈을 뜨게 한다든지(『심청전』), 약혼자가 권력자가 되어 계급 차이로 고통받는 여인을 구출한다든지(『춘향전』), 부러진 제비 다리를 고쳐 준 대가로 큰 재물을 포상 받는(『흥부전』) 등 모두 낙관

---

26) 한국의 고전 작품들에 대한 지금의 이런 해석은 작가 박경리의 통찰 내용 (『변강쇠전』에 대한 언급만은 없었다)에서 얻은 결과이므로 여기 밝혀 둔다.
27) 프랑스 스탕달의 『적과 흑』이나 미국 드라이저의 『아메리카의 비극』은 이에 해당하는 적절한 작품이다.

적인 이야기의 결말로 끝을 맺고 있다. 뿐만 아니라 이 작품들은 모두 심각한 문제들을 다루면서 사뭇 해학적 분위기로 끌고 감으로써 희극의 격조를 격상시키고 있다. 해학은 한국 문학이 지닌 미학적 전통임을 이 작품들로써도 확인할 수 있다. 해학은 너와 나를 결합시키는 특성을 지녔다. 웃는 대상 속에 주체인 나를 포함시킴으로써 너와 나를 묶는 미학적 기법, 이것은 일본인들이 규정해 놓은 미학 이론에 따르면 주관적 골계(滑稽)의 하위 분류 속에서 같은 계열에 놓인다. 이들은 해학[28]과 반어, 풍자, 기지인데, 해학만이 유독 주체와 대상 간의 동일화 관계로 설명되고 있다. 거만하고 자기중심적인 양반층들의 개인주의로부터 너와 나, 그를 묶어 하나가 되는 공동체 의식의 문학적 발현으로 해학적 전통은 확대 재생산되어 왔던 것인데, 이것은 민중 의식이라는 원동력의 합류로써만 가능했던 것으로 파악된다. 이렇게 한국 문학의 가을은 한국 문학의 씨앗이며 전자류 및 해학적 양식으로 한국 문단 창고에 가득 쌓여 있다.

4) 겨울의 문학 —— 풍자 양식

한국 문학에서 풍자는 해학과 함께 가장 많이 쓰여 온 전통적 문학 양식이다. 한국 문학에서 해학과 풍자가 자주 겹쳐 드러나고 있다는 이야기는 앞에서 한 바가 있다. 대상을 비웃되 웃는 대상 속에 주체의 입장을 깡그리 제거하지 않은 상태를 해학이라 부른다면, 풍자는 웃는 대상 속에 주체인 자아는 아예 없앤 것이다. 다음 사설시

---

28) 이에 관한 글은 『문학과 의식』 2000년 여름 호에 쓴 졸고 「한국 문학의 해학적 전통」 참조.

조를 보기로 한다.

> 즁놈도 사룸이냥 ᄒ여 자고 가니 그립ᄃ고
> 즁의 숑낙 나 베옵고 내 쪽도리 즁놈 베고
> 즁의 장삼 나 덥습고 내 치마른 즁놈
> 덥고 자다가 깨ᄃ르니 둘희 ᄉ랑이
> 숑낙으로 ᄒ나 쪽도리로 ᄒ나
> 이튼날 ᄒ던 일 생각ᄒ니 홍글항글 ᄒ여라[29]

이 시조는 분명 스님에 대한 욕이 들어 있다. 분명 풍자에 속하되 해학에 가깝다. 여성 주인공을 내세워 중과 자고 나서 회상하는 이야기가 이 사설에는 들어 있는데, 내용은 분명 비웃고 비판하는 것이지만 말투는 우습다. 해학은 그 내용이 아니라 발화 형식에 있다. 이처럼 우리 문학 작품들은 풍자이되 해학이며 해학이되 풍자인 경우가 많다. 조선조에 불교가 극심하게 탄압받고 타락하여 있던 시대정신을 반영하는 민간적 풍자가 위의 시조에 담겨 있다.

고려조의 문호 이규보(李奎報)를 이은 조선조의 대문호 연암(燕巖) 박지원(朴趾源, 1737~1805)의 대장정 기록 문학 양식(綠字樣式)인 『열하일기(熱河日記)』에서, 후대에 학자들이 고대 소설 작품으로 읽어 떼어 낸 작품들은 대체로 풍자 양식으로 이루어져 있다. 그 대표적인 작품이 「호질(虎叱)」과 「양반전(兩班傳)」, 「허생전(許生傳)」이다.

때마침 정(鄭)의 어느 고을에 살고 있으며 벼슬을 좋아하지 않는 체

---

29) 정병욱 편저, 같은 책, 446쪽.

하는 선비 하나가 있으니 그의 호는 북곽(北郭) 선생이었다. 〔……〕

그리고 그 고을 동쪽엔 '동리자(東里子)'라는 예쁜 청춘 과부 하나가 있었다. 천자(天子)가 그의 절조를 갸륵히 여기고 제후들은 그의 어짐을 연모하여 그 고을 사방 몇 리의 땅을 봉하여 '동리과부지려(東里寡婦之閭)'라 하였다. 동리자는 이렇게 수절 잘하는 과부였으나 아들 다섯을 두었는데, 각기 다른 성(姓)을 지녔다.[30]

이렇게 고고한 척하는 선비 '북곽 선생'과 청춘 과부 '동리자'는 위선의 인물들이다. 이런 방식으로 위선자들, 즉 선비나 벼슬한 자들, 과부, 양반 들을 풍자하는 내용을 담게 되는 것은, 조선조 후기로 접어들면서 왕권을 유지하던 유교 이데올로기가 서서히 그 본디 기풍을 잃었을 뿐만 아니라 실용주의 노선으로 선회하는 열강 국가의 사상적 변화를 재빠르게 흡수, 자체 변화를 꾀하지 못하던 시대의 비평적 담론으로 드러난 결과다. 변환 시대에는 전대의 시각으로 쓴 풍자와 후대의 시각으로 쓴 풍자가 공존한다. 박지원의 이 소설적 담론은 후자에 속하는 글이다. 마땅히 있어야 할 것들의 없음, 마땅히 있어서는 안 될 것들의 있음, 이것들은 언제나 작가의 눈에 풍자 대상으로 비친다.

1930년대에 한국은 일본의 통치를 받던 시대였고, 있어서는 안 될 족속들이 방방곡곡 천하에 횡행하였다. 이른바 동족을 밀고하거나 조선이 아끼는 문화재나 보물 창고를 일인들에게 몰래 알려 주는 기회주의자들이 있었다. 친일파라는 용어로 불리게 된 불쌍한 동족이었다. 채만식은 이 시대에 활동한 작가로 『탁류(濁流)』, 『태평천하(太平天下)』, 「치숙(痴叔)」 등으로 널리 알려진 작가인데, 그의 가장

---

30) 이가원 역편, 『조선 한문 소설선』(민중서관, 1962), 171쪽.

큰 작품적 특성은 풍자였다. 풍자 작가로 불릴 만큼 그의 문학 세계는 풍자로 가득 찼다. 『태평천하』와 「치숙」은 그 대표적인 작품이다. 반어적이며 풍자적인 이 작품들은 일제에 아부하는 것을 당대에 마땅한 것으로 아는, 그 천박성이 더는 치유를 불가능하게 만드는 인물들을 비웃기 위한 소설적 담론이었다. 이 민족이 일본인들에게 꼼짝달싹도 못한 채 혹독한 압박에 시달리던 시대, 음습하고 추웠던 겨울에 해당하는 문학적 소산이었다.

1960년대에 들어서면 한국 사회는 또 한 번 변화의 소용돌이 속에 묻힌다. 일제 시대에 일본 장교 출신인 박정희 소장에 의해 민권이 찬탈당한 채 민간인들은 물론 생각이 있는 지식인들은 '일체의 자유를 유보'당하는 폭력 속에 놓이게 되었다. 이승만 정권의 독선과 무능, 부패에 염증을 느끼고 있던 학생들에 의해 4·19 혁명이 일어나고 난 다음 해의 일이었다. 김지하의 「오적」이 발표되어 사회를 폭발적으로 요동치게 만들었다. 「오적」은 다섯 명칭의 도둑놈 이야기를 기초로 하여 쓴 것이지만, 주요 목표는 정확하게 쿠데타 주동자 박정희였다. 판소리 가락에 맞춘 이 담시 형식은 조선조 사설시조 창안과 같은 맥락에서 새롭게 창안된 문학 양식이었다. 암울했던 사회적 판과 탁한 공기가 그런 담론 양식을 만들게 하였던 것이다.

> 본시 한 왕초에게 도둑질을 배웠으나 재조는 각각이라
> 밤낮없이 도둑질만 일삼으니 그 재조 또한 신기(神技)에 이르렀것다.
> 하루는 다섯 놈이
> 10년 전 이맘때 우리 서로 피로써 맹세코 도둑질을 개업한 뒤
> 날이 날로 느느니 기술이요 쌓이느니 황금이라, 황금 10만 근을 걸어 놓고
> 그간에 일취월장 묘기(妙技)를 어디 한번 서로 겨룸이 어떠한가

이렇게 뜻을 모아 도(盜) 자 한 자 크게 써 걸어 놓고 도둑 시합을
벌이는데

[……]³¹⁾

박정희 장군에게 직격탄으로 날린 이 풍자 담시는 그의 연이은 풍
자 담시 「최루탄가(催淚彈歌)」, 「오행(五行)」, 「앵적가(櫻賊歌)」, 「아
주까리 신풍(神風)」, 그리고 희곡 작품 「나폴레옹 꼬냑」, 「구리 이순
신」, 「금관의 예수」, 「소리굿 아구」 등의 작품으로 이어 발표되었다.
폭력과 압제가 가장 극심했던 박정희 시대에 던진 이 문학적 승부수
로 그는 8년여의 영어 생활을 보내야 했다. 조선조 중·후반기인 18
세기 『열하일기』의 작가 박지원으로부터, 일제 시대 『태평천하』의
채만식, 현대 담시의 풍자 작가 김지하로 흐르는 문학은 모두 풍자
양식으로 되어 겨울의 문학으로 분류되기에 적합하다.

4. 결 론

이제까지 나는 이 글에서 한국 문학과 자연을 관련지어 설명하려
고 노력하였다. 한국 사람들이 이해하는 자연은 그 자체로 경외하고
즐기는 '낙천 사상(樂天思想)'의 대상으로서의 물(物)이고 현상이었
지 결코 그것을 파헤쳐 정복하겠다는 줄기찬 사상은 없었다. 대우주
와 소우주, 그리고 작품 속의 인간 우주는 모두 자연의 일부이고 자
연 그 자체이다. 그러므로 문학 작품들을 자연 질서에 맞추어 분류

---

31) 김지하, 『오적』(동광출판사, 1985), 21~22쪽.

하는 일은 그럴듯해 보이기도 한다. 그러나 캐나다 출신의 대학자 프라이가 해놓은 분류법이 우리 문학 질서에 꼭 맞지는 않는다. 우리 문학을 네 계절에 맞추어 분류하는 일을 하면서 나는 조선 왕조사가 지녔던 네 계절적 특징을 읽을 수 있었고, 최근세사가 지녔던 겨울철의 이미지들을 확인할 수 있었다.

응축과 풀림, 축소와 확대, 이것은 물리학에서 큰 틀로 읽히는 법칙이다. 자연 질서는 언제나 얼었다가 녹고 풀리면서 다시 얼어붙는 원심력과 구심력의 역학 작용을 반복한다. 두 축 사이에 봄과 가을이 놓인다. 봄은 싹을 준비하면서 여름을 가슴에 안았고, 가을은 씨앗을 보관하면서 겨울을 품고 있다. 이 질서는 계속 반복되어 오고 있으며 문학 작품 또한 이 질서의 궤도를 벗어나지 않는다.

조선조 초기의 맹사성으로부터, 중기의 박지원, 그리고 무명씨이거나 민중 전체가 필자인 민담에서 채록된 전자 양식을 비롯한 몽자류, '타령', '노래' 양식의 문학 형식이 우리 문학에는 고르게 분포 발전하여 오늘에 이르고 있다. 1960년대로부터 1970~80년대에 이르는 동안 혁명적 자아를 문학 쪽으로 개척한 김지하는 겨울 노래인 「오적」을 비롯, 풍자 담시 양식을 낳았다. 뿐만 아니라, 그는 겨울철에 해당하는 풍자 양식의 작품을 쓰기 이전부터도 봄철에 해당할 서정시와 서정 가사를 썼지만, 폭력과 얼음의 시절이 가고 나자 우주와 자아를 맞추는 아름다운 서정시들을 발표하였다. 아직도 우리의 문학적 토양은 분단 질서가 가로막고 있어서 어느 때 눈 덮인 폭풍이 몰아칠지 알 수 없다. 무수한 작가들이 이런 풍토에서 여러 형태의 작품을 남겨 네 계절에 맞는 문학적 옷을 입혀 가고 있음을 확인한 일이 이 글쓰기의 성과였음을 밝히는 것으로 맺는 말을 마친다.

광복 직후 한국 현실의 간난과 소설적 대응

1. 광복 문학과 몇 가지 문학 활동의 역사적 조건

한국인은 오랜 풍상을 겪으면서도 한 민족으로서 자기 동일성을 지탱하여 왔다. 한반도를 생활 터전으로 한 이래 우리 민족은 외적으로부터 가해 오는 침략에 대응하면서 살아야 했기 때문에, 남의 나라를 침범하여 자국에서 부족한 물자를 약탈해 온다든지 그들 타민족 인총을 노동력으로 이용하여 생존을 부유케 하는 전략을 써본 적이 거의 없다. 지니고 있는 것을 지키는 데 혼신의 힘을 기울여 왔지만 가끔씩 중국이나 일본으로부터 침략당해 산, 바다, 육지의 생산물자와 역사 문화 유물들을 약탈당하면서 인민의 노역은 물론이고 그들의 생존 권익과 자아 선택의 자유를 빼앗기곤 하였다. 1592년에 시작된 임진왜란에 이어 1597년의 정유재란과 1636년에 일어난 병자호란, 그리고 근세에 속하는 1910년에 일본으로부터 강제로 당한 한일 병합의 처참한 민족적 치욕은 우리 민족에게 있어서 지우기 어려운 상흔으로 남아 있다. 고난의 외적 조건으로 짊어진 우리의 구체적인 역사 현실이었다.

어떤 존재이든 생명을 부지하는 존재란 그들이 지닌 존재 조건에 걸맞은 고통과 즐거움을 동반하면서 그 생애를 경영한다. '고통'과 '즐거움'은 엄격하게 따져 볼 때 인간이 걸치고 사는 문화의 질을 결정하는 중요한 삶의 질료이다. 모든 인간은 이 '고통'과 '즐거움'이라는 질료를 시금석으로 하는 시험을 통해서 그가 지닐 인격의 문화적 격조를 쌓아 간다. 이 두 질료는 서로 불가분의 관계로 교호 존속한다. 이 가운데서 단지 하나만의 질료를 가지고 인격의 척도를 정할 수는 없다. 어떤 '고통'이나 '즐거움'도 존재 집단의 생존 조건과 동떨어진 채 존재할 수는 없기 때문이다.

문화의 질을 결정하는 일정한 단위의 민족이나 국가, 종족의 독특한 '고통'과 '즐거움'이 어떻게 기록 전수되어 오고 있는지를 우리는 여러 통로를 통해 인지할 수 있다. 문화란 한 집단이 오랜 기간 쌓아 올린 위기 및 행운 관리 능력으로 드러난 정신 활동의 산물이다. 대장경판재각(大藏經板再刻)은 1251년 9월에 완성되었다. 이는 고려조가 몽골 군에게 침략을 당해 우리나라 국민 전체가 저들의 약탈 대상이 되어 존엄성은 물론이고 목숨조차 부지하기 어려운 실정 속에 놓여 있었을 때 이루어진 정신적 산물이었다. 전화(戰禍)로 인해 무수한 백성이 굶주려 죽거나 강제 노역에 시달림을 받던 국가 위기 시국에 이런 문화재를 판각한 것은 백성의 마음을 하나로 묶으려는 절실하고 치열한 뜻에 의한 것이었다. 문화란 그것을 향유하는 사람들의 마음을 묶는 구심력을 지닌다. '괴로움'이나 '즐거움'은 이것을 어거하고 규제해야 할 존재의 한 시험이고 시련이다.

692년에 신라의 설총(薛聰)은 이두 문자(吏讀文字)를 만들어 중국과 관련된 정치·문화적 교류를 위해 백성들에게 널리 쓰도록 가르쳤다. 이것은 이미 단군 시대로부터 선포된 이른바 '인간에게 널리 유익함이 있음'이라는 정치 이념을 구현한 산물로서 뛰어난 문화유산이었다. '어려움[危機]'이란 어떤 형태로든 방심할 때 생기는 법이다. 모든 관계의 틀이 방심으로 느슨해질 때 어려움은 발생하고, 그것은 급기야 생존을 위협하는 어려움으로 발전한다. 그런 뜻에서 사람 앞에 온 것으로 보이는 행운이란 사람이 가장 조심해야 할 그런 때일 수 있다. 이순신(李舜臣)이 임진왜란을 극복하기 위해 건조한 거북선이나 해전 전략은 일종의 정치술이면서 전략론에 해당하는 산물이지만, 이것이야말로 우리가 아끼고 잘 보존해야 할 문화유산이며 당대의 어려움을 극복하는 방식의 뛰어난 정신적 산물이다. 유성룡(柳成龍)의 『징비록(懲毖錄)』과 이순신의 『난중일기(亂中日記)』를 나란히 읽으면 우리나라의 모든 것이 한꺼번에 보인다. 인간이라는 짐승의 여러 형태, 숭고하거나 고결함, 의리에 투철한 인품, 공을 위해 사를 과감히 버리는 지적 용기, 그런가 하면 천박함의 모든 속성을 다 보이는 인품 등 큰 환난이 있을 때 모든 사람의 인격은 드러난다. 그래서 나는 '인격 시험'을 그 앞에 있는 행운이며 위기, 어려움이며 즐거움이라 부른다. 인격의 시험대는 언제나 우리들 옆에 있다. 위기이든 행운이든, 어려움이든 즐거움이든, 그것은 언제나 사람의 격조를 결정하는 인격 시험대이다. 문화 규정에 관한 실례 하나만 덧붙여 이야기한다.

조선조 1446년 세종 임금이 진두지휘하여 창제한 훈민정음이나 당시에 편찬한 『고려사(高麗史)』 등은 모두 한 나라의 어려움이나 즐거움의 관리를 위해 만들어진 정신 활동이었으며 뗄래야 뗄 수 없는 우리 문화유산이며 한민족의 정신 내용을 전달하는 인격 통로이다. 우리가 우리의 존재를 증명해 보일 귀중한 어떤 것으로 그 격조가 높고 치열하다고 나는 읽는다.

오늘날 우리는 1960년대부터 군사 독재자들이 저질러 놓은 위기를 크게 맞고 있다. 그들은 그들 스스로 부풀려 만든 당대 가난의 위기를 해결하기 위해 사람들의 모든 말할 자유를 유보시키노라고 공언하였다. 가난으로부터 해방시켜 주겠다는 공언과 함께 억지로 움켜쥔 권력을 유지하기 위해 그들은 외국의 돈을 마구잡이로 꾸어다가 재벌을 키우기 시작하였다. 이른바 근대화라는 미명이었다. 그러면서 그들 독재자들은 부도덕한 자신들의 정치적 술수를 은폐해 왔고 그 과정에서 갖은 패륜과 부정부패를 다 저질렀다. 이제 그런 쓰레기 같은 권력 사기놀음을 뒷감당할 빚을 온통 우리 국민들은 뒤집어쓴 형국이다.

고리대금업은 기독교 성경에서도 악한 일로 치부된 몹쓸 인간관계의 틀이다. 1990년대를 둘러싸고 있는 세계는 지금 몇몇 부자 나라들이 만든 막대한 금력을 바탕으로 하나의 문화 제국을 이루려는 흐름으로 움직이고 있다. 그들의 고리대금 전략은 군소 국가들의 생산 양식을 송두리째 흔들어 놓아 그들의 경제 전략으로부터 도저히 자유로울 수 없는 시대이다.

이런 시대가 본격적으로 시작된 1960년대 이후부터 90년대 오늘에 이르기까지 한국의 국내 정치사의 현상 쪽에 눈을 돌리면, 한국민의 '자유와 억압'의 문제는 새로운 모습으로 진행되고 있음을 볼 수 있다. 최근세 30여 년 동안 우리들 국가를 책임졌던 전직 대통령들, 박정희, 전두환, 노태우, 김영삼, 그리고 그들과 함께 한 시대를 지배한 정치·경제 각료들은 우리나라가 단군 왕조 이래로 가장 잘사는 부자 나라가 되었노라는 정치적 담론들을 발표하곤 하였다. 언론 매체를 가진 대기업 주주들과 언론 매체 출신 각료들은 각각 은행 주주들과 연계되어 이와 같은 거대 담론이 아무런 고증 없이도 발표될 수 있었다. 이런 공개적인 언행 내용은 언제나 그들을 지지하는 국민 각자들을 담보하는 담론으로 분식(粉飾)되곤 하였다.

그러나 요즈음 이런 담론은 상당한 허구로 분식된 것들이었음이 잘 드러나고 있다. 광복을 전후한 왜정 시대로부터 오늘날에 이르기까지 우리 문학의 역사적 토양은 이런 내외의 정치적 책략으로 고리를 이루고 있었으며, 그것은 민중적 고통인 동시에 진행형이다. 그들은 그들 스스로 마땅히 지켜야 할 인격적 시험에서 모두 패배하여 스스로 천박해짐으로써 국민 모두로부터 유보시킨 자유의 값을 제대로 치르지 못하였다. 그들 자신의 비극에서 끝나지 않는 비극으로 그것은 오늘 우리 앞에 서서히 어둠의 그림자로 다가선다. 그들은 그들이 만들어 공표한 거짓 담론의 허풍 때문에 스스로를 더욱 천박한 인품의 졸장부들로 결판내 버렸다. 이런 형편이 바로 오늘 우리의 어려운 현실을 보게 하는 절실한 밑그림이다. 슬프지만 겸허하게 받아들이지 않을 수 없는 현실이다.

우리는 조금 위 연대의 어려운 시대에 작가들이 어떻게 문학적인 상관물들을 남겼는지 살펴 오늘의 형편을 되돌아볼 필요가 있다. 광복 직후 많은 사람들은 숱한 어려움에 처했었고, 그것은 작가들 눈에 밟힌 눈 돌릴 수 없는 어려움이며 고통이고 절망이었다. 그것은 실상 오늘날 우리가 직면한 국가적 어려움과 크게 다른 것이 아니다.

2. 귀향의 다리 광복기와 문학적 어둠

1946년에 '종로서원'에서 출판한 『해방 문학 선집』 단편집 제1권은 김환기(金煥基), 김용준(金瑢俊) 두 화백의 단출하면서도 우아한 장정으로 아홉 편의 중·단편 소설들이 수록되어 있다. 김동리(金東里)

의 「혈거 부족(穴居部族)」, 계용묵(桂鎔默)의 「별을 헨다」, 박종화(朴
鍾和)의 「논개(論介)」, 염상섭(廉想涉)의 「양과자갑」, 이태준(李泰俊)
의 「해방 전후」, 이선희(李善熙)의 「창(窓)」, 이근영(李根榮)의 「탁류
(濁流) 속을 가는 박 교수」, 정비석(鄭飛石)의 「귀향(歸鄉)」, 채만식
의 「논 이야기」 들이 그것이다. 박종화의 「논개」는 부득불 8·15 광
복을 일본 제국주의에 대한 항거와 관련지을 때 특별한 알레고리가
있다. 하지만 이 작품 내용은 광복 직후에 많은 사람들이 직면하여
헤쳐 나아가야 할 실존적인 문제로 벌어진 어려운 사태와 그것을 견
디는 아픔의 문제로부터 약간 비켜서 있는 형편이다.

위의 작품집들 속에 수록된 작품들을 문제 제기 내용으로 나눈다
면 대체로 다음과 같은 갈래로 분류될 수 있다. 첫째는 한국인들이
1930년대를 기점으로 하여 고향을 떠난 타향살이의 간난 및 귀향
모티프와 관련된 내용이고, 또 하나는 '자기 선택'이라는 철학적, 문
화적 격조 만들기와 관련된 이야기 내용이다. 셋째는 이데올로기 선
택에 따른 자아 읽기 또는 미국인 앞에서 한국인 드러내기와 관련된
이야기 내용이다.

김동리의 「혈거 부족」과 계용묵의 「별을 헨다」, 정비석의 「귀향」은
바로 광복을 맞은 한국 사람들 가운데서 가장 힘겹게 자기 고향을
찾아 나선 사람들에 초점을 맞춘 작품이다. 1945년 8월 15일에 별
안간 맞게 된 광복은 잃었던 자기 고향을 마음 놓고 찾아 나설 수 있
다는 자각을 한국민들에게 일깨운 충격적인 돌발 사건이었다. 남부
여대하고 고향을 등진 사람들은 일본인의 꾐과 조임에 따라 만주 쪽
으로 살길을 찾아 나선 한국의 유랑민들이었다. 일본의 온갖 술책
때문에 고향에서 살 수 없음을 가장 뚜렷하게 보여 준 1930년대 박
영준(朴榮濬)의 장편 소설 『일 년(一年)』이나 단편 소설 「모범 경작
생(模範耕作生)」은 출향한 주인공들이 1945년 광복을 맞으면서 귀

향길에 오른 내용이다. 이 계열에 속하는 작품들은 근대 소설사에서 빼놓을 수 없는 허준(許俊)의 「잔등(殘燈)」이나 염상섭의 「귀향」, 「짖지 않는 개」 등을 쉽게 떠올릴 수 있다. 8·15 민족 광복에 의해 비로소 이루어진 귀향이었기 때문이다. 문학사를 구성하는 데 필수적인 작가 생애 역사를 살펴보더라도 당시대 작가들 가운데 염상섭이나 박영준, 김수영(金洙暎), 안수길(安壽吉), 안회남(安懷南) 등 만주나 일본으로 출향하였던 문인들이 광복과 동시에 귀향하는 모습은 항상 한 폭의 그림처럼 그들 생애의 허리께에 비늘처럼 드리워져 있다. 만주 땅을 등에 업고 귀향하는 사람들, 고향에 희망의 빛이 있다고 믿으며 익숙해 있던 옛 땅으로 찾아오는 사람들.

  다시 위의 작품집에 수록된 작품들로 논의의 초점을 맞추어 보기로 한다. 김동리, 계용묵, 정비석이 쓴 작품들은 8·15 민족 광복이 풀어 준 이야기 보따리로서 그 20~30년 전의 어려웠던 고향 생활이 묘사되고 있다. 이들 주인공이 고향에서나 만주에서 공통적으로 겪었던 가장 큰 어려움은 '이루지 못함'과 '잃어버림', '지탱할 수 없음' 등으로 요약되는 삶의 간난이다. 사람은 희망이라는 빛을 따라서만 살 수 있는 존재이다. '희망의 빛'이 막혀 버린 상태를 일러 우리는 간난이라 부른다. 식량 공급을 위한 농토와 '집짓기'를 위한 양지바른 터, 푸르고 맑은 산과 하늘, 마을 앞을 가로질러 잔잔히 흐르는 개울물, 방천 둑, 들판 군데군데에 패어 파랗게 물이 괴어 있는 물웅덩이, 그리고 이 자연을 배경으로 봄, 여름, 가을, 겨울을 나면서 진행되는 삶의 흐드러진 만남들, 그들 비뚤배뚤 난 고샅길 위에 깔린 돌멩이 하나하나가 모두 고향이며 그 상관물이고 정서의 뿌리로 뻗친 '낯익음'이다.

  왜정 시대에 고향에서 더는 '집'을 지탱할 수 없는 이들에게 만주 땅은 '희망의 빛'처럼 들려왔고, 일본 정부는 바로 이 점을 노려 한국민 유민을 만주 땅으로 강제로 내모는 정책을 썼다. 만주 땅에 조선 유민들을 심어 중국을 견제하면서 조선을 완벽하게 자기들 것으로 하려는 정책은 일본인들 쪽에서 보면 아주 그럴듯하고도 도저한 국가적 책략일 수 있다. 정복자의 기쁨은 피정복자의 고통과 간난, 피로 얼룩지는 희생 위에서만 유효하게도 배가되는 법이다.

　산천이 생소하고 언어 풍속조차 다른 이방 땅으로 가기가 누군들 좋으랴만 안해는 고향떠나기를 끔찍이 싫어하였다. 싫은 길을 억지로 떠나는 안해는 마을에서 30리나 떨어진 비룡 폭포 소리가 들리는 이곳에 이르기까지 줄곧 울었다. 폭포 소리가 가깝게 들리는 길가에서 다리를 쉴 때에 「인제 가면 언제나 또다시 저 폭포 소리를 듣게 될까요?」 하고 안해가 서글픈 표정으로 물어서 「죽자구나 허구 10년만 참우! 만주에서 10년만 지내노라면 설마 논밭 열 마지기 밑천쯤이야 안 생길라구. 그러면 남부럽지 않게 고향에 돌아와 어엿하게 삽시다그려!」[32]

　정비석의 「귀향」의 주인공은 이렇게 출향하면서 스스로를 달래었던 사람이다. 고향을 떠나면서 그들이 빛으로 간직하였던 소망은 고향에서 '이루지 못한 것' 또는 '잃어버린 것'을 이루거나 '되찾고' 어려움을 '버틸 수 있는 힘'을 만주 땅에 가서 회복하려는 것이었다. 사람들은 그들이 지닌 소망의 크기에 따라서 자아의 자아 됨을 결정한다. 왜정 당시에 촌민들이 지닐 수 있었던 소망의 크기란 강제와 타율에 의해 극도로 축소되어 있었고 그 정도가 생계유지 단위로 위축되어 있음을 이 작품들은 이야기 가락의 어두운 기반으로 깔고 있

---

32) 『해방 문학 전집』 단편집 1(종로서원, 1946), 229쪽.

다. 그러나 그들이 만주 땅을 향하면서 어렴풋이 품었던 소망은 물 거품이 되었다.

「귀향」의 주인공 최현수 노인은 아내를 잃어 만주 땅에 묻었으며, 김동리의 「혈거 부족」 속의 주인공 순녀는 남편을 잃었다. 그들은 하나같이 지니고 있던 것들을 잃었다. 계용묵의 「별을 헨다」 속의 아들과 어머니도 그들의 아버지와 남편을 잃었다. 만주로부터 아버지의 유골을 싸 지고 광복된 조국에 왔으나 최소한의 생활 기반조차 그들은 마련할 수가 없다. 최현수 노인. 20대의 아들과 며느리, 며느리 등에 업혀 있는 손자를 데리고 그는 이제 8·15 광복이 전해 준 희망의 빛을 찾아왔다. 아내는 만주에서 다시 수태하지도 못하였고 건강한 몸으로 고향길에 오르지도 못하고 그곳에서 죽었다. 귀향길의 어려움은 모든 존재의 공통적인 형이상학적 시험 내용이다. 비록 아내가 죽고 남편이 죽었어도 고향으로는 돌아가야 한다는 절박한 마음을 8·15 광복은 조선인들에게 안겨 주었다. 고향을 향한 이런 절박함은 어떤 방식으로, 또 어떤 용어로 선명하게 설명될 수 있을까?

순녀는 갑자기 울음이 복받쳐 오름을 깨달았다. 지금까지는 성공이나 하면 돌아가려던 고향의 땅이었다. 그러나 이제 해방된 고국에 돌아가는데야 무슨 성공과 실패가 있으랴, 그저 몸이나 성해 돌아가면 장하지……. 하지만 움쑥 들어간 두 눈, 움쑥 파인 두 볼, 시시로 요강에 뱉어 내는 혈담. 그리하여 희망이란 것이 다만 고향에 가 묻히기나 하고 싶다는 남편이 아닌가.[33]

젖먹이 하나만 달랑 업고 '봉천서, 안동서, 신의주서, 평양서 이미

---

33) 같은 책, 7쪽.

팔 건 다 팔고 잃을 건 다 잃고 난 그들의 보퉁이 속에는 냄비 하나와 숟가락 셋과 그리고 어린것의 기저귀 몇 벌이 있을 뿐'인 순녀는 서울에 와서 남편을 고향까지 데리고 갈 여비조차 없는 빈털터리가 되었다. 끝내 남편은 서울서 죽었다. 이제 「혈거 부족」의 순녀는 더 찾아가야 할 고향조차 없어졌다. 고향은 단순한 지형상의 공간을 지표로 삼는 용어가 아니다. 그곳은 늘 존재 가까이 있으면서도 끊임없이 자아를 몰아내는 독특하고도 치열한 공간이며 형이상학적인 이상향이기도 하다. 고향을 어떻게 읽느냐에 따라 한 인물의 양심이 드러나는 경우는 여러 소설 작품들이 증명해 보인다. 한승원의 소설들이 그렇고, 김주영의 소설들이 그러하고, 또 김원일의 소설들이 그런 자율적 양심 원리에 맞는 행위 공식을 주축으로 하여 쓰였다. 그곳에는 역사가 있고 인간 존재의 시작과 끝이 있으며 그곳에 살던 이들의 슬픔과 고뇌, 절망 들이 그와 비례할 만큼의 즐거움을 동반한 행복과 함께 얽혀 있다.

고향은 도덕 원리를 읽는 최소 단위의 공동체적 윤리 교실이다. 그곳에는 부끄러움과 자랑스러움이 무엇인지를 확실하게 가르쳐 주는 진정한 윤리적 삶이 있으며 그것들을 지키며 사는 것이 기쁨인 것을 믿게 하는 가까운 눈길들이 있다. 모든 사람들은 문화의 자율적 통제 능력을 이곳으로부터 부여받았으며, 그것을 어겼을 때 도덕적 자아의 기본 형질이 파괴됨을 스스로 익힌다. 고향의 친화력과 거부력은 이 두 도덕적 문화의 축이 강렬한 힘으로 작용하기 때문에 공존한다.

김원일의 중후한 장편 소설 『바람과 강』 속의 주인공 이인태는 만주 벌판을 떠돌며 무수한 역경을 겪다가 광복 후 귀국하지만 자기 고향 땅을 지척에 두고 주막집에 눌러앉아 죽음을 맞이한다. 고향 사람들에게 알리면 부끄러울 일을 그가 만주에서 행하였기 때문이다. 그가 귀향하지 못하는 것은 고향의 양심이라는 거울이 두려웠기 때문이다. 고향 사람들의 눈길, 그것은 바로 양심의 거울인 때문이다. 도덕적 자율성이 인간에게 부과되는 곳으로서의 고향 땅으로부터 타율적인 힘에 의해 축출당했던 조선 사람들의 광복 시기 당대 귀향은 그러므로 힘에 겨운 행보였다.

그런 점에서 계용묵의 작품은 시사하는 바가 많다. 계용묵의 이 작품에서 우리가 볼 것은 고향 그 자체일 뿐만 아니라 건강한 '집 짓기'를 위해 필요한 인간 조건에 대한 문제 제기이다. 고향에 자기 '집 짓기'가 이루어지기 위해 갖추어야 할 인간적 태도가 어떤 것이어야 하는지의 도덕적 화두를 이 작품은 내포하고 있다. 잃어버린 고향에 앞서 모두가 다 같이 어려운 시국을 맞은 상태에서 우리가 그것보다 더욱 심각하게 잃고 있는 것은 없는지를 이 작품은 진지하게 묻고 있다. 그것은 소설의 도덕적 질문이며 소설이 철학을 대신하는 요소이기도 하다.

3. 도덕적 자기 결정과 비극적 세계관

1945년 8월 15일에 한반도에서 일어난 역사적 사건은 몇 가지 측면에서 살펴질 수 있다. 그 첫째는 경제적인 측면. 침략자들이 가장 먼저 노리는 곳은 으레 경제적 요충지이다. 제2차 세계 대전 당시 이미 독일의 히틀러나 일본의 도조 내각이 침략군의 무력 장비를 확충하면서 가장 신경을 썼던 부분은 군사적 보급창 확보였다. 기동력의 기본인 석유 확보와 강력한 무기 생산을 위한 철강 확보, 그리고 식량 확보. 이들 세 요소는 침략군들뿐만 아니라 모든 국가가 당면

하여 확보하여야 할 생활 기반이기도 하다. 미국과 영국, 프랑스, 중국과 소련을 위시한 세계 열강 국가들이 각기 그들의 국가 이익을 위해 '지켜야 할 영역'을 확보한다고 연합 군대를 편성한 것은 필연적인 것이었다. 그들이 독일과 일본, 이탈리아의 파쇼에 대항해 싸운 것은 무엇보다도 그들 각 국가가 지켜야 할 경제적인 이익 지분 때문이었다. 8·15 조선 광복과 함께 조선인들이 얻은 것은 잠시 반짝하는 '광복의 기쁨'이었지만, 미국과 소련이 챙긴 것은 한반도에서 생길 수 있는 막대한 경제적 이익이었다.

둘째는 정치적 측면. 8·15 광복이 조선인들에 의해 이루어지지 못하였음을 나는 우리 역사에서 근대적 비극의 첫째가는 길목이라고 생각한다. 광복이 되자마자 열강 승전국들은 삼팔선으로 갈라 한반도를 두 동강 낸 다음 미국과 소련이 우선 조선인들의 정치적 자율성에 쐐기부터 박는 일에 착수하였다. 일본인들로부터 빼앗은 국가이므로 당연히 그들은 조선에 대한 정치적 권한을 행사하려 하였고 그들은 그렇게 정치적 힘을 행사하여 왔다. 8·15 광복을 전후한 우리 문학의 이야기 내역은 이렇게 외적인 조건부터 빛이 막혀 버린 상태와 관련짓지 않을 수 없었다. 자율성이 막혀 버린 국가와 그 구성원들의 세계관은 언제나 자유로운 의사의 빛을 차단당한다. '반민족 행위 처벌법' 시행을 어렵게 만들어 한민족의 도덕적 결속력을 다지지 못하게 한 것도 미국의 정치적 입김과 무관하지 않았음을 우리의 여러 역사 기록은 증명한다.

셋째는 문화적 측면. 비록 광복되어 조선 사람들이 쫓겨났던 각기 고향으로 서둘러 속속 찾아왔지만, 이미 일본인들에 의해 엄청난 질량으로 부스러뜨림을 당한 조선인들의 문화 의식에는 커다란 공동이 생겨 버렸다. 깨어져 버린 조선 문화의 기반을 8·15 광복 직후의 사회 형편은 되찾기가 아주 어려운 지경에 놓여 있었다. '고향에 뼈라도 묻겠다'는 명제란 과연 무엇일까? 만주로 쫓겨났던 조선인들은 만주 땅을 그나마 '희망의 빛'으로 착각하며 20~30여 년 간 생존을 부지하였다. 그러나 그 만주도 조선인들에게는 이미 빛이 차단당한 상태에 있었음을 작품 주인공들은 여실하게 보여 주었다. 이름 없는 주인공 '아들'의 의식을 통해 작가는 만주에서 노력만 하면 그래도 먹고 살 수는 있었다고 썼다. 그런데도 그들은 고향을 찾아 고향 근처에 힘겹게 도착하였다. 마음의 고향은 어떤 형태로든 삶의 빛일 수밖에 없다. 고향이 마음으로부터 떠날 때가 언제나 문제이다. 귀향한 사람들은 새로운 삶의 터전이었던 만주에서는 뼈를 묻어 존재의 뿌리를 내릴 수 없다고 믿고 있던 혈육의 유골을 대부분 짊어지고 왔다. 그들은 과거를 짐 진 채 고향에 온 것이다.

찾아온 고향에서 그들이 만난 것은 무엇이었나? 「혈거 부족」이나 「별을 헨다」, 「귀향」에서 그들은 이미 잃어버린 '낯익음'일 뿐이다. 정비석이 애써 「귀향」을 '자식 찾음' 모티프로 흐려 놓은 경우를 빼고 남북 분단의 조짐이 무겁게 내려앉은 고향의 분위기는 불안하고 음산한 뜬소문 속에 묻혀 있다. 아직도 그들은 유랑민이다. 그런 어려움 속에서나마 '집짓기'를 위해 그들은 서로 돕고 보살피는 일에 마음을 쓰고 있다. 「혈거 부족」의 '성북구 지역' 산동네 방공호를 임시 삶의 터전으로 삼은 사람들의 안쓰러운 생의 몸짓들이 김동리의 눈에 잡혀 아픈 이야기로 전해진다.

빛을 잃은 시대의 사람들은 모두 빛이 어디에 있는지를 몰라 방황하고 절망한다. 작가에게 우리는 그들이 인류에게 '빛'이 어디 있는지를 정확히 알려 줄 것을 요구한다. 그것을 우리는 작가들이 어려운 시대를 살면서 짊어진 이중적인 짐으로 인식한다. 왜정 당시 이른바 친일적인 내용을 쓴 작가들이야말로 8·15 광복을 맞으면서 무거운 짐을 다시 지게 된 형편이다. 이 글에서 친일 작가를 거론하지는 않겠다. 다만 그들이 짊어진 짐이 곧 조선족 우리 모두의 짐이었다는 언급에 머무르되 작가에게 당대의 강력한 '힘이 곧 빛'이라는 문학적 언표는 하지 말아야 한다는 비평적 메시지만 밝히고자 한다. 1940년 2월 호『인문 평론』에 발표한 정비석의 「삼대」만 해도 작가는 이기는 자만이 아름다운 것이라는 메시지를 담아 일본 제국주의 군대가 만주 벌판에서 승승장구 남의 나라 백성을 짓밟는 장면을 찬양한 바 있다. 그랬기 때문에 그의 소설가적 행로는 '문학사적 빛'을 잃고 방황한 것으로 끝났다. 작가란 어느 시대에나 도덕적 결단의 양날 위에 서 있는 존재이다. 그들은 그들 시대가 요구하는 '빛'을 찾아야 하는, 그래서 그 힘겨운 짐을 마땅히 짊어져야 할 그들 몫의 생애가 있다는 비평적 메시지.

4. 인간적 격조와 고통 속의 자아 선택 — 지적 용기

계용묵의 앞 작품에는 구체성이 없는 게 흠이다. '아들'과 '어머니', 그리고 이웃집 누구 하는 식으로 자아 관념이 직조되어 있어서 구체적인 실감이 없다. 그런 반면 작가의 도덕적 결단을 요구하는 메시지는 강하다. 이 작품에서 우리가 놓칠 수 없는 것은 작중 인물의 뚜렷한 자아 결정에 관한 부분이다. 이것은 여러 형태의 인물 창조라는 작가적 소명의 실천 말고도 광복기 문학 속에서 극심하게 어려운 당대 현실들을 점검하는 데 있어 아주 중요한 전망으로 읽힌다. 이 작품에 의하면, 어려운 시대를 맞이한 사람들 가운데는 그 어둠을 헤치며 살아가는 두 가지 유형의 인물이 있을 수 있다.

첫째는 살아남는 것 자체만을 생애의 지상 목표로 삼는 인간 유형.

윤리적 삶의 질서 관념도 이 지상 목표 앞에서는 무의미하다. '남에게 가할 해악을 불사함'이라는 뜻도 이런 관념 속에는 승하게 있다. 계용묵의 「별을 헨다」의 주인공 '아들'은 남대문 시장에서 벌이는 한 지면 있는 이의 악다구니 장면을 지켜본다. 그 지인은 주인공 편이며 주인공을 도와 적산 가옥 한 채를 얻을 수 있도록 주선하겠다고 자처하는 인물이다. 주인공의 지인은 이미 적산 가옥을 완력으로 차지하고 있는 사람이며 순진한 사람이 들고 나온 가죽잠바를 헐값에 빼앗다시피 하여 차지하면서 억울해하는 사람에 대해 아무런 자의식이 없는 인물이다. 탐욕의 농도가 미약하게는 보여도 염상섭의 「양과자갑」 속의 집주인 딸이나 그 주인 여동생 안라(安羅) 등은 생존을 위해 수단과 방법을 가리지 않는 인물에 속한다. 미군의 힘을 빌려 적산 가옥이나 적산 가구들을 차지하며 만족해하는 인물이라는 점에서 계용묵의 악역 인물과는 동격이다. 나의 욕망은 충족되어야 할 어떤 것이고 남의 소망이나 존엄성은 나의 욕망을 위한 수단일 뿐이라고 생각하는 사람에 대한 소설적 탐구. 그들의 존재 이유에 대한 탐색은 작가의 한 임무이기도 하다. 악에 대한 작가의 연구 몫.

둘째는 아무리 어려운 처지에 놓여 있다 해도 결코 남을 해치는 일로 나의 이익을 채우지 않겠다는 윤리 의식을 인간 격조의 지표로 삼는 인물 유형. 계용묵의 「별을 헨다」 속의 주인공 '아들'은 아버지의 유골을 짊어지고 천신만고 끝에 만주로부터 귀향, 월남하였으나 겨우 산속 움막에서 추위를 모면할 뿐인 처지의 인물이다. 그럼에도 불구하고 그는 남이 들어 있는 적산 가옥을 서류를 갖추어 빼앗아 차지하게 해주겠다는 지인의 강권을 과감하게 뿌리치는 인물이다. 그의 결연한 도덕적 심지가 강렬한 인상으로 그려져 있다. 염상섭의 「양과자갑」의 주인공인 대학교 영어 강사 영수(英洙) 또한 남의 집 사글셋방에서 겨우 사는 처지이지만 미군에게 기대어 적산 가옥이나 얻어 갖겠다는 태도를 일거에 거부하는 인물이다. 자아 선택의 도덕적 기준이 뚜렷한 그들은 첫째 유형과는 분명하게 구분되는 인물들이다.

이런 두 유형의 인물들은 생활의 여유가 있는 부류에도 없는 부류에도, 또 지식이 있는 부류에도 없는 부류에도 섞여 있다. 악과 선이 늘 한자리에 있음으로 그 두 윤리적 거리를 판별할 수 있듯이 이들의 혼재는 숙명적인 존재태이다. 이런 대조적인 인물들을 한자리에 모아 놓고 뚜렷한 작가의 도덕적 목소리를 드러낸 작품이 이근영의 「탁류 속을 가는 박 교수」이다. 최고의 지식인임을 자처하는 대학교수들을 주인공으로 한 이 작품은 작가가 당대 사회의 속물들을 비웃기 위한 비판적 담론을 표면화한 작품이다. 언제나 힘센 자 앞에서 이익을 챙기고 보는, 그래서 그것을 삶의 기본 철학으로 삼고 있는 부류의 사람들을, 이상주의적인 부류의 사람들 또는 도덕적 정결성을 삶의 가치 있는 덕목으로 믿고 사는 사람들은 멸시하고 싫어한다. 8·15 광복 직후의 한국 사회에서 미국은 가장 힘센 세력이었고, 한국에 주둔한 미군 쪽에 등을 대는 것은 현실적으로 가장 큰 이익의 지름길이었다. 이런 현실 속에서 앞에서 든 제1유형의 인물들의 현실론적 주장은 노골적이어서 일체의 한 민족이 지닌 도덕적 윤리 관념이 끼어들 틈이 없다. 경제학 교수와 영문학 교수들이 미국인과 함께한 저녁 식사 모임에서의 담론은 아주 완벽하게 실용주의적이고 실제적인 것이어서, 거의 미국의 주류 사상에 속하는 실용 노선 사고방식을 아무런 여과 없이 큰 목소리로 확대하여 보이고 있다. 이 소설에서의 대화들은 작가 이근영의 작가적 분노심이 노골적으로 노출된 삽화이다.

「상업이란 건 이윤을 짧은 기간에 많이 내는 것이 목적입니다. 그런

걸로 보아 양복감이나 설탕이나 생고무는 제일급에 속하거든요. 양복
감이나 설탕은 불필요한 것이 아니냐 허시겠지만 그렇잖습니다. 조선
도 해방 덕에 국제 문화를 향상시켜야 합니다. 첫째, 의복도 모다 양복
으로 개량해야 하고 음식도 맵고 짠 것을 단것으로 개량해야 합니다.」
　「정말 문화인의 경제 관념입니다. 조선 사람들의 흰옷 입고 몰려다
니는 걸 아름답게 보자면 양 떼 같다 하겠지만 흡사히 폐물 된 병객들
이 방황하는 것같이 뵙니다.」
　미국인이 교만한 표정으로 이렇게 말하자, 윤과 장은 그 말에 혹하
는 시늉을 하고, 윤은 「참 적절한 비유올시다」 하고 웃었다.[34]

　광복 직후 남북 양쪽에 미군과 소련군이 들어와 조선을 통치하는
동안, 한국인들의 생각과 이상은 뚜렷한 방향을 잃은 채 방황하는 형
국을 띠고 있었다. 신념이 굳은 지식인들이 학교에서 소신껏 가르치
다가 어느 세력에 의해 끌려가는지 모르게 잡혀가 고초를 치르거나
직장에서 권고 사직을 당하는 형편을 이근영의 작품은 명쾌하게 그
려 보이고 있다. 광복기의 혼란한 시국에 한 대학교에서 교수와 학
생들이 각기 자기 노선을 따라 행동하며 진로를 찾는 이야기가 수채
화처럼 그려진 작품이 이 소설의 내용이다. 위의 인용은 현실론자의
반민족적 부도덕성을 드러내 보이고자 하는 현실 고발에 해당한다.
생산재 생산을 위한 경제 정책보다는 미국의 소비재 시장 확장을 통
해 자기 부나 축적하겠다는 약삭빠른 사람에 대한 멸시가 이 작품에
는 들어 있다. 오늘날의 근대성 이론을 이 작품에 결부시켜 읽으면
이 이야기 속의 고민 내용이 어떤 결과로 이행하고 있었는지를 극명
하게 읽을 수 있다. 근대성이란 생명에 가하는 무자비한 폭력 그 자

---

34) 같은 책, 204쪽.

체임을 이 작품은 잘 드러내고 있다.

광복 직후의 삶은 무엇인가 어떤 방향을 향해 스스로의 진로를 결정해야 하는 어려운 시기였다. 이태준의 「해방 전후」는 이런 지식인의 방황을 가장 극명하게 그린 작품으로 평가되어 오고 있다. 광복이 된다는 것을 지식인들은 무턱대고 기뻐할 수가 없다. 어떤 형태로 우리 민족이 독립을 이룩할지에 대한 관념은 복합적일 수밖에 없었다. 왕권이 무너진 것은 이미 기정사실이라 할지라도 자본주의적 우익과 공산주의적 좌익들의 정치 싸움은 치열하게 터져 올랐다. 8·15 광복기의 국내 사정이었다. 이 싸움의 배후에는 온전히 미국과 소련이 있었다. 그러므로 광복과 함께 기대된 국가적 독립성은 한반도를 둘러싼 열강 제국들의 힘과 자기 국가 이익을 챙기려는 국가적 책략에 따라 결판나게 되었다.

이근영의 「탁류 속을 가는 박 교수」의 주인공인 박 교수는 이태준의 「해방 전후」의 현(玄)과 같은 지식인의 문학적 순정성을 지닌 사람이었다. 광복 후의 이 나라 주인은 '인민의 것'이라고 선동한 좌파 인물들과 그에 맞서 보다 섬세하게 토지 자산 문제를 생각하려는 중도적 지식인, 토지란 이미 가진 자의 것임을 강제하려는 패들 사이에는 불가피하게 투쟁으로 맞설 수밖에 없다. 이선희의 「창」 속에서 주인공 김 교사는 10년 동안 밤잠 안 자고 돈을 모아 산 땅 다섯 마지기를 지킬 수 없다는 절망감 때문에 자살했다. 북한에서 시작한 토지 개혁이나 남한 정부에서 미적거리면서 토지 소유주들의 이익을 보호한 토지 개혁도 만인을 만족시킬 수는 없었다. 채만식의 「논 이야기」는 이런 균형의 불완전성을 드러낸 빼어난 작품이다. 인간에게는 욕망이라는 엄청난 힘이 있어서 이것을 혼란기에 조절한다는 것은 어렵다. 생존과 욕망 사이에는 뗄래야 뗄 수 없는 함수 관계가 있다. 한 생원(한덕문)이 일제 때 팔아먹은 땅을 되찾게 되었다고 기뻐

한 바로 그 일본인이라는 '금광'은 그렇게 호락호락하지 않았다. 일본인들이 두고 간 적산을 차지하려는 세력은 이미 앞에서 살펴본 계용묵, 염상섭, 이근영, 이선희과 함께 채만식 등의 소설적 사색 속에서 밝히 드러났다. 광복의 기쁨은 추상적인 것이었고 거기 따른 애통과 통분, 어려움은 엄청나게 배가되어 나타났는데 그렇게 끌고 온 이 나라의 근대화 결과는 오늘날 남한의 '아이엠에프 정국'과 소문으로 듣는 '굶주리는 북한 정국'으로 뚜렷하게 드러났다고 나는 읽으려 한다.

제 2 장

역사·문학 권력·문학 전통·한국 사회

문학 제도와 문학 시장

1. 서 론

모든 작가나 시인은 하나씩의 정부를 형성하고 있다. 이 언술 속에 현금의 각 대학교 교수들까지를 포함하여도 된다. 그들은 각기 자기들의 정부를 지니고 있다. 그것은 한 나라의 정치 기반이 만들어 놓은 제도(制度)[35]가 그들을 지지해 주고 있기 때문이다. 정부란 무엇인가? 그것은 근본적으로 권력에 의해 지탱되는 제도이다. 모든 문인들은 가장 강력한 정부를 자신의 문학 행위 속에 만들기를 꿈꾼다. 문학 작품들을 읽는 독자들은 모두 그들의 신민이고 백성이어서 많은 독자들을 거느린 작가일수록 강력한 의견 몰이에 영향력

---

[35] 제도란 규율이고 법령이며 구속력이어서 그 속에 존재하는 사람들을 여러 형태로 어거하며, 권리와 동시에 의무를 이행하도록 넓고도 깊은 긴장력을 지닌다.

을 행사할 수 있고 그것에 의해 그는 또 다른 권력을 행사할 수 있다.[36] 작가나 시인이 권력을 지닌 정부라고 한다면 그들이 백성들에게 행사하는 권력의 매체란 무엇일까? 두말할 필요도 없이 그것은 문학 작품이다.

그러나 이렇게 시인이나 작가들을 권력자나 정부라고 칭한다면 그들을 숙주로 하여 기생하는 문학지나 문학 단체의 문학 행위 자체는 어떻게 읽어야 할까? 엄격하게 말한다면, 문학 제도란 이들 문학자들이 세워 만드는 정부가 그 권력과 의무, 세금 징수와 투표 등을 행사하면서 유지된다. 제도란 그 단위가 제정한 법규이다. 법규에는 그것을 행사할 때 생기는 권리와 의무가 따르고 그것들이 유지되기 위해 일정한 세금을 바쳐야 하고 제도권을 장악한 문인들은 그것을 징수하는 데 전력을 기울인다. 문인들이 그들의 문학 제도로 이용하는 매체는 다양하다.

---

36) 김동인은 그의 『문단 30년의 발자취』에서 이렇게 썼다. "민족의 역사는 4천 년이지만 우리는 문학의 유산을 계승받지 못하였다. 우리에게 상속된 문학은 한문학이었다. 전인(前人)의 유산이 없는지라, 우리가 문학을 가지려면 순전히 새로 만들어 내는 수밖에 없었다." 『동인 전집』 제8권(홍자출판사, 1969), 382쪽. 3·1운동의 시작을 알리는 일본 동경에서의 학생들 모임을 소개하고 나서 김동인이 내린 문학 동인지 『창조』 출간의 자기 변은 이렇게 스스로 4천 년 역사를 없애는 공로자로 치켜세우고 있는데, 이게 다 어리석은 자들이 만드는 권력 행사의 기본 자세이다. 무엇이든지 자기가 먼저 했다고 치켜세우는 작업이 제도와 권력을 만드는 기본 순서라는 뜻이다. 또 한 가지, 1970~80년대에 한국 문학 비평사에서 헝가리 출신의 공산주의 문예 이론가 게오르그 루카치가 누린 권력은 엄청난 것이었다. 박정희 일당의 군사 독재자들 앞에서 그 독재를 깨부술 이론 무기로서 루카치의 총체성 이론은 한국 지식인들이 지닌 일종의 법령이었고 금과옥조였다. 1970~80년대에 썼던 한국 문학 평론가들의 글들을 뒤지면, 이 권력 행사의 이상 기온은 재미있는 모양으로 잘 떠오를 것이다.

문학 제도로서의 매체 가운데서 첫째는 일간 신문을 들 수 있다. 1900년대 초부터 일간 신문 매체는 독자를 확보하는 중요한 발판이었다. 이인직(李人稙)이 한국 최초의 개화기 소설을 썼다고 평가한 학자들은 그들의 눈에 일간 신문이 차지하는 비중이 얼마나 컸던가를 여실하게 증명해 보여 주었다.[37] 1898년 「제국신문(帝國新聞)」이 발간되어 이인직의 『혈(血)의 누(淚)』 하편이 이 신문에 연재되었으며, 「황성신문(皇城新聞)」(1898년 창간)은 1906년에 신문 소설을 연재하기 시작하였고, 동시대에 「만세보(萬歲報)」, 「대한매일신보(大韓每日新報)」 등의 신문들이 창간되어 하나의 커다란 의견 몰이로서의 문학 제도가 형성되었다.

그 다음은 문학 동인지 형태의 문학 잡지이고, 셋째가 출판사이다.

넷째, 문학 단체나 문학인들이 만들어 낸 협의체 같은 것들도 문학 제도의 또 한 주류이다. 1930년대에 큰 세력을 떨쳤던 카프(KAPF)나 1950년대의 청년작가동맹, 한국문인협회 등의 문학 단체들이 이에 속한다. 이 글에서는 주로 문학 잡지를 통한 한국 문학의 제도적 장치를 살펴보려고 한다.

1900년대, 나라가 이미 힘을 잃고 일본 경시 마루야마(丸山重俊)를 경무 고문(警務顧問)으로 삼음으로써 나라의 치안 문제를 그들에게 맡겨 버리고(1905년 2월), 통신 기관도 일본에 위임하여(그해 4월), 드디어 11월 을사조약이라는 치욕이 이루어졌던 때로부터 한국의 문학적 제도가 어떻게 변모를 거듭하여 왔는지를 밝히려는 데 이 글의 목표가 있다.

위의 각주 36에서 인용한 '4천 년 역사의 한국 문학은 한문학'이었다는 김동인의 언술은 두 가지 점에서 명확하다. 하나는 1900년대

---

37) 이재선(李在銑) 역주, 『한말의 신문 소설』(한국일보사, 1957), 8~84쪽 참조.

이 시기 이전에 통용되었던 문학 제도가 한문학이었다는 내용이다. 또 하나는 1920년 김동인 당대에는 앞에 있었던 한문학적 문학 제도를 아예 없었던 것으로 취급하겠다는 선언이었다.[38] 서양닮기를 국가 사업으로 채택한 일본인들의 어문 정책을 지켜보았던, 당대 권력의 등밀이를 피할 수 없었던 동경 유학파 세력으로서 김동인은 그렇게 힘차게 읊조렸던 것이다.[39] 모든 제도는, 앞의 것을 유지하면서 이루어 가느냐, 앞의 것을 폐기 처분하고 새롭게 가느냐의 두 갈래 길 앞에 있다. 그런데 김동인을 비롯한 일본 유학파들은 후자를 택함으로써 자기 존재의 근원들인 과거 속에 들어 있던 자아를 가차 없이 버렸다. 과연 이 시기의 이런 선택을 최상의 길로 평가할 것인

---

38) 김동인의 이 『문단 30년의 발자취』는 민족 광복이 이루어진 1948년 3월부터 1949년 8월까지 『신천지(新天地)』에 연재된 글로, 홍자출판사에서 『동인 전집』을 출간하던 1969년에 전집 8권에서 이 글 앞 간지에 '문단 30년사'라고 붙이고 본문 하단에는 '문단 30년의 발자취'라고 표기하여 놓았다. 그의 자화 자찬이 길게 서술된 이 글은 한 문학 제도를 만든 사람의 권세를 잘 읽게 하는 본보기이다. 그러나 실제로 이 시기로부터 한문학이 쇠퇴하고 '언문일치의 문학 운동이 일어났다'는 사항은 개항기의 기본적인 변혁의 모습이었다. 조윤제(趙潤濟), 『국문학사』(동국문화사, 1949), 479쪽 이하 참조.

39) 의도하든 의도하지 않든 작가는 인간으로 하여금 어느 누구의 노예 됨도 거부하는 철학적 깊이를 지니지 않으면 그가 쓴 작품을 오래 살려 낼 수가 없다. 현대 러시아의 작가 아이트마토프(Chingiz Aitmatov : 1928~)는 그의 작품들, 「하얀 배」, 『백 년보다 긴 하루』 등에서 자신의 존재 과거를 잃어 기억을 상실한 인간을 '만쿠르트(mankurt)'라고 불렀다. 가장 완벽한 남의 노예인 이 만쿠르트는 남이 시키는 대로, 하라는 대로만 일하며 살고 있는, 현대 교육을 받는 인간들의 전형이라는 것이다. 키르기스스탄 출신인 이 현역 러시아 작가는 우리 당대의 현실을 날카롭게 읽고 있으며 비판 안목이 뚜렷하다. 그런데 우리의 선배 작가 김동인은 그런 철저한 자기 철학을 지니지 못한 채 스스로 작가가 된 것을 큰 소리로 내세워 그를 읽는 후인들을 곤혹스럽게 만들고 있다.

지에 대해서는 역사가 좀 더 지나면 판명될 것이다.

2. 문학 매체와 제도권 형성의 역사적 조명

가령 한국의 고전 소설 가운데 『박씨전』이 당대에 얼마나 읽혔는
지를 탐색하는 일은 간단치 않다. 독자들의 숫자를 통해서 그 작품
이 어느 정도나 팔렸고, 그 영향력이 얼마나 퍼져 나아갔는지를 판
독하기란 그리 쉽지 않다. 인쇄술의 대량 생산이 제한되어 있던 때
에 낭송인들이 각 마을을 다니면서 읽어 주는 책들과 각기 스스로
베끼는 수고를 마다하지 않았던 사회적 시대 감각을 감안하면, 병자
호란 이후 호병(胡兵)에게 끌려가 수모를 당하고 돌아온 조선 여인
들의 한(恨)과 이 문학적 확산은 제도로서의 푸른 용〔靑龍〕40)의 기운
을 띤 것이었다. 천지에 가득 차 있는 사람의 억울한 마음과 슬픔, 한
과 저주는 어떤 형태로든 세상에 그 모습을 드러낸다. 이렇게 천지
에 미만해 있던 힘이 적절한 이야기 통로를 통해 세상에 유포되어
많은 사람들의 심금을 울릴 때, 『박씨전』의 세계는 당대에 잠복하여
때를 엿보던 '힘의 유체(流體)'41)가 맑고 밝으며 평화로운 구체로 나
타난 것으로서, 그것은 문학 제도로서의 아름다움을 나타낸다. 그러
나 일정한 집단의 거대한 음모에 의해 설립되고 짜여, 필연적으로 인
류의 불행을 담보로 할, 악의를 등에 진 제도란 그것이 어떤 것이든

---

40) D.H. 로렌스, 김명복 옮김, 『로렌스의 묵시록』(나남출판사, 1998), 166~185
쪽 참조.
41) 이것을 로렌스는 중국인들이 특히 선호하는 용(龍)이라 불렀다.

지 간에 독사의 기운을 내뿜어 어둠의 고통이 천지를 진동시킨다. 그런 문학 제도란 대체로 당대를 떠들썩하게 하다가 많은 사람들을 현혹시키면서 슬그머니 사라지고 마는 운명에 처한다.

모든 사람들은 자신의 법 만들기를 원한다. 특히 문인들은 그들의 법을 문학 작품들로 만들어 간다. 하필 문학 매체를 문학 제도로 읽는 이유는 무엇인가? 우리가 쉽게 이해하고 이미 직접 겪어 온 역사 속에서 우리의 이론을 찾고 그것들을 정리하는 일은 아주 마땅하다는 이유로 문학 매체를 나는 문학 제도의 중요한 기둥이라고 읽고자한다. 1910년에 한국은 완전히 일본에게 빼앗겼다. 1919년 3월 1일, 한국 전역에서는 전국 규모의 항일 운동이 일어났다. 일본 경찰의 총칼로 그 저항은 간단히 제거되었고 그 후유증은 직접 피해자들은 물론이고 그들을 지켜본 일반 민중 쪽에는 더욱 심대한 영향을 끼쳤다.[42] 나라 되찾는 길을 향해 닻을 올리고 떠난, 공고한 마음을 지녔던 인사들을 제외한 일반 민중들 사이에는 공포와 피해망상, 집단적 탈출 꿈꾸기 등이 이 시기 한국의 산야에 그림자처럼 퍼져 나아갔다. 산산조각난 나라, 산산조각난 민족, 고통과 불안, 슬픔을 가슴속에 품고 전전긍긍하던 한민족들 사이를 누비며 가장 행복해하는 일본인들의 드높은 호령 소리가 하늘을 찌를 듯하던 시대, 이것이 1920년대 한국 사회의 모습이었다.[43] 이럴 때 일본에 유학한 당대 조선 청년들의 심기 속에 한 문학 제도 만들기가 이루어지고 있었다. 평안도 평양 출신 중에 가장 가세가 튼튼했던 김동인이 주도한

---

42) 1957년에 정음사(正音社)에서 펴낸 『세계사 연표(世界史年表)』를 참조하면, 1919년 3월 1일 민중 대봉기 당시의 상황을 이렇게 기록하여 놓았다. 거사 당일 총인원 1,363,878명, 희생자 6,670명, 상해자 14,800명이었는데, 3월 23일에 국민대표회의가 서울에서 개최되었고, 그날 임시 정부 조직이 이루어졌다. 같은 책, 178쪽 참조.

동인지 『창조』 발간이 그것이었다.

1) 『창조』[44]와 『폐허』, 『문장』 시대

나라는 빼앗긴 지 이미 10여 년이 지났고, 그 당시 일본에 유학 간
한국의 지식인들은 독립운동 쪽으로 마음을 굳힌 사람들과, 문학 쪽
으로 마음을 굳힌 사람들, 곧 김동인의 기록이 말해 주듯 동인지를
만들겠다는 패로 갈린 것 같다. 이 사실 확인은 어느 쪽이 옳고 그름
의 판별 여부와는 관계가 없다. 젊은 혈기 하나로 '4천 년 조선에 신
문학 나간다'고 외치고 싶었던 김동인의 치기 어린 열정과 그것이 그
대로 먹혔던 당대 한국 사회의 어둠에 또한 나는 가슴이 서늘해질

---

43) 나는 요즘 『삼국사기』에 기술된 일본의 주기적인 침입 사건들과, 1592년에
7년여 세월 동안 한반도를 점령한 채 쑥밭으로 만들며 분탕질쳤던 일본인들
이 1910년에 강제 합방 형식으로 나라를 통째로 삼킨 일에 깊은 관심을 갖고
있다. 그들 쪽에서 볼 때 이만큼 통쾌한 일이 어디 있을까? 그 36년 동안 의
기양양하였을 그들의 행적을 생각하면 지금도 소름이 끼친다. 그들의 수천
년에 이르는 꿈이 실현되었던 1920년대, 한국인들의 슬픔과 불행을 먹이로
하여 보낸 일본인들의 행복한 나날들과, 그것을 견뎌야만 했던 우리 선조들의
굴욕감과 절망에 대한 연민의 정은 언제나 나의 가슴을 친다. 이제 그들이 다
시 온다면 36년으로는 성이 차지 않을 것이 아닌가?
44) 동인지 『창조』는 1919년 2월 1일, 김동인, 주요한, 전영택 등의 동인이 김동
인의 출자로 창간, 1921년 5월 30일 폐간되기까지 통권 9호를 내었다. 창간
호에 실린 주요한의 「불놀이」는 한국 근대시의 효시라고 극찬을 받기도 하였
다. 불과 아홉 권의 동인지를 통해서 김동인이 문학 권좌의 한 자리를 차지할
수 있었던 것은 그만큼 당대 한국 문단의 영쇄성(零碎性)을 말하는 것이지만,
교오(驕傲)하기 짝이 없었던 김동인이 당대 문단에서 자신의 위치를 선전하
는 역할을 아주 잘 수행하였기 때문이기도 하다.

뿐이다. 그가 한민족의 과거를 송두리째 폐기 처분한 상태로 이른바 신문학 운동에 나아간 것은, 그 공과가 어떻든 한 문학 제도의 탄생을 보이는 중요한 면목이었음이 그의 저술들을 통해 잘 나타나고 있다.[45] 그가 스스로 '4천 년 조선에 처음 나아간다'고 자부하였던 이 '걸작품' 「약한 자의 슬픔」은 과연 어떤 작품이었나?

　러시아의 도스토예프스키가 『죄와 벌』의 한 주인공 라스콜리니코프를 내세워 당시 유럽에 만연해 있던 보나파르트 나폴레옹 후유증인 '범인과 비범인' 구분의 황폐한 사상을 실험해 보여줌으로써 유럽의 정신적 파산을 비판 증언하였던 것에 비출 때, 김동인은 이 「약한 자의 슬픔」을 통해서 일본식 약육강식의 논리를 액면 그대로 받아 강한 자들의 횡포를 패러디 하는 데 그쳤다. 강자와 약자의 상관관계는 도스토예프스키가 날카롭게 비판한 대로 평등과 사랑에 의해 유지되는 것이지 강자에 의해 약자가 먹혀도 되는 그런 것은 아니라는 사상이 도스토예프스키의 문학 제도의 법령이었다면, 김동인은 강자가 되기 위해서 사랑의 길로 나아가야 한다는 깨달음을 이야기하는 데 그쳤다. 남작에게 몸을 빼앗겨 첫사랑을 잃었던 강엘리자베스의 법령은 다음과 같다.

---

45) 김동인이 스스로 이 당시를 기록한 것은 광복을 맞고 나서의 일이었다. 광복기를 거쳐 한국 사회가 상당히 혼란한 상태에서도 여러 의견 몰이가 진행되고 있었던 때 그는 자신이 만들었던 이 『창조』가 커다란 제도적 권위를 가졌었음을 당당하게 표명하고 있다. 『창조』 창간호에 실렸던 자신의 소설은 「약한 자의 슬픔」이었는데, 이 작품이야말로 '조선 4천 년에 신문학 나간다'고 외치고 싶었던 걸작이라는 것이었고, 이어서 그는 다음과 같은 문학사 법령을 제정해 놓았다. "신시(新詩)는 요한(耀翰)이 대표한다. 요한이 시작한 구어체의 신시는 조선의 신시의 표준형이 되었다. 이 구어체 신시와 대립하여 안서(岸曙)는 '하여라', '하엿서라'의 한 길을 안출하여 '하엿서라'의 뒤를 따르는 후배도 적지 않았다." 『동인 전집』 제8권, 398쪽.

약한 자의 슬픔! (그는 생각난 듯이 중얼거렸다.) 전의 나의 설움은 내가 약한 자인 고로 생긴 것밖에는 더 없었다. 나뿐이 아니라, 이 누리의 설움 — 아니, 설움뿐 아니라 모든 불만족, 불평등이 모두 어디서 나왔는가? 약한 데서! 세상이 나쁜 것도 아니다. 우리가 다만 약한 연고인 밖에 또 무엇이 있으리요. 지금 세상을 죄악 세상이라 하는 것은 이 세상이 — 아니, 우리 사람이 약한 연고이라. 거기는 죄악도 없고 속인도 없다. 다만 약한 것! 약함이 이 세상에 있을 동안 인류에게는 싸움이 안 그치고 죄악이 안 없어진다. 모든 죄악을 없이하려면 먼저 약함을 없이하여야 하고, 지상 낙원을 세우려면 먼저 약함을 없이하여야 한다.[46]

모든 문학 작품은 각기 그 방식대로의 도덕률을 담고 있다. 김동인의 소설은 강자만이 이 세상에 살 가치가 있고 약자는 슬플 수밖에 없다는 해괴한 논리를 펴놓고 있다. 도덕률이란 강자와 약자의 균형을 위한 존재 간의 관계 조절 법칙이고 사람됨의 길을 가는 긴장이 아닌가? 그래서 작가들은 당대의 권력자나 막강한 재부를 지닌 자가 있어, 비록 그 앞에 가난하거나 약한 자라 할지라도 그들이야말로, 겉보기에 또 당대에 그처럼 강한 것처럼 보이는 것들 위에 존재하는 존재값이 있음을 확인하여, 그 이치를 따지는 도덕률을 작품으로 읊거나 이야기함으로써 작가로서의 위대성을 만들어 간다.[47]

---

46) 『동인 전집』 제7권, 56쪽.
47) 이런 예는 현역 작가들의 여러 작품들을 놓고 풀이해도 된다. 예컨대 현역 중진 작가 김주영의 작품 세계만을 들어도 쉽게 이 답은 나온다. 그의 섬세한 단편 소설들인 「과객」이나 「겨울새」, 그리고 대표작으로 읽힐 만한 장편 소설 『거울 속 여행』, 『천둥 소리』, 『홍어』, 『야정(野丁)』, 『화척(禾尺)』 등 대하 장편 소설들을 이루는 작가적 눈길과 문학 사상은 결코 강한 자나 성공한 자들

작가의 눈에는 강한 것과 약한 것이 현실 논리와 반드시 부합하지 않는다. 적어도 천재적인 작가야말로 당대의 모든 부패와 부정을 일삼으면서 강한 자로 행세하는 모든 세력들을 연민의 눈으로 읽어 멸시하고 저항한다. 그런데 김동인의 이 '4천 년 조선에 신문학 나간다'는 작품 「약한 자의 슬픔」에는 작가적 영혼도 뼈대도 정신도 없다는 것이 나의 판단이다. 그의 이 이야기는 일본인들이 한국을 침탈하면서 내세운 그들의 당대 주장을 우리 현실 속에서 가감 없이 베낀 내용일 뿐이다. 어떤 제도나 법령도 도덕률이나 윤리 규범의 정신이 제대로 된 것이 아닐 때 그 해악은 크게 마련이다. 어째서 김동인은 그의 문학 제도를 이렇게 만들었을까? 이런 도덕 불감증이 가미된 문학 의식을 가지고 『창조』는 창간되었고 광복기 이후까지 상당한 영향력을 행사하는 지식 권력 기반으로 살아 있었다.[48] 어떤 제

의 찬양에 머물러 있지 않다. 그의 작가적 위대성은 그로부터 나오게 될 것이다. 동시대 작가인 김원일의 경우도 마찬가지이다. 『바람과 강』, 『마당 깊은 집』에서 『늘 푸른 소나무』 등으로 이루어지는 그의 소설 세계는 결코 강한 자들의 성공담에 머물러 있지 않다. 이 경우는 서정인이나 유재용, 황석영, 조세희, 윤흥길 등 얼마든지 들어 풀이할 수 있다.

48) 이 동인지를 통해 배출시킨 여러 작가 문인들은 한동안 광복기 이후의 문단에 그 제도적 권력을 행사하였는데, 김동인 자신이 신문 매체를 통해 작품 활동이 이루어져 온 장편 소설을 통속적인 대중 문학이라고 칭하면서 오직 순문학적 전통은 『창조』를 출발점으로 한 동인 문예지류에 의해서만 만들어지는 것처럼 의견 몰이를 하는 통에 소설 장르의 기형적인 발걸음은 시작되었다. 일간지에 싣는 장편 소설들은 대중적인 통속 소설이고 월간이나 계간 문예지에 싣는 작품만이 순 문예 작품이라는 관념은 문단 내부에 통설처럼 굳어져 왔다. 그래서 각 지(紙)와 지(誌)는 소설의 길이를 늘리거나(월간지의 경우) 신춘문예를 통한 작가 배출의 제도를 만들어(일간지의 경우), 장편 소설을 연작 장편, 전작 장편 등의 이름으로 부르는 장르상의 혼란을 가져왔다. 물론 동시대에 동인지 『폐허』와, 다른 동인지들도 문예지의 구가 시대를 열었지만,

도이든 그곳에는 인적 구성원들이 있어서 그들에 의해 그 제도는 유지 보수되거나 확충된다. 당대의 이광수가 문단 선배로 행세하였으나 그는 주로 일간지에 연재하여 돈벌이하는 재미로 여기(餘技)삼아 소설들을 썼기 때문에 그의 뒤를 이은 김동인만큼 이렇게 커다란 문학 제도를 건설한 사람은 없었다.[49] 『폐허(廢墟)』[50]가 『창조』와 동시대에 주로 서울 지방 출신들이 모여 창간된 것은 이 또한 문학 제도의 새로운 모색이라는 점에서 흥미롭다. 그런데 나는 오랫동안 동인지 제목 '창조'와 '폐허'를 생각할 적마다 묘한 생각에 빠지곤 하였다. 나라를 송두리째 빼앗겼던 1919년 그때에 이 제목 '뭘 만든다'는 뜻의 '창조'는 얼핏 듣기에 어폐가 있지 않은가 하는 생각. 한 정부나 제도를 이룩하려면 누구든 반드시 중앙 쪽으로 진출해야 한다. 당대의 중앙은 조선조, 이것은 이미 망가져 '폐허'가 되어 있다. 북쪽에서

김동인의 『창조』를 통한 문학 제도는 가장 큰 영향력을 행사하였다고 나는 읽는다.

49) 김동인은 당대의 문단 사정을 이렇게 기록하여 놓았다. "그러나 우리는 쓸쓸하였다. 이 많은 '글 쓰는 사람' 가운데도 촉망할 작가가 나서지 않고 따라서 『창조』 동인이라는 한 그룹밖에는 '문단'이라는 것이 형성되지 못하니, 무변광야에 홀로 헤매는 것 같아서 고적하고 쓸쓸함이 이를 데 없었다." 『동인전집』 제8권, 397쪽.

50) 염상섭을 비롯하여 오상순, 민태원, 남궁억, 김만수, 변영로, 김억, 김명순 등이 모여 동인지 『폐허』를 창간하였다. 1920년 7월 25일의 일이었다. 이 시기에 『백조(白潮)』, 『개벽(開闢)』도 발행되었으며, 일간지 「동아일보」와 「조선일보」가 발행 허가를 얻은 것도 이해였다. 『창조』 또한 그렇게 긴 기간 발행되었던 것은 아니지만, 『폐허』는 단 두 호를 끝으로 종간된 동인 문예지였다. 그럼에도 불구하고 이들 두 동인지들을 통해 한국 문학의 한 문단적 제도가 형성되었음을 부인할 수는 없다. 이들 동인지 존폐 기간을 전후하여 『백조』(1922년 1월 1일 발간되어 1923년 9월 6일 폐간됨. 통권 3호)나 『서광(曙光)』, 『신청년(新青年)』 등의 문예지가 속출하였다.

중앙으로의 진출은 망가진 중앙에 정부를 세우는 것이다. 중앙에 정부를 세우기 위한 지적 자산과 명분과 자금은 무엇일까? 당대의 일본은 서양보다 가까울 뿐 아니라 한국 내에 강력한 정부를 세워 놓고 막강한 권력을 행사하고 있다. 이럴 때 내지(內地) 일본은 한국의 변두리에 위치한 사람들이 꿈꾸는 새 제도, 새 정부 수립을 위한 아주 튼튼한 명분이고 배후 세력일 수 있다. 동경 유학은 당시에 힘을 쓰기 위한 기본 행보였다.[51] 일본 유학 열풍은 한국 내에서 힘을 얻기 위한 한국 지식인들의 '필수적'이고도 단말마적인 풍조로 이어졌었다. 이광수는 물론이고 김동인도 염상섭도 모두 일본에 유학한 지식 청년들이었다. 한말 당대에 일본 유학 냄새라도 맡지 않고 과연 국내에서 어떻게 행세할 수 있었겠나? 1920년대 한국의 지식 판도는 온통 일본통들로 이루어져 있었다고 읽어도 과하지 않을 형편이다.[52] 그런데 한쪽은 '창조'로, 한쪽은 '폐허'로 그의 문학적 제도를

---

51) 김윤식은 그의 『한국 근대 소설사 연구』(을유문화사, 1986), 22쪽에서 한말에 대량으로 생겨난 관비 유학생들의 현황을 인용해 놓고 있다. 1895년 182명(162명이 게이오 의숙에 갔다고 기록), 1897년 77명, 1898년 47명, 1902년 33명(그 속에 이인직이 끼여 있다고 기록). 일본 잡지 『태양』을 인용한, 조선 유학생 실태를 논한 이야기도 기록되어 있는데, 매우 우스꽝스러운 내용이었다. 한국인들을 비웃는 기록이다.

52) 당대에 한국 국내에 머물면서 세계를 읽고 있던 지식 계급 가운데 한학자들은 그들이 의지하여 믿고 있던 지식 체계인 유교 이데올로기를 완벽하게 무너뜨리려는 이른바 개혁파 지식 세력들에 의해 힘을 잃고 있었고, 이런 바람을 타고 일본 유학생 출신들은 너도나도 유교적 병폐를 깨부수어 버리자는 목소리로 통일되어 있었다. 1885년에 쓴 후쿠자와 유키치(福澤諭吉)의 「문명 개화론」은 서구 수용론과 동시에 정한론(征韓論)을 기초로 한 것이었고, 그가 만든 게이오 의숙에는 이미 내부대신 박영효(朴英孝)가 뽑아 보낸 한국의 국비 유학생들이 88명이나 되었다. 그의 사상은 한마디로 문명, 곧 서구화라는

만들었다.

『폐허』의 대표되는 주자 염상섭은 이미 초기 작품「표본실의 청개구리」를 통해 미치광이 김창억을 내세워 당대 현실을 가차 없이 비판하여 고발하는 내용을 담았다. 나라를 빼앗긴 상태의 '폐허' 속에 놓인 한국 지식인에게 당대 현실은 미치지 않을 수 없는 상황임을 이 작품은 통렬하게 드러내었다. 게다가 작가는 이 미치광이의 입을 빌려 이렇게 발설하고 있다.

「스토브는 서양 놈들만 만들 줄 알고 나는 못 만든답디까. ……그 놈들이 하루에 하는 일이면 나는 한 반나절이면 만들 수 있소이다. 이 집이 며칠이나 걸린 줄 아슈? 단 한 달하고 열사흘! 서양 놈들은 13이란 수가 흉하답디다마는 나는 양옥을 지으면서도 꼭 한 달 열사흘에 지었다오.」

「동으로 가래도 서로만 갔으면 고만 아니오.」

공식이다. 미국을 좇고 "중국과 조선을 대하는 방법도 이웃이라 해서 특별한 회석(會釋)을 할 것도 없이 서양인이 이들을 대하는 것과 같이 처신해야 한다. 악우(惡友)를 가까이 하면 악명을 면치 못한다. 우리는 마음속에서 아시아 동방의 악명을 사절해야 한다." 안병직 외, 『변혁 시대의 한국사』(동평사, 1980), 223쪽 참조. 일본 유학 시절부터「동아일보」지면을 통해 문명을 떨치던 춘원 이광수가 그의 막강한 영향력을 등에 업고 조선의 젊은 지식인들과 문인들에게 외쳐 대었다. "나는 조선의 문학자들에게 고하고 싶다. 그대들은 종래의 조선문으로 조선의 독자층을 상대로 문학을 제작하던 구각에서 탈출하라고. 대일본의 문학자로 당당히 진출하는 준비와 용기를 가지라고……. 그 무변대양(無邊大洋) 두 아름으로 안으라고. 그대들을 막을 자가 없지 아니하냐. 그대들의 문학이 조선의 총독상을 받을 수 있음과 같이 일본 문학사에 불후의 광(光)을 발할 수도 있지 아니하냐." 이경훈, 『이광수의 친일 문학 연구』(태학사, 1998), 231쪽 재인용.

H가 말대꾸를 하였다.

「글쎄 말이오. 세상 놈들이야말로 동으로 가라면 서로만 달아나는 빙퉁그러진 놈뿐이외다. ……조선이 있고 조선글이 있어도 한문이나 서양 놈들의 혀 꼬부라진 말을 해야 사람의 구실을 하는 쌍놈의 세상이 아닙니까.」[53]

미치광이의 뒷말은 모두 미치광이 투로 진술되어 있다. 아무리 문학 제도를 만들어 한국 문학의 틀을 짜려고 해도 일본 총독부는 그걸 가만히 놔두고 보지 않았다. 당대의 문인들 모두에게는 재갈이 물려 있었고, 작가들은 재갈 물고 바른말 만들기에 총력을 기울이지 않을 수 없었다. 마음에 없는 남작에게 몸을 빼앗긴 '약한 여자' 강엘리자베스와 미치광이 김창억의 문학적 진술에는 상당한 차이가 있다. 패러디의 문학적 단점. 패러디 기법은 모방하는 매개자를 모방자가 어쩔 수 없이 묵시적으로 따르는 경향이 있지 않나?

이렇게 1920년 당대의 문학적 제도는 크게 보아 두 개의 틀로 양분되어 드러났다. 한국 현대 문학사상 이 두 개의 문학 제도 기둥은 그 울림과 영향력, 그리고 무엇보다도 문학적 성과가 아주 컸음에도 불구하고 오래 지속되지 못한 상태로 사라졌다.[54] 이들이 만들어 세운 문학적 제도는 1930, 40년대를 거치면서 일제 압박의 높은 강도

---

53) 염상섭, 『표본실의 청개구리』(삼중당, 1975), 30쪽.

54) 이 시기에 일간지를 통한 문학 제도 또한 아주 심대한 영향권을 형성하였음은 이미 학계에서 깊은 연구 성과로 밝혀졌다. 김영민의 『한국 근대 소설사』(솔, 1997)는 그 아주 좋은 연구 성과이다. 애국 계몽 운동가들이나 유교 이데올로기를 기초로 한 동학사상 계열의 문인들이 발표한 매체 가운데 일간지의 역할은 무시할 수 없는 법전이었고 문학 지도였음이 김영민의 연구에서 명쾌하게 드러났다.

에 따라 여러 가지 곡예를 거쳤다.

1939년 11월에 출간한 『문장(文章)』은 이태준이 만든, 1940년대를 가로지르는 또 하나의 커다란 한국 문학 제도였다. 창간호에는 이광수의 「무명(無明)」을 비롯하여 유진오(兪鎭午)의 「이혼(離婚)」, 이효석의 「산정(山精)」, 이준(이태준에서 가운데 '태' 자를 빼고 차례에 실었고, 본문에서는 가운데에 ○표를 하였다)의 「영월령감(寧越令監)」을 실었고, 시에 월탄, 김상용, 모윤숙, 임(화?), 이양하의 글을 싣는 가운데 평론·학예 면에 양주동과 안남 등의 글들을 실었다. 고전 작품 『한중록』을 가람 이병기의 주해로 실었으며 수필에 김동인, 고유섭(高裕燮) 등의 문인들을 등장시키고 있다. 이 문예지는 통권 26호까지 명맥을 유지하면서 내었고, 1941년 4월 호로 '폐간호' 부제를 달아 내었다. 『문장』은 동인지의 성격을 훨씬 벗어난 상태에서 한국 문인들의 제도적 권위를 만들어 나아갈 기교와 한국 문단의 범지식인적 세계관을 담고 있다. 그러나 이 문학 제도는 이미 일본 야수들의 철저한 감시 눈길 위에서 만들어진 탓으로 지식 내면에 피어린 반어 담론을 제작하지 않으면 살아날 구멍이 없다는 것이 판명된다.

1939년 창간호의 '권두에'라고 붙인 짤막한 글에서 우리는 일제의 엄청난 압력을 등에 진 한국 지식인들의 고뇌를 읽는다. 두 단락으로 된 이 글의 끝 단락은 이렇게 되어 있다.

이제 동아(東亞)의 천지(天地)는 미증유(未曾有)의 대전환기(大轉換期)에 들어 있다. 태양(太陽)과 같은, 일조동인(一祖同人)의 황국 정신(皇國精神)은 동아 대륙(東亞大陸)에서 긴 밤을 몰아내는 찬란(燦爛)한 아츰에 있다. 문필(文筆)로 직분(職分)을 삼는 자(者), 우물 안 같은 서재의 천정(天井)만 쳐다보고서야 어찌 민중의 이구(耳口) 된 위치(位置)를 유지(維持)할 것인가. 모름지기 필봉(筆鋒)을 무기(武器)삼아 시국(時局)에 동원(動員)하는 열의(熱意)가 없언[55] 안 될 것이다. (고딕체 강조는 필자에 의한 것임.)

이 글을 쓴 사람은 물론 이 문학지의 주간을 맡은 이태준일 터이다. 그러나 이 글의 진짜 주인공은 일본인이며 조선 총독부의 문화 담당 정보원일 것이었음에 틀림없다. 그런 문장이 되지 않으면 그나마 문화 매체의 숨통조차 틀 수 없었을 것이니까. 이때부터 이미 어떤 작가나 문인은 일본인들의 눈 밖에 나 있어서 복자(覆字)를 쓰거나 이름의 가운데 자를 빼는 방식으로 눈가림을 하였다. 이준, 안남, 임○는 우리가 익히 아는 인물들이다.

그러나 어떻든 1939년부터 1941년에 이르는 이 『문장』지에 오면, 한국 문인의 대다수가 여기 참여하게 됨으로써 나라를 잃은 민족 문학의 분명하고도 튼튼한 한 제도가 섰다고 읽을 수 있다. 지역이나 출신성분, 학벌 등이 거의 망라된 문인들이 이 문예지에 글을 실음으로써 캄캄한 민족의 앞날을 예언할 글쓰기에 총력을 기울여 민족을 대변할 문학 제도로서의 면모를 갖추고 있다. 1941년 폐간호[56]에 실린 이육사의 「자야곡(子夜曲)」을 보이면 이렇다.

---

55) 고딕체로 된 이 말의 틀림을 나는 편집자의 의도적 실수라고 읽고 싶다.
56) 이 『문장』지 폐간호 통권 26호 맨 끝 쪽에는 다음과 같은 공고를 내고 있다. "본지 『문장』은 금반(今般), 국책(國策)에 순응(順應)하야 이 제3권 4호로 폐간합니다. 다만 단행본 출판만은 종전대로 계속하오니 다름없이 애호하여 주시기 바라오며 『문장』의 선금(先金)이 남는 분께는 5월 10일 내로 반송해 드리겠습니다." 이와 같은 문학지 폐간 사태는 1980년에 『창작과 비평』과 『문학과 지성』에서 군사 독재의 압력에 의해 반복되어 나타났다. 정당한 문학 제도가 부당한 정치 제도에 언제나 억눌리는 위치에 있다는 사실은 이로써도 여실한 증거가 된다.

수만호 빛이래야 할 내 고향이언만
노랑나븨도 오잖는 무덤 우에 이끼만 푸르리라.

슬픔도 자랑도 집어삼키는 검은 꿈
파이프엔 조용히 타오르는 불꽃도 향기론데
연기는 돛대처럼 날려 항구에 들고
옛날의 들창마다 눈동자엔 짜운 소금이 저려
바람 불고 눈보래 치잖으면 못살이라
매운 술을 마서 돌아가는 그림자 발자취 소리

숨 막힐 마음속에 어데 강물이 흐르뇨
달은 강을 따르고 나는 차듸찬 강맘에 드리라

수만호 빛이래야 할 내 고향이언만
노랑나븨도 오잖는 무덤 우에 이끼만 푸르리라.

　너무 과욕을 부린 일제의 정치 내용은 이미 돌이킬 수 없는 지경
으로까지 국력을 소진해 가고 있었다. 미국이나 영국, 당시의 소련이
각기 자국의 이익을 놓고 치열한 각축을 벌이던 때에 일본 또한 이
미 너무 욕망의 팔을 넓게 벌려 놓았다. 팔이 너무 넓게 퍼지면 그것
을 지탱할 몸통은 상대적으로 쇠약해질 수밖에 없다. 게다가 그들이
삼켰다고 생각한 조선은 민족의 역량을 모아 독립운동가들이 중국
이나 소련, 미국 등지의 변방 여러 나라에 몸을 의탁해 독립 투쟁의
기운을 축적하면서 국내로 압박해 오는 실정에 있었다.[57]
　한밤중의 캄캄함을 이육사가 앞의 시처럼 읊었던 것은, 민족의 광
복을 예견한 시인의 절망적인 눈에 비친 어떤 빛을 읽으려는 치열함

을 엿보게 한다. '바람 불고 눈보라 치지 않으면 못살겠다'고 바람이
불기를 눈보라가 치기를 기다린 이 시인의 마음은 아마도 당시 이
『문장』지에 글을 실은 모든 문인들이 꿈꾸던 바람이고 소망이었다.
당시의 문예지 『문장』이 감당한 문학적 제도는 바로 이런 꿈꾸기로
절정을 이루고 있었다. 총 26권에 시와 창작물을 실었던 문인들을
보이면 대강 이렇다. 1939년 2월부터 출간하여 1941년 4월 호까지
만 2년간 이 잡지를 통한 문인들의 활약상은 눈부신 바가 있다. 이
광수, 유진오, 이태준, 채만식, 지하련, 최태응, 박노갑, 최명익을 비
롯하여, 「잔등」의 허준, 이효석, 현경준, 한설야, 박태원, 김동리, 최정
희, 김남천, 정인택, 조용만 등 창작품 총 85편이 실렸다. 시는 총 78
편으로 김기림, 백석, 이육사(통권 제5권 8~9호에 애송시 「청포도」가
실려 있다), 김광섭, 김동명, 신석정, 조지훈, 박목월, 모윤숙 등 당대
문인들 대부분의 작품들을 소화하고 있다. 이 2년여 동안에 평론도
무시 못할 숫자로 발표케 하였고, 고전 작품이나, 외국 작품 번역, 학
술 논문들도 상당수 실려 명실 공히 문학지로서 그 제도적 장치를
마련하고 있었다. 이들 문인 가운데 좌파 성향을 지닌 문인들도 상
당수 있었는데, 뒤에 보인 각주 60에 문인 결의의 결정서 한 조항에
서 민족 진영의 노여움이 그대로 노출되어 있다.

---

57) 김구의 『백범 일지』(범우사, 1984)를 보면, 이 시기의 한국과 일본의 입장이
    일목요연하게 드러나 보인다. 1931년부터 중경에 '한인애국단'을 조직하여
    1932, 33년을 연이어 이봉창 의사의 천황 폭사 시도, 윤봉길 의사의 홍구(虹
    口) 공원에서의 백천(白川) 대장 사살 등의 무력 투쟁을 전개하는 한편, 조선
    청년들로 하여금 군사 훈련을 실시하여 1941년 12월 9일 상해 임시 정부에서
    정식으로 일본에 선전 포고를 내린 바 있다. 1900년대로부터 한국의 민족 운
    동의 성격을 밝힌 안병직(安秉直)의 「19세기 말~20세기 초의 사회 경제와
    민족 운동」(『변혁 시대의 한국사』(동평사, 1980), 144~169쪽)이나 같은 책에
    수록된 신용하의 「3·1운동의 재평가」(173~190쪽) 또한 참조할 만하다.

2) 『현대문학』과 『문학사상』 시대

1945년 드디어 민족은 광복의 빛을 찾았다. 한민족의 나라 되찾기란 미·소를 중심으로 한 분할 통치의 미묘한 민족 분단으로 이어지는데, 이 광복 기간 중에는, 나라의 틀 만들기라는 혼란기에 좌우익 대립 난국의 한 장면이 눈 시리게 남아 있다.[58] 미국이 남한의 정치 질서를 잡기 시작하면서 한국인의 미국에 대한 의존도는 심각한 지경에 빠진 형편이다. 설명하기 어려운 은인의 나라이면서, 동시에 미국은 한국민의 자주성을 잠식하면서 미국식 사상 바이러스를 주입하는 우방으로 동반되는 시대가 남한 쪽에서 형성되기 시작하였다. 비록 반쪽이긴 하지만 일단 나라는 되찾았다. 엄청난 혼란기를 광복 기간은 기록한다. 좌우 대립, 남한과 북한의 단독 정부 수립, 이후 남북 대립, 그리고 1950~53년까지 분단 마무리를 위한(?) 동족 모독 전쟁. 이 시기를 살면서 우리는 슬픔과 절망의 대가를 치른 만큼의

---

58) 광복 직후부터 처리해야 할 문제 가운데 정치적 정리가 우선하는 것은 묘하지만 어쩔 수 없는 역사적 운명이다. 정치적 정리, 이 용어 속에는 다양한 내용들이 담겨 있다. 정당한 국가가 세워지자면 국민 정서에 위배되지 않는 가치 평가가 이루어져야 할 것은 물론이다. 민족 반역자들인 친일파들에 대한 처리 문제라든지, 토지 관리 문제, 문화 바로잡기, 민족 전통의 복원과 계승 문제, 그리고 무엇보다도 일본인들에게 빼앗겨 잃어버린 한민족의 자기 동일성 회복의 문제 등이 시급한 과제였는데, 바로 이런 것들이 정치적 정리 속에서 이루어졌어야 했다. 그러나 이 문제는 그렇게 쉽지 않았다. 미국의 처리 방식도 자국 이해관계의 틀 속에서만 한민족을 읽고 있었지 한민족 자체의 심각한 문제를 보려고는 하지 않았다. 이 문제에 대해 본격적으로 쓴 논문으로는 김대상(金大商)의 「일제 잔재 세력의 정화 문제——8·15 이후 부일 협력자 처리의 측면에서 본 그 당위성과 좌절 과정」이 있다. 안병직 외, 『변혁 시대의 한국사』(동평사, 1980), 180~310쪽 참조.

문학적 유산을 쌓았다.

이 시기를 당하여 한국 문단은 한 기이한 풍모를 만나게 된다. 이름은 조연현(趙演鉉), 1920년에 경남 함안에서 태어나 1981년 11월 28일 성북동 자택에서 타계한 그는 문학 제도의 틀을 만드는 데 필생을 바친 인물이며 날카로운 비평가로서도 거의 한 세대를 장악한 당대의 걸출한 문인이었다. 그가 만들어 낸 문학 잡지는 여럿이다. 좌익 문인들에 의해 장악된 문단에 균형을 세우려는 그의 노력에는 일단 문단 정치 세력의 혐의가 없을 수는 없다. 처음 그가 만들어 문단에 선보인 문학지는 『예술부락(藝術部落)』이었다.[59] 그러나 그는 재력가도 아니었고, 정치에 야욕을 품은 야심가도 아니었다. 문학에 대한 열정과 문단 장악력이 뛰어난 칼날 같은 판단력, 빛나는 신념과 눈부신 활동력에 의해 그는 사람을 사로잡는 매력을 지닌 인물이었다. 몇 번 시도하였던 동인지 발간 말고, 순 문예지를 본격적으로 기획한 것은 시인 모윤숙의 출자를 기반으로 해서 작가 김동리와 함께 만든 『문예(文藝)』였다.[60] 1949년 7월에 나온 잡지의 발행사에서 김

---

59) 『예술부락』은 대구에 사는 한 친구에게 문학지를 하면 돈을 벌 수 있다고 권해 '논밭을 팔아 온 돈을' 가지고 당대에 유행하였던 대로 다방에 사무실을 차려 놓고 편집을 시작하였다. 초판 발행본이 1만 부가 넘게 팔렸으나, 우후죽순처럼 나서는 문예지 출현과 출자자에 대한 어려운 관계 때문에 3호로 이 잡지는 끝냈다. 그러나 이 잡지로 인해서 하나의 커다란 문학적 제도는 만들어지기 시작하였고, 제도권 인사들을 중심으로 해서 한동안 밀고 당기는 문단 싸움의 한쪽이었던 '청년문학가협회'라는 다른 문단 정치 집단이 형성된다. 반좌익 문학 세력이라는 기둥이 여기서부터 시작되었다. 조연현, 『남기고 싶은 이야기들』(부름, 1981), 19~22쪽 참조.

60) 문예지 『문예』는 당시 작가들의 사상적 좌파들이 세운 임화 중심의 '문학가동맹' 산하 각 단체들과 대결하는 가장 힘 있는 우파 성향의 작가들을 결집시키는 중요 기관으로 행세하였을 뿐만 아니라, 이 단체로 발족한 '문인협회'의

88

산실이었다. 1948년 12월 27일 '신생 조국의 정신적, 사상적 기초를 재확립하고자 하는 비상수단으로서 문화인 궐기 대회를 양일간에 걸쳐 열게' 되는 산실이 또한 이『문예』지를 중심으로 한 문학 제도의 인적 구성원들로 이루어지게 되었다. 정부 수립 과도기에 이『문예』지가 행사한 제도적 권세와 역할은 결코 간단하지 않았다. 문학 제도가 이때처럼 강력하고 영향력 있게 된 데는 나라의 기틀이 왜정 36년 동안 일본 악당들에 의해 망가진 탓이 가장 크다고 볼 수밖에 없다. 혼란한 나라 안팎의 사정에 따라 이『문예』지는 이미 정치적 방향과 운명을 함께하는 정도로 그 제도적 장치가 든든하였다. 이 당시의 문화인들이 결집하여 채택 발표한 '결정서' 전문을 여기 옮겨 널리 알려 보존코자 한다.

"단기 4281년 12월 27일과 28일, 양일에 개최된 전국문화인궐기대회는 하의 각 항을 결정한다.

(1) 오늘 우리 민족의 가장 중대하고 긴급한 과제는 남북통일에 있으며, 그 방법은 일부 지역의 독선적, 유령적 국호 남조(國號濫造)나 일방적 외군의 강압 독단에 있지 않고, 세계 만국의 평화 기구인 유엔의 국제적 결의를 준수 실천함에 있다. (2) 이러한 의미에 있어 대한민국은 국제 노선에 입각한 남북통일의 유일무이한 역사적 방법이며 목적인 동시에 특히 통일을 위한 유엔 신한국위원단의 설치와 그 운영은 민국의 통일적 사명을 완수함에 적절한 조치임을 인정한다. (3) 그러나 대한민국이 그 통일적 사명을 완수함에는 남북이란 지역만을 표준할 것이 아니라 오히려 민족적 정신 통일에 더 긴급한 것이 있으니 이러한 정신적 통일을 수행함에는 국제적 협력 찬조보다도 대내적, 자발적, 특히 문화 진영의 협조의 궐기가 긴요함을 지적한다. (4) 그럼에도 불구하고 대한민국의 상술한 세계적, 국제적 합법성과 정당성 및 역사성을 왜곡 선전할 뿐 아니라 일부 독선적, 유령적 문자 '인공(人共)'을 국호로 참칭하는 다수 문화인들이 각 신문, 잡지, 통신, 교육 기관 등을 전횡 좌거하고 있으며, 이들로 인하여 대한민국은 통일과 성장보다 교란과 파괴에 직면하고 있음을 경고한다. (5) 특히 모모 일간 신문은 제1면에 있어 민국 정부에의 협력을 가장하고 있으나, 문화면에 있어서는 악랄한 파괴 교란에 적극 협력하고 있으며, 잡지『신천지』,『민성(民聲)』,『문학』,『문장』,『신세대』와 출판사 백양당(白楊堂), 아문각(雅文閣) 등은 소위 '인공' 지하 운동의 총량이며, 심장적 기관이 되어 있음을 지적한다. (6) 상기한 바와 같은 반통일적, 비민족적 언론 출판 기관을 방치 조장함으로써 대한민국은 그 통일적 사명을 완수함에 일대

동리는 이렇게 썼다.

모든 문인은 우선 붓대를 잡으라. 그리고 놓지 말라. 이것이 민족 문학 건설의 헌장 제1조가 되어야 한다. 그러나 모든 시, 모든 소설이 다 민족 문학이 되는 것은 아니다. 그 아름다운 맛과 깊은 뜻이 능히 민족 천추(千秋)에 전해질 수 있고, 세계 문화 전당에 열(列)할 수 있는 그러한 문학만이 진정한 민족 문학일 수 있는 것이다.

우리는 이러한 진정한 민족 문학의 건설을 향하여 붓을 놓지 말아야 한다. 그리하여 우리의 생명을 문학에 새겨야 한다. 〔……〕 본지가 모든 당파나 그룹이나 정실을 초월하여 진실로 문학에 충실하려 함은 당파나 그룹보다는 민족이 더 크고, 정실이나 사감보다는 문학이 더 높은 것이기 때문이다.[61]

문학지를 발간하면서 당파나 그룹 이야기를 이때부터 본격적으로 발설하기 시작한 것은 몇 가지 함축적인 의미를 갖는다. 첫째는 나라를 되찾은 상태의 혼란 드러냄이다. 간단하게 좌우익 대립이라는 용어로 정리되는 이 쟁패는 당대에 몹시 혼란한 모양을 연출하였다.[62] 둘째는 옳고 그름에 대한 논쟁 배후에는 언제나 자신의 이익과 권리 행사와 관계가 있다. 문학 제도의 권역 확보를 위한 쟁탈전으

난관에 봉착하고 있음을 경고한다." 조연현, 같은 책, 58~59쪽 참조. 이만큼 정치적 배경을 등에 업은 문학 제도였기 때문에 이 문예지는 6·25 동란 기간 동안에는 이 문예지 사무실에 문인들이 모여 '비상 시국 대책을 위한 선전 총본부' 역할로 나아가게 되었다. 조연현, 같은 책, 62~63쪽 참조.

61) 조연현, 같은 책, 41~45쪽.
62) 이태준의 중편 소설 「해방 전후」는 바로 이 시기의 사회적 혼란과 정신적 착종을 잘 드러내 보여 주고 있다.

로서 이 당파나 그룹들은·관계가 깊다. 김동리와 조연현은 평생 동안 깊은 신뢰를 갖춘 동지로서, 또 때로는 상대방을 넘어서려는 라이벌로서 활동한 동시대 문인이었다. 좌우익 대립에서 언제나 그들은 어깨를 나란히 한 동지로 논지를 펼쳤으며, 문학 제도의 권역을 확보한다는 점에서 결코 서로 만만히 볼 수 없는 적수이기도 하였다. 그런데 작가로서 더욱 우뚝한 봉우리를 이룬 김동리보다 문학 제도의 중추라는 측면에서 당대의 문학 논객 조연현을 앞에 든 것은 그가 참혹한 민족 전쟁을 치르고 난 전후의 암흑기에 해당할 1955년에 창간한 문학 월간지 『현대문학』 발행에서 보인 당차고 대담한 문학 정신이 가히 볼 만하다고 판단하였기 때문이다.[63] 이 월간 문예지 『현대문학』[64]이 만들어짐으로써 6·25 동족 모독 전쟁 이후 남한에

63) 작가 김동리 자신도 평생에 여러 문예지를 창간하였다. 1968년 10월 10일 문인협회 기관지로 『월간문학(月刊文學)』을 창간하여 문인들의 자유로운 창작 활동을 돕도록 배려한 이 발표 매체 확보 또한 가볍게 보아 넘길 의미는 아니라고 판단한다. 문학 제도란 어차피 돈줄과 권세를 함께 유지해야 하는 메커니즘을 지니고 있어서 그의 이런 문협 활동은 훌륭한 작가로서뿐만 아니라 제도권 수장으로서의 면모를 엿보이게 하는 장면이다. 그러나 조연현이 주간을 맡아 창간한 『현대문학』이 순수한 사업가인 민간인에 의한 출자와 순수한 한국 문화 보존에 대한 정신을 담아 오늘날까지 이어져 오게 한 동력이 되었다는 것은 아무리 상찬(賞讚)하여도 과하지 않다.

64) 『현대문학』은 1955년 1월 호를 창간호로 하여 출간(1954년 12월 중순께 1955년 1월 호라 표시하여 출시함으로써 이때부터 문예지 출간이 전달에 출간하는 예가 되었다)되었으며, 2001년 10월 현재까지 통권 562호로 소설가 131명, 시인 320명, 문학 비평가 72명, 희곡 작가 11명, 수필가 27명, 총 563명의 문인을 배출하였다. 이쯤 되면 한국 문단의 전 영역에 걸쳐 문인 배출의 한 역사적 장강(長江)을 이룬다고 해도 과언이 아니다. 이런 통계만큼 어리석고 엉터리 숫자는 없을 터이지만 563명의 문인들에게 각 1백 명씩만 독자가 있었다고 가정할 경우 독자 수는 563만 명이다. 문학 시장의 확장이라는 점에서 이 월간 문예지가 차지한 비중은 막중하다.

서의 문학 제도는 확고한 하나의 산맥을 형성하게 되었다. 이것은 우리 현대 문학사에서 잊을 수 없는 하나의 사건이었다고 나는 읽는다. 이 문예지 발간을 시작한 대한교과서주식회사 김기오 사장과 나눈 조연현의 대화 내용은 가히 감동적인 바가 있다.[65]

1972년 10월 호로 창간을 본 『문학사상』은 2001년 현재 10월 호 기준으로 통권 348권을 낸 또 하나의 문학 제도이다. 문학 월간지로서 이 『문학사상』[66]은 『현대문학』의 역사와 경륜에는 비록 미치지 못한다 해도 70년대의 문학 시장을 확장하는 중요한 한 매체였다. 당대 문학 비평가로서 날카로운 평필을 휘두르던 이어령(李御寧)은 서양식 잣대를 정확하게 이해하는 문학 이해자로서 평판이 나 있었고, 그의 화려한 문체와 언변은 조연현 사단에 대응하는, 젊음과 지식 내용들과 함께 한 문학 제도를 만들어 낼 만한 힘에 실려, 신선한 바람을 일으켰다. 이 문학지는 천재 시인 이상(李箱)을 재해석하고 다시 읽는 사업을 벌이면서 젊고 유능한 신인 발굴에 주력하여 작가 배출에 온 힘을 기울였다.

---

65) 창간에 있어 주간의 독자적 편집권은 물론, 기업과 문학지의 슬픈 관계, 문학적 권위 확보를 위한 주간의 예술적 안목과 그 독자성 신뢰 문제, 신인 추천 제도 문제 등 조연현이 쓴 발간사가 내뿜는 문학적 고고함과 그것을 무조건 전폭적으로 지지 수용하는 기업인 김기오 사장의 장쾌한 결정 이야기는 아름다운 장면으로 부각되어 보인다. 조연현, 같은 책, 120~140쪽 참조.
66) 이 문예지를 창간한 이어령은 『현대문학』의 주간 조연현과는 다른 면모를 갖추었는데, 그들 모두 날카로운 문학 평론가요 대학교수로 문학을 가르치는 입장에 있었지만, 평론가 조연현이 한국문인협회의 수장으로서 현실적 권세를 행사한 데 비해 이어령은 대학교에서 문학을 가르치는 일과 『문학사상』을 통한 신인 배출과 문학지 만드는 일에만 전념하였다. 1950년대 이후부터 상당한 뿌리를 갖춘 문단 정치에 대해 그는 초연한 입장에 서 있었다. 그는 퍽 개인적인 유명 세력만 확장해 갈 뿐이었다.

이 시기에 문학 계간지가 평등과 자유라는 정신축을 가지고 만들어져 또 하나의 산맥처럼 문학 제도로 세력화하고 있었을 때, 이 두 월간 문예지는 묵묵히 한국 문학의 전통과 역사를 쌓아 갔다. 『현대문학』이 주로 한국 문인들 쪽에 관심을 기울였다면, 『문학사상』은 서양 문학 작품들을 소개하는 데 많은 지면을 할애하였다. 뿐만 아니라 이 잡지가 언어의 문제에 깊은 관심을 보인 것은 한글 전용 세대의 신선한 등장과도 관련이 깊다. 1960년대부터 한글 전용 운동이 전국 각 대학교 국문학과 학생들을 중심으로 확산된 것은 1960년 4월 19일 친일 자유당 정부를 무너뜨린 대학생들의 정신적 활로의 한 줄기로 파악할 수 있다. 1972년 10월 호 창간사의 끝 부분을 보이면 이렇게 되어 있다. 주간 이어령으로 표기하여 쓴 글이다.

우리는 역사의 새로운 언어와 문법을 만들어 가는 이 작은 잡지를 펴낸다. 그리하여 상처진 자에게는 붕대와 같은 언어가 될 것이며, 폐를 앓고 있는 자에게는 신선한 초원의 바람 같은 언어가 될 것이다. 역사와 생을 배반하는 자들에게는 창끝 같은 도전의 언어, 불의 언어가 될 것이다. 종(鍾)의 언어가 될 것이다. 지루한 밤이 가고 새벽이 어떻게 오는가를 알려 주는 종의 언어가 될 것이다.

이 글이, 1960년에 일어났던 4·19 학생 혁명이 그 다음다음 해에 박정희 장군과 그 휘하 장병들의 군홧발에 짓밟힌 바 되어 역사의 뒷전으로 밀려나고 있었던, 그래서 군사 정권은 유신 헌법으로 국민들을 숨도 못 쉬게 하고 있었던 1972년에 쓰였음을 감안하고 읽으면 내용에 어떤 의미가 담길 수 있다.

3) 『창작과 비평』과 『문학과 지성』

1966년 겨울에 『창작과 비평』이라는 이름을 가진 문학 계간지가 미국 하버드 대학교에서 학위를 취득하고 귀국한 백낙청(白樂淸)에 의해 발간되었다. 김동인이 만든 『창조』가 일본 동경에서 동경 유학생들 중심으로 문학의 밭을 갈았다면, 1966년 백낙청의 등장은 일본을 거치지 않고 곧바로 미국 유학을 통한 서양 지식 보급이라는 성격을 지니고 있다. '평등 이데올로기'는 이 문학 계간지의 중요한 모토였다. 사르트르가 1945년에 만들었던 『현대(Les Temps Modernes)』지 창간사를 불문학자 정명환(鄭明煥)이 옮겨 실었고, 편집인 백낙청이 발간사에 해당할 만한 논문 「새로운 창작과 비평의 자세」를 실은 이 창간호는 당대에 서양 유학파들 및 서양 학문 전공자들로 쟁쟁한 인사들의 논설을 실었다. 당대에 하버드 출신의 또 한 문인 김우창(金禹昌), 불문학자 정명환, 영문학자 유종호(柳宗鎬), 독일 철학의 거장으로 이름 높았던 조가경(曺街京), 정치학자 김정식(金廷植) 등이 글을 썼다. 창작으로는 이호철(李浩哲)이 「어느 이발소(理髮所)에서」라는 작품으로 당대의 독재 정치가 퍼뜨려 가고 있었던 한국 사회의 공포 분위기를 풍자한 내용의 단편 소설과 김승옥의 「다산성(多産性)」을 실었다.

서양식 잣대의 위력이 본격화하는 계기를 이 문학 계간지 『창작과 비평』은 만들었다. 한편 이 계간지가 평등 원리라는 원칙에서 작가들을 가려 뽑는 안목이 점점 깊어져 가고 있음도 기록되어야 할 일이다. 백낙청은 그의 창간호 특집 논문에서 다음과 같이 썼다.

잠재 독자들의 압도적인 수적 우세와 극심한 소외 상태, 그리고 현실 독자들의 한심한 수준 ─ 이것이 현대 한국 문학의 사회 기능을 규정하는 결정적 여건이다. 이런 상황에서 현실 독자층의 대다수에게 오락을 제공하는 일이 참된 문학의 기능일 수 없음은 물론이다. 그것은 독서 행위에서 소외된 대중들을 외면하는 동시에 독서인들 가운데서도 정말 필요한 양심과 문학적 소양을 지닌 독자를 잃어버리는 결과가 되기 때문이다. 애초부터 문학이 그들의 오락일 수도 없는 사람들의 괴로움과 억울함을 대변하는 것, 동시에 최고의 수준을 고집하는 독자에게 즐거움을 주는 것, 그리고 그것이 그의 용기와 양심을 마비시키지 않고 오히려 북돋아 주는 건전한 오락이 되는 것 — 이러한 조건을 다 갖춤으로써만 한국 문학은 오늘의 사회에서 살 수 있으며, 작품은 팽팽한 긴장과 생명력을 얻을 것이다.[67]

2001년 현재 겨울 호까지 통권 113호를 발간한 이 계간 문예지는 1970~80년대에 이르는 가열한 독재자들의 압박과 탄압에 의해 폐간되는 수모를 견디기도 하였다. 국민적 합의나 정치적 명분도 없이 정권을 탈취한 5공화국 찬탈자에게, 옳고 그름을 따지는 문학적 언술 행위란, 용납할 수 없는 부담으로 작용하여 '평등' 원리를 내세웠던 『창작과 비평』과 '자유' 원리를 문학지 발간 원칙으로 삼았던 『문학과 지성』은 동시에 폐간되었다. 1980년의 일이었다.

1970년 가을에 창간호를 낸 『문학과 지성』[68]은 문학 평론가로서 「동아일보」에서 해직된 김병익(金炳翼)을 주간으로 하여, 외국 유학

---

67) 백낙청, 『창작과 비평』 창간호(창작과 비평사, 1966), 19쪽.
68) 이 계간 문예지는 1970년 가을 호로 인간의 '자유'라는 귀중한 이데올로기를 중심에 걸고 출간되었다. 1980년, 창간 10주년을 기념하려는 준비에 바쁘던 이들은 '느닷없는 폐간 통보'를 받았다. 통권 41호가 끝이었다. 그렇게 정치 폭력에 수모를 견딘 이 문예지는 1988년 봄 호로 다시 출간되는데, 제목을 『문학과 사회』로 바꾸어 2001년 현재 통권 55호를 내었다.

에서 학위를 마치고 돌아와 날카로운 비평 활동을 전개하고 있던 불문학자 김현(金炫) 서울대 교수, 프랑스에서 학위를 마치고 돌아와 비평 활동을 하던 김치수(金治洙) 이화여대 교수, 독문학자이며 문학 평론가인 김주연(金柱演) 숙명여대 교수 등이 이『문학과 지성』의 편집 위원으로 필자를 고르는 안목을 조절하고 있었다. '창간호를 내면서'의 뒷말을 인용해 보이면 이렇다.

　우리는 다음과 같은 두 가지의 태도를 취한다. 하나는 폐쇄된 국수주의를 지양하기 위하여, 한국 외의 여러 나라에서 성실하게 탐구되고 있는 인간 정신의 확대의 여러 징후들을 정확하게 소개·제시하고, 그것이 한국의 문화 풍토에 어떤 자극을 줄 것인가를 탐구하겠다는 것이다. 이것은, 폐쇄된 상황에서 문학 외적인 압력만을 받았을 때 문학을 지키려고 애쓴 노력이 순수 문학이라는 토속적인 문학을 산출한 것을 아는 이상, 한국 문학을 '한국적인 것'이라고 알려져 온 것에만 한정시킬 수 없다는 것, 다시 말하자면 한국 문학은, 한국적이라는 것에서 벗어나려는 노력, 보편적인 인식의 가능성을 추구하는 노력마저도 포함해야 한다는 것을 확신하고 있기 때문에 그런 것이다. 이와 같은 우리의 태도는 한국의 문화 풍토, 혹은 사회·정치 풍토를 정확한 사관의 도움을 받아 이해하려는 노력을 전제로 한다. 그래서 우리가 취할 또 하나의 태도는 한국을 정확하게 이해하기 위해서 한국의 제반 분야에 관한 탐구를 조심스럽게 주시하겠다는 것이다. '조심스럽게'라고 썼는데, 그것은 우리가 지나치게 그것에 쉽게 빨려 들어가 한국 우위주의란 패배주의의 가면을 쓰지 않기 위해서이다.

　두 개의 마디로 된 이 글 앞 절에서 이들은 '패배주의와 샤머니즘에서 연유하는 정신적 복합체'가 '이 시대를 사는 한국인의 의식을 참담하게 만들고 있는 것이라'고 규정지어 놓았다. 패배주의와 샤머니즘. 박정희 군인들이 정권을 찬탈한 1962년을 거쳐, 독재자로서의 확실한 힘의 근대화라는 기치를 걸고 일체의 국민적 자유를 '유보'시킨 1970년대로 오면, 지식인들에게 있어 패배주의와 샤머니즘적 운명론은 더욱 쓰라린 현실로 철벽처럼 막아 서 있었다.

폭력이 엄중하면 할수록 문인들의 교지(狡智)는 늘게 마련이고, 이 교지로 만들어진 문학 제도는 폭력에 영합하지 않으려는 힘을 기르기 때문에 언제나 탄압에 대응하는 긴장을 유지한다. 뿐만 아니라 폭력 조직이 여러 통로를 거친 신생 무기를 도입하므로 이를 격파하기 위한 지식 무기 또한 외래종으로 될 수밖에 없다. 이들 두 문학 계간지가 본격적으로 제도로서의 힘을 발휘하던 때에 외국 문학 이론 인용이나 외국 문학 이론가들의 저술 이해로 한국인의 지적 수준을 검증하는 아주 못된 풍조가 만발하였다. 특히 '한국 우위주의란 패배주의의 가면'이라는 규정 속에서 민족 열등감이라는 인식을 드러내었고, 문화나 인간 삶을 비교급으로 읽으려는, 그래서 외국 쪽에 시선을 돌리겠다는 각오가 이 문예지에는 크게 부각되었다. 제도란 언제나 그것의 운용에 따르는 풍조를 동반한다. 1920년대의 문학 제도가 일본식 서양 지식에 기생하는 법규로부터 1966년을 거친 1970년대에 이르러, 이들 두 계간 문예지는 서양 지식을 등에 진 문학 제도로서 서양 지식 바이러스를 한국의 지식 판도에 크게 번식시키는 시대를 열었다. 오늘날 우리가 고통스럽게 여기는 세계주의라는 신자유주의 경제 허상은 이런 한국 문학 제도의 등을 타고 자연스럽게 형성되어 왔다.

3. 문학 제도의 권력 구조와 문학 시장

한국의 문학 제도는 국가가 위기에 처했을 때 가장 왕성한 조직력을 과시하고 있음을 볼 수 있었다. 과연 어떤 원인이 거기에 있는 것일까?

첫째는 나라를 빼앗겨 나라의 법도가 깨어지고 일체의 민족적 구심점이 사라져 갔을 때 이런 문학적 제도는 만들어진다. 작가란 그가 선택한 언어 공동체 구성원들에게 언제나 책임이 있다고 생각하는 지식인들이다. 그러므로 그들은 민족 언어가 위기에 처했을 때 어떤 형태의 것이든 민족어를 살릴 방도를 만드는데, 동인지 형태의 문예지 창간은 그 대표적인 '민족어 발표 광장'으로 매김될 수 있다. 『창조』를 만든 김동인을 비판적 안목으로 읽은 것은 작가에 대한 나의 또 다른 가치 척도를 대입하였을 뿐이지, 그의 문예지 창간에 대한 큰 공적을 과소평가하려는 의도는 조금도 없다. 『창조』와 『폐허』지가 나라를 빼앗긴 지 10년이 되던 1919년과 1920년에 창간을 보았고, 『문장』지가 국권 회복의 기미를 전혀 볼 수 없고 억압과 민족어 말살의 기운이 더욱 살기를 띠어 가던 1939년에 창간하여 갖은 수모를 다 감수하면서도 민족어로 쓴 한국 문학 작품 생산의 고삐를 늦추지 않았던 것들은 가히 초절적(超絶的)이라 아니할 수 없다. 거의 어린 나이에 속할 젊은이들이 그들 스스로 한국 민족으로서 '새로운 어떤 것'을 만들겠다고 한 것은 아무리 과소평가하려고 해도 그리될 수 없는 공적으로 인정할 수밖에 없다.

문학이란 무엇인가? 문학은 문인들이 선택한 언어의 공동체 인원들에게 제공하는 언어 순환의 정선된 되돌림이다. 그들은 언어 공동체 구성원들에게 선택된 인자들이다. 그들은 선택된 자로서 그들 구성원들의 정신을 담는 언어 보관 창고의 문지기들이 아닌가? 영원한 실체에 속하는 민족이라는 용어의 기의(記意)를 박멸하거나 훼손하려는 많은 물신 숭배자들의 교묘한 지식 바이러스가 세계 각국에 퍼져 있음을 우리는 안다. 현대 초기에 김동인과 염상섭, 정지용, 이태준 등이 만들어 세운 문학 제도로서의 동인 문예지들은 이렇게 한민족 영혼을 담아 낼 발판으로서의 권력 구조를 만들어 내었다. 권력은 한 종족이나 언어 공동체 구성원들의 생존을 지탱하는 중요한 한 구심점이다. 권력은 그것을 행사할 대상이 없이는 형성되지 않는다. 총칼로 억압하여 그들을 권하에 두든 민족어의 영혼을 흔드는 말로 그들을 예속시키든 권력은 일정한 집단을 결속시킨다.

두 번째로 우리는 국권 회복이 이루어졌다 하더라도 타민족에 의해 국권이 혼란스럽고 집단의 정신이 흩어져 갈라설 위기에 처했을 때, 그리고 한 민족 집단이 극도의 정신적 결핍 상태로 뒤덮였을 때, 문학 제도가 만들어진다는 것을 확인할 수 있다. 1940년대 후반부터 50년대에 이르는 한국의 정치 판도는 혼란 그 자체였다. 1955년에 창간을 보아 오늘날까지 명맥을 유지하는 『현대문학』은 그 아주 좋은 본보기 논거로 살아 있다. 민족의 정신이 하나로 합쳐 구심점을 회복하지 않으면 또다시 집단의 질서가 깨어진다는 운명을 정확하게 읽고 이 문학지가 만들어진 것은 우리의 큰 복이 아닐 수 없다. 1966년에 발간을 본 『창작과 비평』이나 1970년에 창간한 『문학과 지성』, 1972년에 발간한 『문학사상』 또한 이 범주에 드는 문학적 권능이며 문학 제도로 살아 있다고 나는 파악한다. 박정희 군사 독재가 전 국민들의 양심과 말할 자유를 유보시킨 치하에서 이런 문학 권력의 대응점을 확보하였다는 것은 민중의 권능을 증명하는 하나의 빛이라고 나는 이해하고자 한다. 민중의 빛!

세 번째로 나는 이 문학 제도들이 그들을 키우는 독자 시장이 형

성되지 않고는 살 수 없다는 이유를 들어 그것들이 곧 민중의 요구
요, 독서 시장의 자연스러운 발로였다는 것을 특기하고자 한다. 시
장은 언제나 결핍 상태에서 싹트는 꽃이고 빛이다. 독서 시장 또한
같은 원인을 근간으로 해서 형성된다. 문학은 어느 곳에서든지 이런
요인을 근간으로 해서 자라는 집단과 민족, 그리고 민중에게 길을 여
는 빛이고 꽃이다.

4. 결 론

문단에 나와 문필 활동을 하는 문인치고 문학 잡지 한 권쯤 내보
고 싶어하지 않는 사람은 없다. 나쁜 의미의 경우 이것은 부조리와
방종에 가까운 자유! 마음대로 써서 내놓고 싶어하는 마음의 자유!
그리고 그런 매체가 있을 경우 많은 신인들이 그곳에 달려와 우호적
인 손을 내밀게 되는 욕망의 문학적 술수가 개입될 수도 있다. 인간
의 욕망 실현을 위한 문학 제도의 유혹 요인은 얼마든지 있을 수 있
다. 게다가 1960년대 후반부터 싹트기 시작한 문학 작품의 상품화
과정, 현대에 와서 이 문학 제도가 돈벌이의 한 수단이 되어 왔다는
사실도 무시할 수 없는 유혹의 손길이었다고 할 수 있다. 이런 것들
이 어떤 제도든지 그것을 꿈꾸게 하는 매력이다. 문학 제도의 하나
인 문예지 발간도 마찬가지이다. 그러나 다른 한편으로 좋은 의미의
경우, 훌륭한 작가들은 그들 작품을 읽는 독자들에게 언제나 빚지고
살고 있다는 부채감을 지닌다. 뛰어난 작가일수록 이 부채감은 크
다. 그것이 그런 제도를 만들게 하는 요인으로 작용할 수 있다는 내
용도 반드시 기록되어야 한다.

앞에서 미리 밝혔듯이 문예지가 하나의 강력한 문학 제도이지만, 이 제도는 다른 제도와 맞물릴 때에 크게 신장하기도 하고 쇠퇴하기도 한다. 일테면 서울을 중심으로 한 6~7개의 일간 신문들이 해마다 신춘문예라는 신인 발굴 제도를 통해 작가를 배출 양성하고, 일간지라는 문학 제도가 그들의 상업적인 목적을 위해 이 문학 잡지 제도를 십분 활용하는 일은 나무와 아교처럼 긴밀하게 엉키는 관계로 존속한다. 뿐만 아니라 이 아교와 나무는 출판업이라는 또 다른 제도적 장치에 의해 본격적으로 뒤엉켜 한 시대의 문학적 법령을 만든다. 이 글이 한국 문학사에서 차지하는 출판사의 제도적 발판이나 그 영향력을 살피지 못한 것은 시야의 한계를 보여 주는 것이다. 다른 글이 이것을 보충했으면 하는 바람일 뿐이다. 그러나 이들 출판업과 관련된 일간지, 월간지, 계간지들의 제도적 장치는 문학 시장 개척을 위한 필수적인 관계일 수밖에 없다. 이들은 독서 시장 개척을 위해 일정한 글쓰기와 읽기를 위한 법령을 만든다.

이 법령에 따라서 문학 시장은 그 크기와 다양성, 예술의 질적 함량을 조절하며 흥망을 반복한다. 2000년대로 넘어오면서 한국 사회는 문학 시장의 커다란 변혁을 경험하면서 독자들을 빼앗기는 수난에 처해 왔다. 영상 매체로 인한 변화는 아직까지 익숙해 있던 인쇄 매체를 통한 문학 시장을 상당한 속도로 잠식해 간다. 문학 제도의 변화를 예고하는 하나의 징후일 수 있다.

그럼에도 불구하고 인쇄 매체로서의 많은 문학지들은 존속해 오고 있고, 아직도 그들이 한국 사회에서 문학 권력을 행사하고 있음은 불변이다. 앞에서 내가 다룬 문학지 말고도 헤아릴 수 없을 만큼의 많은 문학지들이 있어 왔다. 임의로 문예지를 선택하여 문학 제도의 자발적이고도 능동적인 탄생과 그 존속의 강도, 문학적 성과 등을 고려하여 이 글에서 약술한 것이다. 좀 더 깊이 있는 연구가 이루어지려면 각 세대마다 문학적 권세를 행사한 잡지의 출신 작가들과 그들의 작품 분석을 통한 탐구로 보다 더 상세하고도 깊은 연구의 결실을 맺을 수 있을 것이다. 이 과제는 다른 글로 기약하고자 한다.

한국 문학의 생태론적 사유와 청빈론

1. 서 론

　1970년대는 한국에서 근대화라는 말과 구호의 깃발이 가장 강력하게 나부끼던 시대였다. 물질적 재부를 쌓는 일이 삶에서 해야 할 가장 고귀한 가치를 지닌 덕목으로 채택, 당시 쿠데타에 의해 권력을 장악하였던 군사 정권 정부는 이 정책에 반하는 어떤 이념도 용납하지 않는 독재 권력을 행사하였다. 그러므로 1970년대의 문학적 관심은 독재 정권에 대항하여 싸우는 사람들의 행적 읽기로 초점이 모아졌고, '근대론'의 완력과 추진 방향이 넓고 힘차면 힘찰수록, 그에 상응하는 서사적 이야기 틀의 응집력도 선연한 빛깔을 띠어 갔다. 한국 문학의 70년대에는 언제나 윤흥길과 황석영, 이문구, 조세희 등이 등장한다. 그 이유는 이들이 당 시대의 정치권력이 산야를 파헤쳐 재부화하려는 힘에 대항하는 문학적 담론으로 그들 인물들을 형상화하였기 때문이다. 70년대의 영웅은 당시 주로 군인들로 구성되어 있었던 정치 세력 속에 있지 않았다.[69] 그들은 그들 스스로가 영웅으로 착각하였지만 오히려 그런 반영웅적인 인물들을 악당으로 여긴 것이 작가들의 시각이었다. 국부 정권 담당자들과 그들에 기생하여 급속도로 커가기 시작한 일부 일꾼들은 재벌로 성장하기 위해 갖은 수단과 방법을 동원하여 정부 보증의 외채를 받아 산야를 파헤쳐 공장을 짓거나 상업 단지로 만들었다. 당시에 황석영은 중편 「객지」에서 재벌 회사가 벌이는 공사 현장의 날카로운 노사 갈등 내용을 그려 보였다. 이 작품 속의 악당은 당연히 원경으로 물러나 있지만 돈의 힘으로 장악한 경찰들이 악당 역할을 톡톡히 하고 있고, 그에 저항하는 인물은 주동 인물이며 동시에 영웅시되는 인격이었다. 당시에 악당 공룡은 뒤에 도사린 채 돈의 힘을 가장 잘 이용하는 재벌이거나 그들을 부추기는 정권 담당자들이었다. 가난을 퇴치해 주는 대가로 '말할 자유를 담보하라'고 윽박질렀던 공룡의 시대 한복판에서 천상병은 이렇게 썼다.

오늘 아침을 다소 행복하다고 생각는 것은
한 잔 커피와 갑 속의 두둑한 담배,

---

69) 군부 정권 상층부의 사람들은 그들 스스로가 '민족중흥의 역사적 사명을 띠고 이 땅에 태어났다'('국민 교육 헌장')고 언명함으로써 스스로 영웅이라고 착각하였다. '국민 교육 헌장'이라는 짧은 문안을 전국 각 중·고등학생들 조회 시간에 낭송케 하는 등 국민 모두를 세뇌시키는 공작에 총력을 기울였다. 그들은 당대의 가장 큰 국민적 과제가 '능률과 실질을 숭상'하는 것이라고 밝힘으로써 군대 조직의 조직력을 최고의 가치로 드높였다. '능률과 실질'이라는 말처럼 군대 조직의 적성에 맞는 용어도 없을 것이다. 전 국민의 군대화, 이것은 근대화 공식에 가장 알맞은 것이어서 그들은 전국의 병영화를 근대화의 목표 달성 수단으로 삼았다.

해장을 하고도 버스값이 남았다는 것.

오늘 아침이 다소 서럽다고 생각는 것은
잔돈 몇 푼에 조금도 부족이 없어도
내일 아침 일도 걱정해야 하기 때문이다.

가난은 내 직업이지만
비쳐 오는 이 햇빛에 떳떳할 수가 있는 것은
이 햇빛에도 예금 통장은 없을 테니까…….

나의 과거와 미래
사랑하는 나의 아들딸들아,
내 무덤 가 무성한 풀섶으로 때론 와서
괴로웠음 그런대로 산 인생. 여기 잠들다. 라고,
씽씽 바람 불어라……   ──「나의 가난은」 전문[70]

　이 시편은 1970년 7월에 발표한 작품으로 그가 길을 잃고 행려병
자로 떠돌기 전 해에 쓴 시이다. 70년대가 그처럼 '잘살아 보자'는
구호로 들떠 있었고 전국의 산야가 황금을 캐는 공업 단지로 변해
가거나, 아니면 상업 단지로 까뭉개어져 돈을 만드는 것 이외의 어떤
가치도 숨을 쉴 수 없도록 관념을 몰고 가던 시기였다는 것을 상기
할 때, 시인 천상병의 '가난' 업종 직업은 어디에고 발붙일 곳이 없었
다. 그러나 시인은 가난 직업을 당당하게 내세움으로써 개발 폭력배
들을 향한 반대 의사를 분명히 하였다.

---

70) 천상병, 『새』(조광출판사, 1971), 26쪽.

가난은 마땅히 때려 부숴야 할 적이었고 질병이었으며, 한국 역사 이래 계속되어 온 어둠이어서 마땅히 퇴치해야 할 한국인 모두의 공동 적이었다. 당시 사람들은 그들이 내세운 이 가난 퇴치술에 정신을 잃게 되어 있었다. 그것은 당근이었고 동시에 정신을 녹이는 마약이기도 하였다. 가난을 퇴치하기 위해 그들 군사 통치자들이 내세웠던 전략은 공업화였고 시장 개척으로 요약되었다. 문제는 이런 공업화나 상업화가 필연적으로 폭력을 거느린다는 사실이었다. 그것을 알고 있었던 사람들은 여러 형태의 직업을 가졌던 지식인들이었고 시인, 작가 등 문인들이었다. 이 장면에서 그들이 지식인들에게 사용한 힘도 폭력이었다. 국가 권력을 등에 업은 조직 폭력에 관한 작품들이 쏟아진 것은 1970~80년대였다. 많은 지식인들이 투옥되었고, 고문으로 상처를 입었고 때론 죽어 나오는 비참함이 연출되었다.[71]

상공업화가 필연적으로 거느린다는 폭력의 그림자란 무엇인가? 상공업화 주체 쪽에 시선을 두고 읽을 때, 상공업 단지를 만들기 위해 해야 할 삽질과 폭파 작업에 따른 땅의 황폐화는 필연적인 결과이고, 그것은 의당 생태계에 대한 연쇄적 폭력으로 작용하게 되어 있다. 이 시기에 생태계 파괴와 인간의 황폐 문제를 들고 나타난 작가가 김원일이었다.

이른바 70년대 작가군으로 불렸던 앞에 든 작가들 반열에서 조금 뒤에 따라 서 있던 김원일이 중편 소설 「도요새에 관한 명상」으로 서사의 눈길을 집중하기 시작한 것은 이 행위 자체도 한국 현대 문학

---

71) 임철우의 「붉은 방」, 양귀자의 「천마총 가는 길」을 비롯하여 김향숙, 김원우, 김소진 등의 작품들이 이 시대의 조직 권력과 폭력의 문제를 심도 있게 다루었다.

사에서 획기적인 발상의 한 전환이었고, 한국인들이 전통적으로 지닌 자연 친화 및 자연법칙의 순응 덕목을 중요하게 여겨 왔던 생태론적 사유의 기본 골격을 정식으로 재정립한 것으로 평가된다.

2. 물질적 재부 쌓기와 자연의 순환 고리

큰음이 전국 각지의 땅을 허물고 개척과 개발에 전력을 기울이면서 이제껏 이어 왔던 인문학적 삶의 방식이나 도덕률, 전통적인 생활방식 등의 기존 관념의 대부분은 깨어져 무시되거나 폐기되는 형편으로 되어 갔다. 김원일이 1979년에 발표한 「도요새에 관한 명상」은 개발 이데올로기가 몰고 오는 엄청난 어둠과 폭력에 정면으로 대응하는 한 젊은이의 고뇌와 절망을 드러내 보여 준 작품이었다.[72]

이 시기에 한국 사람들은 정말로 굶주린 사람들이 많았다. 동족 전쟁을 치르고 난 마당에 물질적 결핍의 고통은 실제로 심각한 것이었다. 전후 폐허의 마당에서 가난을 벗어난다는 명제는 절체절명일

---

72) "석교천의 물을 떠내 온 미터글라스에 나는 흰 종이를 붙여 두었었다. 거기다 볼펜으로 날짜와 시간을 적어 넣었다. 코르크 마개로 주둥이를 닫고는 시험관 꽂이에 꽂았다. 나는 시험관 꽂이를 들고 둑 위로 올라왔다. 갈대와 풀조차 말라 버린 1만 평의 공한지가 양쪽으로 넓게 펼쳐져 있었다. 한 마리의 곤충은 물론 지렁이류의 환형동물조차 살 수 없는 버려진 땅이었다. 이 공한지에도 내년에 연간 5만 톤의 아연을 생산할 아연 공장의 착공식이 있을 것이라는 보도를 읽었다. 내가 중학교를 졸업하던 해까지 이들은 일등 호답이었다. 가을이 되면 누런 벼들이 알 굵은 벼 이삭의 무게에 못 이겨 머리를 꺾고 가을바람에 일렁였다." 김원일, 『도요새에 관한 명상』(홍성사, 1979), 245쪽.

수 있었다. 그러므로 이 가난 퇴치를 위해 외채를 끌어다 대재벌을 키워 상공업화의 기반을 닦는다는 이상은 너무도 당연해 보이는 정책의 수순일 수 있었다. 그러나 이제까지 황금벌판으로 넘실대던 들판을 까뭉개어, 실개천들은 두말할 필요도 없고 하천과 강들이 오염되어 철새들이 떼죽음을 당하는 형편에 대한 배려는 아예 안중에도 없었다는 과오를 그들은 등에 짊어진 채 정책을 밀어붙였다. 이것은 그들 개발론자들이 짊어진 원죄에 해당한다. 그들의 정권 유지를 위해 극약 처방으로 세운 정책이 공장 건설에 의한 산업 기지 확장으로 전국의 산야는 황폐해져 갔고, 재벌들을 방만하게 키우면서 국민들의 세금 부담은 연쇄적으로 늘어나 1970~80년대를 거쳐, 90년대로 들어서면서 그 말기에 이르러 아이엠에프 빚잔치를 필연적으로 맞게 하였다. 이 전 국민적 빚잔치는 군사 정권이 원초적으로 만들어 놓은 결론이고 그들이 짊어진 개발 원죄의 결과였다.[73)]

인간이 가장 두려워하는 것은 죽음이다. 이 죽음과 관련된 관념은 폭넓은 외연을 지녔다. 죽음은 굶주림이나 헐벗음, 폭력 등으로부터 파생되는, 아마도 자연이나 다른 인간으로부터 이 세상에 더는 존재할 수 없는 선택을 받는다는 것일 터이다. 존재할 수 없도록 선택받

---

73) 1971년부터 외채를 끌어들인 내역을 보면, 1971년도에 차관 도입(백만 불 기준)이 공공 차관 325달러, 상업 차관 320달러, 총액 1,278달러였다가, 1979년도 기준으로 보면 총 외채가 20,287달러로 늘어났다. 1984년도 총 외채가 다시 43,053달러였는데 여기에는 대외 채권 10,108달러, 외환 보유액 7,650달러 등이 있다(통계청 자료 KOSIS DB 참조). '한국은행에서 연 자료 1994년, 분기 자료 1995년, 월 자료 1998년 1월 이후부터 1999년 7월에 재조정한 자료임'을 밝혀 놓았다. 만일 무턱대고 외국에서 돈을 끌어들였다고 말한다면 인문학자의 무지한 판단이라고 질책받을 수 있을 것이다. 그러나 이 부분으로부터 우리의 논의는 출발해야 한다고 생각한다.

는다는 조건, 무수한 부정하고 두려운 대상들. 물이나 불, 폭풍, 돌, 쇠붙이, 기타 세상 만물은 다 이 세계로부터 인간을 존재하지 않는 것으로 지울 힘을 지녔다. 굶주림이나 헐벗음, 병고 들은 모두 강력한 세계의 힘을 막아 낼 힘을 잃게 하는 징후들로, 사람들이 본능적으로 두려워하는 존재 조건이다. 가난으로부터의 탈출, 그것은 인간의 오랜 꿈과도 연결되어 있다.

철학과 마찬가지로 문학 또한 인간이 지닌 존재 조건으로부터 자유롭기를 꿈꾸는 이야기들을 기초로 하여 형성되어 왔다. 인간이 지닌 두려움을 극복하는 방법에는 여러 갈래의 처방들이 있다. 종교나 철학이 죽음의 공포로부터 자유로워질 수 있는 마음의 수련을 쌓도록 가르치고 독려하는 내용들로 이루어져 있음은 널리 알려져 있다. 문학이 본질적으로 삶의 얽힌 문제들을 대상으로 하기 때문에 종교나 철학이 다루는 방식과 그 접근하는 법이 비록 다르다 할지라도 이 문제의 범위를 맴돌고 있다는 것은 흥미롭다.[74]

죽음과 가장 가까운 고통은 어떤 것이라고 단정하기 어렵다. 보편적으로 우리는 가난을 싫어하고 이것이 죽음에 가장 가까운 것으로 착각하기 쉽다. 어떤 믿음들은 대체로 착각이기 쉽다. 1970년대부터 군사 정권의 핵심 주체들은 막대한 권력을 장악하여 나라 온 천지의 산과 들을 시멘트 구조물로 만들면서 자연의 순환 고리를 끊어 놓고도 그것이 근대화 개발이고 선진국[75]으로 나아가는 지름길이라

---

74) 몇 년 전부터 캐나다 생활을 정리하고 한국에 돌아와 생활하는 작가 박상륭의 『죽음의 한 연구』와 그의 작품 세계 전부를 통합하는 듯한 장편 소설 『칠조어론(七祖語論)』은 문학이 철학과 종교 문제를 통합해 보려는 야심 찬 역작들이다. 이 작품을 해석하는 데 대한 학자들 사이의 여러 이견들은 그것 자체가 삶과 죽음의 문제를 읽는 견해 차이로 볼 중대한 사건이라 이를 수 있다.

고 많은 사람들의 마음속에 그런 신념을 심어 놓았다.

이런 생태 환경의 황폐화가 많은 사람들의 마음까지도 점령하여 그렇게 극악해 가는 사정에도 익숙한 생활 감각과 무딘 생각으로 나날을 보내는 사람들로 가득 찬 가운데서도 그것을 가장 슬퍼하고 절망하는 이들은 있다. 한 그루의 나무를 재목으로 키워 땡볕의 폭력으로부터 사람들을 쉬게 할 자리를 만들 만큼의 나뭇잎을 거느리게 하기에는 많은 시간이 걸린다. 그러나 그것을 잘라 내는 데는 불과 몇 시간도 걸리지 않는다. 개발 이념은 이렇게 쉬운 파괴와 폭력으로부터 자원을 얻도록 부추긴다. 그것은 죄악이다. 1994년에 낸 김지하의 시집 『중심의 괴로움』 가운데 한 편의 시 「산」은 이렇게 되어 있다.

산에 못 가네
꽃피는 산에
이제 더는 못 가네

가까이 가면
헐벗은 산 가슴 아파

솔 누렇게 시들고
새들 떠나고

---

75) 선진국과 후진국, 개발도상국 따위의 용어에 대해 우리는 주목해야 한다. 개발과 기술력 발달이 삶의 형이상학적인 문제까지를 포괄하는 것처럼 오도될 위험성을 지닌 용어가 바로 이 낱말들이다. 행복의 척도가 물질적 재부의 많고 적음에 있다고 재는 것은 편견이라는 사실에 많은 사람들이 눈감고 있다고 나는 읽는다. 헬레나 노르베리 호지, 김종철 옮김, 『오래된 미래—라다크로부터 배운다』(녹색평론사, 1996) 참조.

적막한 산
빈 산

봄이 와
겨우겨우 피어나는 꽃 한 무리를

차마 가여워
못 가네
이제 더는 못 가네

아파트 사이
아스팔트길을

뉘우친다네.

힘겨운 영어 생활을 견디고 나와 바라본 산야의 모습에 다시 절망
한 그의 마음에 슬픔이 가득 차 있다. 이런 지성은 개발로 산야가 도
처에서 몸살을 앓고 있음에 눈을 감거나,[76) 스스로 큰 가슴앓이를 하
고 있다. 생명은 머리나 이성, 지성 따위가 아니라, 가슴속으로부터

---

76) 황폐해진 산야를 보고 느끼는 절망적인 아픔은 생태 보존 문제와 인간의 삶
다운 삶을 지키기 위해 끊임없는 노력을 기울여 온 『녹색평론』의 발행인이자
문학 평론가인 김종철의 다음과 같은 절절한 글쓰기에서도 보인다. "나는 요
즘 시내에서 경산의 학교로 오가는 버스 속에서 아예 눈을 감고 있는 경우가
많아져 갑니다. 잠깐 눈을 붙이려는 게 아니라, 지나가는 길에서 보이는 산과
들이 마구잡이로 파괴되어 가는 모습을 볼 수가 없기 때문입니다. 도대체 상
처 입지 않은 산과 들이 없습니다. 이 길을 오가며 지난 20년 동안 수없이 보

존재 내외 전체로 울리는 소리이고 힘이며 긴장이다. 1970년대부터 깎이기 시작한 한국의 생태 환경은 2000년대 초입의 오늘날 온전한 자연을 유지한 곳이 없을 지경으로까지 파괴와 훼손을 불러왔다. 파괴의 잔해 위에 그들이 세워 놓은 시멘트 구조물들은 인간의 영혼을 마구 뒤흔드는 혼란과 황폐함을 필연적으로 등에 업게 되었다. 전통적인 뜻의 가정 정서가 깨어졌고 인간관계가 이익을 중심으로 만들어지는 메마른 사회로 나아가기 시작하였다.[77]

이런 강력한 개발론 열기의 막차쯤 될 법한 오늘날, 가난이나 '청빈'론을 반 개발론 대안으로 제시한다면 누구도 이해하려 하지 않을 것임에 틀림없다. 그러나 나는 한국 문학의 전통 가운데 상당한 설득력을 가진 청빈 사상이 생애의 한 지표가 될 수 있다는 논의를 하려고 한다.

아 왔던 풍경의 손상임에도 불구하고, 또 나이가 많아져도 나는 적응이 안 됩니다. 산허리가 허옇게 드러난 모습을 보면 가슴이 미어터지는 것 같습니다. 생명의 서식지가 이처럼 갈가리 찢겨져 가는 데가 여기뿐만 아니라는 것을 너무도 잘 알기에, 나는 여행이고 뭐고 돌아다니는 것이 도무지 싫습니다." 『녹색평론』 2000년 11~12월 호, 3쪽.

77) 개발론자들이 집중적으로 세우는 상업 전략들은 대체로 이렇게 되어 있다. 첫째, 주민들의 계절 감각을 혼란시킬 것. 둘째, 큰 건물들을 많이 지어 사람들을 집 밖으로 끌어낼 것. 최근에 나는 밤늦은 시간에 원주 외곽 지역에 있는 어떤 레스피아에서 많은 부녀자들이 북과 장구, 꽹과리를 치며 무슨 행사를 치르는 장면을 목격하였다. 그 부녀자들은 이런 행사를 핑계로 집 밖에 나와 하룻밤을 보낼 수 있는 것이다. 이것은 조그만 예에 지나지 않는다. 그윽한 산들을 까뭉개어 지어 놓은 산속 요정 나라에 휘황하게 빛나는 불빛과 노랫소리 등은 모두 돈벌이 전략의 결과라고 나는 읽는다. 셋째, 사람들을 억지로라도 놀거나 뛰게 만든다. 돈벌이 상품을 그들의 놀이와 뜀박질로부터 만들어 내기 위해서다. 많은 사람들을 움직이게 하고 웃게 만드는 것이 마치 행복을 담보하는 듯한 착각 속에 음흉한 상업 전략은 기생한다.

3. 청빈 사상[78]의 한국적 전통과 현대적 해석

가난은 인간에게 무서운 재난이다. 인간이 인간답게 살려면 가난
으로부터 자유로워야 한다. 가난이 인간을 얼마나 지독하게 속박하
는지를 보여 주는 문학 작품들은 많다.[79] 어느 누구도 감히 이 가난

---

78) 청빈 사상은 한국인들이 오랜 전통으로 간직해 온 사상의 하나이다. 신라,
    고려를 거쳐 조선조에 이르는 동안 대쪽 같은 삶을 살았던 70∼80여 명의 도
    도한 인물들을 소개하는 책『쌀 한 말, 옷 한 벌, 간장 한 병』의 저자 송준호는
    그 머리말에서 다음과 같이 적고 있다. "우리들의 선조들은 지금 사람들처럼
    그냥 육체적으로 잘 먹고 잘 입고 편하게 사는 이른바 '잘사는 것'을 원하기보
    다는 정신적으로 옳고 구차스럽지 않게 떳떳하게 사는 이른바 '바른 삶'을 소
    망했던 것이다." 송준호,『쌀 한 말, 옷 한 벌, 간장 한 병』(행림출판사, 1993),
    6∼7쪽. 비록 가난할지라도 정신적으로 올바른 도덕적 삶을 사는 것이 가치
    있는 삶이라고 믿는 생각은 하나의 중요하고도 깊은 사상이라고 나는 풀이하
    고자 한다. 물질적인 부귀보다는 사람다운 덕목을 지키는 것이 옳다고 믿었
    던 한국인들의 사상은 여러 고전 작품을 엮는 중요한 가치 의식이었고 현대
    작가들의 작품을 꿰뚫는 정신이기도 하다. 이것을 우리 문학이 갖춘 전통적
    청빈 사상이라 아니할 수 있겠는가.
79) 1970년대를 풍미하던 조세희의『난쟁이가 쏘아 올린 작은 공』이나 이문구
    의『장한몽』, 「해벽」, 윤흥길의 「아홉 켤레의 구두로 남은 사내」, 황석영의
    『장길산』, 90년대에 와서 월남전과 사우디아라비아의 처절한 노동 착취를 고
    발한 배평모의『지워진 벽화』등이 가난으로부터 자유롭지 못한 사람들의 고
    통을 치열하게 다루고 있는 작품들인데, 이런 재난 속에는 반드시 착취로 나
    아가는 일정한 인물들이 있어서 가난 재난의 극렬성을 더욱 부각시킨다. "란
    드의 가족은 멀건 죽이 아니면 삶아서 햇볕에 말린, 돌가루처럼 단단한 쌀을
    조금씩 씹는 것으로 대부분의 끼니를 때웠다. 그것을 입 안에 넣고 씹으면 먹
    고 있다는 그 자체 때문에 허기를 잠시나마 잊을 수가 있었다. 그것마저도 없
    으면 입 안이 온통 불이 붙는 듯한 매운 고추를 씹어야만 했다. 불처럼 매운
    고추맛 또한 허기를 잠시나마 잊게 해주기 때문이었다." 배평모,『지워진 벽
    화』(창작과 비평사, 1994), 25쪽.

을 찬양하거나 옹호해서 우리가 추구할 가치로 예찬할 수는 없다. 일부 기독교 신자들이나 불교인들은 오히려 바르고 깨끗한 돈을 모아 인간답게 사는 청부(淸富)를 논해 찬양하기도 한다.[80] 그러나 한국의 전통적인 사상 가운데 청빈을 귀중한 덕목으로 가르친 지성들은 많았다.

청빈이란 첫째 자기 분수에 맞지 않는 재부를 거부할 수 있는 용기이며 정신의 한 틀이다. 가난이 비록 엄청난 질곡임에도 불구하고 이 현실을 두려워하지 않는 정신이 있다는 것은 기이하고도 놀라운 일이다. 이런 내용들을 우리는 고전 작품들 속에서 확인할 수 있다.[81] 고려 때의 이규보나 조선조 박지원의 작품들은 청빈이라는 유

---

80) 이 해석도 결국은 한국의 청빈 사상과 괴리되는 것은 아니다. 맡은 바 업무와 직책에서 얻은 재물을 갖고 깨끗하게 쓰며 유용하게 사용한다는 생각은 물질적 재부 쌓기가 인생의 목적이 되는 사람들과 변별되는 것일 수 있다. 노력하고 땀 흘린 만큼 얻은 재부를 깨끗이 쓴다는 생각이 봉사 정신으로 발전하는 내용도 그 논리의 끈을 합리화할 수 있다. 라즈니쉬도 청빈이 가난을 찬양하는 내용으로 해석되어서는 안 된다고 풀이하고 있다. 오쇼 라즈니쉬, 손민규 옮김, 『반야심경』(태일출판사, 1999) 참조.

81) 고려조 이규보의 「백운거사전」에는 이런 구절이 있다. "집에는 자주 식량이 떨어져 끼니를 잇지 못하였으나 거사는 스스로 유쾌히 지냈다. 성격이 소탈하여 단속할 줄 모르며, 우주를 좁게 여겼다."『동국이상국집』 3권, 195쪽. 우주를 좁게 여긴다는 말속에 청빈의 고고한 정신이 들어 있다고 나는 해석한다. 그의 또 다른 작품 「노극청전(盧克淸傳)」, 박지원의 「허생전」, 「예덕선생전」, 「광문자전(廣文者傳)」, 「열녀함흥박씨전(烈女咸興朴氏傳)」 등의 이야기 문학들은 가히 청빈이라는 가치를 드높은 이상으로 여긴 사람들의 화법으로 지어진 작품들이다. 박지원 · 이옥, 이가원 옮김, 『연암(燕巖) · 문무자소설선(文無子小說選)』(박영문고, 1974) 참조.
"집 안에 있을 때는 부모에 효도하고 자제에게 엄격하였다. 예절을 잘 따랐으며 특히 상례를 신중히 하였다. 평생 동안 쓸데없는 책을 읽지 않았고 쓸데없는 일도 하지 않았다. 집이 가난하여 값비싼 물건이 없었고 장사 지낼 때는

전자를 지닌 인물들이 부귀보다는 청빈을 택함으로써 스스로의 존엄성을 드높인 예들이다.

청빈의 둘째 요건은 사람의 마음을 우주와 합일시켜 화해하려는 정신이며, 자연을 자연 그대로 인정함으로써 자연이 지닌 존귀함을 인격과 동일시하려는 한 마음가짐이다. 인간의 존엄성은 우주의 운행 원리와 자연법칙이 정한 내용들로 규정된다. 박지원의 「예덕선생전(穢德先生傳)」은 인분을 퍼다가 서울 근교 농작물에 공급하는 인부에 대한 예찬 내용을 담고 있다. 분수에 맞지 않는 일이나 음식을 절대 탐하지 않고 가장 적은 자기 분수를 천명으로 알았던 인물을 작중 화자가 스승으로 칭송하는 이 내용은 조건 없이 물질적 자산 내용만으로 인간의 계급을 나누는 사람들의 생각 틀과 분명히 구분된다.[82] 1970년대부터 본격적으로 상공업화의 이념을 주된 삶의 목표로 정한 물신 숭배자들과는 거의 상치되는 사상의 틀을 청빈 사상 실천자들은 지녔음에 틀림없다. 그러므로 그들은 스스로 가난할 수밖에 없었고 박해받는 삶을 살 수밖에 없다. 조용하던 자연 환경이 무자비하게 박해받아 신음하는 형국에 자연을 자연 그대로의 존엄성으로 인정하는 사람들이 가난하거나 박해 속에 놓이게 된 것은 어

옷이 없어서 친지들의 도움으로 장례를 치를 수 있었다." 송준호, 같은 책, 257쪽. 이 글에 나오는 인물은 조선조 현종 때 문신으로 강진 현감, 전라도 관찰사 등의 요직을 거친 사헌부 출신의 인물이었다. 1667년에는 사간원의 직책으로 영의정 정태화, 좌의정 홍명하의 죄를 논핵하다가 왕의 노여움을 사서 벽동에 유배를 갔던 인물이다. 그의 생애 끝이 장례 비용 없음이다. 스스로 믿는 바를 실천했던 선비이고 지성인이었다.

82) "그러므로 진실로 정의가 아니라면 비록 만종의 녹일지라도 조촐하지 않을 것이요, 힘들이지 않고서 재산을 이룩한 이는 비록 그의 부자가 소봉과 어깨를 겨눈다 하더라도 그의 이름을 더럽게 여기는 이가 있는 법이야." 이가원 편역, 『이조 한문 소설선』(민중서관, 1961), 199쪽.

쩌면 필연적인 귀결일 수도 있다.

청빈의 세 번째 요건은 개인 스스로 지닌 몸의 기운을 응축함으로써, 남을 향해 뻗어 나가 폭력으로 작용하는 힘을 억제하는 정신을 극대화하려는 마음가짐이다. 욕망을 내면으로 향하게 함으로써 구심력을 극대화하려는 성향이 이 정신에는 들어 있다. 근대성의 깃발이 나부끼던 이 시기에 한국의 많은 시인과 작가들은 아무리 재부가 쌓인다 할지라도 그것이 자연을 훼손해서 얻는 것이라면 별 의미가 없음을 단호하게 선언하였고, 자연 질서의 순환 고리가 깨어짐으로써 인간이 어떻게 더럽혀져 가는지를 슬픈 어조로 노래하거나 이야기하고 있다. 시인들이 그처럼 분수에 맞지 않는 재부의 의미 없음을 천명했던 것은 청빈한 마음의 고귀함을 선험적으로 알고 있었기 때문이다.[83] 조선조에서 지식인 양성의 기본 덕목으로 삼았던 선비 사상의 핵심 또한 이 청빈 사상과 맥을 같이하고 있음을 확인할 수 있다.[84] 선비 됨의 기초가 정의로운 뜻을 세우는 것에 있다고 가르친 것은 유교 이데올로기를 지탱하는 큰 정신의 골격이었고, 분수

---

83) 앞 장에서 인용한 시인 김지하 외에 김광규, 정현종, 이하석, 최승호, 이문재, 고형렬, 문인수 등 많은 현역 시인들은 자연이 훼손됨으로써 인간 삶이 어떻게 황폐해졌는지를 애절한 고통의 음색으로 읊고 있다. 천상병의 시 「청록색」은 이렇다. "하늘도 푸르고 / 바다도 푸르고 / 산의 나무들은 녹색이고 / 하나님은 청록색을 / 좋아하시는가 보다. / 청록색은 / 사람 눈에 참으로 / 유익한 빛깔이다. / 이 유익한 빛깔을 / 우리 아껴야 하리. / 이 세상은 유익한 빛깔로 / 채워야 하는데 / 그렇지 못하니 / 안타깝다." 고진하 · 이경호 엮음, 『새들은 왜 녹색별을 떠나는가』(다산글방, 1991), 125쪽.

84) 선비 사상의 기초는 '의(義)'를 생명보다 소중히 여기는' 마음가짐에 있었다. 이런 사유를 덕목으로 하는 사상을 닦기 위해 필요한 교육 지표는 뜻을 세움〔立志〕에 있었다. 이장희, 『조선 시대 선비 연구』(박영사, 1992), 164~165쪽 참조.

116

에 맞는 삶이 인간이 가져야 할 큰 덕목이라는 사상이야말로 조선조를 5백여 년 지탱해 온 정치 철학이었다. 그것을 우리의 근·현대사는 잃어버렸다.

'가난살이가 작가 됨의 기초다.' 이 말은 중국의 현역 작가 자핑아오(賈平凹)가 쓴 수필에서 한 말이다.[85] 이것은 그의 작가적 신념에 속하는 것으로 한국의 현대 문학이 근래 들어 잊어버린 지 오래된 사상이다. 겉보기에 한국 문단에서 청빈은 수치스러운 것으로 변해 버렸다. 그 청빈 사상을 잊었듯이 가난이 작가 됨의 기본 조건이라는 말조차 잊혀진 지 상당히 오래되었다. 1960년대 초반부터 시작한 강력한 개발론 물결에 의해 이 청빈 사상이 빈사 상태에 놓인 것은 비록 남의 돈을 꾸어다가 쓴 것일지라도 풍요로운 물질의 혜택 속에 우리들이 놓여 있었기 때문이다.

4. 결 론

우리는 표면상, 우리들 조상 대대로 전해 오던 도도한 청빈 사상을 내팽개쳐 버렸고, 그러므로 우리 스스로가 각기 누구인지를 찾아 나설 기력을 잃어버렸으며, 동시에 게으르고도 안락한, 여유롭고도 자족적인 삶의 가락을 잃어버렸다. 자연이 깊이 잠들고 고르게 숨쉬지

---

85) 이 글은 '18세 여동생에게 주는 글'에서 한 말로 본문은 이렇다. "가난은 작가가 되기 위한 준비 조건이란다. 책은 물질적 부유함을 원하지 않아. 무엇보다 인간의 부유함은 그 사람의 사상의 풍요에 있단다." 자핑아오, 박지민 옮김, 『흑백을 추억하다』(오늘의 책, 2000), 232쪽.

못하면 인간도 따라서 깊이 잠들고 고르게 숨쉬지 못하며, 생각을 아름다운 대상에 미치도록 할 수가 없다. 우리는 이미 물질적 재부 쌓기라는 이념에 밀려 자연을 엄청나게 훼손하여 놓았다. 그러므로 생태의 순환 고리가 깨어져 이 속에 사는 인간들은 평안할 수가 없다. 깊이 잠들지 못하는 자연 환경 속에서 우리 인간들이 깊고도 달콤한 잠을 잃어버렸음을 1990년대에 정찬은 「깊은 강」으로 구체화시켜 보여 주었다.

자연의 숨결과 마음의 가락을 맞추며 맑은 하늘을 본다든지, 푸른 숲을 향해 고함을 지르는 호연지기의 행위 공식이 한국의 지식 마당에서 이미 골동품처럼 폐기 처분된 지는 오래된 형편이다. '반제국, 반봉건'[86]의 기치가 전 국토에 확산되었을 때만 해도 분명히 반봉건이면서 동시에 반제국이라는 명제를 지식인들은 내세웠었다. 반봉건은 틀림없이 전 세대의 왕권 정치 체제에 대한 반대 의사였으며 그 당시 삶의 현장에 펼쳐졌던 부조리한 계급 갈등 및 빈부 격차를 문제의식으로 삼았던 세계관이었다. 뿐만 아니라 반제국주의 명제는 당장 눈앞에 침략해 들어오는 일본 제국주의자들의 폭력에 대항하려는 민족적 의지의 표현이었다. 이 시기에 원경으로 놓여 있던 서양, 특히 개발론의 선두 주자들, 물밀듯이 들어와 한국의 산야를 도살하는 미국이나 일본을 비롯한 폭력적 제국주의에 대해서는 거의 무지 상태이거나, 지적이고 논리적인 대응 논의가 거의 없는 형편이다.

---

86) 연민 이가원 선생은 일찍이 허균의 일생에 대한 저술을 내면서 그 앞머리에서 허균에 대한 연구에 뜻을 두게 된 연원이 반제국, 반봉건 사상이 팽배한 개항기의 사정에 있었음을 드러내어 설명하고 있다. 이가원·허경진 옮김, 『유교반도 허균』(연세대학교 출판부, 2000), 7∼10쪽 참조.

일제 36년이라는 긴 세월 동안 겪은 민족의 질곡은 아직도 현재 진행형으로 풀어야 할 많은 문제를 우리들에게 남기고 있음을 한국의 지성인들은 알고 있다. 의식의 속살로 잠복해 있는 과거 상처의 아픔과 남북 분단, 그리고 잘사는 문제에 대한 깊은 통찰의 과제는 오늘날 우리에게 더욱 큰 덩어리들로 남아 있다.

1960년대부터 근대화라는 구호가 전국에 퍼지면서 반봉건 명제가 안고 있던 계급 갈등이나 빈부 격차의 문제들은 고스란히 물려 간직한 채 물밀듯이 들어온 외국 상품들에 대해 아무런 저항도 하지 못하고 스스로 산야를 깎아 숲을 사라지게 하였으며, 그 결과 우리는 깊고도 달콤한 잠과 화평한 마음의 가락을 잃었다. 개발 논의란 자연 환경을 필수적으로 파괴함으로써 이루어지는 부의 축적이므로, 이것은 자연에 대한 제국주의 침략 선포 그 자체이다. 자연 환경과 마음의 가락을 맞추는 삶은 토지와 산야에 황톳빛과 녹색의 생명을 되돌려 주는 일에서만 가능한 일이다. 자연의 순환 고리를 끊어 부를 축적한다는 명분은 이제 그 방향을 바꾸지 않으면 안 된다. 그러므로 반제국주의 운동은 자국 내의 자연 지키기를 통해서만 가능한 것으로 되었다.

농촌을 복원하여 농산물 자급자족의 길로 가는 원칙은 근본적으로 자연을 복원한다는 논의로 귀착되는 내용이다. 뿐만 아니라 바르고 의롭게 사는 길을 실천하려는 청빈 사상이 그 기상을 발휘하는 내용으로도 풀이될 수 있다. 이 시기를 가로지르는 25년여 세월 동안 한 땀 한 땀 써서 완성한 박경리의 장편 『토지』가 근본적으로 일본론이라고 읽을 때, 남의 나라를 먹이로 삼으려는 식민 통치가 실은 개발론의 또 다른 이름이라는 점을 밝히고 있음을 나는 주목한다. 일본론 속에 담긴 반제국주의 담론이 『토지』의 중요한 사상적 핵심이다. 이문구의 「해벽」, 황석영의 「삼포 가는 길」뿐만 아니라

1970~80년대의 한국의 많은 작품들이 대부분 자연의 순환 고리를 복원하려는 작가적 전망으로 쓰여 있다. 자연은 때로 무자비한 고통을 인간에게 주지만 그 질서 속에서 인간이 인간답게 되는 원리를 찾을 수 있다는 사상의 하나가 곧 청빈 사상이라고 나는 해석하고자 한다. 험악한 개발론 관념이 자연을 파괴하고 있는 삶의 문맥 속에서 한국 문학이 청빈 사상을 그 철학적 기반으로 삼고 있음을, 끝으로 다시 확인, 강조하고자 한다.

韓國現代愛文人力示

제 3 장

현대 작가의 방랑과 고통의 지형도

김주영 소설과 보부상 패러디
── 장편 소설 『아라리 난장』을 읽고

1. 김주영 소설 세계에 대하여

내가 읽은 김주영의 소설들과 또 직접 만나서 겪은 김주영의 사람됨은 상당 부분 내 마음속 생각의 힘과 영토의 일부분이 되어 있다. 정신의 용량으로 본다면 꽤 넓게 그의 말소리와 화법, 영혼의 건강 상태 등이 내 내면의 밭에 퍼져 있다는 이야기이다. 그래서 나는 내 속에 들어 있는 그와 그의 소설들이 지닌 내용에 맞게 내 깜냥껏 그의 소설을 읽는다.

김주영의 소설이 이야기하고자 하는 한결같은 내용은 대체로 이렇다. 그는 우리들 삶이 속절없는 여로 속에 놓여 있음을 꿰뚫어 읽고 있는 사람이다. 그래서 그의 소설 대부분은 길 떠남, 소설다운 떠돌이 삶의 내용을 담고 있다. 사람은 태어나 이 세상에 나오는 순간부터 이미 떠남의 여로 속에 편입된다. 하루하루 해 뜨는 시각부터 해 지는 시각까지 어딘가를 향해 떠도는 존재일 수밖에 없다. 나이 어려 어머니를 기다리는 시간들로부터 나이 들면서 어머니를 떠나 남들과 만나는 순간순간들이 모두 여로의 연속이다.

그러므로 사람들 삶이, 현세적인 잣대로 지닌 재산의 분량이나 누리고 있는 지위와 관계없이, 속절없이 떠돎의 연속 선상에 놓여 있다고 보고 김주영은 그런 현세적인 잣대로 잡히는 높낮이를 하찮은 무상의 짓거리로 읽는다. '사람살이의 별 볼일 없음'을 그는 이미 본능적으로 꿰뚫어 보고 있다고 나는 읽는다. 그는 인간이 타고 흐르는 삶의 허무를 우리가 짊어진 기본 조건으로 파악한다. 그래서 그가 소설 속에 다루는 사람들은 대체로 세상에 뜨르르하게 이름난 사람들이 아니다. 그의 초기 중·단편 작품들로부터 중기에 드는 대표적인 장편 소설인 『객주』나 『천둥소리』, 『화척』, 『야정』, 『활빈도』 등의 작품들이 모두 떠도는 인간들의 생애에 초점을 맞추고 있다. 그의 대표작 중의 대표작으로 읽히는 장편 소설 『거울 속 여행』의 주인공들 또한 현세적 삶의 중심부에 놓여 있는 사람들이 아니다. 그가 그런 인생을 중심점에 두고 살피는 내역은 어디로부터 오는 것일까?

이번에 세 권 분량의 단행본으로 선보인 장편 소설 『아라리 난장』을 읽으면서도 나는 그가 주변부 인생에 대한 애틋한 애정의 눈길을 멈추지 않고 있음을 확인한다. 주변부 인생! 그들은 과연 누구일까?

지구 전체를 향해 커다란 욕망의 날개를 펼친 채 고리대금업에 종사하는 사람들은[87] 세계 각국 대통령이나 경제 장관들을 상대로 어르고 뺨을 치면서 새끼 치는 돈의 힘으로 엄청난 재미를 보고 있다.

---

[87] 이들은 모두 알다시피 아이엠에프다 뭐다 해서 남의 나라에 돈을 빌려 주었다가 갚지 못하는 나라를 골라 그들 나라 구성원들의 생존을 위협하는 무서운 악령으로 떠돌고 있다. 그들은 과연 누구인가? 그들이야말로 이 세계의 주인이고 우리들 인생의 중심부에 놓인 귀인들인가?

124

그들은 이른바 이 시대의 주인들이고 중심부에서 노는 사람들일 것이다. 남의 나라 대통령 모가지를 붙였다 잘랐다 할 수 있는 돈의 힘을 지닌 사람들이라면 그야말로 인생의 절정에 있는 신(神)들이 아니겠는가? 인간의 우위에 서서 인간을 좌지우지하는 무서운 물신(物神)들! 아, 그들이 무섭다. 한국의 지식인들은 입만 열었다 하면 서양을 '선진국'이라고 떠벌림으로써 우리는 후진한 미개 민족임을 상기시킨다.[88] 여러 분야 중에서도 과학의 우위가 삶의 우위라는 말은 그것 자체가 부도덕하고 피 냄새가 나는 용어이다. 이것은 과연 누구로부터 전염된 질병일까? 이 질병 바이러스는 1900년대 이후 서양의 제국주의자들이 만들어 확산시킨 심리·철학 전쟁 무기였다. 이 바이러스는 한국 교육의 전반적인 주류를 형성한 지식 분자들에 의해 근대화라는 이름으로 더욱 도도하게 한국인들의 머리와 정신 속에 흘려 넣어졌고 무방비 상태의 젊은이들에게 흘러 들어 반세기 이상 동안 박혀 왔다. 이것은 아마도 곧이곧대로 한국 지식 사회에 퍼진 유행 가운데 으뜸가는, 아마도 에이즈 병균보다도 더 더럽고 무서운 고질병일 터이다. 지금 한국에서 어느 누가 미국의 무자비한 정보 제국주의 정책과 그에 걸맞은 한국의 우민화 정책에 감히 비판하거나 거부의 몸짓이라도 보일 수 있을까?

---

88) 이 말은 사실 철학적으로도 문학적으로도, 또 문화사적으로도 함부로 쓸 수 없는, 맞지 않는 말이다. 돈을 많이 지닌 삶이 성공한 삶이라는 견해에는 얼마든지 이견이 있을 수 있다. 우위에 선 실용 과학이 이용 가치를 극대화할 때 필연적으로 남의 생존권은 물론 도덕적 존엄성에 폭력으로 작용할 수 있다는 사실을 한국의 지식인들은 아무도 보려고 하지 않는다. 선진국, 후진국이란 용어는 어불성설, 잘못된 용어이다. 서양 사람들이 스스로 그렇게 믿는다면 그것은 다른 문제에 속한다. 그들이 제국주의라는 생리를 근본적으로 터득해 사는 사람들이 아니라면 그렇게 생각하지 않을 것이기 때문이다.

김주영의 소설은, 물신들이 지닌 엄청난 힘을 원경으로 놓고, 그 힘의 작용으로 인해 그나마 구차스럽게 유지해 오던 도시적 생존 마당에서 밀려난 인물들을 만나게 하는 일로부터 이야기를 시작한다. 세계를 상대로 해서 고리대금업을 일삼는 큰손 인물들에 비해 이들 도부꾼들의 땀내나는 행역(行役)과 그들이 주고받는 인정이 우리가 떠받쳐 이어 가야 할 값진 삶의 가치라는 주장을 펴기 위해 이런 이야기를 그렇게 청승맞고도 끊어지지 않는 관찰 내용으로 이어 놓고 있지 않은가? 그가 그처럼 가치 있다고 내세우는 주변부 인생들의 삶에는 어떤 삶의 질이 빠지지 않고 드러나고 있는가? 주변부에 서서 떠돌이 장사로 생애를 꾸미는 여러 사람들이 만들어 가고 있는 삶의 질적 내용이 무엇인지를 김주영은 그의 작품 속 도처에서 밝혀 보려고 애쓰고 있다. 그것은 과연 무엇일까?

2. 길 떠난 사람과 이야깃덩어리들

2000년대 한국 소설의 중요한 모티프는 졸지에 직장을 잃은 중년 사내들의 허망한 삶의 속살 들여다보기이다. 국제 고리대금업자들의 강력한 힘이 한국에 폭탄처럼 떨어진 1990년대 후반, 이 시기는 턱도 없이 비대화하였던 기업들이 도산함으로써, 중진국에서 선진국으로 간다고, 정계와 재계가 합창으로 부르던 노래가 쓸쓸한 모습으로 쏙 들어간 시대였다. 개발론자들의 환상은 국제 고리대금업자들의 눈에는 보잘것없는 한낱 꿈일 뿐이었음이 이 시기에 드러나 보였다.

김주영의 장편 소설 『아라리 난장』의 제1주인공 한창범(韓暢範)은 바로 이 시대의 전형에 관한 작가적 상상력이 발휘된 인물이다. 한 때 잘나가던 회사가 부채 한파로 망가지면서 중년 사내는 졸지에 직장을 잃었다. 이 불행의 내용은 한 개인의 일이면서 동시에 공공성을 띠게 되어 있다. 우선 남편을 철석같이 믿었던 아내로부터 이혼 요구의 빌미를 그는 짊어지게 된다. 회사의 고위직 간부 출신으로서는 감내하기 힘든 불가피한 퇴출, 이것은 인생의 자기 경영에 대한 중대한 전환을 예고한다.

한창범의 길 떠남은 이 지점으로부터 출발한다. 길 떠남은 언제나 새로운 만남을 전제한다. 우리가 떠난 길가에는 무수한 사람들이 있고 무서운 짐승들이 있으며, 때로는 악마나 도깨비도 있다. 존재의 의미를 찾아 길을 떠나는 왕자들이나 또 다른 지위 높임을 위해 길을 떠나는 형제들은 언제나 도와줄 사람을 만나느냐, 만났으되 불손하여 알아보지 못하였느냐로 성공과 실패가 판가름나게 되어 있다. 이것은 세계 각국 민족이 지니고 있는 동화나 민담, 설화를 관통하는 보편적인 화두로서, 어려움을 호소함으로써 만난 사람의 도덕적 성품과 마음의 그릇을 재는 인물들이 등장한다. 쪼그라지고 굶주려 보이는 한 노파나 겉보기에 험한 노인들이 구원의 확실한 열쇠를 쥐고 있다는 것이 대부분 민담의 내용이다. 그들은 그런 비천해 보이는 인물로 변신한 구원의 신들이다. 아니, 그것은 하나의 문학적 상징이다.

길 떠난 퇴출자, 그는 이제 누구를 만날 것인가? 한창범이 처음 만난 인물은 그야말로 떠돌이 도부꾼인 박봉환(朴鳳煥)이다. 투박한 경상도 사투리를 쓰며, 강원도 험한 길을 밤길로 나다니는 생선 장수. 박봉환과의 만남에 의해 이 작품은 이야기의 실마리를 풀어 나간다. 이 만남을 통해 자연스럽게 한창범은 주문진 부둣가에 진을 치고 살아가는 인물들을 연속해서 만난다. 먹물이 들었으되 속되지 않아 보이는 한창범에게 첫눈에 마음을 둔 영동 식당의 30대 과수댁 승희. 이 인물은 아예 성도 제대로 밝히지 않은 채 승희라는 이름으로 작품 끝까지 이야기 끈으로 살아 있다. 작품 이야기 줄기인 한창범과 한 쌍을 이루는 인물. 한창범의 존재 의미가 새로운 집 짓기에 있다면 승희는 새집짓기를 위한 제1주인공 한창범의 짝으로서 작품 끝까지 이야기를 품고 다니는 제1여주인공이다. 영동 식당을 운영하면서 뱃사람들의 갖은 푸념을 다 들어주는 젊은 과수댁. 아기를 못 낳는다고 이혼을 당해 홀로 사는 여인. 그리고 영동 식당에 들락거리며 힘든 바다일로 생활을 영위하는 뱃사람들 가운데 하나인 변석태(卞錫泰), 부둣가를 어정거리며 이권 있는 곳이면 체면 불고하고 달려들어 이익을 챙기려 드는 마음씨 곱지 못한, 그래서 윤 갈보로도 불리는 윤종갑(尹鍾甲), 그리고 도붓전 영월 장터 마당에서 만난 불행한 어린 시절을 보낸 태호 들이 그가 만난 모든 인물들이고 그의 세계를 구성하는 동아리이다. 여기 변석태에게 잠시 희망을 주었다가 배반으로 사람들을 실망시키는 마음씨 고운 다방 마담 차순진(車順眞), 바람처럼 떠돌며 만나는 여자마다 바람을 피우는 바람둥이 박봉환을 못 잊어 승희 허락하에 영동 식당을 차고앉은 묵호댁 양필순(梁必順), 덕장 주인 안용주, 윤종갑이 앞 패들을 해코지하려고 끌어들인 배완호, 전라도 경상도 쪽으로 행보하면서 한창범이 만난 호쾌한 생선 장수 방극섭 일행 등이, 이미 집에서 떠나온 한창범이 만나 새로운 이야기의 집을 짓는 인물들이다.[89]

---

89) 이 작품의 세 번째 권 끝 부분은 실제로 강원도 속초 어디 깊숙한 땅을 1만여 평 공동 구입하여 약초와 야채를 심어 생계를 꾸릴 집과 터전을 마련하는 것으로 작품의 대미를 장식하고 있는데, 이 장면은 가히 현대인들의 녹색 지대 귀향을 향한 꿈을 자극할 만한 장관을 이루고 있다. 뒤에 한 부분을 인용하여 보일 것이다.

모든 존재는 이야기의 덩어리이다. 어떤 개인도 완벽한 개인일 수 없고 역사 또는 사회의 공적 관계를 형성한다. 김주영은 늦은 나이에 존재 의미를 찾는 긴 여로에 선 한창범을 통해 의미를 설계하고 만들어 나아가는 이야기들의 얼개를 주도면밀하게 짜 넣음으로써 떠돌이 인생의 한 족보를 만들어 놓고 있다. 이름하여 『아라리 난장』.

3. 주변부 인격 또는 떠도는 인생에서 중심부로 이동하는 떠돌이들

『아라리 난장』에 등장하는 인물은 열네 명 정도이다. 한창범, 승희, 박봉환, 변석태, 태호, 윤종갑, 방극섭, 노름꾼 손달근(孫達根), 진부령에 사는 명태 덕장 주인 안용주, 그리고 양필순, 차순진, 변석태의 아들 변형식, 봉환의 정식 부인이 되는 최은실과 그의 언니이며 손달근의 처인 최은혜이다. 그러나 긴 이야기를 작품 속에 드리우는 인물은 여섯 명 정도로 읽힌다. 이들의 특징은, 후덕한 진부령 명태 덕장 주인 안용주와 충청도 태안(泰安) 포구에 새우잡이배와 서문 식당을 가진 손달근을 빼고는, 모두 떠돌이 인생이라는 점이다. 떠돌이란 무엇인가? '집'이라는 것은 과연 사람들로 하여금 평생 그곳을 중심으로 해서 맴돌게 하는 고정된 구심체일 수 있을까? 일단 작가 김주영의 소설에 의지하건대, 그것은 구심점으로서의 중요한 공간이며 시간으로, 인간에게 향유되는 시계 거리 초점임에 틀림없다. 떠돌이 삶이란 삶의 한 방식을 일컫는 말이다. 농부가 일정한 논이나 밭에서 나는 곡식을 주 생계 수단으로 한다고 볼 때 붙박이 삶에 가까운 것이라면, 이곳저곳을 떠돌며 장사를 하는 삶이란 근본적으로 떠돌이 삶이라 읽을 수 있다. 이 작품 『아라리 난장』이 그의 대표적인 장편 『객주』의 후속편이라 해도 틀리지 않는다고 읽을 때, 이 작품은 떠돌며 장사하는 역동적 삶에 초점이 맞추어진 작품이다. 작품 도처에서 작가 김주영은 떠돌이 삶의 가장 구체적인 모습들을 묘사하려는 치열한 정신을 드러내 보이고 있는데, 이것이 바로 인간 김주영의 작가 됨을 결정하는 세계관이고 문학 사상일 터이다. 조건을 가리지 않는 성실한 노역의 정당한 대가로 자기의 새집을 짓는 사람, 그것이 바른 사람 된 삶의 정본에 속하는 내용이라는 주장.

진부령에 큰 건어물상을 경영하는 덕장주 안용주가 있다. 그는 제2대에 걸친 장사이지만 찾아오는 손님에게만 물건을 파는 정착 상인이다. 정착 상인과 떠돌이 상인의 차이를 김주영은 이 작품의 두 기둥으로 삼았다. 떠돌다가 정착하는 삶, 그것을 작품의 뼈대로 삼았다는 말이다. 떠도는 사람들의 주위에 사는 이의 정서를 작가는 정착 상인 안용주의 입을 빌려 이렇게 적었다.

「사실 돌아가신 선친께서 건어물을 가지고 산골 장터를 찾아다녔던 등짐장수였어요. 그래서 나는 어린 시절에 길 떠나는 아버지를 위해 새벽밥을 짓던 어머님의 쓸쓸한 모습과 등짐장수였던 아버지가 겪는 괄시와 고초를 직접 보면서 자랐지요.」

「그랬군요.」

「건어물 장수라고 말했습니다만, 사실은 명태 장수였지요. 오래 두어도 썩지 않는 물건이니까 등짐장수로선 품목 선택을 잘한 셈이었지요. 나중에서야 알게 된 일입니다만, 아버님은 장삿길에서 이문이 생길 때마다 용대리 일대의 야산을 몇 떼기씩 사두셨던가 봅니다. 남이 보기엔 장사치였지만, 마음의 뿌리는 언제나 땅에 박혀 있으셨던가 봅니다. 그 당시만 해도 야산은 거의 똥값이었으니 적은 돈으로도 야산 몇천 평쯤은 수월하게 살 수 있었겠지요. 그러나 그때 사두셨던 야산이 없었던들 내가 강릉의 직장 생활을 과감히 청산하고 덕장으로 가업을 이어 갈 엄두를 내기는 애당초 어려웠겠지요.」[90]

위의 인용문에서 고딕체로 된 부분은 내가 강조하기 위해 의도적으로 표시한 것이다. 강조한 내용의 앞부분에서 떠돌이의 애환의 상징성이 읽힌다면, 그런 고초로부터의 극복을 염두에 둔 준비는 바로 뒤의 강조한 내용일 터이다. 이 장면이 『아라리 난장』의 대미를 장식하는 복선이 된다는 사실은 이 작품을 다 읽고 나서야 알게 된다. 거기에 떠돌이 장삿길을 떼지어 떠난 한창범의 숨죽인 꿈이 있었던 것이다.

그들은 모두 집도 절도 없는 떠돌이로 생계를 잇는 인물들이다. 설령 집들이 있다고 해도 정붙이고 살 만한 뚜렷한 가업이 없어 언제나 생계가 불확실한 형편에 놓인 사람들이다. 매스컴 속에서 거론되곤 하는 실업 지표의 기준이란 언제나 안정적인 직장에 정착하여 일하는 직장인들이기 쉽다. 매일매일 포장마차를 운영하여 생계를 꾸린다든가, 5일장이나 7일장을 떠돌면서 다리품을 팔아 생계를 유지하는 사람들은 실업자군에서도 제외되어 있기 쉽다. 그들은 그런 떠돌이 장사이지만 한창범이라는 인물을 통해 '새집짓기'라는 꿈이 은밀하게 숨겨져 있는 삶을 사는 사람들임이 드러난다. 소설 작품은 은밀하게 숨겨진 작가의 꿈을 찾아내는 재미로 읽는 법이다.

---

90) 김주영, 『아라리 난장』 1권(문이당, 2000), 147쪽.

4. 『아라리 난장』의 재미, 작가적 전망, 문학적 가치

김주영 소설의 변함없는 매력은 첫째로 그가 꾸민 이야기를 잇는 담론 방식에 있다. 각 인물들에게 독자의 눈길을 끌게 하는 생동하는 매력을, 화법의 독특한 억양을 통해 부여함으로써 모든 인물들을 서로가 주동 인물이면서 동시에 보조 인물로 살게 하는 장기를 그는 발휘하고 있다. 박경리의 『토지』에도 바로 이런 담론 방식이 쓰이고 있는데, 아주 긴 이야기를 소설로 확장시킬 때 쓸 수 있는, 가장 장점으로 빛나는 방식이 아닐까 생각된다. 둘째로, 우리가 그의 작품을 읽으면서 늘 감탄을 금치 못하는 매력은 그가 그려 내는 지역에 대한 꼼꼼한 지리지(地理誌)이다.

영월 덕포장까지 내려가서 또다시 남으로 내려가는 지방 도로를 따라가다 보면, 고씨동굴 앞을 지나 각동리에서 삼거리를 만나게 된다. 그곳에서 동쪽으로 물러앉은 하동면을 거쳐 줄곧 달려가면 봉화의 춘양면과 만난다. 그 지방 도로의 끝은 31번 국도와 만나게 되어 있는데, 꼬불꼬불한 산협길이 하루 내내 이어지기 때문에 그들이 들러 볼 작정이었던 재산 장터에 당도했을 때는 오후 세시 무렵이었다. 경상도에 도착해서 처음 만나는 5일 장터였다.[91]

이런 지리지 내역을 정확하게 그려 내는 솜씨는 작품 배경이 되는 떠돌이 장꾼들의 지리적 공간 모두에 부여된다. 경상도 각 지방 장터는 물론, 전라도 각 지역, 충청도 몇 지역, 강원도 각 지역과, 작품 후반에 오면 중국 연변과 그곳으로부터 난 러시아령으로 이어지는

---

91) 같은 책, 262쪽.

지형에까지, 그의 지리지 쓰기는 세필로 그리듯 섬세하게 그려진다. 지역 갈무리 하기의 치밀하고도 꼼꼼한 이 기록력은 김주영의 특기 가운데 으뜸가는 것으로 내겐 읽힌다.

다음은 그가 그리는 각 지방의 물산(物產)들에 대한 정확한 특징 밝히기이다. 각 지방에서 생산되는 물품들에 대해서 작가는, 그 특징은 물론 맛과 향기, 계절과 관련된 수확과 먹거리 방식, 약리학적 효능, 저장 방식, 각 용품의 쓰임새 등에 걸치는 자세한 표현에 심혈을 기울이고 있다.[92] 이렇게 각 지역을 꼼꼼하게 톺아 떠도는 사람들에게 그는, 다른 지역에서 나는 물산을 또 다른 지역에서 팔게 함으로써 결코 지루하거나 비루한 심보를 쓰지 않고도 물산의 특장을 내세워 사람살이의 역동적이면서도 결코 속되지 않은 인격을 부여하여 놓았다. 주변부 인간들의 떠돌이 삶이 결코 속된 것만이 아님을 증거하려는 작가 김주영의 문학적 원심(願心)이 있기 때문으로 나는 풀이하고자 한다. 이것은 『아라리 난장』이 읽히는 커다란 힘의 하나이다. 과연 김주영다운 치밀함이 있다.

네 번째로, 이 작품이 잘 읽히는 매력은 처음으로 도입한 것으로 보이는 장타령 내용이다. 서정인이 그의 소설적 문체 변모를 꾸준히 보여 오다가 결국 판소리 가락 쪽으로 우리말 쓰임의 정서적 성격을 극대화시키려 한 것처럼, 김주영이 이 작품에서 구사하는 장타령 반

---

92) 명태에 대한 표현을 예로 들어 보면 다음과 같다. "물기가 있는 것은 생태라 하고, 덕장에서 말린 것은 노랑태나 황태북어라고 불러. 그리고 대여섯 마리를 꿰어 약간 꾸덕꾸덕하게 말린 것은 코다리라 하고, 어선에서 냉동시켰다가 해동시킨 것은 동태라고 혀. 그런데 생태 중에도 낚시로 잡아 올린 낚시태가 있고, 그물로 잡은 망태가 있는데, 뉘 돈 받을 줄 모르는 것이 바로 낚시태여. 망태값의 세 배나 되지만 없어서 못 팔 지경이니까." 같은 책, 60~61쪽. 이런 물산 구분 이야기는 작품 전반에 퍼져 있다.

복 구사는 독특한 울림으로 다가선다. 물건을 사도록 사람들을 홀리는 화술은 음성의 높낮이 조절은 물론이고 임기응변하는 유창함을 곁들여야 한다. 이 작품에서 한 서린 장타령을 뽑는 주동 인물은 어린 시절에 앵벌이꾼들에게 잡혀 호된 인생을 겪은 태호이다. 그가 이들 한창범 떠돌이 패에 끼이게 되면서 장타령들은 가히 절묘한 바가 있는데, 작가는 한창범 자신에게도 이 타령을 시킴으로써 떠돌이 도부꾼의 사람 끌기의 필요조건을 시범 보이고 있다. 흥미로운 장면이다. 한창범은 이 떠돌이 패의 우두머리 인물이다. 책상물림인 데다가 먹물 직장인 출신에게 떠돌이 장삿길을 터주기 위한 장치로서 이 장면은 가히 압권이다. 그는 우두머리이고, 그들의 생애 앞날을 책임지고 있는 주인공이다. 그러므로 그의 행동거지 일반은 독자들에게는 물론 각기 주인공들에게도 영향력이 크다. 장타령의 명수는 이 작품 주인공으로서는 가장 불행하면서도 아름다운 인물인 앵벌이 출신 태호이다. 그의 음색은 처량하면서도 사람들을 끄는 힘이 있다. 슬픔이 가슴속 깊이 박힌 사람이기 때문이다.

고추 맵다 영양장 일월산 더덕으로 나가고
마늘 맵다 의성장 사곡감으로 나가고
쇠전 크다 영주장 풍기 인삼으로 나간다
토종 대추 봉화장 억지 춘향으로 나가고
참기름 미끌 예천장 청포 장수 웃고 가네
양반 많다 풍산장 에누리 없어 잘 나가고
끗발 좋다 구담장 세 끗으로 돈 먹고
꿀사과 청송장 공장 없어 살기 좋고
계추리 좋다 안동장 헛제삿밥에 배부르네
풍기 인삼 영주장 한우고기 천세나네

바람 세다 풍기장 다리 아파 기어가네
아가리 크다 대구장 무서워서 못 팔고
풍각장은 벌판장 엉덩이 시려 못 보고
코 풀었다 홍해장 더러버서 못 팔고
미끄럽다 밀양장 미끄러워 못 파네
처녀 총각 합천장 처마 덜썩 고령장
눈 빠졌다 명태장 어두워서 못 보고
초상났다 성주장 눈물 가려 못 보고
오다가다 만난 장 인사 바빠 못 보네.

    시골 어떤 장터를 막론하고 장타령을 부르는 신명 떨음이 사라진 것은 이미 오래전 일이었다. 그런데 모자 눌러쓴 새파란 젊은이가 불쑥 나타나 장타령을 구성지게 부르자, 버스 정류장으로 가려던 장꾼들이 발걸음을 멈추고 휘장 아래로 꾀어들었다.[93]

    작가는 이 작품을 왜 썼을까? 지금 여기에 있는 것과 그때 거기 있었던 것들을 대비함으로써 잃어 가고 있는 우리의 문화를 재현해 복원하고자 하는 뜻이 있다고 나는 읽을 생각이다. 작가 그들은 이중으로 꿈꾸는 사람들이다. 하나의 꿈은 작품을 왜 쓰는지를 밝힐 수 있는 꿈의 내용이고, 또 하나는 작품 자체의 존재 가치에 대한 꿈꾸기이다. 앞에서 지적한 여러 섬세한 그의 지리지 쓰기나 없어진 문화 내용들을 복원해 내려는 노력들은 뒤의 꿈꾸기와 관련이 깊다. 그의 작품은 한국어를 보관하는 창고이면서 동시에 그의 말들로 꿰어진 문화 내용 전부를 보존하려는 꿈을 갖고 있다. 우리가 볼 때 그

---

93) 같은 책, 266~267쪽.

것은 그들이 짊어진 의무 조항의 하나라고 읽히기도 하니까. 이 작품의 작가적 전망은 다음 인용 속에 내포된 내용이 가리키는 그들 행적의 종점에 들어 있다고 나는 읽는다.

산주름을 휘둘러 보던 방극섭이 물었다.
「몇 평이나 사들였소?」
「산기슭의 따비밭까지 합치면 만 평은 넘을 것이오. 월둔에도 화전 민들이 살았다는데, 10여 년 전부터 빈 터로 버려져 있었답니다. 올 초부터 그걸 알고 지주들을 일일이 찾아다니며 조금씩 사들였지요. 땅은 넓지만 많은 돈이 들진 않았어요. 유기농으로 고랭지 채소를 재배하려고 농군 학교 선생까지 모셔 와서 농사가 될 땅인지 봐달라고 했지요. 지금은 사방을 둘러봐도 삭막하고 울적한 풍경만 보이겠지만, 여기가 고지대이면서도 분지라는 것을 그분이 일깨워 주었어요. 가마솥 같은 지형이지만, 해가 지는 서쪽 산허리가 잘록해서 일조량이 많고 낮에 뜨거워진 땅이 해 진 뒤에도 진작 식지 않는 명당입니다.」
「듣고 보니 농사짓기에는 딱 좋은 땅을 혼자 차지했어라.」
「혼자 가진 땅이 아닙니다. 우리 일행 공동 명의로 산 땅이에요.」
「그렇다면 나도 땅 임자로 등재되어 있어라?」
「물론이지요. 나 혼자 이 많은 땅을 가져서 얻다 쓰겠소.」
방으로 들어간 손달근의 얘기를 귀띔 받은 은혜 씨의 태도가 하룻밤 사이에 싹 달라지고 말았다. 일행 중에서 가장 내키지 않은 걸음을 한 그녀였다. 그녀는 주문진에 닿고부터 남편이 마다하면 혼자서라도 안면도로 돌아갈 작심이었다. 그러나 월둔이 공동 명의로 등재되어 있다는 말을 남편으로부터 귀띔 받고 난 뒤 속내를 바꾸었다. 얼른 되돌아가자고 짓조르고 들었던 말이 쑥 들어가 버린 것이다.[94]

이 내용은 그처럼 길게 떠돈 여러 사람들의 집 짓기가 성공하는 아름다운 결미에 해당한다. 이 패의 대장 격인 한창범이 꾸민 이 정착지 장만은 모든 사람들이 꿈꾸던 귀향 본능을 잠재운 내용이 되는 것이었다. 그들은 드디어 정착의 꿈을 실현하게 된 것이다. 승희와 창범이 정식으로 부부의 연으로 맺어지면서 그들 모두를 이 산협 마을의 땅 주인으로 등재시킨 창범의 의도는 마땅히 작가 김주영의 전망과도 연결되는 것이다. 『아라리 난장』이 편안하게 읽히면서도 아름답게 여겨지는 대목이다. 이 작품이 작가 필생의 주제인 '떠돌다가 정착하여 집짓기'라는 목표에 닿았다고 읽는 소이이다.

---

94) 같은 책 3권, 314쪽.

이문구 소설의 '아픈' 이야기 방식

— 장편 소설 『장한몽』을 읽고

1. 서 론 — 근대성 논의의 허구

이문구가 1970년대에 출현한 것은 기이한 풍모의 하나로서였다. 그것은 그 자신 청년기까지의 생애와 출신성분, 출세와 관련된 독특한 삶의 궤적, 그가 써서 발표하는 소설 작품의, 구부러진 채 일반적 관념으로 횡행하는 당대 문학 세계에 대한 반역적 형태로부터 비롯한다. 여기서 출세(出世)[95]라는 말을 나는 '세상에 자기 이름 던지기'라는 다분히 불교적 해석 차원의 뜻으로 쓴다. 1970년대를 군사 독

---

95) 출세에는, 일반적인 관념 속에 크게 두 가지 뜻으로 매김되어 쓰이는 경향이 있다. 하나는 계급의 상승. 가난한 농부나 잡역으로 살던 집 아들딸이 법관에 임용되었다든지 대기업에 취직되었을 때 흔히 출세했다고 치켜세운다. 자수성가한 사람들을 일러 그렇게 부르는데, 이것은 그야말로 세속적인 뜻의 출세를 이름이다. 그 다음은 자기 존재를 세상에 드러내는 철학적인 내용과 방식을 이를 때 쓰는 말이다.

재자들과 그 지식 하수인들이 횡행하던 시대였다고 가볍게 읽는다면, 그것은 너무 범상하고 추상적으로 의미가 격하되는 서술이 된다. 이 시기는 그렇게 간단한 시대가 아니었다. 그나마 지속시켜 오던 인문 정신 말살의 출발 연대가 바로 이 시기였기 때문이다. 귀한 것을 보는 생각을 바꿈, 이것은 그 결과야 어떻게 바뀌든 간에, 일종의 혁명에 해당한다. 농업 경제 기반을 완전히, 그것도 단시일 내에, 중상주의 정책으로 바꿈에는 강력한 힘이 필요한 것이었고, 그들은 그 힘을 이용하여 일체의 인문적 가치 관념을 말살함으로써, 하늘 위에 재벌과 은행, 정부라는 삼색 무지개 마차를 내몰 수 있었다. 재벌을 키운 것은 그들의 중상주의 원칙을 실행하는 기본 전략이었고 이 전략의 앞잡이로 은행은 필수적인 기구였다. 근대화는 그들의 눈에 하늘에 뜨는 찬연한 무지개였다. 잘사는 것, 편리한 것, 행복한 것, 쉬운 것, 즐거운 것, 쾌락이 확장되는 것, 그것이 근대화였으므로 그들은 그것을, 전 국민이 무조건 따라야 할 잘사는 지름길로서의 근대화라 불렀다. 그렇게 해서 은행과 재벌과 독재 정부는 폭력의 본성을 아름다운 시각망과 겉치레로 가장하면서 재부의 편중을 부추길 수 있었고 일정한 크기의 현대 도시를 키워 갈 수 있었다.

1970년대, 그 시대를 한국 근대화의 원년이라 그들은 불렀다. 그들이 그렇게 내몰았던 만큼 근대화가 두 가지 형태의 폭력을 거느린 힘쓰기라는 것에 대해서 사람들은 미처 마음이 닿지 못한 형편이다. 그들의 구호는 힘찬 것이었고, 힘찬 그만큼 위압이라는 눈에 띄는 폭력을 동반하고 있어서, 국민들은 속수무책 끌려갈 수밖에 없었다. 일반인들에게 은행 권력자들과 정부라는 이름의 본부를 둔 권력 조직들은 알 수 없는 힘으로 작용하고 있어서, 그들이 마음 놓고 자신들의 권력욕을 충족시키는 동안 일반 서민들은 눈부신 물신의 번쩍이는 숲을 보아야 했고 거기서 유혹하는 법칙에 따라 생활의 가락을 조율해야 했다. 1980년대에 이르러 이 권력의 실체는 더욱 구체적인 모습을 드러내었다. 국민의 세금으로 운영하는 나라 살림꾼들, 그들 군인들에 의해 수많은 자국민들이 살육을 당했고, 총칼로 얻어맞아 병신이 된 '광주'에서의 1980년 5월, 집단 분노와 피흘림, 그 참을 수 없는 존재에의 함성은 '근대화'의 꽃이 어떤 것인지를 보게 하는 좋은 본보기였다.

그들이 빌려와 양 어깨와 옆구리에 줄레줄레 장착한 관념의 무기는 근대화라는 상품이었다. 근대화를 요약하면 대체로 이렇다. 첫째, 농업을 기간으로 하던 종래까지의 생산 방식을 전면 공업으로 바꿈으로써 대량 생산을 가능케 하려는 경제 정책. 둘째, 대량 생산된 물품들은 필연적으로 구매자를 필요로 하므로 다양한 판매 전략을 통한 시장 공략에 전력투구하도록 인적 관리 체제로 바꿔야 하는 것이다.

권력은 근본적으로, 그것을 지니지 않은 사람들을 억누르는 속성을 지녔다. 그러므로 그것은 폭력적일 수밖에 없다. 권력과 지성은 양립할 수 없다. 지성은 권력을 혐오한다. 따라서 1970년대에, 눈뜬 인문적 지식인들은 그들 권력자들에게 눈엣가시였을 수밖에 없었다. 70년대는 지식인들을 투옥하거나 감시, 고문, 살해, 위협 등 그들의 숨통을 죄는 방법을 다각도로 실행하던 시대였다. 문제는 이들이 만들어 낸 집단 고통의 확산이다.

고통은 하나의 세계이다. 인간에게 고통이 잠입하는 순간 존재 내부에는 특수한 울림 세계가 형성된다. 이 세계는 아주 정밀하고 큰 울림이 주기적으로 반복되는 진자(振子)를 이루어, 숙주가 감당하지 못할 경우 죽음에 이르는 크기로 증폭한다. 그것이 고통과 숙주 간의 관계이다. 숙주는 대체로 인간의 몸으로 대표되지만 인간의 몸과 마음은 동시에 발현되는 것이어서 어떤 것이 먼저라는 공식으로 공표될 수 없다. 대여섯 개의 감각 기관은 이 고통을 전하는 기본 통로이다. 그러나 고통의 형이상학적 범주는 그렇게 감각 기관으로만 설명되지 않는다.

우리가 분석하고자 하는 내용은 이문구의 장편 소설 『장한몽(長恨夢)』의 이야기 방식이다. 그는, 한동안 개화파라는 이름으로 지식 권력을 장악한 서구 지식 흉내꾼들이 으스대며 밀수한 근대 소설이라는 장르를 의도적으로 외면하면서 거기에 새로운 질서를 부여하려 하였다. 그는 전통적인 이야기 화법을 고수함으로써 당대의 개발 세력에 기생하는 이야기 논리와 화법에 대항하는 이야기 틀을 고수하였다. 그것이 그의 작가적 특성이며 세계관의 모습이다. 그의 문학 정신은 반근대주의와는 다르다. 반근대주의란 근대주의를 인정하는 전제 위에서 성립하는 논의이다. 그는 근대주의 자체를 거부하는 작가이므로 반근대주의와도 맥이 다르다. 그의 문학 정신은 일본식 사유 방법으로부터 벗어난 이야기법과 사물읽기라는 깊은 통찰 결과로 직조되어 있다. 그는 서양식 사고방식 따르기가 자칫 우리들 자신을 저버리고 저급하게 노예근성화할 위험이 있음을 진작 터득하고 있었다.[96] 1970년대 당대에 농업이나 어업 생산 방식은 박정희식 근대화 개발 패러다임에 의해서 완전히 폐기 처분되기 시작하였다. 「해벽」은 전통적 어업 방식이 도태되는 과정이 잘 그려진 작품이다. 그것은 정부가 내세운 근대화라는 개발 논리의 세력에 의한 결과였다. 그리고 이 작품은 미군 주둔과 관련지어, 그들을 따라붙는 양공

---

96) 1972년에 발표한 「해벽」에는 충청도 사포곶의 오래된 어업 마을의 어장이 폐기 처분되는 과정이 자세히 그려져 있다. 그것은 정부가 주도하여 개발 근대화를 이룬다는 미명하에 만들어진 전통 파괴 행위였고, 인문 정신의 말살 정책이었음을 이 작품은 고발하고 있다. 이문구, 『해벽』(창작과 비평사, 1994), 175쪽 참조.

주들의 난한 생활과 그들의 문란한 성 풍속에 의해 한 마을의 정신 가치가 동시에 말살되는 과정을 그림으로써, 1970년대 한국 정신 현황을 정확하게 모사하였다. 이것은 이문구 문학 사상이 내포한 도덕 감정의 적극적인 발로였다.

반근대성이라는 말은 근대성이라는 말을 용인하고 나서 이루어지는 말장난의 하나이다. 한국 문학은 어째서 이 근대성이라는 기묘한 일본 지식인들의 말장난에 놀아나고 있었나? 그것은 이미 김윤식의 저술 속에 명확하게 정리되고 있다.[97] 일본은 서양에서 수입한 상공업화라는 경제 구호를 금과옥조로 신임, 추수하여 왔다. 일본인들은 남의 것을 모방하여 자기 것으로 삼는 특출한 재능을 개발한 것이다. 그들은 스스로 일등이라는 생각을 가질 수 없는 민족처럼 보인다. 따라서 일본 지식인들은 서양에서 일반적으로 쓰는 '현대의(modern)', '현대화(modernization)', '동시대의(contemporary)'라는

---

97) 김윤식의 『한국 근대 소설사 연구』는 그 저술 자체가 일본인 가라따니 고진 (柄谷行人)의 『일본 근대 소설의 기원』의 논의의 틀을 그대로 답습하고 있어 흥미롭다. 그는 마치 일본 근대 소설을 한국 근대 소설의 기원인 것처럼 읽음으로써 한국 문학이 일본에 뒤진다는 명백한 자료로 삼고 있다. 이 내용들 속에는 당시 내부대신 박영효가 일본에 국비 유학생으로 보낸 내역들이 상세하게 기록 인용되고 있는데, 이것은 한국 현대 문학의 기초가 이들 한국인 일본 유학생들에 의해 시작되었음을 역설할 수 있는 기본 자료라는 것이다. 김윤식의 이 저술은 모든 작가가 누구인가를 처음에는 모방하지만 나중에는 본래의 자기 틀을 찾는다는 기본 원리조차 논리 전개에 삽입하지 않았다. 한국 문학인 한, 그런 시각은 한국 문학사 기술을 위한 과도기적 실험에 그칠 수밖에 없어 보인다. 일본인에 의해 그렇게 기술되었다면 그것은 차안의 부재 사항일 수 있다. 그러나 일본 것을 한국의 학자가 한국 문학을 해석, 그 사적 지형도를 꾸미는 데 쓴 것은 풍마우(風馬牛) 형국이다. 폐기되거나 비판받아 마땅한 저술이다.

말을 일본식으로 '근대화'라 불렀고, 이것을 서양이 이룩한 공업 현대화를 뒤쫓는 이등국의 발걸음으로 해석함으로써, 일등 국가들인 서양 다음으로 자신의 국가 일본이 있다는 것을 알리기 시작하였다. 이것은 그들을 묶는 결속의 큰 물줄기를 이루었다. 유럽이나 미국에 대해 언제나 자신들은 이등이면서 아시아에서는 제일이라는 지위 확보가 그들의 전략이었던 것이다. 그들이 말하는 근대 정신이란 서양의 공업화를 소화하고 해석하는 일목요연한 정신이다. 이것을 김윤식은 고스란히 옮겨 와서 한국 근대 문학이라는 기묘한 용어를 만들어 놓았다. 김윤식 스스로 문화적으로 일본에 뒤지는 나라가 곧 한국이라는 것을 증명하기 위한 이 논의의 근거로, 그는 헤겔과 루카치를 등장시켜, 1970~80년대 한국 문학계의 막힘 없는 지식 자본가로서 활동하여 왔다. 한국 문학사의 일본 잔재를 읽는 좋은 본보기였던 셈이다.

2. 몽자류 소설의 특징과 실례 — 고전 소설과의 관계

모든 이야기 방식은 그것을 '이야기의 빛' 속에 내놓게 될 당대 현실 내용과 관계가 깊다. 꿈꾸는 시대와 신화의 시대는 어쩌면 동시적 속성을 지니고 있을 수 있다. 인간의 계급이 더는 오고 갈 수 없는 골이 파인 시대, 그런 시대일수록 신(神)들은 큰 위력으로 인간 위에 군림하게 되고 인간은 끝없이 꿈꾸거나 욕망을 잠복시킨다. 꿈은 지극히 허황한 것이므로 실제 권력자들은 눈감고 못 본 척해 둔다. 그래서 엄청난 독재 시대를 사는 작가들은 종종 이런 '몽자류' 소설들을 즐겨 쓰게 되고, 독자들 또한 그 이야기 내면 속에 담긴 작가의 속뜻 읽기에 몰두한다.[98] 꿈꾸기에는 죄가 성립하지 않는다. 그것이 몽자류 소설이 지닌 장점이다. 독사의 눈을 가진 독재자들의 탐욕은 곧잘 폭력으로 화한다. 탐욕 주변에는 제도화된 규범이 존재하므로 그것을 어기는 경우 가차 없는 형벌이 가해진다. 이문구의 소설이 이런 제도화된 폭력을 피하려는 소설 기법으로 이루어진 것은 당대 한국 정치의 범 같은 욕망 집단의 규범에 대응하는 소설 문법으로서 뛰어난 이야기 전략이었다.[99] 신화 시대란 이런 폭력의 시대

---

98) 『구운몽(九雲夢)』에서 작가 허균이 꿈꾸던 내용을 깊이 읽어 보면 아주 재미있다. 두 여인을 정실로 삼고 여섯 여인을 첩으로 삼되 아무도 뭐라고 말하지 않는다면, 남자들이 꿈꾸는 천국이 이에 더한 것이 있을까? 그것도 절대 권력자 왕이 용인함으로써, 일체의 주위 항변을 거세한, 욕정의 최상 발현이 아니고 무엇인가? 『구운몽』은 인간의 이런 꿈을 형상화한 것이다. 불교적인 무상(無常) 이야기나, 삶의 빈 내용[空思想] 이야기는 하나의 소설적 장치에 불과하다. 욕정을 마음껏 발현해 보고 싶어하는 인간의 마음을 '이야기 빛' 속에 놓은 것이 소설 『구운몽』이라고 나는 읽는다.

99) 1970년대의 작가들이 스스로 제한해야 했던 '이야기 빛=말'은 대체로 다음과 같다. 첫째, 악당 이야기를 조심해야 한다. 당대 정치꾼들 모두가 악당이었기 때문이다. 박정희, 전두환, 노태우, 이들은 모두 한국 사회에서 가장 악랄한 수법으로 자신들의 욕망을 이룬 독사들이었다. 그래서 독재 정치에 대한 이야기는 금기 중의 금기였다. 둘째, 미국이나 미군, 그들에 의해 상처 입거나 폭력을 당한 이야기를 해서는 안 된다. 중견 작가 남정현이 이것을 어겨서 작가로서 폐기당한 내용은 소설사와 문단사가 증명한다. 셋째, 북한이 내세우고 있던 사회주의 사상이나 공산주의 사상은 발설해서는 안 되는 절대 불가 항목이었다. 뿐만 아니라 이북에 월북한 가족을 거느린 사람들의 설움을 이야기하는 것도 절대 불가 항목이다. 그러나 한국의 일급 작가들 가운데는 이 문제를 거론하지 않을 수 없는 운명을 지고 태어난 작가들이 많았다. 이문열, 김원일과 같은 작가들은 이런 사정을 가슴 깊이 꽁꽁 묶어 두고 자기 삶을 이야기해야 하는 서러운 작가들이었다. 한국 현대 문학이 옭아맨 참을 수 없는 올무였다.

144

이거나 사람들로 하여금 하염없이 숨어서 꿈꾸게 만드는 시대이다. 권력의 모양새는 시대에 따라 다르게 드러날 수 있다. 조선조가 거의 절대에 가까운, 서양 중세기의 기독교 절대주의 철학의 힘 못지않게 유교 이데올로기를 통한 계급 구분으로 대중을 장악하였고, 서양 중세기 이전의 그리스가 또한 각 지방을 장악할 신화를 통해 정치 문화를 집대성했었다. 오늘날 물신은 세상을 장악하여 집권하기 시작했다. 상대주의적 세계 질서를 묶는 신화 체계가 형성되어 가고 있는 오늘날은 곧 신화 시대이다. 1970년대란, 한국에서 신화 체계가 모습을 드러내고 있음을 알게 한, 바로 이런 초기 신화 시대였다. 따라서 몽자류 소설이 등장할 수 있는 적절한 시대였다.

상상이나 몽상은 외적 현실이 만들어 낸 자아의 결핍 상태를 드러내는 정신 활동이다. 이 현상은 밤에 꾸는 꿈의 불가사의한 내용과는 다르게 낮이나 밤이나 수시로 마음속에 일어나는 활동의 하나이다. 세계의 모든 동화나 민담, 전설, 신화 들은 모두 이런 낮꿈 꾸는 정신 활동의 외현 현상이다.[100] 억압과 폭력이 작가 몸 가까이 있을

---

100) 1484년에 태어나 1555년까지 살았던 조선조 신광한(申光漢)의 단편 소설집 『기재기이(企齋記異)』 속에 들어 있는 「안빙몽유록(安憑夢遊錄)」은 동시대 작품인 심의(沈義)의 「대관재몽유록(大觀齋夢遊錄)」과 임제(林悌)의 「원생몽유록(元生夢遊錄)」 등과 함께 몽자류 소설의 대표적인 작품들이다. 벼슬길에 낙방한 처사의 낙담이라는 결핍 상태가 꿈속에서 실패한 옛사람들과 만나 시와 노래로 설움과 고통을 나눈다는 이야기 격식을 빌려, 자신의 소망을 펼치되, 대체로 뜻이나 학문, 인품은 높고 고귀하나 세상이 알아주지 않음을 한탄하다가 꿈에서 깬다는 이야기가 이 몽자류 소설의 기본 골격이다. 꿈은 결핍이고 이것을 말로 이야기의 빛 속에 던질 때, 그것은 남을 향한 공감 영역에 편입되어 삶의 현장이 된다. 이야기 양식의 신비한 현상이다. 의인화 기법을 써서 이른바 가전체 이야기를 이루는 것도 이 몽자류 소설의 특성이다. 『기재기이』 속의 「안빙몽유록」을 논한 고전 연구자들은 여럿 있다. 그러나 그들은

때 그는 당대의 시간으로부터 도피하기 쉬운 이 몽자류 소설을 택할 수 있다. 이문구의 생애를 조금만 깊이 살펴보면, 그가 조선조 사대부 집안의 체통이나 당대 선비들이 자신의 사상을 기록하는 적절한 방법에 능통한 내력을 알게 된다.[101] 그의 생애 연표와 자전 소설을 보면, 그는 유교적 전통을 마음 깊이 간직한 강직하고 청렴한 선비의 후예이다. 그러므로 그는 근대성 문제에 의심을 기울이고 끝끝내 '몽자류' 소설 방식이나 '전자류' 소설 방식을 채용함으로써 전대의 이야기 양식이 갖는 유현함과 되바라지지 않는 문화적 전통으로부터 자신을 철저하게 지킨, 희귀하고도 뛰어난 한국 현대 작가의 반열에 들 수 있었다. 그것은 그가 근대주의라는 이름의 지식 세력 물결에서 짐짓 비켜남으로써 자아 속에 내재하는 인문적 전통을 지킬 수 있는 개성을 지니고 있음을 말해 준다.

인문학이란 일종의 민족학이고 문자학이며 각 민족이 지닌 역사, 철학, 문화, 종교를 아우르는 학문이다. 이런 학문들 속에는 그 민족 고유의 설화나 전설, 신화가 있는 법이다. 근대주의적 발상은, 조만간 이런 인문학적 전통을 세계라는 시야에 편입시킴으로써, 민족 신화나 전통을 익명화하거나 무화하는 풍조로 발전시키도록 되어 있다. 그의 문학적 위대성은 앞으로 이런 문화 맥락에서 발현되어 부각될 것이다. 인문 정신이 약한 민족은 사라져 갈 것이고, 동시에 참된 의미의 인문학은 세계화라는 상품 세력에 의해 파괴되거나 그들

철저하게 자신들의 좁은 논의의 틀에서 벗어나지 못하여 현대 문학 논의에 별 보탬이 되지 않는다. 참고로 김근태의 「초기 서사 유형의 모색 과정과 『기재기이』」(『열상 고전 연구』 제6집, 275~304쪽)를 보기 바란다.

101) 이문구의 자전 소설은 그의 장엄한 서사시 『관촌수필』과 여기서 논하고자 하는 『장한몽』이 큰 물줄기를 이루고 있다. 자전 일지로 쓴 「남의 하늘에 붙어 살며」(『나』(청람출판사, 1987), 92~131쪽) 참조.

의 상품 세력에 흡수될 것임에 틀림없다. 그가 인문학을 고집함은 스스로가 인문 정신의 한 모태였기 때문이다. 그의 생애가 담고 있는 작가적 골격은 바로 한국인의 인문 정신 그 자체로 파악된다. 그가 '몽자류'나 '전자류' 소설을 쓴 것은, 그가 문필 활동을 벌이기 시작하던 우리의 초기 신화 시대를 풍자하기 위한, 일종의 패러디 문법을 보여 주기 위한 것이었다. 근대적 미아들에 대한 물신 시대에의 패러디, 한국 지식 권력자들이 그처럼 떠들썩하게 들고 나온 근대란 기실은 일본 지식인들의 그림자이고 흉악한 흉내일 뿐이었다.

한국 고전 소설을 연구하는 학자들의 '몽자류'나 '전자류' 해석 방식이 현대 소설 연구에 발전적인 학문이 되려면 현대 소설의 '전자류'나 '몽자류'의 소설적 특징을 찾아내는 노력으로 진행되어야 할 것이다. 그들이 대상으로 삼고 있는 고전 문학 작품들은 모두 현대 문학 작품과 연속 선상에 놓여 있다고 나는 생각한다. 그런데도 불구하고 그들은 고전 문학이 '근대 문학'과는 철저하게 다르고, 또 '현대 문학'과는 동떨어진 이야기 양식인 것처럼 문학 작품을 취급하고 있다는 것이 나의 판단이다. 한국 문학의 오랜 전통이 단절된 것은 일본 학자들의 부추김 속에, 자아 주장법을 잃어 자기 변명과 나약에 빠진 친일 문학자들의 착각에 기인한다. 일본인들이 그들의 문학적 열등감을 극복하기 위해 내세운 '근대 문학'의 독자성을 한국의 친일 문학자들이 아무런 비판이나 수정 없이 용인함으로써, 그리고 고전 문학 전공자들도 그들 스스로 당대 친일 주력 세물이로 그들의 의견 고립을 부추긴 친일 근대주의 학자들의 지식 권력에 압도됨으로써, 이제까지 그들 연구의 틀을 현대 소설[102] 쪽으로 열어 놓으려 하지 않았다. '근대 문학'이나 '근대주의', '근대성' 등의 용어는 정치적인 용어이고, 적어도 일본인들에게 그들만의 학문의 전략상 아주 필요한 용어이다. 민족을 일등, 이등으로 읽어야 할 필요를 지닌 국가적 책략으로 볼 때, 고대, 근대, 현대라는 말은 시대적인 순차 개념이 들어 있어서 적절하게 잘 쓰기만 하면 자기네 나라와 경쟁 관계에 있는 이웃 국가들 앞에서 확실한 고지를 논증할 수 있는 용어이다. 실증 사관과 가장 잘 맞아떨어지는 기계화의 발달이 인문학이나 철학 분야의 모든 것 위에 존재하는 것으로 논리화할 수 있는 이 용어를 한국에서 수정 없이 채용하여 한국 문학 스스로 일본에 뒤진 문학으로 설명해 온 일은 일본의 책략에 아주 적절하게 부합된 경우였다. '근대 문학'이란 한국에서 새롭게 해석해야 할 아주 작은 부분이거나 아니면 아예 없는 것이라고 나는 읽을 생각이다. 산업 혁명이라는 기계화의 세계적인 확산이 공업이나 상업을 최상의 삶의 전략으로 채택한 시대의 문화적 현상을 한국 문학에서 고스란히 받아들여 과거의 문학을 압살하게 되는 문학 이론은 세계의 누구를 향해서도 결코 바람직한 것이 아니다.

한 세대가 다른 세대를 밀어내고 그들을 망각 속에 방치하려는 것은 인간의 오랜 악습의 하나이다. 문학은 이런 악습에 도전하는 예술 기재이다.

---

102) 문학의 외적 조건은 언제나 바뀐다. 시대정신이 바뀌거나 사회생활의 내용이 바뀔 때, 이야기의 방법은 바뀔 수 있다. 모든 존재는 그것 자체가 이야기의 떨기들로 존속한다. 그러나 이야기의 본질적인 속성은 바뀌지 않는다. 한 나라의 문학사는 이 바뀌지 않는 이야기의 속성을 기본 틀로 해서 체계화해야 한다. 그런데 한국 문학사는 고전 작품들과 현대 작품을 완전히 다른 것으로 취급함으로써 한국 전통의 여러 형이상학을 단절시켜 놓았다. 이 단절론 극복은 문학 작품을 외적 조건인 정치 세력에 맞추던 관행으로부터 자유를 회복할 때에라야만 가능하다.

3. 『장한몽』의 아픔 드러내기

이문구의 『장한몽』은 1971년에 『창작과 비평』지에 분재하여 발표한 소설로, 1972년에 『삼성 문학 전집』 문고판으로 출판되어 나왔다. 이 작품은 1970년 당 시대에 발표된 여러 작품들 가운데서 가장 빼어난 작품의 하나이다. 이 시기는 한국 소설사의 르네상스라 할 만한 발군의 작가들이 활동하면서 탁월한 작품들을 산출하던 시기였다. 이른바 70년대 작가군으로 분류될 정도로 문인의 이름을 세웠던 윤흥길, 황석영, 조세희, 이문구, 김원일, 김주영, 한승원, 그리고 당대에는 이미 중진을 넘어선 황순원, 박경리, 최인훈, 이호철 등과 같은 작가들이 자신의 중후한 작품들의 절차탁마(切磋琢磨)에 심혈을 기울이고 있던 시대였다. 70년대 군사 독재 권력은 물신을 등에 업고 강력하게 행해졌고, 이에 대응하는 문학적 문법과 수사학도 이 시기에 강력한 빛으로 나타났다. 서양식 문자 개념인 리얼리즘 문학 문법이 한국 작가들을 분식하는 수사학의 기초로 세워지던 시기에 나타난 이문구의 이 '몽자류' 소설 『장한몽』은 이 시대 지성과 권력을 풍자하는 대표적인 작품으로 내겐 읽힌다.

모든 문학 작품은 대체로 고통이란 골격으로 짜여 있다. 아픔은 인간 운명의 하나이고 이 결정으로부터 자유로운 인생은 없다. 그리고 설령 그런 인생이 있다고 하더라도 문학 작품으로 이야기되기는 어렵다. 운명이 아닌 것은 문학의 소재로 살 수 없다. 아픔은 존재가 그 생애를 열면서 마주치는 근원적인 세계 관계이고 인간이 짊어진 덫이다. 아름다움을 추구하는 예술의 한 종류로서 문학 작품은 이런 덫을 짊어진 인간적 가치와 격조를 근간으로 하지 않을 수 없다. 사람은 여러 가지 가치족을 거느리고 살고 있기 때문에, 문학 작품들 속에 사는 인간들은 그들 가치족 간의 갈등이나 토대 관계 등을 이야기의 얼개로 삼는다.[103] 인간이 추구하는 '아름다움'은 필연적으로 '착함' 쪽의 가치로 전이하는 특질을 지닌다. 이문구의 대표작인 장편 『장한몽』은 인간의 고통 연구로 일관한 내용이다. 그의 또 다른 대표작 『관촌수필』이나 중편 「해벽」, 「김탁보전」 등 그의 다른 작품들 속에서도 고통에 대한 탐색의 눈길을 결코 놓지 않고 있다. 인간의 고통이란 과연 무엇인가? 그것은 어떻게 생성 소멸하는가? 과연 인간의 고통은 조만간, 또 언젠가는 지워질 어떤 흔적일까? 이 글은 작가의 생각과 이야기 문법을 따라 고통의 지형도의 내용을 그리고자 하는 데 목표를 두었다.

1) 아픔의 형이상학

아픔은 생명 가진 존재의 불가피한 덫이다. 이 논제는 과연 타당성이 있는가? 불가피성과 필연 법칙에 따라서 고통은 생명체로서의 인간 앞에 닥친 존재 조건일까? '苦痛'이라는 한자에는 여러 뜻이 함축되어 있다. 한글에서 '아프다'라는 낱말은 육신이 겪는 세계와의 괴로운 관계를 표현하는 형용사이다. 세계 내의 한 존재가 대상과

---

103) 니콜라이 하르트만은 그의 『미학』에서 아름다움을 판별하는 인간의 여러 가치족들을 설명하고 있다. 아픔을 만든 자의 관계에 따라서 이 가치족은 '아름다움' 쪽으로부터 '착함' 쪽으로 옮겨 가는 이행 과정이 설명될 수 있다. 전원배 옮김, 『미학』(을유문화사, 1969), 333~377쪽 참조. 두 가치족 간의 갈등이 문학적 긴장을 유발하는 내용의 예로 괴테의 「젊은 베르테르의 슬픔」을 가지고 도덕 가치가 생명 가치족을 억누름으로써 생명 그 자체에 아픔을 가한 논의를 한, 문학에 해박한 컬럼비아 대학교수인 철학자가 있다. 리처드 쿤즈, 『문학과 철학』(루틀렛쥐와 키건 폴 런든, 1971), 68~81쪽 참조.

만나는 형식에 따라서 '아프다'라는 형용어의 상태는 경험들 속에 개입되곤 한다. '아프다'는 한 존재의 육신이 겪은 상태를 표현하는 낱말, 이 낱말의 겪음 범위는 넓고도 날카롭거나 무겁고, 심중하거나 깊어서 현존재로 하여금 죽음에 이르는 노정을 암시하는 매개 감각이다. 아픔은 언제나 죽음으로 가까이 다가서는 경험이다.

생명체로서의 인간 몸에 가해지는 괴로움의 대상은 무기물과 유기물 전부가 해당한다. 날카로운 칼로부터 뾰족한 바늘, 못, 쇠망치, 끌, 톱, 낫 등 쇠붙이로 된 물건들은 말할 것도 없고, 나무나 플라스틱, 돌덩이, 돌칼, 바위, 모래, 심지어는 흠뻑 비를 맞아 부드럽거나 흐물대는 진흙덩이나 부드러운 솜뭉치라 할지라도, 생명에게 작용하는 상태에 따라서 생명을 '아픔'으로 괴롭힐, 흉기로 변할 개연성은 언제나 존재 가까이 산재해 있다. 깡마른 전나무 가지 껍질을 벗기다가 속껍질을 이루는 아주 작고 날카로운 솜털 같은 가시에 손바닥이 찔려 밝은 데서 눈여겨봐도 보이지는 않고 아프게 하는 녹색 체험을 간직한 사람들은 안다. '아픔'은 존재와 존재의 부딪침을 나타내는 관계의 통로이면서 죽음과의 사이에 놓인 존재 울림의 한 형식이다.

'아픔'이 죽음이라는 삶의 현상과 밀접하게 관련되어 있다는 명제는 철학적이면서 동시에 문학적이라는 전제가 깔려 있다. 죽음은 근본적으로 인간을 떨게 하는 '두려움〔恐怖〕'의 대상이며 인간 누구나 피해 보고 싶어하지만 누구도 피해 갈 수 없는 필연성과 불가피성의 운명으로 관계지어 있다. 인간의 삶을 이야기 소재로 삼는 문학에 있어 이 내용은 언제나 핵심을 이루는 질료가 된다. 문학은 인간이 '아픔'이라는, 죽음과의 중간항으로부터 비켜나려고 어떻게 애쓰는가를 살피는 이야기 형식이다. 이야기를 짧게 끊어 가락에 맞게 쓰거나(詩), 산문 형식을 빌려 이야기 조각들을 이어 전하거나(小說),

문학이 인간의 '아픔'을 다루는 학문임에는 틀림이 없다. '아픔'은 그 반대항을 언제나 동반하고 있어서 인간은 '아픔'이라는 질곡으로부터 놓여나는 상태를 꿈꾼다. 아프지 않다는 것은 곧 '행복 지수'의 한 기초 조건이다.

'아픔'은 행복이라는 느낌에 반대항을 이루면서 인간으로 하여금 그것으로부터의 마주침[遭遇]을 두려워하게 한다. 두려움은 존재를 불안케 하고 그 불안한 감정의 정체를 몸속에 지닌 인간이기 때문에 늘 철학적 물음의 대상에 놓일 수밖에 없다. 죽음은 인간을 '없음[無]'의 상태로 환원하고 그 죽음의 앞 형식인 아픔에 직면하면서 인간은 불행을 느낀다. 불행은 두려움의 일종이다. 태어나 죽을 수밖에 없는 존재의 피할 수 없는 여로이다. 이런 결정으로부터 스스로의 존재태를 잊기 위해 인간은 여러 가지 행복의 지표를 만들어 망각의 수렁에 자아를 놓는다. 여러 가지 놀이나 삶의 몸짓들, 재산쌓기나 명예 추구 등 스스로 특이질적 인격을 찾아내려고 애쓴다.[104] 슬픈 몸짓들이다. 이 인간의 슬픈 몸짓을 떨치기 위한 길에는 생로병사를 짊어진 자아로부터 벗어나는 방법을 가르치는 종교가 있다.[105] 철학과 문학이 동시에 기둥을 박고 있는 존재의 전면(全面),

---

104) 앙드레 지드, 『사슬 풀린 프로메테』(파리: 갈리마르, 1925), 17~28쪽에는 10만 년 만에 코카서스 산정에서 풀려난 지성의 신 프로메테우스가 파리 어느 다방에 앉아서 흐르듯이 다니는 사람들의 물결을 보고 가르송과 묻고 대답하는 이야기가 나온다. 사람들은 과연 무엇을 찾아 저리 오고 가는냐는 프로메테우스의 질문에, 가르송이 답한다. 그들은 '인격'과, 특히 '특이질'을 찾아 쏘다닌다는 것이다. '무상의 행위'를 말하고자 한 지드의 사색 결과였다.

105) 고타마 싯다르타(붓다)가 왕자의 신분을 벗어던지고 출가하여 고행의 길에서 얻은 열반, 삶과 죽음 문제에 대한 결론은 엄청난 분량의 이야기들로 이루어져 있다. 이 경전 속에서 그가 깨우친 것들을 전하는 게송의 내용들은 생령들이 죽음의 공포로부터 벗어나는 길을 가르치고 있다. 가장 오래된 한 종

삶과 죽음, 그 사이에서 삶과 죽음을 신호체계로 자극하는 '아픔'을 해결하는 방안으로 불교가 '자아 벗어던지기'를 적극적인 해결책으로 제시한 것은 인간 존재에 가한 무게가 무겁고, 오래되고 지속적인 일깨움을 주는 내용이기 때문이다. 죽음에 이르는 통로에는 언제나 아픔이 틈입한다.

아픔이 육체적인 형식을 통해 구현되는 것은 육체가 느낌의 통로인 탓이다. 아픔은 일종의 전기 회로처럼 육체 조직의 유기적인 교신으로 드러난다. 육신을 이루는 각 부위 감각 기관에 이물질이나 세계 내 다른 존재와의 충돌로 손상이 알려졌을 때, 지각력은 뇌에 신호를 보내어 일정한 느낌을 전한다. 아픔은 느낌이다.

물질적이되 유기적인 생체의 질서는 눈으로 볼 수 없는 차원의 또한 질서를 거느리고 있다. 느낌으로서의 '아픔'은 물질적, 생리적 실체로부터 심리적, 본질적 차원으로 이행하거나 동시에 발현된다. '마음'이라든지, '심리 상태', '정신', '영혼', '성질', '성격', '혼백', '믿음' 등은 눈으로 보거나 지각할 수 있는 차원을 넘어선 자리에 존재하는 실체이다. 그것을 나는 편의상 '마음의 질서'라고 부를 참이다. 우리가 평소에 간과하고 있기는 하되, 각종 종교 경전들이 설파하고 있는 바와 같이, 거대한 질서는 눈에 보이거나 지각하기 힘든 차원에 존재한다. '마음의 질서'는 그런 각종 종교 교리와 관련된 여러 체계 속에 맞물려 거대한 한 세계를 이루고 있다.[106] 아픔은 물리적, 생리적 실체

교가 다루는 내용들도 아픔이나 죽음의 문제였다. 불교의 가장 오래된 경전 가운데 하나인 『법구경』의 '마음을 집중하는 장'에서 붓다는 이런 게송을 읊었다. "마음 집중은 죽음을 벗어나는 길 / 마음 집중이 되어 있지 않음은 죽음의 길 / 바르게 마음이 집중된 사람은 죽지 않는다. / 마음이 집중되지 못한 사람은 죽은 사람과 같다." 거해 편역, 『법구경』1(고려원, 1992), 101쪽.
106) 초기 문학론이 넓은 뜻으로 보아 종교 교리 문서들을 포괄하고 있음은 상

로부터 심리적 실체로 옮겨 고통의 농도를 깊게 하는 특성을 지니고 있다. 고통의 지형도는 이렇게 큰 두 개의 차원으로 형성되어 있다.

때리다, 찌르다, 패다, 가격하다, 쏘다, 둘러엎다, 뽑다, 넘어뜨리다, 자르다, 벗기다, 부러뜨리다, 꺾다, 치다 등의 동사는 상대 존재에 가하는 형이하학적 '아픔'으로 향하는 1차 언어들이다. 이 말들엔 두말할 필요도 없이 그에 걸맞은 무기들이 병렬한다. 몽둥이, 식칼, 작두, 가위, 낫, 죽창, 삽, 총, 따발총, 수류탄 등이 이에 속한다. 그리고 그 상대항에는 넓게, '얻어맞는다'는 피동형 수식 언어들이 있다. 이문구의 작품『장한몽』에는 이런 아픔의 제 형식들이 다음성(多音聲) 기법으로 제시되어 있다. 물론 이 작품이 구현한 아픔의 1, 2차 언어의 기표들 배후에 깔린 역사적 구도를 제대로 읽으려면, 이 아픔의 실체로 가는 역사 길목에 대한 통찰이 반드시 필요하다. 앞에서 근대성을 운위한 담론 내용 속에도 이 역사적 체험의 길목은 있다.

육체적인 아픔, 형이하학적인 아픔은 한시적인 특성이 있다. 가격당할 때와 그것으로 인한 상처가 뇌신경에 아픔을 전달하는 시간은 한시적이다. 그러나 이 아픔이 그림자를 드리우며 잠복하는 마음의 상태는 결코 한시적일 수 없는 특성을 지녔다. 육신의 아픔이든 마음의 아픔이든, 이것들이 인간을 성숙하게 하는 과정일 수 있다는 교육적 효과론도 뜻이 있다.

그러나 어떤 아픔이든 그것은 인간에게 두려움의 대상이다. 본질

식이다. 불교 경전들이 온갖 인간 삶의 경험 내용 이야기들로 구성 비유되고 있으며, 기독교 구약 성서가 얼마나 웅장한 인간 역사와 삶의 이야기들을 포괄하고 있는지를 살핀다면, 대체로 삶의 질서가 이중으로 되어 있음을 확인할 수 있다. 한국인들의 마음에 크게 남아 자리하고 있는 유교 경전들의 경험 내용들의 예시와 교육의 틀은 또한 어떠한가? 문학은 어쩌면 그런 종교들의 하위 범주에 드는 것으로 파악될 수밖에 없다.

적으로 아픔의 궁극적인 형식은 죽음이기 때문에 이 두려움의 무게
는 크다. 모든 상처는 그 아픔의 흔적들을 영혼이나 정신 속에 영상
으로 간직한다. 이때부터 인간은 자아와의 내면적인 싸움에 든다. 이
렇게 아픔은 한시적이되, 또한 무한으로 진행하고, 시간을 쉴 새 없
이 넘나드는 현상으로 발현한다. 과거의 상처가 현재의 자아를 못 견
디게 하여 성질을 난폭하게 만드는 경우를 자주 만나는데, 이문구의
『장한몽』은 바로 이것을 화두로 삼은 작품이다.

　『장한몽』은 이런 아픔들을 기본 내용으로 하여 짜였다. 그것을 치
유하는 방법으로서 이야기란, 작가 이문구가 채택한 문학적 치유술
이며 종교 대행법이기도 하다. 이 점에서 문학은 다분히 종교적인
교육 내용들을 포함하고 있기도 하다.

2) 『장한몽』 속의 아픔의 내용들

　『장한몽(長恨夢)』을 제목 자체로만 파악해도 그 품고 있는 뜻은 깊
다. '길고 긴 한의 꿈꾸기'라는 제목의 이 소설은 한국 문학의 특성
가운데 가장 두드러진 정조를 드러내고 있는 전통적인 기법의 소설
이다. 한을 인간의 꿈이나 소망으로 풀이하는[107] 방식은 일본식 해석
으로부터 눈을 돌린 지식인들에게는 상식이다.

---

107) 천이두(千二斗)는 그의 탁월한 저술 『한의 구조 연구』(문학과 지성사,
　　 1994)에서 '한'의 내포 의미를 '원한(怨恨)'이나 '원(寃)' 등의 관계로 설정하면
　　 서 '바람[願]', '소망', '정(情)'과 결부시켜 해석하고 있다. 남을 해코지하는 원
　　 수 갚음이나 원한 관계와는 독특하게 다른 정적(情的) 사실로 해석하기 위해
　　 한국의 많은 예술 작품들을 거론하고 있다. 반일적인 작가임을 공언하며 『토
　　 지』로 한국 현대 문학의 한 봉우리를 이룬 작가 박경리가 '한'을 일본식 한(怨

『장한몽』은 내리닫이로 네 개의 장으로 꾸민 이야기 꾸러미이다. 모든 존재란 이야깃덩어리이다. 어떤 존재이든 이야기를 거느리지 않은 존재란 없다. 1970년대 초반, 한국 정치는 박정희 장군이 쿠데타로 잡은 정권을 유지하기 위해 엄청난 조직 폭력을 휘두르던 군사 독재의 시대. 당시의 그들 정치꾼들은 신과 맞먹는 권력을 행사하고 있었고, 국민들은 숨소리조차 크게 쉬기를 두려워한 때였다. 박정희 장군이 내세운 '혁명 공약'에서 국민을 굶주림으로부터 벗어나게 해 주겠다고 선언한 것은 바로 그 시대가 '가난'의 질병 속에 들어 있었음을 드러낸다.

개발과 건설 분위기를 한껏 분기시키고 외국의 은행 돈을 정부 보증으로 들여와 재화를 몇몇 재벌들에게 집중시켜 권력 구도를 단일화함으로써 정치권력을 극대화한 시대에 부귀와 가난은 뚜렷한 편차로 드러나는 양상을 띠었다. 작품의 이야기는 극도의 조심스러움과 목소리 낮춘 음색으로 진행되어 긴장과 독해하는 재미에 탄력을 보태고 있다.

그에게 모처럼 차례가 온 일감은 시중의 공동묘지를 시외로 옮기는 일이었다.

신천동 산 5번지는 왜정 때만 해도 고양군 것이었고, 임자도 어느 미국인 선교사였으며, 한 필지짜리 산 5번지 둘레는 신천면 공동묘지였으나 서울로 편입이 되면서 폐쇄령이 내렸다는 것이었다. 그러므로 전에는 제법 쓸 만한 산이었다고 한다. 난리[6·25]로 선교사가 귀국

恨)과 도처의 논의에서 변별하고 있고, 그의 작품 『토지』가 한민족이 가슴속에 깊이 묻은 한을 표현한 이야기 떨기라는 해석을 가능케 하는 것 등은 한국 문학의 특성을 짚는 좋은 본보기일 수 있다.

하여 말림이 헐거워지자 전쟁이 버린 숱한 목숨들을 함부로 내다 버려 선교사네 산까지 유계(幽界)로 넘어가서 그렇지, 애초에는 그만한 풍치도 드물었다는 것이 토박이들의 말이었다.[108]

이 작품은 공동묘지 2천여 기의 무덤을 파헤쳐 유골들을 시외로 옮기는 작업장을 배경으로 한 이야기 떨기〔叢〕이다. 작품을 이루는 이야기의 틀은 거대한 '집단 상처'를 입힌 역사와 관련된 인물들을 축으로 하고 있다. '집단 상처'의 주된 요인은 전쟁이다. 전쟁은 멀쩡한 인간의 얼굴을 괴물로 분식, 변형시키는 아수라장이다. 전쟁은, 인간의 내면 속에 잠자고 있는 탐욕과 야수성이 그것을 수행시키는 돌연한 힘을 받아 마음 놓고 분출되는 폭력의 전시장이다. 그것은 전략이나 전술적인 책략에 따라 치러지는 불가피한 힘의 맞대결이되, 인간의 이성은 물론이고 그 이상의 인간적 미질(美質)을 말살하는 공공연한 폭력장이다. 그곳에는 집단 감성과 의지를 결집하는 질서가 갖추어지기 때문에 죽고 죽이는 폭력이 합법화된다. 도덕적으로 용인할 수 없는 폭력을 합법화하는 전쟁, 그 현장에는 피비린내와 번뜩이는 살육의 욕망이 증폭되는 고로 상처가 집단화할 수밖에 없다.

1970년대에 활동한 작가들, 특히 이문구의 작품 속에는 1950년부터 1953년에 끝을 낸 한민족의 치욕스러운 6·25 동족 전쟁으로 인한 '집단 상처' 후유증이 근본 정조로 깔려 있다. 집단 상처의 후유증은 집단을 이루는 인자(因子)인 각 개인에게 옮겨 앉아 내재화된다. 그것이 상처의 확산 현상이다. 『장한몽』의 제목이 함축하고 있듯이 이 작품은 기본적으로 한민족의 한을 그린 내용이다. 한은 상처이고 결핍이며, 마음에 깊이 맺힌 소망이다. 전쟁은 재화와 필수 물자를

---

108) 이문구, 『장한몽』(책세상, 1987), 12쪽.

엉뚱한 곳에 소모시킴으로써 인간을 결핍의 질병에 떨게 하는 악마적 요소를 드러낸다. 전쟁이 사람을 죽이는 아픔을 심는 소용돌이라면, 동시에 그것은 가난과 돌림병을 터뜨리는 집단 광기의 장이기도 하다. 이 작품의 첫째 씨줄은 6·25 전쟁을 앞뒤로 한 민족 상잔의 후유증을 앓고 있는 인물들에 대한 기록이다. 작중 제1인물이며 화자인 김상배와 경찰관 아버지를 6·25 때 잃은 구본칠(具本七), 이들의 상처는 대체로 동일한 이야기 가락의 음색을 띠고 있다. 둘째 씨줄은 독재 정권에 의한 폭력이다. 이 폭력은 1970년대에 그 힘을 극대화, 민권 찬탈의 주범 세력, 군사 정권이 만든 재화 집중 정책[109]에 의해 발생한 '가난'이라는 질병으로 이루어졌다. 공동묘지 아랫자락에 무허가 건물을 짓고 어거지로 삶을 지탱하는 이들 노무자들은 모두 가난의 질병을 앓고 있는 인물들이다. 김상배가 동창생 이성식의 도움으로 청부 맡은 하청공사의 십장(什長)인 마길식(馬吉植)을 비롯하여, 구본칠, 홍호영(洪浩英), 왕순평(王順平), 이상필(李相必), 박영달(朴英達), 유한득(柳漢得) 삼형제인 차득(且得), 삼득(三得)과 그들의 배다른 여동생 유초순(柳初荀), 모일만(车一萬)·상만(相萬)형제,

---

109) 5·16 군사 정권이 민권 찬탈 후 행한 일 가운데, 외자를 유치하여 재벌 세력을 키우는 데 가장 큰 역점을 둔 것은 그들 치세 평가를 어렵게 하는 부분이다. 정권 유지를 위한 자금 조달이라는 부정적인 면과 상공업 중점 육성 방안인 이른바 근대화 기간 산업을 키우는 데 이보다 적극적이고 손쉬운 방법은 없었기 때문이다. 그 둘을 모두 부정적으로 읽는 것이 일반 문법이었음이 사실이긴 하다. 이에 따라 1970년대를 기점으로 불법적 대재벌이 만들어졌고 그들은 문어발식으로 사업을 확장, 번쩍이는 도시와 재화를 만드는 데 앞장섰다. 그들이 만든 거대한 빌딩 숲 그늘에 가려진 빈민들이 또한 도시 외곽을 둘러싸고 고통과 슬픔을 참는 실상이 늘어났다. 근대화의 두 얼굴은 이때부터 심화되어 만들어졌다. 『장한몽』에 등장하는 인부들의 생존 싸움과 가난은 이 근대화의 어두운 그림자를 대표한다.

이들은 모두 가난의 질병에서 벗어나기 위한 치열한 생존 투쟁에 나선 전사들이다.[110] 세 번째 씨줄은 자아 존재에 대한 자기 확신과 관련된 철학적인 질문으로 되어 있다. 최미실, 나이 든 이 처녀의 생애는 그것을 드러낸다. 이 씨줄의 범주에 드는 또 다른 경우가 있다. 예부터 스스로에게 덮어씌워진 백정의 굴레로부터 자아 존재를 범상한 계급으로 만들려는 포한을 드러내는 인물은 유한득 삼형제들이다. 함경도 홍원에서 백정이라는 딱지가 싫어 월남하여 계급의 때를 벗으려 애쓰지만 가난 질병 때문에 언제나 그 짐으로부터 자유롭지 못하다. 이런 세 개의 씨줄을 엮는 날줄은 공동묘지를 파헤치면서 드러내는 그들의 생존 격식들이다.

생존 전략의 한 방편 속에 전쟁도 포함된다. 전략 전술은 전쟁 기법만으로 그치지 않는다. 묘지를 발굴해 내는 이들의 머릿속에서는 끊임없이 자아의 생존권을 드높일 방안을 꿈꾸고 있고, 호시탐탐 그 최대의 기회를 노린다. 무덤을 파헤치는 단조로울 수도 있는 이야기를 하는 이 작품이 긴장을 잃지 않는 것은 바로 이들이 생존 전략으로 꿈꾸는 내용들이 끊임없이 부침하고 있기 때문이다.

이야기의 앞과 끝 부분을 묶는 인물은 김상배와 또 한 인물 최미실이라는 스물아홉 살 된 처녀이다. 그들은 그들 사람 숫자만큼의 아픔과 설움을 지닌 상처의 주인공들이지만, 이들 가운데서 가장 크고도 중심적인 내용을 이루는 몫은 대략 세 덩이로 요약된다. 작가는 작중 제1인물 김상배와 최미실을 앞뒤로 묶는 지형의 시종으로 삼고 있다. 생애의 대부분 겉모습은 상처의 징후이기 쉽다. 겉 꾸밈이 특별히 명랑하다든가, 시무룩하다든가, 사람 앞에서 말이 없는 겉

---

110) 같은 책, 24쪽에서 상배가 쓰고 있는 인부는 열 명이라고 썼다. 그러나 실제 숫자는 더 많다.

모습은 모종의 상처가 숨겨진 징후로 읽어야 할 때가 많다. 존재 향배에 두려움을 지닌 채 하루하루를 지탱하는 가련한 인생.『장한몽』은 바로 이런 인생에 대한 통찰을 이야기로 보여 주는 작품이다. 이것은 포한과 슬픔, 불안과 두려움이 종잡을 수 없도록 엄습하는 삶에 대한 회한의 기록이다.

　김상배는 성질이 무르고 무능하며 경쟁으로 세상이 들끓는 시대에는 애당초 버텨내기 힘들어하는 인물이다. 이 인물을 중심으로 해서 가장 그와 버금가는 아픔을 지닌 인물들은 대략 세 개의 씨줄로 짜인 유형들로 가름할 수 있다고 나는 읽었다. 도덕성의 존폐를 묻게 할 곡경들을 치른 이 인물들을 통해 아픔의 지형도는 이루어진다. 그것은 인류를 향한 처절한 질문이고 또 그 자체로서의 해답이며, 문학적 해원의 한 형식이기도 하다. 그의 이야기 방식은 대체로 해학과 풍자 등의 수사법을 쓰고 있다. 이 수사법은 이문구 자신의 독창적인 것이기도 하지만 지극히 전통적이며 서구의 지적 제국주의 침탈로부터 가장 자유로운 화법이기도 해서 한국 현대 소설사의 우뚝한 한 봉우리를 이루는 특징이기도 하다.[111] 임우기가 비판한 서구 지식 살포 대행업자들은 대체로 이문구의 문체를 '토속성 짙은 문체' 등으로 읽어 왔고, 이것은 서양인들이 언제나 자기들 것과 다른 나라의 문화적 양식들을 일컫는, 폭력적이며 무식한 언사의 하나였

---

111) 이문구 문체의 비서구적 성격을 김현을 중심으로 한 이른바 4·19 세대 논객들은 부정적인 뜻을 지닌 '토속성'이라 읽었다. 이런 식의 논의를 날카롭게 비판한 임우기의 평론 「'매개'의 문법에서 '교감'의 문법으로」는 서구식 문체를 넘어서야 한다는 당위론과 함께, 한국 지식 사회를 일시 지배한 지식 권력자들에 대한 통렬한 조소가 들어 있다. 그들 '새것 콤플렉스'에서 벗어나지 못하는 서구 지식 소개 대행자들의 지적 불모 상태는 이 글을 통해 잘 읽을 수 있다. 임우기,『그늘에 대하여』(강, 1996), 155~210쪽 참조.

다. 그의 절묘한 묘사법에 대한 논의는 뒤에 언급할 것이다.

 세 개의 씨줄로 된 아픔의 지형도에는 근본적인 질문이 담겨 있다. 첫째, 사람이 사람을 죽이고 죽는 것은 어떤 철학이나 윤리적 논리로 설명될 수 있는 것일까? 황승로는 구본칠의 어머니를 능욕하였다.[112] 그리고 자신의 아버지를 처참하게 살해한 좀도둑 황승로를 반죽음시켜 산 채로 땅에 거꾸로 파묻은 구본칠의 의식을 지배하는 회한 문제. 그는 무덤을 파다가 무심히 본 시체가 농구화도 벗지 않은 상태로 거꾸로 묻혀 있음을 발견하고 자기의 과거 행적 속으로 치달아 괴로워하는 인물이다. 해답은 명쾌하지도 않고 시도되지도 않은 것처럼 보인다. 아픔을 못 견뎌 하는 인물이 생생하게 있을 뿐이다. '존재의 아픔'은 실존의 기본 양식임을 이 이야기는 암시한다. 둘째, 사람이 사람을 죽이는 것과 짐승을 죽이는 것에는 어떤 차이가 있는 것일까? 그것에는 과연 차이가 있는 것일까? 짐승을 잡는 백정이라는 부름을 치욕으로 여겨 그런 자신의 정체를 모르는 곳으로 장소를 피해 온 유한득이, 관을 작게 써서 비용을 적게 들이기 위해 미처 썩지 않은 시체를 칼로 저미는, 이 공동묘지 이장(移葬) 일을 맡아 하는 내역과 관련된 질문. 이 질문 속에는 다분히 운명론적 냄새가 짙게 드리워져 있다. 셋째, 과연 운명은 믿을 만한 진실을 품고 있는가? 고전 물리학의 한 원리로 설명되는 이 운명론은 인간의 일들 도처에서 살아 꿈틀거린다. 무섭다. 최미실의 생애와 관련된 비극적 행위.[113]

---

112) "「니년이 중 주뎅이를 안 열면 이 자리여서 저 집 개허구 접을 붙여 놀 텨. 구명서가 이승만이 개였으니께 그 지집은 암캐 아니겄남.」 중인환시리에 대장간집 개를 불러 수간(獸姦)을 시킬 작정이었던 것이다. 그런데 마침 개가 없었다." 이문구, 같은 책, 31쪽. 황승로가 형사 구명서를 찾아내기 위해 보인 광기였다.

최미실의 아버지 최덕환은 삼대독자로, 최미실을 낳은 이후부터 차례로 낳은 아들을 네 번째로 잃었다. 삼대독자 집안에서 아들은 낳기만 하면 두 달을 넘기지 못하고 죽어 갔다. 왜 그런 일은 계속해서 벌어지는 것이었을까? 그것은 운명적인 결정이었을까? 딸을 낳은 이후에 생긴 불행을 그녀가 책임져야 할 이유는 있는 것일까? 최미실, 그녀의 출생이 최씨 집안의 남성으로 잇는 대를 끊는 악연의 존재였을까? 그 진위의 문제는 쉽게 가릴 수 없다. 남은 것은 믿음일 뿐이다. 믿음처럼 확실하게 밝은 길이 있을까? 동시에 믿음처럼 뚜렷하게 어리석고 어두운 길이 또 있을까? 최씨 집안에서는 대를 이을 아들들을 막는 악연으로 최미실의 존재를 읽었다. 말의 학대, 존재를 삭제하는 반복되는 폭언, 마침내 그 집안에서는 목상으로 만든 그녀를 가상 살해하여 관에 넣어 묻었다. 어두운 믿음에 따른 어리석은 살해 행위가 그녀의 부모로부터 이루어졌다. 그때부터 그녀의 존재는 없어졌다. 당사자 최미실의 생애는 그런 피살의 경로로 스물아홉 해를 부재하는 존재로 살아왔고, 마침 자아를 묻은 공동묘지 발굴 소식을 듣고 자아를 찾아 그처럼 험한 무덤 파는 곳을 떠돌며 그 속을 살펴보았다. 상처나 아픔은 물리적인 가해 행위를 통한 생리적 아픔과 심리적인 가해 행위에서 생기는 아픔을 포괄한다. 그녀는 20여 년 이상을 '몽유병자'처럼 살아왔다. 이 태어난 죄밖에 없는 처녀 최미실의 존재는 도덕적으로 어떤 죄악에 물들어 있는 것인가? 작가의 뚜렷하고도 이해될 만한 답변은 없다. 제1주인공 김상배의 '몽유병자'와 같은 생애 내역과 겹치는 내면의 공유 관계를 보이면서 오직 자아 스스로 의미를 만들어 가는 길밖에 없다는 해명이 있을 뿐이다. 작가는 이렇게 여러 존재의 이야기들을 끄집어내어 독

---

113) 이문구, 같은 책, 426~442쪽 참조.

자들에게 보여 줌으로써 우리들 생애에 관한 심각한 질문을 던지게 하는 것만으로 끝내도 되는 것일까? 이야기 문학은 그것을 해내는 데 한계를 지닌다. 이야기는, 그것이 설령 사람의 마음을 바뀌게 하는 힘을 지닌 언술 행위라 할지라도 이야기일 뿐이다. 문학의 기능은 도덕에 대한 치열한 질문으로 서는 차원에 있다. 질문, 그것에는 어떤 형태이든 답변을 유도하고 그 답변은 훌륭한 해결에 이르는 길로 파악해도 그리 틀리지 않는다.

　상처는 인간을 평생 몽유병자처럼 살게 한다. 제1주인공 김상배의 상처는 그 가족들 모두의 아픈 내용에 걸쳐 번져 있다. 6·25 동족 전쟁. 거대한 살육의 회오리 장면, 인민군이 들어온 마을에 다시 경찰관이 들어오는 뒤바뀜의 반복 과정에서 선량한 주민들이 죄 없이 죽어 간 딜레마 시험.[114] 김상배의 고통은 크게 세 개의 축으로 짜인 구도를 지녔다. 첫째는 아버지의 무고한 죽음. 어느 쪽이든 환영하는 만세만 부르면 별 탈이 없으리라고 주장하던 순진한 아버지가 6·25 당일, 인민군이 들어왔다는 소문을 들은 채 들로 나가다가 인민군 깃발을 단 자동차를 향해 인민군 만세를 불렀다가 총격당한 이야기. 미처 소개(疏開)하지 못한 경찰관들이 위장으로 인민군 깃발을 달고 후퇴하다가 인민군 만세를 부르는 주민들에게 총격을 가한 이야기 내용. 이것은 동족 전쟁이 치를 수밖에 없었던 참혹한 희비극이었다. 둘째는 주인공 형 김상부의 행적과 참혹한 죽음. 6·25 직전에 약혼한 형이 하필 결혼하려던 그날 전쟁은 터졌다. 약혼자 성귀대(成貴代)의 공산주의자 변신과, 그에 따라 상부도 공산주의자,

---

114) 이런 딜레마에서 참변을 당하는 장면 묘사는 1970년대 작가들의 한국 전쟁 소재에서 자주 선연하게 반복된다. 홍성원의 방대한 소설 『남과 북』, 김원일의 『늘 푸른 소나무』, 『불의 제전』 등의 작품이 이에 해당한다.

일명 '빨갱이 됨'으로써 경찰 가족이나 반동분자로 지목된 사람들을
고문하는 포악한 인물로 변했다. 이 장면에는 또 다른 삽화가 개입
한다. 아름다운 귀대는 북에서 넘어온 허막이(許莫伊)라는 내무서
책임자와의 사랑 행위로 임신을 하였다. 따라서 김상부의 절치부심.
그의 사상은 애인을 따라 왔다 갔다 한 사랑의 변주 행위였다. 그러
나 전세는 계속 역전에 역전을 거듭하여 1월 4일 미국군의 인천 상
륙 작전이 성공하자 인민군은 후퇴를 시작하였다.

다시 치안대를 조직하고 '반동분자'[115] 색출에 나선 경찰관 쪽에서
행한 복수 행위의 참혹한 장면이 이어진다.

악행의 유일한 첫 대응은 또 다른 악행이다. 이것이 이문구의 장
편 『장한몽』의 상처 체험에서 추출되는 인간 죄악의 모습이다. 죄악
은 필연적으로 인간에게 아픔을 전파한다. 가학성 성도착증들이 자
발적으로 가하는 아픔과 달리 "아픔은 가면도 없고, 전혀 실수가 없
는 악이어서 대부분의 사람들은 자신이 상처를 입을 때에야 비로소
뭔가 잘못되었음을 안다"[116]는 것이다. 악행에는 그것이 어떤 것이
든 구원이 없어 보인다. 인간은 이런 광기에 휩싸이면 더러운 짐승
으로 변하는 괴물이다. 그래서, 그렇다면, 인간이란 이런 죄악으로부
터 전혀 자유로울 수 없는 존재일까? 이것은 이 소설이 던지는 또

---

115) 이 낱말은 어느 쪽에서 읽느냐에 따라 그 뜻이 반대로 해석되는 용어이다.
인민군들이 자주 썼고, 평등 원리의 금과옥조인 공산주의 사상을 배반한 지
주와 대한민국 경찰관, 지식 분자 들을 가리켜 공산주의 사상 전파를 맡은 그
들 쪽에서는 반동분자라고 지칭했다. 한국 경찰관들 쪽에서는 잘 쓰지 않았
으나 공산주의 사상을 배태하여 경찰 가족이나 지주들을 괴롭힌 지방 '빨갱
이'들을 그런 이름으로 불렀다. 이후 이 낱말은 자기 의견에 반대하는 사람을
향해 농담처럼 패러디 해서 부르는 용어로 변했다.

116) C.S. 루이스, 『아픔의 문제(The Problem of Pain)』(뉴욕: 맥밀런, 1962), 92쪽.

하나의 근본적인 질문이다.

인민군이 물러가고 나서 벌어진 장면에는 세 번째로 김상부와 상배 어머니를 경찰서에 불러다가 가한 고문 내용이 있다. 고문의 혹독함은 작품의 또 한 인물 구본칠의 어머니가 경찰관 아내 자격으로 인민재판 받는 장면과 겹쳐지면서 인간의 추악하고 혹독한 면을 읽게 한다.

네 번째 아픈 체험은 김상부가 경찰에게 체포된 다음 겪는 고문 장면. 이 장면은 그의 약혼자였던 성귀대와 함께 받는 고문 장면으로 극악한 내용을 이룬다. 중학교를 나온 신식 물 먹은 '좋게 말해 신식 여자였고 헐뜯자면 엉덩이에 뿔 난 송아지'라는 이 임신한 여인과의 극악한 고문 장면은 악행의 이미지가 초절적이다. 이 장면은 대강 이렇다.

「자, 이제부터 혼례식을 거행해 볼까.」

〔……〕

상부의 두 눈은 그에게 남아 있던 모든 생명력이 총집결된 듯, 천장에 달린 백열등보다 훨씬 더 밝고 뜨겁게 타는 열기를 내뿜고 있었다. 상부의 하체에선 출혈도 별반 없었던 것으로 춘덕이는 기억한다. 혀가 잘렸을 때부터 쏟았으니 남아 있던 피가 흐른들 몇 방울이나 흘렀으랴 싶기도 했다.

박 형사는 잘라 든 상부의 생식기를 들고 귀대 곁으로 가더니 그녀의 두 허벅지를 밟아 눌러서 벌린 다음 상부의 생식기 토막을 그녀의 음부 속에 깊숙이 밀어 넣는 것이었다. 면돗자루로 밀어 가며 깊숙이 쑤셔 버리는 거였다.

「어때, 자궁 속으로 푹 박은 기분이? 헤헤.」[117]

작중 제1인물 김상배의 가족들은 이렇게 총살당하였으며(아버지), 고문당하였고(어머니), 또 당하다가 죽었다(형). 주인공은 그 당시 나이가 어렸으나 기억의 창고 속에 이 상처는 고스란히 남아 있어 '몽유병자' 같은 삶을 살고 있다.

3) 아픔의 지형도

아픔을 죽음과 삶 틈새에 놓인 역동적인 징후로 읽을 때, 이 아픔의 문제는 전 지성의 최대 관심사일 뿐만 아니라 종교적인 관심의 최대 화두에 속한다.[118] 진리를 증거하기 위한 예수의 생애가 곧 고난의 역정이었다. 그는 마지막으로 죽음을 선택하여 보여 줌으로써 인류에게 그것을 극복하는 방법을 가르쳤다. 예수의 이런 아픔의 수난 행적은 기독교적 사유나 신앙의 문제로 확장 심화되어 있다. 이처럼 아픔 범위를 확대하여 눈길을 돌리면, 신념 문제와 삶을 확장하는 통로로 선택하는 고난의 거대한 역사가 인류사에 펼쳐져 있다.[119] 문학 작품을 해석하고 그 속에서 아픔의 지형도를 만드는 일에 이런 지성사 전역, 종교의 영역으로 뚫고 들어가는 것은 무모해지기 쉽다. 작가 이문구에게 있어 우리는 지극히 제한된, 한국 역사 한 장면에

---

117) 이문구, 같은 책, 344~345쪽.

118) 플라톤이 그의 「파이돈」에서 지혜의 삶이란 곧 죽음 실험(a practice of death)이라고 규정한 언명은 그리스 철학의 기본 사유일 뿐만 아니라 기독교 사상의 중요한 기초가 되기도 한다. 니체가 내세운 차라투스트라나 예수의 고난의 역정들은 모두 삶과 죽음의 틈새를 비집고 존재하는 아픔의 문제와 연결되어 있다. C.S.루이스, 같은 책, 89~117쪽 참조.

119) 야로슬라프 펠리칸, 김승철 옮김, 『예수의 역사 2000년』(동연, 1999) 참조.

펼쳐져 드러난 아픔의 경로를 밝히는 일이 우선 목표이다.

아픔은 각기 절대적인 농도로 사람을 괴롭히지만 그것들 사이에는 일정한 기억의 편차를 드러낸다. 아픔과 기억은 서로 깊은 관련을 맺은 채 작용하는 두뇌 현상이다. 생리적인 아픔들에 대한 종류를 상세하게 들기는 어렵다. 인간 몸 전체로 반응하는 것이 왼쪽 또는 바른쪽에 서는 감각이라면 아픔이고, 그것이 없는 상태로의 쾌적함이나 즐거움, 쾌락 등의 '아픔 아님' 상태는 인간의 중심축에 서는 감각이다. '아픔 아님' 상태란 어찌 보면 자아 인식의 휴지 상태이다.

(1) 물리적, 생리적 아픔: (가)항

인간의 아픔을 나는 크게 둘로 나누어 설명하려고 한다. 하나는 물리적, 생리적 현상으로서의 아픔이다. 이것을 나는 (가)항으로 부른다. 육체적 아픔은 사람이 일반적으로 겪는 경험 내용들로 일정한 기간이 지나면 쉽게 사라지거나 잊혀지는 감각이다. 이 아픔은 다섯 개의 감각 기관 모두를 통해, 개별적으로 또는 공각적(公覺的)으로 들어오는 지극한 자극으로서 절대 남과 바꾸어 경험할 수 없는 독립적인 내용을 이룬다. 아픔의 이런 독립적인 성격 때문에 나와 남은 서로 자신이 지녔던 아픔의 내용을 가지고, 경중이나 농도에서 서로를 가늠할 수 없다. 그것은 존재 각자에게 절대치로 인식되는 경험 내용이다. 인간이 고독할 수밖에 없는 것은 바로 육신의 이와 같은 특성 때문이다. 독자적으로 짊어진 아픔을 피하려는 본능은 언제나 이에 대한 커다란 열등감을 동반한다. 아픔의 궁극적 형식인 죽음에 대한 열등감이야말로 인간의 선험적인 기본 정조이다.

(2) 아픔의 형이상학적 형식: (나-1)항

아픔의 두 번째 현상은 그것의 형이상학적 형식이다. 이것은 물리적, 생리적 현상을 기반으로 한 형식으로, 남으로부터 받는 존재 부인(存在否認)의 타격에 의해 이루어지는 아픔 내용이다. 이것을 나는 (나)항으로 설정한다. 주로 말과 눈빛, 기이한 몸짓 등을 통해 가해지는 '모욕(侮辱)'이 이에 속한다. (나-1)항이다. 인간은 모욕을 참을 수 없는 아픔으로 인식하는[120] 형이상학적 존재이다. 사람들은 남(他者)으로부터 받는 '모욕'을 치욕으로 알아 아픈 기억 창고에 보관하는 성격을 지녔다. 프로이트가 초자아로 설정한 도덕 원리는 기실 인간의 이런 형질을 도식화한 내용이다. 이문구의 『장한몽』 속 인물들이 못 견뎌 하는 삶의 질곡들 대부분이 이런 아픔의 형이상학적 내용으로 이루어지고 있다. 비록 가난하고 자기 처지를 극복할 꿈이나 전망을 꿈꾸지는 못할망정, 사랑하는 유초순에게 줄 선물을 사기 위해 밤중에 무덤 밖으로 파헤쳐져 나뒹구는 시체의 머리카락을 채취하던 왕순평, 그는 무덤에서 주운 은십자가를 곱게 닦아 보관하였다가, 초순에게 부끄럽게 내밀었으나 거절당하였다. 치욕을 견디지 못하고 아파하는 작품 끝 장면은 인간이 가늠하기 힘들어하는 아픔의 내용이 어떤 것인지를 절묘하게 드러낸다. 이것은 어쩌면 애교스러운 경우일 수도 있다. 황승로는 구본칠의 어머니를 인민재판이라는 이름의 광기로 황폐하게 만들었고, 빨갱이 활동을 하다가 잠적한 큰아들 김상부를 둔 김상배 어머니는, 남 앞에서 벌거벗겨진 상태로 음부를 지칭, 야비한 욕설과 폭행을 당하였다.[121]

이 장면은 황승로가 구본칠 어머니를 놓고 행하였던 포악(暴惡)

---

120) 맹자(孟子)의 사단칠정론(四端七情論)에서 논하는 의로움의 끝(義之端)인 수오지심(羞惡之心)은 나와 남을 변별하는 윤리적 규범으로서의 마음 상태를 일컬었다. 나에게 부끄러움을 안기는 남은 나의 아픔 대상이고 나를 나이게 만드는 아픔의 징후이다. 『대학(大學)과 중용(中庸)의 현대적 의의』(현암사, 1966), 306~371쪽 참조.

내용과 흡사하다. 미묘한 열등감과 우월감으로 호시탐탐 저항할 마음을 모으고 있던 노무자 이상필(李相必)이 작품 끝판에 엉뚱하게도 십장 마길식을 두들겨 패고 나서 스스로도 엉뚱한 청년들에게 폭행을 당한 장면 또한 자기 삶의 본원적인 모멸감으로부터 근원한다. 짐승을 잡는 백정 직업의 모멸감을 벗어나려고 발버둥치는 유한득 삼형제의 탄식 내용들 또한, 모욕을 견딜 수 없는 아픔으로 인식하는, 존재의 형이상학적 행태를 드러낸다.

누구는 잊을 수 없어 지니고 오래도록 갈무리해 가는 것이 가장 즐거웠던, 혹은 제일 행복했던 일들이겠지만, 홍은 그와 전혀 달라 아픈 상처만을 추려 품어 온 셈이었다. 근년에 들어와서는 그나마도 깨끗이 저버리고 말았지만.

그러면서도 그가 네 사람의 무덤 연고자 일가족과 맞부딪쳐 몇 마디 주고받는 동안 이미 잊었던 가난 타래에서 한 가닥을 되살린 것은, 받아들이기를 그때처럼 아프게 받아들인 탓이었다. 어째서 주눅이 들고 저절로 그런 모멸감이 느껴진 것일까. 하필이면 그 추저분한 대목이 서슴없이 튀어나왔을까.[122]

홍호영이라는 인물이 중학교 2학년 시절에 겪은 상처가 되살아나 아파하는 순간의 이야기이다. 팬티 없이 교복을 입었기 때문에, 체육

---

121) 이문구, 같은 책, 334쪽에는 이런 구절이 있다. "그러나 무엇보다도 이가 갈리던 건 취조 형사가 「그런 인간 말종을 까놓은 이 구멍이 못 쓴단 말야」 하며 말로는 거북해 못할 곳에 고춧가루를 뿌리며 구두코로 걷어차던 때라고 어머니는 말했다."

122) 이문구, 같은 책, 185쪽.

복이 없는 것은 두말할 필요도 없는 가난 속에 선 존재, 체육 시간에 옷을 벗는 것을 두려워하던 그에게, 은근히 사모하던 여학생 인숙(仁淑)이 보는 앞에서 체육 선생은 모욕을 주었다. 아픔은 이런 무지의 폭력으로부터도 비롯한다.

'모욕'은 전염된다. 뿐만 아니라 그것은 오랜 시간이 경과하여도 잊혀지지 않는 흔적을 남기는 특성을 지닌다. 이것은 그것을 당한 사람의 마음을 무섭게 저미다가 때가 이르면 포악으로 분출된다. 그래서 그것은 무서운 인간적 질병인 것이고, 인간이 크게 조심해야 할 금기 사항으로 모든 경전에서는 가르친다. 불교와 기독교 경전들이 그렇고 유교 경전 또한 이 문제를 깊이 다루고 있다.

'잃어버림〔喪失〕' 또한 아픔의 한 모습이다. (나-2)항이다. 이 형식은 대개 다른 아픔의 모습과 겹쳐 드러난다. (가)항과 (나)항의 아픔이 동시에 겹친 꼴로 접합한다는 말이다. 그러나 (나-2)항은 그것 자체로도 사람을 괴롭히는 중대한 흔적으로 존속한다. 홍호영이 소년 시절에 그리워하던 인숙이라는 소녀를, 그런 창피 당함으로 잃었다는 상실감이 그의 평생을 따라다니는 아픔으로 기억 창고 속에 보관되고 있음을 이 작품은 증언한다. 김원일의 장편 소설『바람과 강』속의 주인공 이인태가 만주에서 일본군 헌병과 조선족들 사이에서 겪은 참혹한 아픔 체험 때문에 죽기 직전에 돼지울 속으로 기어드는 장면이나, 임철우의 중편「아버지의 땅」에서 주인공이 한국의 산야에서 많은 젊은이들의 죽음과 피 흘림, 아픔을 읽고 땅과 생명, 그것들과 자아의 관계를 깨닫는 장면 등은 모두 우리가 잃어버린 생명과의 관계를 알리는 삶의 메시지이고 존재함의 의미를 탐색하는 내용들이다. 그렇다면 '잃음'의 가장 큰 형식은 무엇일까? 그것을 순서대로 적는 일이 가능하다면 어떻게 가능할까?

(3) 농도 차별의 순차적 도식화: (나-2항)

① '나'를 잃어버림. 자아가 이 세계로부터 사라진다는 것은 세계를 인식하는 주체가 사라진다는 뜻이다. 감각 주체, 인식 주체, 논증 주체의 소멸은 잃음의 가장 기본항이다. 최미실의 끝없는 방황과 '몽유병적' 삶의 행로는 자아 상실의 전형적인 실례이다. 화장장이 모일만(牟一萬)이 북한산 보현봉 기도원에 출입한 한 병자를 업고 산을 내려가던 길에 순간적인 욕구로 그의 딸을 강간하려고 시도했다가 실패하는 이야기의 핵심에는 도덕적 자아를 잃는 곡예와 아픔이 도사리고 있다. 이 삽화에는 모일만은 물론 그를 은인으로 믿을 뻔했다가 믿음이 무참하게 깨진 처녀의 아픔이 겹친 꼴로 있다.

② 자아 존재 근원으로서의 부모 및 조상. 나를 있게 한 존재를 잃는다는 것의 실존적 아픔 또한 나를 잃는 내용에 버금가는 상실이다. 김상배가 그 부친의 살해 당함을 접한 상실감이나 어머니와 친형이 혹독하게 살해, 모멸당한 것에는 잃음에 버금가는 차원을 훨씬 넘어서는 농도가 보인다. 자아를 잃은 당혹함으로 살아왔던 최미실처럼 '몽유병적 삶'은 존재 근원에 해악이 미치는 전염력을 잘 읽게 한다.

③ 사랑했던 애인을 잃는 아픔. 사과 장사를 하면서 겨우 사귄 첫 여인 오명임(吳明姙)이 다른 사내와 정사를 벌인 사실을 확인하며 실심(失心)하는 왕순평의 상실감은 이에 해당하는 내용이다. 그는 자신의 애틋한 다음 사랑을 다시 초순에게 전했다. 묘지 속에서 주운 은십자가를 초순에게 전했으나 거절당함. 이 거절이 가한 아픔으로 통음(痛飮)하는 모양을 드러낸다.

④ 애정, 우정 등으로 설정되는 관계를 잃음. 이 항목에는 공동묘지를 파는 일을 하는 인부들이 서로를 읽는 눈길에서 치열하게 드러난다. '남이 곧 지옥'이라는 사르트르의 통찰의 일면이 잘 드러나고

있다. 드잡이 싸움판으로 끝을 낸 이 일판에서의 잃음 문제는 인격 전체에 대한 물음으로 귀착한다. 이 구조는 다른 글에서 다룰 만한 논제이다.

(4) 결핍: (나-3)항

결핍은 인간에게 있어 형이상학적 악이다. '모든 우주가 신처럼 완전하지 않기 때문에, 창조된 우주에 마땅히 존재하는 완전한 결여로서의 악'[123]은 철학적 사유로 읽힌 악이다. 이문구의 작품 속에서 결핍의 문제는 거대하고 무거우며 실핏줄처럼 복잡한 구조로 짜여 있다. 『장한몽』의 긴 '빛 물살' 속에는 1970년대 사회가 안고 있던 전반적인 결핍이 만연해 있다. 70년대 한국 사회에 군림했던 악의 문제가 이 작품을 가능케 했다는 해석도 가능하다. 개발과 새로운 건설을 중요한 덕목으로 실천하던 시대의 필연적인, 존재의 뒤편 이야기는 70년대 작가들의 공통적인 작품 화두였다. 이 화두에 깊이 관여한 작가들이 이른바 70년대 작가군으로 분류되었던 조세희, 이문구, 황석영, 박태순, 윤흥길, 김원일, 김주영 등이었음은 주지된 사실이다.

열네 명의 인부들과 기타 주인공들이 안고 있는 문제는 모두 결핍이라는 악 또는 질병과 관련되어 있다. 결핍을 가난이라는 말로 바꾸어도 이 이야기에서는 그리 틀리지 않는다.[124] 이 아픔의 문제도

---

123) 이경덕, 『신화로 보는 악과 악마』(동연, 1999), 65쪽 참조. 이 저자는 악과 악마의 문제를 종교적 차원, 철학적 차원, 악마의 전이 또는 변신 등에 대한 전 인류사적 사유의 전거들을 예로 들어 흥미롭게 해석하고 있다.

124) 1930년대의 뛰어난 작가 김유정이 다룬 결핍 내용이 곧 가난이라는 것 (「만무방」, 「소낙비」, 「금 따는 콩밭」 등)과 이문구 소설 이야기를 덮고 있는 가난, 결핍증이 동격을 이룬다는 점은 깊은 성찰을 요한다.

이미 적시한 (가), (나)항의 아픔들을 둘러싼 거대한 힘의 물결〔思潮〕이 시대를 바꾸는 관념 흐름에 따라 형성되었었다.

(가)항에서 (나-1), (나-2), (나-3)항에 이르는 아픔의 지형도는 이 시대 다른 작가들의 작품들을 통해서도 확인할 수 있다. 문학 작품이 근본적으로 생명의 아픔을 골격으로 해서 이야기되고 읊어지는 표현 양식이라는 점을 이 작품『장한몽』이 드러내고 있음을 확인할 수 있다. 아픔은 인간으로 하여금 구원을 꿈꾸게 하거나 악의 반대항에 선(善)을 갈구하게 하는 것이 일반적인 사정이다. 그러나 이 작품 속의 영혼들 가운데서 종교적인 기원(祈願)이나 갈등은 없다. 지상에서 펼치는 지옥도의 한 장면이었다.

4. 이문구 소설 문체와『장한몽』

중진 작가 이문구가 영어 번역투 한글 쓰기로부터 자유로운 작가이며 전통적인 한국어 문투를 지녔기 때문에, 근대 소설론에 부심해 있던 많은 일본형 지식 전파자들과는 특별히 변별되는 작가임을 앞에서 나는 밝힌 바 있다.

일본식 어투로부터 자유로울 수 없었던 우리의 역사적 문화 상처를 완전히 치유하기도 전에 영어 번역식 문투가 한국 문학 작품들 속에 가열되게 침투해 들어오는 현실에서 이문구가 희귀하고 뛰어난 작가라는 논평은 한민족 문화를 강조하려는 의도를 강하게 갖는다. 문화는 한 언어 공동체 집단이 오랜 기간 동안 살아온 습속의 총체이므로 그들을 둘러싸고 있는 자연 조건이나 경제적인 여건에 맞는 섬세하고도 예리한 내용들로 다른 문화와 변별된다. 민족을 중심으로 한 문화 형성이 자연스러운 것임에도 불구하고 지금은 범세계를 점거한 정보 판매술에 가려 민족은 그 독자적 개성을 잃어 가고 있는 형편이다.[125] 익명화되어 가는 민족, 그들을 지탱시켜 온 문화 감각 가운데 말하기나 글쓰기 개성은 문체에서 핵심적으로 드러난다.

어둠이 만연한 시대에 등장하는 문체인 해학과 풍자, 비꼼, 다른 사물이나 관념을 도입하는 유현한 어투의 비유법 등은 이문구 문체의 특징이다. 『장한몽』 속에서 보이는 비유의 빼어남은 가히 한국의 문학 창작자들의 귀감이 될 만하다. 그의 문체 특징을 드러내는 장면들을 예시한다(고딕체 강조 부분).

1) 신평리 뒷산은 체격이 듬직하고 젊어 아무나 넘나들 수가 없게 구색을 갖춘 조용한 산이었다.[126]

2) 이듬해 초봄, 그는 고생깨나 했다 싶은 자전거를 한 대 마련할 수 있었다. 바야흐로 행상꾼의 본궤도에 올랐던 것으로 볼 순 없을는지.

「생갈치 사려, 꽁치여……」

「동태 삽쇼, 물오징어으……」

계절 맞게 여름을 찾고 겨울을 부르며 자전거를 비벼, 끼니때도 바쁘고 자정을 보내고야 문지방에다 잠을 쏟은, 그래서 재빨리 보낸 세월도 한 이태는 됐으리라 싶다.

나이가 스무 줄에 찬 봄을 맞으면서, 그는 장소값을 물어야 할 어엿

---

125) 졸고 「인문학의 기초 없는 이미지 예술의 운명」, 『문화예술』 2000년 3월 호, 21~28쪽 참조.

126) 이문구, 같은 책, 36쪽.

한 상인(商人)으로 야시장 한구석에 체취를 심기 시작했다. 가짓수도 기억 못하게 고루고루 팔며 더러더러 재미를 벌어들였던 것이다. 니나노 가락에 초를 쳐가며,

「자…… 싸게도 파네…… 눅게도 파네…… 헐게 드려요…… 거저 주어…….」

한창 뽑다 보면 치마폭에 싸이다시피 되어, 비로소 돈 주고 돈을 살 만한 돈이 만져지기 비롯되었다. 마침내 남들만 하는 줄 알았던 그 연애라는 것, 달콤한 첫사랑과 쓰디쓴 첫 경험을, 숫기로 말해 실연의 쓴맛을 곱새기며 아파할 수 있게 시야도 늘었고, 곁들여 약간은 야바위 짓으로, 더러는 바가지로 덮쳐 얼렁뚱땅 엎어먹기, 단골 찾아 밀매 흥정, 장물 사서 되넘기며, 촌티 보아 재고 정리, '나카마' 붙잡아 뒤로 먹기…… 한번은 거쳐야 할 장사치의 상식에 대해서도 '철저적 기초 완성'을 다짐하며, 사서 고생하고 남 주어 배 불리며, 밑져도 손해 안 보고, 땡잡아도 부자 못 되는 그런 시건방지고 되바라진, 그리하여 점점 그 시장 어디 어딜 가면 이렇고 저렇게 생긴, 그 사람이 되어 가고 있는 거였다.[127]

3) 그 이튿날은 온종일 기다려도 멀국이었다.

그녀가 다시 나타난 것은 사흘도 더 지나서였다. 제법 손이 간 얼굴이었고, 풍기는 냄새까지 옷에서 눈에 묻게 가꾸고 나온 꼴이었다. 바로 이것이다 싶자 찌뿌둥했던 몸이 싹 벗어짐을 느낄 수 있었다.[128]

4) 「이 사람, 똑똑하게 생긴 사람이 왜 이러지? 송장만 파다 보니 지

---

127) 같은 책, 62~63쪽.
128) 같은 책, 65쪽.

옥이 이웃 같어?」

「더 살지 왜 벌써 썩으려구 허니?」

「열무김치도 열두 가지 맛본 사람이라구, 치마 둘렀다고 여자로 보지 말어.」

「이봐, 서방 없이 못 살겠거든 신발 바꿔 신어.」

「안됐다, 안됐어, 반도 못 늙은 것이.」

「난동허지 말고 들어가 고쟁이 나 잡어.」

「뭐? 신발을 바꿔 신어?」

말문이 막히자 여인은 더욱 길길이 뛰며 멱살을 잡으려 들었다.

「이놈아, 눈깔빼기 내기 허자, 내가 서방질을 해? 이런 백장놈 봐라, 이 백장놈.」

「이게, 대들면 어쩔 테여, 백장은 고사허구 십장질도 안 해본 어른이셔.」[129]

5) 문이 벙긋해지자마자 문 앞에 모여들어 외로워하던 달빛이 한 아름이나 방 안으로 밀려들었다. 동이 튼다 했더니 달빛이었던가 보았다. 절기로 보아 마땅하다 하리만큼 야습한 결결이었고 외로워해야 쌀 만큼 매몰스러운 달빛이었다. 그런 달빛이 구는 문득 아까의 그 꿈결과 흡사한 모습이란 느낌이 들었는데, 그렇게 보다 보니 문득 꿈결에 나타났던 그 시커먼 물체, 아니 그 거꾸로 묻혔던 사람의 현신이 살아나는 것이었다.[130]

작가는 자기 문체를 가지고 있어야 한다. 이문구가 그의 독특한 문체를 지녔다는 것은, 그가 1960년대 이후 급격하게 유행하던 서구

---

129) 같은 책, 94쪽.
130) 같은 책, 280~281쪽.

작품 번역투의 짧게 끊어 쓰는 문체 실험에서 한 걸음 뒤졌다는 것을 뜻한다.[131] 동시에 그것은 할아버지로부터 물려받은 전통적인 문체와 자기 화법을 소설 세계 속에서 높게 구현했다는 뜻도 있다. 그것이 윗대 작가들이 전무한 상태에서 이루어진 것이 아니라는 점에서 그의 존재값은 크다. 1930년대에 김유정이 해학의 소설 문법으로 그의 문체를 구축한 이래, 채만식의 풍자와 해학 기법은 이문구에 와서 맥을 이었다. 어렵고 비참한 현실을 우습게 표현함으로써 그런 어두운 현실을 함께 웃게 하는 표현술을 이문구는 생래적으로 구사할 줄 아는 작가이다. 그의 이 해학적 문체는 이문구의 문학적 저력에 빛을 발하는 특성이다.

1)과 2)에서 고딕체로 강조한 표현의 취의(趣意)는 인격을 갖춘 대상이다. 그것을 나타내기 위해 작가는 네 마디의 매개항을 산에 부여하였다. 하나는 '체격이 듬직하다'는 형용구이고, 또 하나는 '젊다'는 형용사이다. 세 번째로는 '아무나 넘나들 수 없는 구색을 갖춘' 것이며, 마지막으로 '조용하다'는 내용이다. 비유의 매력은 두 개 이상의 이미지가 한 관념이나 이미지 쪽으로 집합하여 크거나 새롭고, 특별한 색채로 확장된다는 데 있다. 듬직한 체격과 젊음, 범접하기 어려운 기품은 산으로 집합되면서 이야기에 풍부한 울림을 만들었다. 그런데 이런 산이 조용하다는 것이다. 이 산은 물론 구본칠에게 맞아 죽은 황승로가 피신해 들어갔던 공주 지방의 어떤 산이다. 그들의 공사장인 공동묘지와는 다른 곳에 있는 산이지만, 말이 없는 산은 죽은 자가 말이 없다는 일반 명제를 함축하면서 그들이 파헤치는

---

131) "그러므로 '풍부한 토속어의 사용' 혹은 '투박한 농촌적 구어체 사용' 등의 이문구 문체의 특질은 이분법적 세계관 혹은 서구적 소설관과는 다른 차원의 세계관과 문학관의 표현이라는 사실 속에서만 비로소 포괄적이고도 올바르게 파악이 가능한 것이다." 임우기, 같은 책, 187쪽.

무덤을 은밀하게 상징하는 효과를 지닌다. 이미지 확장.『장한몽』은 죽은 자가 묻힌 산을 파헤쳐 그들에게 이야기를 시키는 작품이다. 묻힌 무덤에 대한 이 네 개의 형용을 통해, 작가는 함부로 범접해서는 안 될 자연을 파괴하는 세력에 역설적인 경고를 가하고 있다. 그 산은 경외의 대상이고 함부로 들어설 수 없는 격조를 갖춘 물상이다. 그러나 이 산도 속절없이 파헤쳐질 운명에 놓였다. 강력한 개발 논리가 승승장구하던 시대의 이야기.

2)의 강조한 두 곳. 자전거 형용 속에 든 인생 역정. 정신없이 돈벌이에 나선 장면. '끼니때도 바쁘고 자정을 보내고야 문지방에다 잠을 쏟는' 이 두 장면이 시각 영상을 극대화하는 효과를 지녔다. 이런 장면 묘사법의 절묘함은 물론 그의 작품 전반에 걸친 특성이다. 3)의 두 곳도 묘사로선 가히 초절적이다. 4)는 이문구의 특장인 대화법 용례이다. 헤밍웨이를 스타일리스트라고 부르듯 한국의 이문구는 빛나는 문체의 작가이다.

이 인용문은 어두운 그림자를 거느린 한 여인의 신고(辛苦)함이 무덤 파는 자 이상필과의 모멸감과 맞부딪치면서 독자의 흥을 돋우는 싸움으로 발전한 장면이다. 밤중에 시체의 머리칼을 자르던 왕순평이 해골을 밟아 으스러뜨려 놓은 것을, 자신의 조상 해골로 착각한 여인이 보고 나서, 엉뚱한 이상필에게 시비를 붙여 일어난 사단이었다.

한국인들의 싸움 장면은 대체로 이런 형국을 띠고 진행된다. 상대방의 약점을 들추어 약을 올리는 담론 논쟁이 첫번째 순서이다. 경우따지기라는 힘 겨루기. 이 경우 점진적으로 발전하다가 드잡이까지 이르는 경우를 싸움의 절정으로 친다. 이 싸움에서 가장 눈에 띄는 발언은 모멸감 유발이다. 여자에게 고쟁이 이야기는 모멸이다. 서방질 이야기도 남녀 간의 싸움판에서는 금기 사항이지만 또한 가장 효과적인 모멸에 이르게 하는 발언이다. 해학으로 넘치는 이 싸움 속의 발언들의 신선한 표현은 그가 삽화로 끼워 넣는 모든 장면에서 빛을 발한다. 어두운 이야기를 우습게 묘사하여 독자 모두를 그 환경 속에 끌어들임으로써 동일한 슬픔에 잠기게 만드는, 해학적인 수법의 이문구 소설 문법은 우리 문학사에서 아주 귀한 풍모이다.

5. 결 론

이문구의 『장한몽』을 기이하고도 귀한 풍모로 읽으면서 나는 이 소설이 지닌 어둠과 아픔의 문제를 짚어 보았다. 아픔을 피할 수 없는 악의 현현이라고 읽을 때, 1970년대의 집단 아픔은 어떤 원인들로 설명할 수 있을까? 이문구의 『장한몽』은 1970년대 작품이고, 바로 그 시대를 이야기하면서 동시에 전 시대인 1950~60년대 우리 민족이 겪은 아픔의 흔적을 되살리는 내용으로 펄펄 살아 있음을 확인할 수 있었다. 아픔은 전염하는 것이다. 이 전염은 옆에서 옆으로 전염할 뿐 아니라 윗대로부터 아랫대로도 내려 전염한다. 공시적 전염이 특히 우리 당 시대 삶에 큰 힘으로 마인드 바이러스를 퍼뜨려 물신의 노예로 떨어뜨리는 대신, 통시적 아픔의 전염은 죽음에 이르는 후유증으로 발전한다. 이 아픔의 깊이는 그것을 앓고 있는 사람의 현실 생활을 간섭하여 치명적으로도 작용할 수 있다. 작가는 이 점을 간과하지 않았다.

한국의 남북 분단 문제는 한국민에게 현재 진행형일 뿐만 아니라 한국인들의 가슴 가장 깊은 곳에 아픔으로 자리해 있는 한이고 슬픔이며 악이다. 구본칠의 황승로에 대한 감정은 아직도 살아 있는 아픔의 더께이고 죄악의 잔재이다. 평등 원리라는 용의 모습이 사악한 적룡(赤龍)의 형태로 한반도에서 돌출함으로써 많은 사람들에게 아픔을 심어 놓았다. 1950년 6월 25일. 사악한 세력들은 모두 제2차 세계 대전의 끝마무리를 한반도에서 치렀다. 이미 살해에 이용하였다가 남은 재래식 무기와 새로운 개발 무기를 실험하는 격전지로서 한반도는 죄 없이 희생의 아픔을 겪은 것이다.

제2차 세계 대전 당시에 독일에서는 유대인 학살이라는 전대미문의 살육 공장이 만들어져 운용되었다. 아우슈비츠의 처참한 살육을 눈앞에 치르고도 과연 유럽의 예술이나 철학이 가능한 것인가 하는 질문이 아도르노를 비롯한 유럽 지성 사이에서 제기되었을 때, 우리는 우리들 스스로 겪은 비참한 내상의 문제를 지성적으로 다루어 해결할 철학적 결실조차 없었던 게 사실이다.

이문구는 『장한몽』에서 커다란 아픔의 틀을 제시하면서 우리들의 1970년대의 결핍 내용을 살펴 이야기로 엮었다. 이는 이 작품을 이야기 문학의 가장 탁발한 70년대 작품이라 평하는 소이이다. 첫번째 틀이 6·25를 기점으로 한 민족 집단 상처의 아픔 내용의 형이상학적 검토였다. 황승로를 죽여 거꾸로 처박아 묻은 구본칠의 아버지가 한국 경찰의 총탄에 맞아 죽었고, 그 형을 참혹한 경찰의 고문으로 잃게 된 경위 등은 윤흥길의 「장마」나 임철우의 「아버지의 땅」, 김주영의 『천둥 소리』, 김원일의 「환멸을 찾아서」 등에도 나타난 삶에 대한 문학적 질문으로 70년대 문학의 한 장관을 이루는 사적 집적물들이다.

두 번째 틀은 이 작품으로서는 아주 기이하고도 독특한 풍모를 나타내는 이야기 삽화이다. 남아 선호 사상을 훨씬 뛰어넘는 가족사의 운명론적 관념을 이 작품은 아주 절묘하게 드러내 주었다. 최미실의 스물아홉 해 삶의 역사는 우리에게 과연 현존재에 대한 미움의 근거란 어디로부터 나오는 감정 체계인가 하는 질문을 던지고 있다. 삼대독자인데 첫딸 다음에 낳은 아들들은 태어나는 족족 죽었다. 아버지, 어머니를 비롯한 마을 전체 사람들에게 눈엣가시처럼 집안 망칠 운명이라는 저주는 과연 타당한 근거에 바탕한 것인가? 눈에 보이지 않는 삶의 질서 속에 불가사의한 힘으로 작용하여, 눈에 띄는 삶의 질서 속에 사는 인간을 두렵게 하는 일들이 자주 생긴다. 『장한몽』속의 최미실 이야기는 지금도 그 뿌리가 존재할 가족 관념에 대한 질문으로 살려지고 있을 뿐만 아니라, 이 작품에다 쾌락 가치족의 역할을 절묘하게 수행시키는 장치로서도 절묘하다. 그 여인은 젊기 때문에 언제 어떤 남자에게 겁탈당하거나 짙은 정사(情事) 장면을 연출할 준비가 작품 진행 내내 상존하고 있었다. 이 틀에는 작품 말미 부분에서 벌이는 희귀한 장면, 대학 병원에서 나오는 시쳇더미 속에서 간을 꺼내 먹는 한 젊은이의 삽화가 첨부될 수 있다. 이 첨부 내용과 함께 작품 속에는 호기심을 강하게 끄는 한 인물이 있다. 호시탐탐 싸울 궁리에 몰두해 있던 이상필이다. 그는, 아픈 상처를 안고 작품 전체를 움직이는 김상배나 그가 십장으로 맡긴 마길식과의 통쾌한 일전을 벼르고 있었던 인물이다. 결국 끝에서 그는 마길식을 집단 몰매 방식으로 두들겨 패는 데 성공하였다. 그러나 그는 종당, 그들, 간질병 환자로 사람의 생간 먹는 젊은이를 보호하던 젊은 패들에게 들켜 무지하게 두들겨 맞는 몰매를 당하였다. 악한 인물이 대가를 치르는 것을 보는 즐거움을 이 작품은 겹치기로 꾸며 보여 주었다는 말이다.

세 번째 틀은 작품 전반에 퍼져 있는 가난이라는 결핍 내용이다. 여러 사람들의 사사로운 아픔들이 모두 이 가난이라는 결핍으로 직결, 진행되고 있어 1970년대적 삶의 한 모습을 보게 해주는 데서 이 작품의 작품성을 엿보게 된다.

마지막 질문은 이렇다. 그렇다면 아픔이란 어떻게 치유할 수 있는 것인가? 구본칠과 최미실, 김상배, 그들의 아픔은 어떻게 치유가 가능한 것일까? 작품 말미에서 작가는 최미실을 향해, 스스로에게 하는 이야기임을 전제하면서 발설하였다. 이제부터 자아 스스로 자아를 만들어 가는 일만 남았노라는 언명. 서구 지성이 제1, 2차 세계 대전을 겪으면서 실존적 자아 세우기라는 처방을 가지고 과거와 결별하려고 했던 이야기 방식이 이 작품에도 해당하는 것이었다.

"이젠 당하기만 할 게 아니라 꺾어 이겨야 한다…… 그런 각오가 섰다고 합시다."[132] 이 인용문에서 던지는 메시지는 자아 존립 자세 보이기이다. 훌륭한 작품이다. 우리 문학사에 이런 소설 작품이 있다는 것은 행운이 아닐 수 없다고 나는 읽는다.

---

132) 이문구, 같은 책, 434쪽.

마종기의 시 세계

── 존재 의미 찾아 길 떠난 시인의 시적 편력

1. 서 론──시적 육친론

유기 물질에 속하는 인간은 생물의 유기적 법칙에 따라 숨 쉬고 자란다. 그가 누구이든 인간 존재는 애틋한 정감에 사로잡혀 사랑하거나 미워하고 절망한다. 가장 가까운 육친과 이웃을 향한 그리움 때문에 살아 있는 일이 뜻이 있다고 사람들은 철석같이 믿는다. 이것은 존재하는 이들이 꿈꾸는 착각일까? 이 속에 삶의 내밀한 뜻이 있다고 나는 믿는다. 환상이나 착각, 믿음은 우리가 살아 있는 동안 각자 자아가 꿈꾸며 설계하여 만든 의미와 맞물려 있다.

육친이 있다, 또는 없다라고 사람들은 말한다. 이런 관계의 끈으로 묶여 있지 않은 사람은 없다. 있으면 있기 때문에, 없으면 없기 때문에 사람은 속박감에 사로잡히고 이런 존재 양태로부터 자유로울 자아를 꿈꾼다. 자유로워지고자 하는 최초의 마음은 육친이라는 덫으로부터 온다. 속박과 자유, 육친……. 마종기의 시인적 꿈속에는 육

친이 짙게 드리워져 있다.[133]

당신의 웃음은
무기 물질이다.
불태워도 타지 않고
땅에 묻어도 도저히
변하지 않는
불멸의 악곡이 되어
깊이깊이 연주되는.

당신의 웃음은
내 거실의 창밖이다.
내가 당신을 내다볼 때
당신은 풀이 되고 나무가 되고
바람, 안개도 하늘도 되는,
당신의 웃음은
어디에 가도 멀리 둘러싸는
내 풍경이다.　　　　　　　—「선종(善終) 이후 3」 전문

위 시에서 당신은 누구인가? 이것은 시시때때로 그가 자기 내면에
서 찾는 '아버지'이다. '아버지'나 '어머니' 속에는 우리가 보지 못하
는 고유한 신성이 함축되어 있다. '나'의 존재를 개별 존재 '나'이게

---

133) 허균의 『엄 처사전(嚴處士傳)』, 이문구의 『장한몽』, 알베르 카뮈의 『최초의
　　인간』, 아이트마토프의 「백 년보다 긴 하루」 등의 작품은 모두 아버지를 둘러
　　싼 육친 그리워하기와 관련된 내용으로 되어 있다.

하면서 동시에 역사적 존재로 확장시켜 주는 근원은 바로 한 여성을 '나'의 어머니로 만들어 나의 살길에 대한 의무와 억압을 만든 '아버지'인 그이다.[134] 이런 존재 관계가 만든 신성은 모든 인간이 개별적으로 지닌 고유한 윤리적 원천이다. 이 신성은 어떤 형태로든 깨어지거나 희미해진다. 그것이 우리가 짊어진 비극이며 슬픔이다. 우리를 둘러싸고 있는 것은 모두가 낯선 물적 관계로 이루어진 세계이다. 하늘과 바람과 나무들은 어디를 가나 우리 앞에 놓여 있지만, 그것들이 우리에게 익숙해지고 낯이 익으려면 상당한 기간 각기 눈길과 감각 기관을 열어 놓고 서로를 길들여야 한다. 이런 개인 존재 '나'의 길들임 길목 위에는 언제나 그곳에 먼저 간 사람이 있다. 그가 곧 '아버지'이고 '어머니'이다. 신성의 기초는 이렇게 먼저 간 삶의 길 위에 드리워져 있기 마련이다.

'아들' 격으로 스스로 존재 깊이에 생각이 닿은 사람의 생각과 느낌에 가장 깊게 길들어 있는 존재들 가운데 '아버지'는 시작이다. '어머니'와 이 존재를 비교하는 일은 별 의미가 없다. 이것은 성의 역할론을 훨씬 뛰어넘는 자리에서 시원을 같이하기 때문에 시적 자아에게는 동시적인 상상력의 기초가 된다. 그를 그이게 하였고 그의 여린 감성과 그 기관들이 여물어 가는 동안 가장 관심 있게 지켜보아 준 아버지란 가장 익숙하게 자아를 구속하였고 또 자유를 꿈꾸게 한이다. 기본적으로 그 존재는 한 존재 관계의 도덕적 원천이기 때문이다.

위 시에서 마종기는 아버지를 여의었다. 이제 그는 자유로운가?

---

134) 이상의 「시 제2호(詩第二號)」에는 아버지를 열여섯 번 부르면서 개별 존재 '나'와 아버지의 관계를 거슬러 올라가며 드러내는 자아의 역사적 변용을 절창으로 노래하고 있다. 김용직 엮음, 『이상』(문학과 지성사, 1979), 205쪽.

억압하는 존재값으로서의 아버지가 돌아가시면 마땅히 심리적인 그 몫만큼 그는 자유로워야 한다. 그러나 그런 자유는 그의 눈길 닿는 곳마다 '풍경'이게 하는 달콤한 '구속'으로 변용되었다. 1980년에 발행한 제4시집 『안 보이는 사랑의 나라』(문학과 지성사) 속에 수록된 아버지에 대한 명상은 연작시 「선종 이후」로 새롭게 섬세한 가락을 띠고 드러난다. 무심히 늙어 가는 아버지가 서러워 "아버지 젊으실 땐, 아니 참, 아직 젊으시지"(「내 아버지는」)라고 넌지시 아들 된 사랑을 읊었던 마종기는 아버지를 떠나보낸 이후의 자신을 추스르면서 자주 아버지를 생각한다. 그리움은 자유일까, 구속일까? 마종기는 다감하고 착한 사람이며 정이 많은 시인이다. 모든 시인이 다 그런 것이 아닌가? 천만에, 그들이 지닌 상처에 따라 또 그것을 읽어 옮기는 방식에 따라 그것은 다르고 마종기의 다정함에는 뒤틀린 비꼬임이 없다. '그의 그 됨'을 만듦에 육친에 대한 사랑은 굵은 심상의 기둥이다. 육친을 타도하거나 극복해야 할 마땅한 적이라고 읊는 많은 문인들이 있으므로 그의 이런 특성은 귀하게 눈에 띄는 부분이다. 그의 아버지는 마종기에게 있어 커다란 사랑이며 우주였고 자랑스러운 자기 근원이었다. 아버지란 과연 무엇인가?

"추운 밤 길목에 서서 / 늦은 누이동생 / 애인처럼 기다리"시는 아버지, "머리가 흰한 반백색"의 아버지, "저기 어머니를 불러 앉히시고 / 「그렇지?」 / 처음 만난 부끄럼같이 / 서로 눈 감고 / 브람스에 귀기울이"시는 아버지(「내 아버지는」)는 이제 이승에 살아 있지 않다. 그러면서도 그는 하나의 충만한 우주로 그를 둘러싸고 있다. 네 편의 연작시 「선종 이후」는 그것을 잘 드러낸다. 아동 문학 작가 마해송(馬海松)의 「떡배와 단배」라는 글을 나는 대학생 시절에 읽었다. 어째서 이 작품이 내게 그렇게 인상적으로 머릿속에 각인되어 있는지 그 이유는 모를 일이다. '수많은 외국의 배가 우리나라에 들어와서 물건을 파는데, 떡을 파는 배와 다디단 사탕을 파는 배가 있다. 떡은 사람이 먹어도 몸에 해롭지 않지만, 사탕은 많이 먹으면 먹을수록 이가 상하는 것은 물론 몸 전체로 보아도 좋을 게 하나도 없다. 그러니 단배 장수를 가능한 한 멀리하고 떡배 장수를 가까이 해야 하는 것'이라는 내용이 이 작품의 기본 뜻이었던 것으로 나는 기억한다. 시인 마종기를 찾아 떠나는 길목에서 나는 자연스럽게 그의 아버지 마해송을 떠올린다.

　나의 생각은 여러 형태로 새끼를 치면서 복잡하게 많은 낯선 언어들이 겹친 꼴로 짓쳐 나온다. 그 가운데서도 위의 작품 하나가 나의 인상 속에 박혀 있다가 선연하게 지금 떠오르는 것은 우리가 지금 너무 많은 단배 장수들에게 매달려 정신없이 '단것'을 빨아먹다가 빚투성이의 수렁에 빠져 정신적으로 허우적대고 있기 때문일까? 마해송 선생이 평생 부유하게 산 적은 없어도 명륜동 시절 그의 겸허한 인품과 질박한 생활 태도를 통해 온 마을에서 성인처럼 존경받았음을 증언하는 사람들이 많다.[135]

　시방 나는 마종기의 사람됨과 그의 시편들을 자세히 읽어 가면서 그의 아버지에 대한 사랑을 확인한다. 그의 아버지는 나에게 너무나 선명하게 「떡배와 단배」의 작가로 살아 있다. 사탕을 가득 싣고 와

---

135) 1997년 1월 3일에 가톨릭 재단이 운영하는 '평화방송'에서는 「신앙인, 그 빛과 소금의 길─마해송 편」을 방영하였다. 아동 문학가이며 작가, 가톨릭 신자로서의 사람됨에 대한 마해송 선생의 생애는 후학들뿐 아니라 종교인들에게도 감동적인 것이었다. 마음 여리고 착한 마해송의 사람됨에 대한 이 방영을 보고 작가이며 신앙인, 또 한 가장인 마해송의 인품에 매료되지 않은 사람은 없다. 나는 행정학자이며 전 교육부 장관을 역임한 바 있었던 안병영(安秉永)을 우연히 만난 자리에서 그가 이 방송 내용을 이야기하면서 마해송 집안의 격조를 높이 평가하는 것을 들었다.

온 나라 사람들에게 사탕맛을 들이는 장삿속은 저질 인간들이나 벌이는 개차반이다. 상술의 도덕적 기본 배려는 믿음을 제일로 친다. 그러나 이 상술 속의 '믿음'이라는 용어에는 허점이 있다. '쾌락'이나 '즐거움', '편리함', '사탕발림'은 아무리 믿어도 그 끝은 허무이고 파멸이기 쉽다. 근대성의 깃발을 단 서양의 '단배 장사'들은 우리에게 끊임없이 이 '사탕'을 빨도록 강요하여 왔다. 아이엠에프, 기브 미 초콜릿. 그러고는 그들이 우리의 뒤통수에 대고 뒤에서 두 손으로 먹이는 쑥떡.

이 연상 작용은 마종기를 떠올리면서 상당한 혼란 속으로 빠져 들게 만든다. 근대성의 허구를 비판 예언한 아동 문학가 마해송과 그를 '아버지'라 부르면서 그리워하는 마종기는 우리에게 무엇인가? 그처럼 은근하고도 애틋하게 시를 읊어 우리들 마음을 덥히는 그의 '아버지' 마해송을 떠올리는 일은 적절한가? 「떡배와 단배」는 이미 우리에게 오래전부터 '달고' '쉬우며' '유쾌하고' '즐거운 것'만이 진정한 삶의 내용일 수 없다는 점을 일깨워 준 바 있다. 그는 인간의 생존 조건에 대한 이치를 꿰뚫어 읽고 있었다.

1980년대 이후부터 그는 이제 마종기 앞에 없다. 그러나 마종기는 그의 마음속에 남아 자아 속에 수시로 찾아오는 그 아버지를 만난다. 철들어 사랑하는 부모를 여의어 본 사람들에게 '아버지'는 복잡한 존재이다. 자아의 한 부분을 완전히 이해하여 줄 존재 증인이었으며 사는 날들의 앞길을 가르쳐 줄 부모를 잃었다는 것이 무엇을 뜻하는지를, 섬세한 감각을 지닌 이 시인에게서 우리는 확인한다. 오직 자아 홀로 남겨졌으며 자기의 책임하에 자식들의 앞날을 지시할 짐이 얼마나 무겁고 힘든 일인지. 어려서 부모를 잃은 사람들에게 있어 '아버지'는 현존재가 선 자리에서 수시로 그리워하거나 꿈꾸는 길에 출몰하는 존재로 산다.[136] 그 아버지와 어머니가 함께 선 자리

190

에서 비로소 '나'를 둘러쌀 육친이 생긴다. 뒤에 그 자신이 낳아 새로운 존재 행렬을 진행할 선적(線的) 관계들 말고도 같은 방에서 먹는 일과 자는 일, 사랑하는 법과 미운 마음 다스리는 법 등을 같이 배우던 누이와 형제들, 또 아버지와 어머니를 있게 한 운명적인 혈족들은 시인에게 있어 벗어날 수 없는 존재 조건이다. 이런 조건은 곧 자아를 묶는 억압이며 절제이고 교육의 울타리이다.

이제 나는 다시 마종기 쪽으로 생각을 좁힌다. 그의 시인적 육친론은 뒤에 다시 거론할 수밖에 없다. 그의 시를 형성하는 상상적 구심점이 '육친애'에 있다는 점을 확인하는 일은, 몇 가지 환경적 요인을 빼고라도 우리에겐 즐거운 일이며 감동적인 일이기도 하다. 현대 시인으로서는 특이하다 할 만한 특징을 그는 아주 잘 살려 내고 있기 때문이다.

2. 마종기의 시적 자아 수련

1) 의료 수업과 자아

시인 마종기는 몇 가지 독특한 그만의 존재 영역을 가진 시인이다. 첫째, 그는 평생을 의사로 생활하는 시인이다. 그가 의사라는 직업을 갖기까지의 여러 가지 결정 과정의 고뇌와 선택 이후 치를 수밖에 없었던 많은 고초는 그의 시를 이루는 중대한 날줄이며 씨줄이

---

136) 임철우의 「아버지의 땅」의 '아버지'처럼 그것은 추상적인 그리움이거나 거부 관념이지만 현존재에게는 엄청나게 강렬하게 작용하는 힘이다.

기도 하다. 그의 초기 시를 이루는 내용은 그의 시가 내세우는 시적 자아의 이런 수업 시대를 그리고 있다. 이 수업은 물론 표면적으로는 의료 수업이지만 자세히 이 과정을 읽다 보면 곧 치열한 시적 수업이라는 점을 알게 된다. 그의 거의 모든 시편들 속에는 의사라는 직업이 지닌 세상 관찰법과 그런 직업을 평생 수행하는 이로서의 독특한 인생관이 배어 있음에 틀림없다. 이 항에서는 의료 수업과 동시에 수행하는 시인 수련 과정을 중점적으로 살펴보기로 한다.

1960년에 마종기는 그의 첫 시집 『조용한 개선(凱旋)』을 출간하였다. 이 시집은 이후 1996년에 일부 시편들을 개작하여 같은 이름으로 복간하였다.[137] 그의 첫 시집에 실렸던 「해부학 교실 1」과 「해부학 교실 2」를 자세히 살펴보면, 20대의 청춘이 많은 주검을 앞에 놓고 겪는 치열한 자기 극기가 나타나 있다.

김주연은 「해부학 교실 2」를 놓고 "청년 마종기의 깊고 따스한 가슴과 삶에 대한 천부적 달관의 지혜가" 전해지는 작품이라고 평했다.[138] 대부분의 의과 대학생들은 해부학 교실에서 상당한 충격을 받는 것으로 전해진다. 주검의 다양한 종류는 물론이고, 비록 물(物) 그 자체로 변한 것이라 할지라도 사람의 시체를 칼로 저미고 톱으로 썰며 도끼로 내려찍어야 하는 수업 앞에서 초연해져서 익숙해지기에는 많은 경험이 필요할 터이다. 마종기가 이런 충격에 대해 완충 방법으로 쓴 자아 훈련은 '천부적 달관'의 경지라고 보이기보다는 오히려 상당한 철학적 관념 훈련을 통해 시를 씀으로써 스스로 견뎌

---

137) 이 복간 시집에는 그의 두 번째 시집 『두 번째 겨울』에 수록되어 있던 「다섯 개의 변주」, 「겨울에 그린 그림」, 「비망록 1」, 「비망록 2」와 「가을 노래」 등 다섯 편을 재수록함으로써 독자들에게 이미 잊힌 시편들을 다시 읽게 하려는 배려를 보이고 있다.

138) 마종기, 『조용한 개선』(문학동네, 1997), 77쪽.

낸 것으로 읽힌다. 「조용한 기도」와 「임종」, 「다섯 개의 변주」, 그리고 산문시 「제3강의실」엔 시인의 마음을 관통하는 중요한 종교적 색채가 드리워져 있다. 그것은 의료 수업을 받는 마종기와 시인 수련을 쌓는 마종기가 하나로 합쳐지는 마음 씀이며 그만의 독특한 '삶 읽기'이다. 「임종」에서 그는 이렇게 썼다.

서향의 한 병실에 불이 꺼지고
어두운 겨울 그림자
낮은 산을 넘어서면

부검실은 차운 벽돌
뼈를 톱질하는 소리로 울려도
이것은 피날레가 아니다.

나는 처음 해부학에서
자연스러운 생명을 배웠다.
거기에 추위가 왔다.

막막한 청춘의 잠자리에서
나는 자주 사형 선고를 받았다.
남은 시간의 화려한 현기증.

들리니, 포기한 키 큰 사내의
쓸쓸한 임종.
들리니, 이것은 피날레가 아니다.

의사로서 사람의 주검을 앞에 둔 사람은 으레 그것을 물 그 자체로 읽어야 하고, 영혼이니 정신이니 하는 형이상학의 옷은 냉정하게 벗어야 한다고 설명할지 모른다. 평정을 지니기 위한 필수 조건으로서 마음의 물화. 일상적 교육 지침과 습속에서 지시된, 영혼의 옷을 벗는 자리에서 그는 그 물을 새롭게 읽는 눈을 떴다. 살아 있음과 죽음이 한 끈에 연결되어 있으므로 사람이 한순간 죽음으로써 물적 존재인 주검으로 변한다고 해도 그것이 존재의 끝인 '피날레'가 아님을 그는 깨달았고 그것을 우리에게 전하고 있다. 그렇게 해부학에서 마주친 주검이라는 존재태를 향해 그는 담담하게 자기 고백 형식을 보여 주었다. 그러므로 그는 옆 동료들을 향해서도 독자들인 우리를 향해서도 이렇게 말할 수 있었던 것이다.

갑자기 너는 무엇이 안타까워 눈물을 흘리는가? 우리 오래 부끄러워 눈길을 피하던, 영원한 향수가 젖어 있는 어머니의 젖가슴, 너는 다시 우리를 낳아 준 어머니의 몸으로 돌아가야 한다.

허면, 우리는 고운 매듭을 이어 주는 숨소리를 음미할 때마다, 살아 있는 보람이 물결 일어 넘쳐 나는 개선가를 불러 준다.

여기는 먼먼 시대로부터 시작하여 생명의 온기를 감사하는 서정의 꽃밭.   —「해부학 교실 1」 중에서

셋째 연부터 끝 연까지의 진술로 보아 그는 불교의 윤회적 상상력을 발현하고 있다. 기독교에서 말하는 이른바 세상 종말이 올 때에 천상의 나팔 소리를 따라 죽은 자가 살아 일어나 심판받을 날이 있다는 식의 상상력과 이것은 아주 다르다. 해부대 위에 누운 처녀의

주검을 두고 이 시인은 우리의 '어머니' 몸으로 다시 태어날 것으로 읽었다. 그것은 하나의 기도 행위이다. 자기 앞에 물질로 변해 누운 처녀에 대한 아픈 마음을 이 시인은 기원으로 승화시켰다. 시인의 시적 자아는 정지된 생명처럼 '있는' 주검에서 생명을 익히고, 지금 생생하게 살아 있는 자아의 '막막한 청춘의 잠자리에서' 자주 '사형 선고'를 받는다(「임종」). 그리하여 그의 시는 종교적인 기도로 변화하였다. 시란 무엇인가? 그것은 곧 자아 앞에 버티고 선 세계에 대한 기도하는 마음 신기이다. 그는 이렇게 죽음과 삶의 경계선에 서서 자아를 향해 의식의 무방비 상태인 채 누워 있는 부끄러운 처녀의 주검에서 어머니 됨을 보았고, 또 그것을 저렇게 노래하였다. 존재와 생명의 순환을 보았고, 순환하는 그 지점 어느 곳에 서 있는 자아를 읽는 마종기의 총기는 시인으로서 '인류의 스승 됨'에 값할 만하다고 나는 읽는다.

"여기는 먼먼 시대로부터 시작하여 생명의 온기를 감사하는 서정의 꽃밭." 이 구절에 오면 우리의 전통 시가인 향가(鄕歌)가 실어 나르는 향기로운 불교적 명상법과 무구한 시심이 아낌없이 드러난다. 귀하고 기이한 일이 아닌가?

시인 마종기에게 있어 의료 수업과 특히 해부학 실습은 마음의 키 크기를 위한 엄청난 수련이었음이 그의 「해부학 교실」 연작시들[139]

---

139) 초기 시집과 그 이후의 시집에서 보이는 마종기의 「해부학 교실」은 1, 2편 뿐이다. 그러나 「정신과 병동」 1, 2와 제1시집 복간본에 이어 제4시집 『안 보이는 사랑의 나라』에 시고를 보충하여 다시 수록한 『제3강의실』 등은 그의 수련의 시절의 커다란 교훈의 마음 그늘이 기초가 되어 쓰였음을 읽게 한다. 뿐만 아니라 네 번째 시집을 낸 1980년대까지 그의 시 세계는 시인의 존재태들에 대한 수업 내용들이 잘 드러나 있다. 그에게는 남의 죽음이든 자신의 것이든 엄청난 죽음의 그림자가 드리워져 있었고, 그것이 그의 시를 이루는 기본 자산이었다.

에서 여실하게 드러났다. 「해부학 교실」에 대응하는 해부 체험에서
얻은 또 다른 시인의 마음을 보기로 한다.

1
우리의 얼굴을 꾸밈없이 내보일 때
그 끝에 보이는 황홀함과 따뜻함이여.

한 손에 해골을 들고
내 얼굴의 향긋한 내음을 맡는다.

막막함도 잊고 웃고 있는 어제,
웃고 있는 내 얼굴, 친구들 얼굴,
너무나도 섬세한 백토의 조각품.

근육을 하나씩 분리할 때마다
어느 여름날 저녁의 바닷물 소리,
기억에 남아 있는 고운 목소리.

지금 소녀는 시원할까,
흩어져 누워 있는 때 묻은 소녀의 옷을
나는 힘들여 찢고 있다.

2
나 지금 정들어 입고 있는 옷도
천천히 모르게 헌 옷이 되게 하소서.

때가 되면 주저 없이 새 옷을 마련하고
가볍게 활개쳐 날게 하소서.

먼 거리를 나래치며 오르는
비상의 신비한 기쁨 누리게 하소서.

해부대 앞에서 눈 감은 소녀같이
나를 부리소서, 시작하게 하소서.　　　　　　—「조용한 기도」 전문

　육신의 옷을 찢는 예비 의사 해부학도들은 여러 방식으로 주검 앞
에 선 자기를 달랠 수 있다. 시에서 간절한 사제 간구와도 같은 시인
의 기도를 보는 것은 즐겁다. 이 해부학도는 주검을 그냥 실험되는
물건으로 보지 않았다. 죽음이란 생물학적인 눈으로 볼 때 생명의 물
화임에 틀림없다. 그러나 마종기에게 있어 죽음은 그렇지가 않다. 그
는 죽는 일에 따라올 새 세상을 나는 기쁨이 이 속세에서의 옷 벗김
(해부 칼로 피부와 살갗이 저며지고 뼈가 톱에 썰려 잘리는 수난) 다음
에 오기를 기원하고 있다. 그것은 원죄에 물든 불쌍한 인간 종말에
대한 시인의 윤리적 감수성 상관물로 해석되는 중요한 장면이다.
　모든 생명은 순환한다. 변환 법칙에 따른 모든 생명의 존재태를
그는 해부학 교실에서 확실한 것으로 읽었다.[140]
　그런데 잠시 이 시를 읽으려는 눈길을 방해하는 장면이 있다. 문

---

140) 물리학자 유창모가 옮긴 구나라뜨나의 저서 『우리는 어떤 과정을 통하여
　　다시 태어나는가』(고요한 소리, 1998)의 앞 장에는 물리 법칙에서 쓰는 '변화
　　의 법칙과 생성과 연속성의 법칙, 작용과 반작용의 법칙, 인력의 법칙, 마음과
　　변화의 법칙' 등을 존재의 생성 원리로 규정짓고 있다(9~41쪽 참조). 윤회설
　　의 근거는 바로 이 변화의 법칙을 기초로 한 존재 상황으로 설명된다.

제가 되는 부분은 시적 대상으로 세워진 '소녀'에 관한 몫이다. 위의 시 1부에서 '소녀'는 분명 해부대 위의 실습 대상임에 틀림없다. '근육을 하나씩 분리할 때마다'와 '때 묻은 소녀의 옷을' 내가 '힘들여 찢고 있는' 상황 묘사로 보아, 이것은 분명 시인이 육신 그 자체를 옷으로 읽은 것이다. 해부 장면을 이처럼 아름답게 읽어 시로 모사한 이「조용한 기도」의 마지막 연의 소녀는 모호한 대상으로 겹쳐 드러나도록 장치되었다. 마지막 연의 소녀가 해부대 위에서 시신의 옷을 찢기는 소녀라면 이 시에서 시적 자아는 대상인 실습물 주검으로 환치되는 것이어서 시의 뜻은 엄청난 크기로 확장된다. 해부하고 있는 자아와 해부당하고 있는 자아가 동일한 것이 된다면, 시인의 정신 상태란 김주연이 지적한 '달관'의 경지를 훨씬 넘어서는 어떤 것으로 해석될 수 있다.

그러나 마지막 연 '해부대 앞에서 눈 감은 소녀같이'에서 '눈 감은 소녀'를 수식하는 '해부대 앞에서'는 우리의 눈길을 잠시 잡는다. '해부대 앞에서'와 '해부대 위에서'는 함축하는 뜻이 다르다. 나는 이 장면에서 시적 자아 옆에서 함께 해부 실습 하는 동료 여학생 소녀를 떠올린다. 이렇게 되면 시인이 빌고 있는 기구(祈求)의 깊이는 훨씬 감소한다. 그렇지만 이 시에선 1부의 소녀가 다시 기도하는 자아 앞에 누워 있는 주검으로 된 소녀라고 읽어야 옳다. 남루한 몸으로 갈가리 찢기는 주검 앞에서 드리는 기구로서의 위 시는 경건할 뿐 아니라 삶과 죽음의 갈림길에 선 한 의사로서 덧없는 주검이 좋은 환생으로 떠오르기를 기원하는 마음에서 또한 빼어나게 아름답다. 앓는 사람들을 치료하는 의사들은 죽음을 늘 대한다. 그런 남의 죽음을 놓고 절망하지 않는 의사는 없을 것이다. 그들의 절망은 산 우리들의 희망이다. 마종기의 시업(詩業)은 이런 우리들, 잠시 살다가 죽어 갈 존재가 꿈꾸는 희망의 불빛을 짜는 데 바쳐지고 있다. 의사이며 동시

에 시인이라는 특성은 분명 그의 시를 돋보이게 하는 점이다.[141]

그의 산문시 「제3강의실」은 이 점을 가장 선명하게 드러내고 있다. 이 시 한 편 속에는 몇 개의 이야기와 그의 철학과 종교적인 명상 등이 내포되어 있다. 이 시 속에서 추출할 수 있는 이야기를 요약하면 이렇다. 첫째 장면은 산과(産科) 강의실에서 본 해산하는 어머니의 '아픔 견디는 장면'과 '어머니의 아픔을 대신 몸에 감고' 울음을 터뜨리는 아기 이야기 하나. 다음은 그 강의실에서 50년 동안 1천여 명의 선배 의사들이 그런 생명의 고통과 울음을 지켜보며 세월을 거

---

[141] 그는 이미 중·고등학교 시절부터 1960년대 소년 소녀 문사 지망생들이 선망한 등용문이었던 『여원』 등에 시를 발표하였고, 대학 재학 시절에 『현대문학』지를 통해 등단하였는데, 의사이며 동시에 문인인 존재에 대해서도 남달리 생각하고 있음을 표명한 바 있다. 1961년 6월 5일자 「연세춘추」를 보면 그가 쓴 '의학 문학과 그 주변'이라는 글이 실렸는데, 그 글에서 그는 안톤 체호프, 아르투어 슈니츨러, 올리버 골드스미스 등 다양한 의사 출신 작가들을 소개하고 있다. 의사란 필연적으로 죽음을 볼 수밖에 없는 직업이다. 1961년도 「연세춘추」가 제정한 문화상의 문학 부문 제1회 수상을 하면서 마종기가 쓴 당선 소감에 이런 내용이 있다. "일전에 내가 맡은 환자는 나와 동갑 되는 여자 대학생이었고, 내가 병아리 실습생으로 가운과 청진기를 갖추고 들어섰을 때, 병실 밖으로는 마침 노을이 붉게 물들어 오고 있었소. 그 여자의 차트를 보니 그는 유암으로 생존 가능일은 이제 석 달도 안 남았다는 것을 알았소. 환자는 전연 그것을 모르고 있는 모양입디다. 그 여자에 대한 나의 일이 끝날 즈음 그는 창밖을 보면서 파리하나 고운 얼굴로 이런 말을 합디다. 「선생님, 이렇게 조용한 날에는 음악이나 들으면서 홍차나 마시면 꼭 맞겠네요. 퇴원하면 꼭 그래야겠어요.」 나는 그 말을 듣고 가슴이 뭉클했소. [……] 뻔히 죽을 것을 알면서 그런 말을 들었을 때, 형은 내 마음을 알아주리라고 믿소."

이미 그는 수많은 부검 실습을 통해서 주검을 많이 보아 온 본과생이었지만 이런 생생한 죽음 과정 앞에서는 가슴 아파하는 시인이며 마음 여린 의사인 것이다.

쳐 간 까마득한 역사 담론. 세 번째는 그 강의실 옆방이 곧 '인체 해부 실습실'이라는 공간 의식 담론. 네 번째는 '내게 술을 가르쳐 주고, 다시 그 속에서 시를 써주고, 종교를 준 내 미래의 친구들이 누워 있는 곳'……. 이 네 번째 이야기에는 또다시 여러 갈래의 담론 징후들이 담겨 있다. 주검을 범상한 눈으로 대할 때까지의 반복되는 구역질과 두통과 어지럼 증세들을 이기기 위해 그것을 먼저 경험한 선배들은 후배들의 고통을 더는 방법들을 차례로 가르쳤을 것이다. 음주와 흡연은 그 기초 과목이었을 것이고, 그런 현기증 속에서의 명상은 곧 시를 쓰는 원동력이 되었다는 웅변이 아닌가? 이 장면에서 또 우리의 눈길을 잡는 부분은 '내 미래의 친구들이 누워 있는 곳'이다. 모든 사람은 죽는다. 우리 주변의 어떤 사람도 '주검'으로 변하지 않을 사람은 없다. 삶과 죽음을 일단 이렇게 읽고 나면 죽음은 공포이거나 기피할 대상만은 아니다. 그것은 언제나 우리를 찾아올 친구이며 동료이다. 변환 법칙에 따라 모든 물상은 형태를 바꾼다. 이름하여 생각이 '윤회설'에 이르는 것은 자연스럽다. 다섯 번째는 강의실 뒤쪽 창밖 골목에 있는 창녀촌에 관련된 이야기이다. 창녀들의 해학적 장난과 겹쳐지면서 여섯 번째는 '순아'를 부르며 벽을 두드리던 늙은 토박이 여인과 시적 자아가 어렸을 때 소꿉놀이하며 부르던 '순이'라는 이름으로 겹쳐지는 이야기. 회상 속의 소녀, 다정한 이름의 순이는 선배가 부검실에서 '가슴을 톱질하여 폐와 심장을 뜯어내고 있는' 장면으로 겹쳐졌다. '윤회설'은 이 시의 테마이며 시인 마종기가 지니고 있는 세계 인식의 기본 터전이다. 그가 가톨릭 집안의 자손이며 그래서 비록 가톨릭 신앙을 지녔다 할지라도 불교적 사유 법인 이 '윤회설'을 믿고 있는 것은 조금도 혐일 수 없다.

　이 시편에서 시인 마종기는 그의 의사 수업이며 동시에 이룩한 시인으로서 갖추어야 할 자질을 함께 키워 가고 있음을 우리에게 확인케 한다. 이 한 편의 시 속에는 그의 개인사와 실존적 고뇌, 세계를 읽으며 닥치는 고통 다스리는 법도, 남을 사랑하는 법, 그리고 앞으로 그가 나아갈 삶의 방향으로 설정되는 긴 이야기 내용들이 함축되어 있다.

2) 미국 의사이며 한국 시인으로서의 마종기

둘째 특성으로 들 수 있는 내용은 그가 미국 오하이오 주의 털레도에 있는 병원 방사선과에 근무하고 있다는 점이다. 국내에 거주하는 작가가 아니라는 뜻이다. 1966년에 미국에 갔으니 미국 생활이 이미 32년이다. 일본에서 태어난 그가 장성한 이후 줄곧 미국에서 살았으니 그의 고향은 미국이라 해도 과언이 아니다. 그래서였을까? 존재 근원에 대한 그 사랑의 복합적인 감정과 치열한 자아 확인 의지는 늘 그의 시 정신에 긴장을 부여하였다.

한 존재가 이 세상에 살아 있다는 것이 필연적인 어떤 인과 관계로 세계 질서에 영향을 미치거나 공여하는 근거가 되는 것일까? 대체로 많은 사람들은 바로 이 문제 때문에 삶이라는 과정을 거치면서 필생을 두고 홍역처럼 골머리를 앓고 있다. 생존 조건이 극악한 환경에 처해 모든 사람에게 살아남는 것이 지상 과제일 때, 삶은 온통 어둠 그 자체로 읽힐 수 있다. 미국에서 새로운 삶을 개척하려는 의지는 어려운 자기 결단이며 선택이다. 1960년대부터 70년대에 이르는 한국의 생존 조건은 간난과 군부 독재자들의 독선으로 얼룩진 어둠 속에 놓여 있었다. 이 시기에 독일 쪽으로 간 한국인과 미국 쪽을 택한 사람, 남미나 기타 다른 나라를 새 삶의 보금자리로 선택한 한국인은 많은 수를 헤아린다. 보다 나은 삶을 영위하기 위한 그들의 결단에 마땅히 보내져야 할 조국의 축복은 고국 속에 남겨진 채 숨겨졌다. 고국에 남아서 거기 미만해 있던 질곡을 견딘 동족들에게 그들은 마음의 부채를 다소간 지니고 있다.[142]

외국인 생활은 비록 그 나라에 귀화하여 산다 할지라도 적어도 몇십 세대가 그곳에 뿌리를 내리고 살아오지 않은 이상 남의 땅이다. 남의 땅에서 먹는 것, 입는 것, 편히 잠들 수 있도록 거소를 마련하는 것, 자기 생존을 잇기 위해 남들에게 바쳐야 할 친절 등, 새 땅에서의 뿌리내림에는 말 못할 설움이 있다. 그런 어려움과 아림을 담보하여 미국행을 선택한 사람에게는 필연적으로 짊어질 수밖에 없는 마음의 시련이 있다. 이것을 무엇이라 부를까? 불교식으로 인연이라 할까? 운명이라 부를까? 낯선 하늘 밑에서는 모든 것이 언제나 낯설다. 낯선 세계 속에서 자아는 가장 가까이 마음에 묻어 둔 사람들을 잃는다. 세계의 한 귀퉁이가 무너진 것이다. 마종기는 높은 수준의 교육을 받은 상태로 미국에 갔기 때문에 좋은 생활 조건을 어느 정도 쉽게 만들 수 있었다. 축복받은 일이다. 그러나 그가 지닌 축복은 자기 자신이 열어 만든 마음의 행로 속에서 키워진 것이라고 나는 읽는다. 그는 이미 주검을 통해 삶과 죽음의 경계를 꿰뚫어 읽은 의사인 데다가 이미 고국을 떠난 '그늘'[143]을 지니고 있다.

---

142) 1960년대에 캐나다로 건너가 꾸준히 활동을 하여 탁월한 작품들을 써온 중진 작가 박상륭을 1991년에 방문했을 때 그가 보인 반응은 나를 놀라게 하였다. 20년 넘게 자신은 캐나다라는 '섬' 속에 갇힌 존재였다는 게 그의 술회였다. '나라가 어려운 때 외국에 나와 나만 잘살겠다고 살아온 세월'에 대한 그의 자괴감은 나에게 너무 큰 충격과 슬픔을 주었다. 우리는 서로 그렇게 생각해서는 안 되는 귀한 동족이며 마음 저린 형제가 아닌가? 그들을 그렇게나 외롭고 고되게 외국에 오래 머물도록 방치해 온 것은 못난 우리들 자신이 아니었던가?

202

의사인 마종기는 거의 매일 죽어 가는 사람들을 만난다. 생존 투쟁을 멈추고 이제는 조용히 다른 세상 어딘가로 떠나가는 사람들, 마종기는 그들을 배웅하고 홀로 서는 일에 익숙해 있는 사람이다. 낯모르는 많은 사람들이 저승으로 홀연히 떠났음을 그는 보았다. 살아 있는 사람과 죽어 떠나는 사람, 그들 사이에 그는 있다. 인간에게 죽음만큼 두려운 대상은 없다. 해부실에서의 해부 실습은 일종의 연습이다. 그러나 실제 의사로서 병실에서의 경험은 연습이 아니다. 죽음과 삶의 경계 위에서 수행하는 그의 근무는 긴장의 연속일 수밖에 없다. 길 떠남과 떠돎은 그의 시편을 이루는 존재 행위 요소이다. 고국을 떠났고 틈틈이 여행으로 떠돌았으며, 속절없이 저승으로 떠나보낸 아버지와 육친, 치료하던 환자들은 시인 마종기를 키우는 두려움이며 불안이고 일상이다. 미국에서의 그의 일상은 이렇게 떠남과 떠돎의 잠재된 두려움을 견디려는 안간힘과 가슴속에 묻어 둔 조국에의 처연한 그리움으로 직조되어 있다.

1976년에 상자한 제3시집 『변경의 꽃』 속에는 이런 떠돎의 복합 심리를 드러낸 아름다운 절창이 여러 편 보인다. 시편 「밤 운전」의 후반부는 두 번째 특성으로 든 마종기의 외로운 외국살이가 처연하게 드러나 있다. 그는 고향과 그와 관련된 모든 그리움을 마음속에 담고 사는 떠돌이 시인이다. 김현이 이야기한 마종기의 '가치 부여를 하지 않은 중산층의 휴머니즘'[144]이란 사실 그 존재의 허허로움 속에

---

143) 문학 평론가 임우기는 그의 독특한 그늘 이론을 시인 해석에 도입하고 있다. 그의 「서정주론」에 따르면, 뛰어난 시인 서정주에게 결정적으로 결여돼 있는 것은 바로 삶의 '그늘'이라는 것이다. 살면서 견뎌 내야 할 신산고초를 겪은 사람만이 '그늘'이 있다는 것이다. 남과 나의 가슴 밑바닥을 울리는 한과 존재의 울림이라 할 특유의 개념이다. 임우기, 『그늘에 대하여』(솔, 1996), 11~153쪽 참조.

끼일 내용이 아니라고 나는 읽는다. 뒤에서 거론할 이야기이다.

　제3시집 『변경의 꽃』 속에 수록된 시편들 가운데 그의 외국 생활을 잘 보여 주는 시편 「밤 운전」은 세 단락으로 나누어 읊어지고 있다. 1에서는 외국의 밤길 고속도로를 속절없이 달리는 이야기이다. 달리는 과정에서 속절없이 토끼도 두어 마리 치어 죽이고 2에 와서 그는 이렇게 읊었다.

　국민학교 적 성균관 뒷산에 살던 어린 반딧불은 밤 드라이브의 차창에 무진으로 부딪쳐 죽고 이스트 바운드 5마일의 표지판. 실용적일 수 없는 성균관 뒷산의 짧고 빛나던 즐거움이 외국의 속도에 죽고 내가 쉴 곳은 아직 보이지 않는다.

　〔……〕145)

　달이 보인다. 어렵게 가진 친구들아. 켄터키 주 허허벌판에 만나 볼 사람 하나 없어도, 젊을 때 사랑은 그런대로 사랑이고, 달빛에 갑자

---

144) 그의 제5시집 해설 '유랑민의 꿈'에서 김현은 마종기의 미국 생활에서의 시작 활동 성향을 다음과 같이 규정하고 있다. "미국에서 의사 생활을 하며 '영어를 잘하는' 아들과 '가진 것에 약한' 아내를 부양하고 있는 마종기의 삶을 간단하게 부르주아지의 무반성적 삶이라고 비판하기는 쉽다"고 전제한 다음 김현은 "나는 편안하게 살고 있다. 그러나 다른 사람들은 고통스럽게 살고 있다. 나는 그들의 고통에 대해 아무 말도 하지 않을 수 없다는 마종기의 세계관을 무엇이라고 부를 수 있을까? 나는 그것을 단순하게, 다시 말해 가치 부여를 하지 않고 중산층의 휴머니즘이라고 부르고 싶다"고 썼다. 마종기, 『모여서 사는 것이 어디 갈대들뿐이랴』(문학과 지성, 1986), 79~87쪽 참조.
145) 이 연은 두려움과 잠을 쫓기 위해 목이 쉬도록 아는 노래를 부르는 장면이 나온다.

기 보이는 눈물 역시 그런대로 눈물이다. 내 생애의 뒷산 한 모퉁이에 아직도 반딧불 자유롭게 날고, 밤 깊어 심상의 달이 뜨는 한.

마종기에게 고향은 마음속에 묻어 둔 청소년기에 마주친 공간 내용들이다. 그것은 사막과도 같은 미국의 막막한 고속도로 밤길의 두려움을 잠재울 수 있는 마음의 안식처였다. 비록 그것이 미국식 세계관으로 볼 때 '실용적일 수 없는 성균관 뒷산'에서였지만 거기서 마주친 '반딧불'과 산 숲을 '밤 깊어' 꿰뚫어 비추던 '심상의 달'이 있는 한 그의 떠도는 외로움이나 설움은 견딜 만한 것이었다. 그는 마음의 등불로 이런 고향을 가슴에 간직하고 있었다. 그에게 적어도 고향은 따뜻함인 것이다. 따뜻한 고향, 아버지와 어머니, 육친들과 고향의 벗들로 이어지는 이것은 시인 마종기의 전 존재를 '그'이게 하는 존재 동일성이다. 그의 부모와 육친에 대한 시적 탐색은 끊임없이 반복되고 있어 그의 시를 인간적 윤기로 빛나게 하였다. 그의 이 시편 「밤 운전」은 미국 생활 속에서 갖는 아림과 설움, 외로움, 그러면서도 묻어 둔 조국에 대한 치열한 애정을 모두 담고 있다. 이 시편 3에 오면 미국에서의 편리한 삶이 결코 편리함 그 자체로 멈추는 가치 배제의 속성이 아님을 웅변처럼 토로하고 있다.

비교하라.
냉장고, 세탁기, 자유 칫솔 등,
신문 광고는 머리 들고
전면으로 외친다.

그러나 비교할 것은
내게 이미 없다.

남은 것은 단수(單數)의 세계,
단수의 조국, 단수의
가족, 그 바람 위의 사계절.
다를 수 없는 바람이 분다.

비교하라.
어두운 겨울 저녁, 또다시
낯선 도시에 들어서는
우리들의 소리 없는 흐느낌.

조국을 떠난 마음의 외톨이가 외국인이 되어 사는 '흐느낌'이 어떤
것인지 섣불리 예단하지 않는 겸허함을 지니고만 있다면, 우리는 그
가 외국 삶을 잘 영위한 일에 대한, 숨겨 두었던 축복을 그의 외로움
속에 보태어야 마땅하다. 「비 오는 날의 귀향」속에는 우리들 조국에
머물러 사는 사람들에 대한 허허로운 그리움과 마음의 어둠이 있다.
그것은 그의 시편을 살찌게 하는 '그늘'이다. "이제는 아무도 기다려
주지 않는 / 귀향의 저녁 어두움"이 그에게는 서럽고 안타깝다. 「중
산층 가정」(『안 보이는 사랑의 나라』 수록)에서 이미 그는 자신의 갈
가리 부서져 흩어진 가계에 대해 고백한 바 있다. 돌아가신 아버지는
경기도 소재 '금곡' 묘지에 눌러 계시고 홀로 되신 어머니는 일본 땅
어디에 계시며, 남동생은 이민하여 '에리 호(湖) 근처에 자주 나가' 서
성거리며, 여동생은 '시카고 남쪽 흐린 연기 속에'서 무얼 하는지 안
타까운 마음의 저림이 있다. 과거 속에서만 그는 '따뜻한 중산층 가
정'의 일원이었던 것이다. 지금 그가 미국에서 누리는 외양의 중산층
가정은 역설적이게도 시인의 마음속에서 부정되는 어떤 상태이다.
그것을 그런 미국 생활을 해보지 않은 사람들이 알기나 할까?

한때는 우리도 따뜻한 중산층 가정이었다. 명륜동 집에서 매일 머리 맞대고 얼간 꽁치로 저녁을 먹고, 모여 앉아 텔레비 방송극도 보고 가끔은 식후의 과자도 나누어 먹었다. 10년이 겨우 넘은 시간―10년의 폭탄은 우리를 산산이 깨뜨리고 나는 한쪽 파편이 되어 태평양 건너에서 굴러다닌다.　　　　　　　　　―「중산층 가정」중에서

'파편'으로 조각난 자아, 그렇게 '태평양 건너에서 굴러다니'는 나란 어떤 자아인가? 어차피 모든 존재가 고독한 개인이라는 실존적 실체임을 인정한다 해도 개인의 마음속에 형성된 자아 세계는 그를 구속하여 결속한 가족주의 형태를 띨 수밖에 없다. 자아의 내면세계라고 이름 붙일 세계 또한 이 외적 형상의 영향권 범주를 크게 벗어날 수는 없다. 한 혈통으로 만나 정들었던 가족 구성원들이 뿔뿔이 흩어져 쉽게 만날 수 없는 상태는 자고이래 인간에게 죽음 다음가는 '고통'이다. 그런 내면의 극심함은 모든 시의 씨앗이다. 마종기의 시 세계는 이런 고통의 집에 둘러싸여 있다. 가족, 조국, 육친, 벗들. 이들 모두 자아를 충족시킬 관계망이며 따뜻한 눈길이고 정겨움, '사람됨'과 '사람다움'을 엮는 생태적 동력이다.

가령 이런 동력의 끈이 10년 어물어물하는 사이에 끊긴 사람이 있다고 치자. 이럴 때 사람들은 대체로 어떠한가? 시인 마종기를 읽는 독자들은 어떤 정서로 대하게 될까? 자의식 강한 평론가들은 슬픈 일, 기쁜 일 들을 나누며 산 자들의 결속된 마음 한 귀퉁이에 도사린 일종의 증오심을 감추지 못한다. 그를 아끼는 평론가일수록 이 증오심의 거울에 비친 대화를 읽어 그를 변호하려고 한다. 사실 그럴 필요도 없는 일이다. 시란 시인과 독자의 쓰라린 가슴 맞대기이고 '정겨운 눈길 주기'이다. 그가 비록 지상 천국처럼 부풀려 알려진 미국에서 살고 있고, 거기서 성공한 의사이며, 자식들은 영어를 미국인

처럼 잘한다고 하더라도, 시인 마종기의 심장 일부는 이미 조국 한국의 농촌이나 '명륜동' 뒷골목에 묶여 있는 존재이다. 그는 미국에 살고 있다는 이유로 해서 동정받아야 할 죄인이 아니다. 그는 우리의 아픈 동족이며 '파편'처럼 태평양 저쪽에서 조국의 허공을 떠도는 영혼을 지닌 시인이다.

게다가 가족을 돌보고 육친과의 관계를 증진시키며 이웃과 동족에 대한 마음 씀을 포함하는 조국애를 사람됨의 조건 하나로 읽는 일은 일반적인 시 독법이 아닌가? 그런 독법으로 읽으려 할 때 앞에서 각주로 들었던 김현이 마종기 편에 서서 그와 그의 시를 읽은 해석은 실상 그에 대한 구차스러운 변해로 내겐 읽혔다.

한국 지식인들에게 모진 세월이었던 1970년대의 저 험악한 한국 현실을 살아 본 사람들은, 그 당시를 그곳에서 비껴 살았던 사람에 대한 숨겨진 선망과 증오심을 은연중에 품고 있다. 같은 피를 나눈 동족 사이에 고통을 같이 나누지 않은 사람은 동족 대화에 끼일 수 없다는 배차기 심사가 모든 사람에게는 있다. 그것은 어쩌면 불행이 인간에게 심어 주는 불가피하고도 필연적인 마음의 질병일지도 모른다. 한일 수도 있는 이런 마음은 남에게 옮겨질 때 폭력으로 변한다. 시인 마종기가 미국에서 성공한 의사로 겉보기에 행복하게 산다는 것이 어려움을 겪었던 동족들에게 배척 심리를 작용하게 한다는 것은 본질적으로 마음의 질병이며 편견이라는 것이 나의 생각이다. 우리는 왜정의 혹독한 침탈과 전쟁 후의 간난, 오랜 군사 독재의 질곡 속에서 이미 이런 커다란 집단 질병을 앓고 있는 환자인지도 모른다.

그의 조국에 대한 한은 여러 형태로 드러나 있다. 이를테면 대학 재학 시절에 한국의 농촌에 와서 의사 노릇 하며 "배운 재주로 꽃잎이라도 갈아 / 병난 아이들 돌보고 노래나 부르고"자 했던 자기 약속은 속절없는 불발이 되고 말았다. 그러나 "비록 이제는 갈가리 찢어졌지만 / 그 피는 아직도 내 몸속에 숨어 흘러 / 가을이었긴 하지만 타국에서도 / 꽃잎에 앉아 있는 손이 보이고" 있다고 「약속」에서 그는 썼다.

그러나 그는 스스로 한 약속을 지키지 못하였다. 이것 또한 그가 지닌 한의 일종이다. 사는 일은 언제나 알 수 없는 일에 등을 떠밀려 엉뚱한 방향으로 굴러간다. 그래서 늘 자의식 강한 사람들은 한을 안고 살게 된다. 어떤 일을 하겠다고 스스로 약속하고 지키지 못한 약속을 과연 우리는 얼마나 많이 짊어지고 살까? 그래서 자의식 강한 인간들은 한 덩어리이다. 시인 마종기가 짊어진 것은 그의 마음속을 언제나 무겁게 하는 이런 자의식들이다. 시간과 공간을 넘어 수시로 그의 마음을 떠도는 한이 그에게 시를 쓰게 한다.

그것이 그의 시인 됨을 만드는 자양이며 '그늘'임은 아름다운 여러 시편들에서 확인할 수 있다. 그의 아름다운 시 「비밀」이라든지 「비 오는 날의 귀향」, 「장님의 눈」, 「병후(炳後)의 루마니아」 들 속에서 시인은 조국을 떠나온, 그래서 숨겨진 채 아픈 자책감을 숨죽인 음색으로 토로하고 있다. 그러나 과연 그가 조국을 버린 것일까? 그것은 아니다.

그는 미국인인가? 대답은 그렇다이며 동시에 아니다이다. 그는 미국 의사 생활로 생계 수단을 삼은, 그렇게 고국을 떠난 시인이다. 어떤 연유로든 자신의 고국을 떠나 작품 활동을 하는 문인은 세계적으로 무수하게 많다. 제1, 2차 세계 대전을 치르면서 유럽의 여러 나라가 당한 유고시(有故時)에 고국을 떠난 사람들, 또는 독재 정권의 압력을 견디다 못해 조국인 아프리카나 아시아를 떠난 사람들은 비록 그들이 외국에서 자리를 잡아 살고 있다 하더라도, 마음은 언제나 고국의 하늘을 떠도는 떠돌이여서, 그들의 고국에 대한 애착은 일종의 도착 증세로 변할 수 있다.[146] 그들의 조국애는 남다르기 때문이다.

게다가 마종기는 의사이기 때문에 일반인들이 겪는 일상보다 특이한 경험 체계를 갖춘 사람이다. 삶과 죽음을 가르는 질병 앞에 서 있는 존재와 고독한 섬에 서 있는 존재의 상실감이 어떤 것인지 그는 익숙하게 알고 있다. 그의 그런 깨달음은 복합적인 통로를 통해 얻어진 어떤 것이다. 하나는 남의 죽음을 통해 배워 온 상실이며 또 하나는 자신이 굴려 온 삶의 안팎으로 겪는 내적 체험에서 배운 것이다. 제4시집 『안 보이는 사랑의 나라』에 수록된 표제시 「안 보이는 사랑의 나라」와 「선종 이후 4」, 연작시 「증례(證例)」 속에는 이런 죽음과 절망으로 물구나무선 인간의 모습들을 선명하게 그려 보이고 있다. '1. 옥저의 삼베', '2. 기해년의 강', '3. 대화', 세 부분으로 이루어진 「안 보이는 사랑의 나라」는 그가 이제 육순을 넘기고 있는 중진 시인이며 유능한 의사임에도 불구하고, 아직도 유년기의 꿈속을 살고 있는 시인임을 확인하게 한다. 이 '대화' 편은 저승으로 간 아버지와 나누는 대화이다.

이 대화에서 시인 마종기는 어린아이가 되어 죽음 이후의 모든 것에 대해 묻고 아버지는 짧게 답한다. 그의 저승은 이미 시인 마음속에 존재해 있다. 이 저승은 그와 그 아버지가, 비록 독실한 가톨릭 신자였다 할지라도 결코 가톨릭적이지 않다. 아버지와 할아버지, 그들이 사랑했던 나라도, 또 그들을 알고 있는 친구들도, 아버지가 쓴 시

---

146) 『편력(Steps)』을 쓴 폴란드 작가 저지 코진스키(Jerzy Kosinsky)가 2차 세계 대전의 폭력을 피해 미국에 정착하면서 겪는 이야기들은 이른바 망명 작가들의 아픔을 절실하게 드러낸다. 아이작 싱어를 비롯하여 고국을 떠난 사람들의 고통스러운 내면 이야기를 쓴 미국의 떠돌이 작가는 아마도 엄청난 수에 이를 것이다. 마종기의 마음고생이 그들이 겪은 애환에 뒤떨어진다는 생각은 편견이다.

도 모두 저승이며 시인의 마음인 관념 속에 있다. 그것도 아주 선명한 심상으로 있다. '죽음은 무서운 것인가? 죽은 이와는 어둠 속에서만 만날 수 있는가? 죽음은 쓸쓸한 것인가? 나라란 많은데 하필 내 나라만 좋은가? 돌아가신 할아버지는 어디 계신가? 기억도 해주지 않는 친구란 있어 무얼 하는가? 사랑은 아무 데서나 자랄 수 있는 것 아닌가? 시는 특별히 자란 사랑을 기억하려고 쓰는 것인가? 저승에서도 사랑하던 나라는 보이는가?' 이런 질문은 아들인 시적 화자가 던진 것이다. 그 대답의 요체는 '어둠'과 '등불'로 표상하려는 두 세계이다. 자신이 쓴 시편들 모두는 아버지에게 등불이었으며 그것을 통해 그는 사랑하는 나라와 친구와 할아버지들을 모두 보았다고 한다. 이 시는 일종의 서사 구조로 이루어져 있다. 시(詩)라는 '등불'은 모든 것을 보게 하는 마종기의 신앙이다. 이 장면들은 누구에게든 눈물겹다. 마지막 두 연은 이렇다.

　　— 아빠, 갔다가 꼭 돌아와요. 아빠가 찾던 것은 아마 없을지도 몰라. 그렇지만 꼭 찾아보세요. 그래서 아빠, 더 이상 헤매지 마세요.

　　—밤새 내리던 눈이 드디어 그쳤다. 나는 다시 길을 떠난다. 오래전 고국을 떠난 이후 쌓이고 쌓인 눈으로 내 발자국 하나도 식별할 수 없는 천지지만 맹물이 되어 쓰러지기 전에 길을 떠난다.

마종기는 자신이 겪는 아프고 외롭고 쓰린 이야기들이 너무나 많다. 매일 직장에서 만나는 환자들은 모두 일정한 길이의 생애의 내력들을 가지고 있다. 그것을 일상생활로 사는 의사 마종기에게는 자아가 넘본 세상 이야기들이 넘쳐 나게 많다. 그 하나의 예로 나는 「증례 2」를 들어 마종기의 독특한 눈길을 거기서 읽는다. 그는 그의

초기 시편들 속에서 호된 의료 수업 과정 동안 겪은 세상 읽기의 눈
길로 눈앞에서 생생하게 죽어 가는 죽음과 고독을 예증해 보이고 있
다. 네 연으로 된 이 시편을 보면 앞 두 연은 옆집에 사는 '부레이서'
라는 이름의 할머니 이야기이다. 이민 온 지 오래인 이 노인은 미국
이민사에 대한 이야기 등속을 들려준 그의 환자이다. 미국은 이민족
들의 이민과 그 정착의 역사로 이루어진 나라이다. 그곳은 각종 민
족들이 얽혀 '이해'를 조절하며 사는, 총잡이가 횡행하는, 그래서 일
종의 야수들의 밀림처럼 보이되, 합리와 부(富)를 축적하며 세계를
지배하는, 이 지구상의 최근세에 유일한 제국이다. 야수들의 생애가
경쟁과 승패의 논리로 생존을 지탱하듯 미국은 그런 논리적 틀을 지
탱하는 힘을 지닌 곳이다. 가족 관계 또한 이 틀에서 벗어날 수 없는
비정한 생활 밀림, 개인주의의 꽃을 피운 나라. 각자 먹고 살기 위해
성장하면 집을 떠나 홀로 서는데, 성공한 자식들은 아무리 부모가 위
독하다고 알려도 제때에 올 수 없는 먼 거리로 존재를 분산시키는
떠돌이 생애로 살고 있다. 마종기가 자신의 부친 산소를 기억으로
자주 떠올리는 아픔을 지녔듯이 미국인들은 생활로 그것을 받아들
일 수밖에 없다. 그래서 그들이 보낸 꽃다발만 덩그렇게 눈 시리게
놓여 있고 정작 보호자 피붙이는 없다. 존재의 설움과 아픔을 함께
할 사람이 없는 외톨이 삶. 그것이 그가 자주 읽는 미국 생활이며, 그
리하여 그는 '대국(大國)의 외로움은 내 눈에 보인다'고 쓸 수밖에
없다. 그의 「나비의 꿈」은 이렇게 되어 있다.

1
날자.
이만큼 살았으면 됐지.
헤매고 부딪치면서 늙어야지.

(외국은 잠시 여행에 빛나고
2, 3년 공부하기 알맞지
10년이 넘으면 외국은
참으로 우습고 황량하구나.)

자주 보는 꿈속의 나비
우리가 허송한 시간의 날개로
바다를 건너는 나비,
나는 매일 쉬지 않고 날았다.
절망하지 않고 사는 표정
절망하지 않고 들리는 음악.

2
그래서 절망하지 않은 몸으로
비가 오는 날 저녁
한국의 항구에서
당신을 만나고 싶다.
낯선 길에 서 있는 목련은
꽃피기 전에 비에 지고
비 맞은 나비가 되어서라도
그날을 만나고 싶다.

『안 보이는 나라』에 수록된 마흔다섯 편의 시편들[147]과 제5시집
『모여서 사는 것이 어디 갈대들뿐이랴』 속의 마흔두 편의 시편들 모

---

147) 이 속에는 재수록 시편도 눈에 띈다. 「제3강의실」 같은 시가 그렇다.

두 김현이 '유랑민의 꿈'이라고 불렀던 시집답게 고국에 대한 일방적인 애정이 크나큰 물줄기가 되어 넘쳐흐르고 있다.

'나비'가 된다는 관념은 동양 사상에서는 익숙한 심상이다. 장자(莊子)의 나비 우화가 너무 우리에게 가까운 이야기로 살아왔기 때문이다. 위의 시편 「나비의 꿈」 속 '나비' 이미지는 마종기의 고국에 대한 절박한 그리움을 '구름'(「충청도 구름 — 김병익에게」, 「비 오는 날」 등)과 '새'(「중년의 질병」, 「무너지는 새」, 「떠다니는 노래」, 「아시시의 감나무」 등), '바람'(「다시 만나기」, 「강토의 바람」 등), '바다'(「수장(水葬) — 풍장(風葬)의 동규에게, 외국에서」, 「바다의 얼굴」 등) 이미지와 함께 가장 많이 싣는 심상의 열매이다. 구름이나 새, 바다, 바람 등은 모두 유동적이며 가볍게 몸을 움직여 꿈꾸는 대로 날아갈 수 있는 물상들이어서 그리움을 표현하는 시인들 눈에 가장 부러운 대상이다. 그의 시편들 가운데 가장 절창으로 보이는 「떠다니는 노래」 속의 '새' 이미지는 하늘나라의 뜻을 전해 주는 무당의 공수처럼 신비로운 느낌마저 준다.

3. 몸이 선 공간과 마음 고향

이 글의 서술 순서를 나는 그의 작품집 출간 순서에 맞추어 보아 왔다. 제1~4시집에 수록된 시편들은 그의 생애 연령으로 보더라도 20대 후반부터 40대 중반에 이르는 청장년 시대에 해당하는 시기의 작품들이다. 천붕(天崩)의 슬픔을 안고 스스로의 살길을 찾아 방황하는 시기의 고통과 특히 외국에서 뿌리내리며 살기 위한 남모르는 고통을 숨죽인 채 읊은 시들이 주류를 이룬다. 생계 수단으로 택한 의사의 길을 가기 위한 의료 수업의 어려움과 다시 외국으로 떠난 이후 자리 잡아 뿌리내리면서 겪는 고통, 그리운 사람들과 헤어져 사는 외로움 등이 그 초기 시편을 이루는 기본 색조이다. 그러나 일단 1986년에 출판한 『모여서 사는 것이 어디 갈대들뿐이랴』와 1991년에 출간한 제6시집 『그 나라 하늘 빛』과 1997년에 출간한 『이슬의 눈』 쪽으로 오면, 5년 터울로 낸 시집들이고 만 11년 동안 쓰인 시들이어서, 이 시인이 중년을 넘어서는 커다란 두 개의 징후들을 보인다.

그 첫째 징후가 자식들의 등장이다. 부모들이 한 인간에게 '신성의 어떤 표징'이라면 자식들 또한 '신성'의 징표이다.[148] 그가 '파편'으로 태평양 저쪽을 떠도는 외로운 존재임을 밝히는 징후는 그의 시편 도처에 어두운 그림자로 떠돈다. 아버지 묘소는 고국인 한국 땅에 있다. 삶의 모든 기반은 미국에 두고 있다. 직장도 집도, 아이들 학교 생활도, 재정적 기반도 모두 미국에 있다. 이제 그의 생활 기반은 미국 그 자체 속에 있다. 과거가 고국 속에 있고 현재가 미국 속에 있을 때, 생애 뿌리의 실체가 어디 있다고 설명해야 옳을까? 이희중은 그의 긴 마종기론 「기억의 지도」에서 마종기가 '지나온 시간 속에서 무엇인가를 찾고 있다'고 읽으면서 '그래서 기억과 회상은 그의 시

---

148) 김승옥은 중편 소설 「서울의 달빛 0장」을 통해 이 문제를 토로하고 있다. "아이란 우리들의 신(神)이야. 인간적인 사랑이란 삼각형의 관계 형식 속에서만 가능하다고 생각해. 한 꼭짓점에는 남자, 또 한 꼭짓점에는 여자, 그리고 또 한 꼭짓점엔 신(神)이 있어야 하는 거야. 남자와 여자가 함께 바라보는 신이 있을 때 추잡한 거래 관계를 벗어날 수 있는 거야. 신이 없는 두 꼭짓점만의 남자와 여자의 사랑이란 이기적으로 무한히 탐욕적인 동물적인 사랑에 지나지 않아." 김승옥, 『다산성』(한겨레, 1987), 357쪽. 물론 이 등식은 그의 작품 속에서만 특별히 살고 있는 내용이지만 이 소설적 공언 속에는 일반적인 진리가 내포되어 있다고 나는 읽는다.

세계를 지탱하는 중요한 뼈대를 이룬다'[149]고 썼다. '몸의 땅과 마음의 땅'에 대한 시적 상상력을 그렇게 읽었다.

스스로 선택하여 미국으로 생활 근거지를 옮겨 갔다 할 때, 세월이 지나면 저절로 조국은 그의 등을 떠밀어 내국인 기억 창고의 어둠 속에 밀쳐 둔다. 조국에 남은 사람들은 망각이라는 유형(流刑)으로 그를 소외시키는 한편 남의 땅에 귀양쯤 보낸 형국으로 가혹하게 잊는다. 이 순간부터 미국에 사는 사람은 우주선을 타고 허공중을 돌듯이 속절없이 떠나온 곳을 그리워하게 되어 있다. 우주선이 그렇듯 미국에서의 행동반경은 한국인으로서 갖는 불가피한 제약 때문에 일정한 지역으로 묶이게 되고, 결국 그는 조그만 성이나 섬에 유폐된 수인처럼 느끼게 될 수밖에 없다. 우선 자신이 죽으면 어느 땅에 묻혀야 하는가? 이게 보통 어려운 문제가 아님에 틀림없다. 아버지와의 교감을 보이는 시 「대화」 편에서 아버지를 향한 미국에 거주하는 자식의 두려움 섞인 우려와 불안은 대화의 '그늘'을 이룬다. 아버지 입을 빌려 답하던 '등불'은 현실적으로 자식일 수 있다. 자식이란 한 공간에 뿌리내리는 자기 존재의 가장 확실한 증거이니까.

그러나 중년을 넘어서는 마종기에게 있어 자식들 또한 '희망'이며 '불빛'만으로 존재하는 모양이 아니다. 자식에게 물려준 두 개의 주변성 속에 묻혀 있는 동양계라는 천형(天形)은 벗어날 수 없는 존재양식이니까. 미국에 이민하는 많은 사람들은 자식 핑계를 대어 왔다. 그러나 마종기에게서 그런 기미는 보이지 않는다. 그가 이민하게 된 이유로 들 만한 기미를 주는 시편은 「섬」이다.

곰팡이 냄새 심하던 철창의 감방은 좁고 무더웠다.

---

149) 이희중, 『기억의 지도』(하늘연못, 1998), 139~174쪽 참조.

보리밥 한 덩어리 받아먹고 배 아파하며
집총한 군인의 시끄러운 취침 점호를 받으면서도
깊은 밤이 되면 감방을 탈출하는 꿈을 꾸었다.
시끄러운 물새도 없고 꽃도 피지 않는 섬.

면회 온 친구들이 내 몰골에 놀라서 울고 나갈 때,
동지여, 지지 말고 영웅이 되라고 충고해 줄 때,
탈출과 망명의 비밀을 입 안 깊숙이 감추고
나는 기어코 그 섬에 가리라고 결심했었다.
이기고 지는 것이 없는 섬, 영웅이 없는 그런 섬.

드디어 석방이 되고 앞뒤 없이 나는 우선 떠났다.
그러나 도착한 곳이 내 섬이 아닌 것을 알았을 때
아버지는 돌아가셨고 나는 부양가족이 있었다.
오래전, 그 여름 내내 매일 보았던 신기한 섬,
나는 아직도 자주 꿈꾼다. 그 조용한 섬의 미소,
어디쯤에서 떠다니고 있을 그 푸근한 섬의 눈물을.

— 「섬」 중에서

　그가 자신의 시 속에 정식으로 아들들을 등장시키기는 1991년에
발간한 제6시집 『그 나라 하늘 빛』에 수록된 「외로운 아들」과 「일기,
넋 놓고 살기」에서이다. 「외로운 아들」 속의 큰아들 이야기는 자식
기르는 사람이 겪는 상당한 고민과 갈등이 들어 있다. 아버지 입장
에서 어려서는 한국말을 잊히지 않으려고 고등학교 때까지 한글 학
교를 만드는 등 마음을 썼던 아들, "네 할아버지가 쓰신 동화 한 편
은커녕 / 이 아비의 못난 시 한 줄도 이해 못하면서 / 학교에서는 인

기 있고 똑똑한 동양계 미국인." "고등학교 졸업 때는 이 아비도 자랑스러웠지. / 천여 명 학생과 학부형의 극장 무대에서 / 졸업생 답사를 읽으면서 농담까지 지껄이고 / 난데없이 학교 밴드는 아리랑을 연주해 주고 / 학부형들 몰려와 축하와 악수와 포옹을 할 때 / 처음으로 동양인이 이 학교에서 일등이라는 말. / 텔레비전에도 며칠씩 나와 경사가 났다는 말"을 듣게 한 아들이지만, 그 '뿌리의 고국 방문'길에서는 데모대 무리 대학생들에게 돌팔매를 맞고 풀이 죽어 돌아온 자식이다. 재일 동포 아이들이나 재미 동포 아이들이 조국에 찾아왔다가 으레 겪게 되는 충격적인 이 배척 이야기는 '집짓기 공리'에 뒤따르는 필연적인 한 통과 의례이다.[150]

사람들이 겪는 모든 고통은 그것이 어떤 종류의 것이든 비교급일 수 없다. 그것을 겪는 그들 각자에게 아픔은 모두 절대치이다. 이것이 세상 이치이다. '떠돌이 의식'으로 늘 외로워하는 시인 마종기에게 있어 '등불'이며 '빛'인 자식이 돌부리에 채듯 조국의 광장에서 '자기 나라 말도 제대로 모르는 놈은 바보놈이라고', '데모에 참석하지 않는 놈은 사내도 아니라고', 욕먹고 돌팔매질을 당한 것은 뼈아픈 아픔이다. 아무 곳에도 속하지 못하는 존재의 외로움이 어떤 것인지 중년을 넘어서는 마종기는 절묘하게 보여 주고 있다. 완전히 묶이고 싶어하

---

150) 출향한 '집' 주인이 떠난 그 시간 거리와 공간 거리의 길이에 따라 귀향의 어려움이 결정되는 것은 모든 문학 작품의 중요한 모티프이다. 호메로스의 「오디세이」 주인공 오디세우스가 이타카 '집'을 떠난 지 만 10년 만에 트로이 전쟁을 끝내고 귀향길에 올랐으나 포세이돈 신의 노염으로 다시 10년 세월을 떠돈다는 서사시 이야기는 깊은 상징을 품고 있다. 그것은 '집짓기 공리'의 중요한 하나의 공식이다. 귀향에 성공하는가 못하는가는 주인공의 의지와 그와 관계된 운명의 거리에 달려 있다. 자살한 재일 동포 작가 이양지(李良枝)의 장편 소설 『각(刻)』은 이 공식이 잘 드러나 있다.

는 본능과 완전한 자유인이고 싶어하는 본능 사이에서 사람들은 언제나 혼자. 어떤 아픔이든, 아픔이나 고독, 죽음 앞에 선 자의 절망은 누구와도 같이 나눌 수 없는, 오직 혼자서만 감당해야 할 숙명적인 짐. 아버지이며 한국 시인인 마종기가 짊어진 짐 속에 들어 있는 아들 존재에 대한 무게와 그들이 짊어져야 하는 짐 속에 들어 있을 아버지에 대한 무게 또한 범연하지 않은 존재의 덫임을 그는 밝힘.

　그의 시에서 독자의 마음을 울리는 부분은 미국에 사는 아버지와 자식이 한국인으로 더욱 가까워지는 장면이며, 고국의 처녀를 애인으로 아냇감으로 잡아 오기를 비는 아버지의 꿈속에 있다. 그들이 모두 통과 의례에 어떻게 합격할 것인지를 우리는 아직 모른다. 우리는 수시로 그들을 악의 없이 가해할 동족이며 언제나 끌어안을 준비가 되어 있는 동족이다. 인간이 서로를 끌어안을 수 있는 마당이란 결국 무엇인가? 그것은 어떤 경로를 거치든 험난한 고초를 넘어 서로가 화해롭게 만나는 것이다. 둘째 아들 이야기를 쓴 「일기, 넣놓고 살기」에서 마종기는 반복해서 '위로받고 싶다'고 썼다. 그는 위로받을 이유를 거느린 시인이다. '2. 내 생애는 성공하겠습니까?'라는 항목에서 그는 이렇게 둘째 아들 이야기를 시로 말하고 있다. 모든 시는 말이다.

　　딴 도시에 대학 기숙사에 가 있는 둘째는
　　자기 전공보다 동북아시아의 종교에 더 취해 있다.
　　고려 말의 큰스님 지눌(知訥)을 제일 좋아하고
　　화엄과 참선을 영어책으로 공부하고 있다.
　　―아버지, 안녕하십니까?
　　내 생애는 성공하겠습니까?
　　조금 배운 한글로 편지를 보내왔다.

인권 변호사가 되어 소수 민족을 돕고 싶다는
여자 친구 하나 못 사귀어 본 둘째가 보고 싶다.
오늘은 장거리 전화라도 해주어야겠다.
너만 좋아한다면 생애도 성공도 걱정하지 말라고.

둘째 아들도 이미 자신이 '소수 민족'의 일원임을, 그것이 그가 짊어진 운명임을 꿰뚫어 알고 있어서 아버지의 외로움은 더욱 크다. 자신이 결정한 일의 결과는 오직 자신이 질 수밖에 없는 실존적 고뇌가 육친들과 관련된 시인 마종기의 심리적 메커니즘이며 기본 정조이다. 그의 시편들 속에는 이것이 거대한 힘으로 작용한다. 그의 시 속에 고국 친구들에게 은연중에 내비치는 이해받지 못하는 서러움의 정조는 바로 이런 심리적 메커니즘 때문이다.[151] 그는 큰 나라이며 이 지구상에서 유일하게 막강한 힘을 지닌 제국 미국에 일면 뿌리를 내려 살고 있지만, 이민 1세대나 2세대로서, 뿌리의 힘을 지니기에는 어림도 없이 향수병처럼 눈만 뜨면 '충청도 구름만 눈에 보이는' 그런 존재이다. 그는 절해고도에 서서 태평양 이쪽 고국을 바라보고, 때로는 미국을 천국으로 또 때로는 지옥으로 여기게 되다가는, 태평양 저쪽 고국이 때로는 천국으로도 때로는 지옥으로도 여겨지는, 양 국어의 실어증 증세의 아픔을 지닌 시인이다. 일곱 번째 시집 『이슬의 눈』 서문에서 "다음번 시집의 이런 글은 고국에 살면서 쓰게 되기를 희망한다"고 그는 썼다.

---

151) 「충청도 구름」에서 친구 시인 황동규의 자칭 떠돌이 이야기가 자기와는 영 다른 낭만적이고 중산층적인 것임을 내비치고 있다. 마종기 시의 주인공의 떠돌이 의식은 황동규처럼 고국에 곱게 뿌리박아 놓고 외국을 이리저리 또는 국내 명승지를 이리저리 떠다니는 그런 떠돌이가 아니라 '혼쭐 빠진 떠돌이'이다. 마종기, 『그 나라 하늘 빛』(문학과 지성사, 1991), 34~35쪽 참조.

그는 고국에 영원히 와서 머무르고 싶어한다. 그러나 그 꿈은 어떻게 전개되어 현실화할지 모른다. '옛집 되돌아오기'의 난이도는 '집' 떠나간 시간과 공간 거리에 비례하는 것이 원칙이다. 오디세우스가 10년 동안 트로이 전쟁을 치르는 동안 '딴 집' 살림을 꾸민 다음 '옛집 되돌아오기'에 바친 기간은 다시 10년이었다. 이 오디세우스의 귀향 내용이 상징적이라고 나는 썼다. 현대적 삶에서 공간 거리는 그렇게 중요하지 않을 수도 있다. 그러나 문제는 심리적 공간 거리이다. 그는 자유를 꿈꾸는 사람이면서(그래서 '집'을 떠난 것이니까) 동시에 그 독자적인 자유 추구에 의해 자아가 '집'을 품고 있던 지구로부터 완전히 배제되는 것을 두려워한다. '인간의 우주', 인간은 육신을 지니고 있는 관계로 영원히 지구 차원의 우주론으로부터 자유로울 수 없다. 육친론과 관련된 이런 내용을 '시인적 지구론'이라 나는 부르려고 한다.

고국을 떠나는 행위는 '새집짓기'의 한 형식이다. 혼외정사가 '새집짓기'의 한 형식이듯이 출향도 같은 내용을 이룬다. 마종기 시편들 가운데는 아름답고도 난해한 시가 많다. 「옷 벗는 나무」나 「유태인의 목관 악기」, 「겨울 노래」 등의 시들은 뚜렷하게 내세워 볼 근거도 없이 허무하거나 두려운 정서들이 떠돈다. 이에 비하면 「경학원(經學院) 자리」는 뚜렷하게 떠오르는 장면들이 있다. 시인적 지구론에 뿌리가 내려 있기 때문이다. 난해하다고 지적한 앞의 시들을 가리켜 나는 '우주론'적 시편이라 부를 생각이다.

마종기 시의 이야기 경향을 루카치가 쓰는 용어를 빌려 김현은 '수필적 세계의 지혜'라는 말로 요약한 바 있다.[152] 루카치 유의 글은 종종 가치의 시효를 지닌 내용이어서 지식 권력을 위한 악마적 성격을

---

152) 『모여서 사는 것이 어디 갈대들뿐이랴』(문학과 지성사, 1986), 87쪽 참조.

띠고 있다. 인간에 대한 환상적인 낙관론을 기초로 한 논리들이므로
그의 글은 근본적으로 폭력을 사용할 줄 모르는 나라의 지식 하수인
들에게 들리는 지식 칼날의 하나였다.[153] 이 칼날의 한 파란에 마종
기는 재단되었다. 중년의 징후로 보인 아들 이야기가 후기 시집에
오면서 등장한 것은 그의 이런 아픔을 드러낸다.

그의 중년살이의 고독한 '홀로 서기' 모습을 보이는 둘째 징후는
육친과의 갑작스러운 사별에서 받는 충격이다. 이 충격이 고스란히
실린 1997년에 출간한 『이슬의 눈』은 한국 시 독자들에게 상당히 애
독되었던 시집이다. 이 시집 속에는 미국에 이민 와 있었던 동생을

---

153) 1940년대, 일본 제국주의 폭력이 국내에 만연하고 세계 공산주의가 세력
을 가지고 있었을 때, 한국 지식 사회에서는 이 폭력에 대응하는 지식 무기로
루나차르스키, 비노그라도프, 킬포틴 등 소련 좌파 이념자들의 문학적 논리가
크게 유용한 것으로 인식되고 있었다. 1945년 광복이 되고 나서 1950년에
6·25 동족 전쟁, 남북 분단 이데올로기로 각각 정부를 유지하던 가운데 1960
년대, 군사 독재자들은 정권을 장악, 우파식의 무자비한 폭력을 휘둘렀다. 이
때 또다시 한국 지식 사회는 은밀하게 들어온 소련의 제도적 지식 내용들을
독재에 대항하는 큰 지식 무기로 사용하였다. 이때 등장한 지식 상품 브랜드
가운데 가장 행운을 누린 사람이 게오르그 루카치였다. 그의 『소설의 이론』과
그와 관련한 '물신' 이야기, '더럽혀진 가치', 『역사 소설론』, 『역사와 계급의
식』 등 많은 지식 무기가 음양으로 수입되어 한국인 작가와 시인들을 재단하
고 해석하는 금과옥조로 통용되었다. 누가 더 진짜에 가깝게 그의 말을 이해
했는지에 대해 말싸움을 벌이기도 하였고, 어떤 나라 말로 읽었는지를 가지
고 그가 진짜 지식인인지 아닌지를 밝히는 식의 천박한 놀음까지 한국의 지
식 사회에서는 서슴지 않고 벌였다. 최근 각 대학교 국문학과 연구실에서 대
학교수들과 그 제자들이 벌인 이 경쟁 이야기는 코미디를 보는 느낌이 없지
않다. 1970년대 초까지만도 이런 글들을 수록한 책을 소지하거나 남들에게
빌려 주었다가 발각되어 교수직을 박탈당하거나 감옥에 처박히는 일은 부지
기수였다. 마르크스나 헤겔처럼 루카치도 한국 지식 사회에서는 특이하게도
유효한 악마였다.

잃은 형의 설움을 담은 시편들이 수록되어 있다. 그는 죽음과의 싸움이며 경쟁을 직업으로 삼은 사람이다. 죽음의 여러 가지 형태에 대해서 그는 너무나 잘 안다. 자연사와 돌발사는 비록 똑같은 죽음일지라도 그것을 지켜보는 친지의 마음 배분은 다르다. 죽음은 사람들로 하여금 결별을 체념으로 받아들이게 하는 비정한 통과 의례의 하나이다. 그렇게 삶과 죽음을 보는 일을 직업으로 삼은 그이지만, 직접 자신의 육친 가운데 하나가 죽어 간 것을 남아서 견뎌야 하는 심사를 그는 참을 수 없는 아픔으로 노래하였다.

시편 「중산층 가정」 속의 주인공인 남동생, '이민 와서 에리 호 근처에 자주 나가 어처구니없이 앉아 있'던 그 '남동생'은 별안간 죽어 네 편의 시(「동생을 위한 조시(弔詩)」, 「묘지에서」, 「내 동생의 손」, 「허술하고 짧은 탄식」)로 옮겨 앉았다.

「동생을 위한 조시—외국에서 변을 당한 훈(壎)에게」는 '1. 입관식'부터 '10. 청량리 꿈'과 '11. 남은 풍경' 등 열한 개로 마디를 지어 가슴에 맺힌 이야기를 시화한 작품이다. 이 시 한 편을 가지고도 마종기의 작가론은 확장 심화하여 쓸 수 있다. 그만큼 이 시는 그의 시 세계를 함축적으로 요약하고 있다. '육친론'은 그의 시 세계를 이루는 심상의 기본 골격이다. '육친론'은 그의 '귀향론'을 뒷받침하는 중요한 구심점이고 이것이 점점 시인 개인에 와서 중심추가 됨을 알 수 있다. 그가 이제 중년을 넘어서 노년기에 들어서고 있다는 징후란 이렇게 사랑하는 친지들을 하나 둘 하염없이 잃어 간다는 뜻이다.

「허술하고 짧은 탄식」에서 그는 이렇게 읊었다.

2
며칠 전에는 네 묘지 근처에
내가 묻힐 작은 터를 미리 샀다.

가슴 펴고 고국에 묻히고 싶기야
너와 내가 같은 생각이었지만
혹시 나도 그 소원 이룰 수 없다면
차라리 네 근처가 나을 것 같아서.
책을 읽든, 술을 마시든,
아니면 그냥 싱겁게 싱글거리든,
다시 한 번 네 가까이에 살고 싶어서.

　그의 고향은 언제나 태평양 저 너머[湖東]에 있다. 태평양을 하나
의 커다란 호수로 볼 때 몸은 현재 호수 서쪽[湖西]에 있지만 마음의
뿌리는 호동에 머문다. 그에게 마음의 공간과 몸의 공간은 다른 차
원 속에 놓여 있다. 그래서 그의 시는 곳곳에 '어느 땅인들 다르겠느
냐' 하는 양 날개를 지닌 독특한 심상을 뉘앙스로 거느리고 있다. 불
가피한 체념이며 자기 긍정의 한 형식이다. 결코 거부하거나 부인할
수 없는 현실이 그에게는 바로 '고향'이다. '자아의 집'은 분명 미국
에 있으면서 언제나 '태평양 저쪽' 어디에 그 '집'이 한 채 있다. 동생
이 별안간 죽어 그를 미국 땅에 묻고 나서 태평양은 더욱 멀고 넓은
대양이 되었다. 그곳은 이제 결코 다시 건널 수 없는 호수일지도 모
른다는 것이 위 시가 이야기하는 육친론이다. 자신의 시의 화자를
중심으로 하면서 마종기는 이제 후손 쪽을 미국에 심어 놓은 구심점
이 되었다. 동생도 '나'도 '아내'도 '자식들'도 태평양 그쪽 땅에 심을
경우, 태평양 저쪽 땅 한국인 고국 땅은 과거로 묻히는 필연적인 '찢
김[分離]'의 육친론이 될 수밖에 없다. 그것이 그가 짊어진 힘겨운 짐
이다. 그런 짐을 짊어진 그였기 때문에 그는 이렇게 아름다운 시를
쓸 수 있었다. 몸이 있는 곳에서 마음이 떠도는 고향까지의 거리는
마종기 시에 있어서는 동시간적이며 동공간적이다. 그것이 그의 시

가 지닌 중요한 특징이라고 나는 읽는다.

4. 결 론

시는 근본적으로 인간의 내밀한 이야기의 요약된 표현이다. 내밀한 이야기가 품고 있는 것들 속에는 자기 개인의 역사가 있을 수 있고 자아를 담고 있던 당대 사회의 역사가 있을 수도 있다. 마종기의 시들을 자세히 읽다 보면, 때로는 정치적 담론이, 또 때로는 잘 사는 삶에 대한 역사 철학적 담론이, 또는 예술론이 그가 내밀하게 하고 싶어하는 이야기 속에 담겨 있다. 이처럼 마종기의 시 속에는 많은 이야기가 담겨 있다. 왜 그럴까? 자기 생애 경영 도상에 많은 이야기를 담고 살 수밖에 없는 삶을 그가 선택한 사람이기 때문이다. 이야기가 많다는 것은 생애의 주변부가 증층적이고 다양하다는 뜻이다. 이사를 많이 한 사람들이 각 지역의 분위기와 거기서 겪을 수밖에 없는 이야기들을 많이 터득하듯이 마종기의 생애는 그처럼 다양한 이야기 샘을 짊어지고 살고 있다. 그는 그래서 스스로 떠돌이라고 생각하고 있고 그런 삶의 편리하면서도 근본적으로 불편한 깊은 정조를 간직하고 있다. 이런 자기 해석에서 얻어진 시 한 편은 아마도 그 생애의 후반부를 해석해 줄 좋은 절편처럼 보인다.

허둥대며 지나가는 출근길에서
가로수 하나를 점찍어 두었다가
저문 어느 날 그 나무 위에
새 둥지 하나를 만들어 놓아야지.

살다가 어지럽고 힘겨울 때면
가벼운 새가 되어 쉬어 가야지.
옆에 사는 새가 놀라지 않게
몸짓도 없애고 소리도 죽이고,
떠다니는 영혼이 아는 척하면
그 추운 마음도 쉬어 가게 해야지.

둥지의 문을 열어 놓고 무엇을 할까.
얼굴에 묻어 있는 바람이나 씻어 줄까.
조건을 달지 않으면 모두가 가볍군.
우리들의 난감한 사연도 쉽게 만나서
당신 속에 들어가 잠을 청해도
이제는 아프지도 않은지 웃고 있구나.

「떠다니는 노래」 전문이다. 그의 시가 아름답고 훌륭하다고 입을 모으는 사람들의 구전 비평에 따르면, 그의 시가 쉽게 다가갈 수 있도록 쓰였다는 것을 손꼽는다. 외국 생활은 한편으로는 어려웠던 고국을 탈출한 것인 동시에 고국으로부터 추방당한 형국이기도 하다. 앞의 경우는 외국 생활이 짧은 기간일 때 해당되는 내용이지만 외국 생활이 길어지면 후자의 경우로 될 수밖에 없다. 30년 넘는 미국 생활에서 그는 위 시가 이야기하듯, '둥지의 문을 열어 놓고' '옆에 사는 새'도 놀라지 않게 자아의 몸피와 마음을 낮추겠다고 한 다음, '떠다니는 영혼'도 '쉬어 가게' 할 '둥지'를 틀겠다고 한다. 시란 근본적으로 마음 상한 사람의 내밀한 이야기이며 노래이다.

그의 이 시편은 긴 미국 생활에서 겪은 여러 마음고생이 중년을 넘어서며 정리된 모습이다. '물질이 관념을 결정한다'는 유물론적 사고에 기댄다면, 위 시편 속의 시적 자아가 만든 자기 결정은 마땅히 '몸이 마음을 결정한 것'으로 해석될 터이다. 그러나 가만히 이 시를 들여다보면 '몸'과 '마음'의 주종 관계가 그렇게 간단하지 않다. 나는 그의 '마음'이 '몸'을 그런 형태로 묶어 놓아 두 요소가 하나로 승화하는 과정으로 읽고자 한다.

이제 이 글을 마무리하는 이야기로 넘어가야 한다. 나는 이 글에서 마종기 시들을 주제론적인 측면에서 주로 살펴보았다. 그런 관계로 그의 270여 편에 이르는 시들 가운데 내가 읽고자 하는 주제, 특히 '육친론'이라는 주제에 맞는 시들만을 살펴본 셈이다. 그리고 그의 시들이 지닌 특징을 역사와 이야기가 많다는 점이라고 읽었지만 그의 기법에 대한 언급은 거의 하지 못했다. 그가 사용하는 비유라든지 은유, 환유, 상징, 과장법, 반복법, 생략법 등 시적 형식에 대한 분석은 이 글에서 시도조차 하지 않았다.

그것은 다음 기회에 해볼 만한 작업이다. 그의 시편들 가운데는 난해한 시들도 많다. 이것을 집중적으로 해석하려면 아마도 앞에 든 기법 연구로부터 시작해야 할 것이다. 시집 출간의 순차적인 순서를 따라가며 읽은 그의 시편 속의 시적 자아가 지닌 내밀한 이야기 역사는 시인 마종기 생애와 크게 닮아 있다. 이제까지 내가 살펴본 마종기 시가 지닌 자기 역사의 주제적 결론을 한마디로 요약하면 다음과 같다.

첫째, 1959년 『현대문학』지를 통해 시인으로 등단한 이래 그의 시적 편력은 자신의 정체성을 찾는 일로 일관하여 왔음을 확인할 수 있었다. 자기 정체성 문제는 언제나 그것이 문제될 때 질문을 받게 되어 있다. 마종기가 자기 정체성 문제를 놓고 스스로 질문받게 된 것은 그가 반평생 조국을 떠나 미국에서 생활하게 된 생 체험과 연관되고 있다. 아버지를 고국의 금곡 공동묘지에 묻고 자신을 포함한 모든 가족은 뿔뿔이 흩어진 채 미국에서 살고 있음을 그의 시집들은 증언해 주었다. 자신의 일생에 대한 역사적 증언과 그렇게 고국을 떠나 사는 외로움과 설움은 그의 시집 일곱 권에 수록된 총 273편(이 가운데 겹쳐 수록된 시와 미수록 시들이 있으므로 숫자에는 오르내림이 있을 수 있다)의 중심된 내용이다. 시란 사람의 내밀한 이야기를 요약하여 드러내는 문학 양식임을 이 시인은 철저하게 보여 주었다. 1997년에 출간한 『이슬의 눈』 속에 사랑하고 의지해 왔던 동생을 잃는 장면을 그린 시들은 시인의 시적 자산이 고통과 절망이었음을 보여 주었다.

둘째, 그의 시적 편력은 온통 '육친'을 중심으로 하는 존재의 이웃과 친지들에 대한 사랑과 그리움으로 가득 차 있다고 나는 읽었다. '아버지'와 '어머니', 동생들 그리고 고국에 두고 온 친구들과 고국의 여러 땅들은 시인의 존재 방식을 결정하는 질료로 작용하고 있었다. 고국을 떠나 있음으로 해서 몸의 자아를 넘어서는 자아는 언제나 시인의 마음을 괴롭히면서 또 생각을 풍요롭게 하고 있음이 확인되었다.

셋째, 의사이면서 시인으로서의 그의 시편들은 인간의 삶과 죽음을 하나의 끈으로 읽게 하는 눈길을 열어 준다. 인간을 묶는 것 가운데 '몸[肉體 또는 肉身]' 그 자체만큼 본질적인 것은 없다. 가난으로부터 자유롭기 위하여 사람들은 안정된 직장, 안정된 직업을 물색하지만, 어떤 직장이든 어떤 직업이든 사람을 묶지 않는 곳은 없다. 의료 행위만큼 안정되고 보장된 직업이 없는 것으로 사회 통념상 인식되고 있지만, 엄격하게 따지면 그 직업만큼 사람을 억압하는 직업도 드물다. 아픔의 질곡으로부터 사람을 풀어 준다는 가벼운 의료 내용도 많지만, 근본적으로 의사는 인간의 죽음과 매일 직면하지 않을 수 없는 존재이다. 마종기의 시적 단련은, 인간의 '죽음'과 '헤어짐', '이별'

228

이 사는 이들에게 가하는 정서를 감각적으로 체득한 곳에서 이루어져 왔다. '육친론'이라고 내가 부른 이른바 그의 세계와의 친화성은 점점 영원한 헤어짐을 통해 감수해야 하는 '가슴 찢어짐'의 슬픈 가락으로 방향을 조절하게 될 것이다. 결론삼아 앞에 인용한 「떠다니는 노래」는 바로 그 예행연습으로서의 마음 쓰기라고 할 수 있다.

넷째, 그는 조국을 사랑하는 마음 때문에 깊은 상처를 입은 떠돌이 한국 시인이다. 그는 꾸준히 한국말로 시를 써왔고 한국에 그를 사랑하는 애독자들이 많기 때문에, 더욱 몸이 있는 미국에 마음을 붙이지 못한 채 고국병을 앓고 있다. 그의 그 병력 때문에 그가 행복한 시인임은 도처에서 확인된다. 이 행복의 결말이 많은 독자들에게 '빛'이 될 것임을 확인하였다. 고향을 떠난 조선족 사람들은 수백만을 헤아린다. 이들에게도 그는 좋은 빛으로 살아 있다.

제 5 장

이야기 방식으로서의 소설과 학문·비평

이효석과 1930년대적 쾌락
— 원초적 본능의 땅과 자연, 사랑의 연금술

1. 1930년대 한국의 어둠 — 일본

정지용이 우리말을 아름다움의 극한까지 다듬어 시화(詩化)하는데 성공한 빼어난 시인이라고 칭할 때, 1930년대의 이효석은 거기 대응하는 작가로서 소설 작품으로 우리말의 아름다운 운용을 높은 단계로 끌어올린 또한 빼어난 작가였다. 나는 그가 우리말 쓰기로 아름다움의 극치를 보여 준 장면을 다음에서 감탄 어린 눈으로 읽는다.

장에서 장으로 가는 길의 아름다운 강산이 그대로 그에게는 그리운 고향이었다. 반날 동안이나 뚜벅뚜벅 걷고 장터 있는 마을에 거의 가까웠을 때, 거친 나귀가 한바탕 우렁차게 울면 — 더구나 그것이 저녁녘이어서 등불들이 어둠 속에 깜빡거릴 무렵이면, 늘 당하는 것이건만, 허 생원은 변치 않고 언제든지 가슴이 뛰었다.[154]

이 글에서 나는 이효석의 작품들 가운데 1930년대 작품들을 중심
으로 해서 그의 문학적 사상과 소설 미학의 일단을 살펴보려고 한
다. 재미있게도 그의 작품 도처에서 '사상' 운운하는 표현은, 동족 간
의 라이벌 가운데 한 사람이 상대방을 기죽이기 위한 공갈협박용으
로 쓰이거나, 아니면 작가를 또는 작가가 내세운 작중 인물의 어깨를
짓누르는 어둠의 무게임을 암시하는 데 쓰인다. 그때부터 한국 사회
에 이식된 '사상' 공포증은 정치적 폭력으로 한국인들 마음속에 잠복
하여 침울하고도 칙칙하게 이어져 내려오고 있는 실정이다.

그렇게 어둠 천지로 뒤덮인 1930년대에 작가 이효석은 작품쓰기
를 자기 인생의 승부처로 삼았다. 이 당시의 어둠이란 구체적으로
어떤 것이었을까? 일본인들의 입장에서 보면 이 시기란 엄청난 승부
감과 즐거움의 시대였을 것이다. 수천 년을 꿈꾸고 실현되기를 바랐
던 대륙에의 진출이 구체적으로 한반도 합병으로 이루어졌으니 그야
말로 일본 민족 최대의 행운을 누리던 시대였음에 틀림없다.[155] 대륙

154) 이효석, 「메밀꽃 필 무렵」, 『낙엽기』(정음사, 1974), 21~22쪽.
155) 김부식의 『삼국사기』를 훑어보면, 일본이 한반도를 침공한 사례들이 넘치
게 기록되어 있다. 신라 "박혁거세 8년에 왜인들이 변경을 침범코자 하였으
나 시조(始祖)의 신덕이 있다는 말을 듣고 돌아가 버렸다"고 기록된 내용을
시작으로 해서, 일본은 한반도 당대 신라를 2대 남해 차차웅, 4대 탈해 니사
금(尼師今), 6대 지마이사금(祗摩尼師今), 8대, 9대, 11대 등 해를 바꾸거나 연
연히 이어서 수십 번 내침하여 한국인들을 괴롭혔다. 상고사를 뒤로하고 고
려조 충정왕(忠定王) 3년 왜구가 경상도 고성(固城) 등지에 내침하여 이를 아
군이 격파한 일로부터 왜구의 침략이 시작되었다고 기록되어 있고, 조선조에
들어와서도 끊임없는 침입을 자행하다가 드디어 1592년 임진년(壬辰年) 4월
12일부터 침략을 시작, 21일에 대구 함락, 5월 3일에 서울 함락, 6월에 평양
을 함락함으로써 조선을 완전히 장악, 근 7년여 동안 한반도 방방곡곡을 그들
의 것으로 삼았다. 그리고 드디어 1910년에 한일 병합이라는 점령이 이루어

을 통해 세계로 가는 길목에 버티고 있는 한반도만 일본에 복속된다면 일본인으로서 그보다 더 좋은 활로는 없다. 그런데 그렇게 수천 년 꿈꾸던 한일 병합이 이루어져 마음 놓고 한반도에 와서 살 수 있게 되었고, 한반도를 경유한 아시아 제국으로 그들의 살 판을 만들 수 있었으니, 그 하늘을 꿰뚫을 듯한 충천하는 기개와 승리감은 일본인들 가슴속에 가득 찼을 것이다. 1910년에 불법과 야만에 의한 한일 병합이 이루어진 후의 1930년대라면 이미 20여 년의 세월이 흐른 때이다. 그 기간 동안 그들은 한국인들을 죽이거나 국내에서 내쫓거나 감옥에 처넣는 일들로 한국인 말살 정책을 다각도로 펼쳐 왔다. 그들이 한민족 전체, 오랜 역사 속에서 형성한 국가 전체를 상대로 말살 정책이나 동화 정책이 성공을 거두려면 인간임을 포기한 잔혹무비의 상태, 추악한 짐승이 되지 않으면 안 된다.[156] 그것은 상당한 기간을 두고 제도와 국가 정책을 통해 서서히 목을 죄고 고유 권한을

___

져 완벽하게 제 나라처럼 물자와 인력 약탈은 물론 조선인들에게 일본을 섬기도록 하는 한국인 정신 교육과 문화 정책에 공력을 들였다. 점령된 36년은 결코 간단한 기간이 아니었다. 앞으로 이들이 한반도에 올 때엔 기간의 길이가 결코 만만치 않을 것이다. 이들 일본인들은 섬나라에 사는 고로 언제 물이 넘쳐 바다로 가라앉을지 모른다는 강박 관념과 지진에 의한 붕괴 공포가 선험적으로 잠재되어 있어 언제나 그곳을 탈출하고자 하는 집단 의식이 형성되어 있다. 선견지명과 지혜가 그처럼 뛰어났던 다산 정약용 선생조차 이런 사실을 모르고 일본인들의 신사 됨을 공표하였다. 이 점을 안타깝게 여긴 연민 이가원 선생은 몇 군데 자신의 글에서 이 점을 지적하여 놓았다. "일본인은 잠시라도 침략 사상을 버린 적이 없었다. 그들이 그런 데는 나름대로 그럴 이유가 있다. 첫째는 지진이다. 지진은 우리 나라나 중국도 예외는 아니다. 그러나 일본은 극심하다. 둘째로는 육침(陸沈)이다. 지전(地轉)에 따라 일본은 육침될 가능성이 상존한다. 이러한 이유 때문에 일본인은 넓은 영토와 영화를 누리면서도 외토 침략의 야만성을 버릴 수가 없었다." 이가원, 『조선 문학사』 하권(태학사, 1997), 1505쪽 참조.

빼앗는 일들을 조직적이고 체계적으로 이루어 내야 한다.[157]

히틀러가 유대인 학살을 획책, 전 세계가 감쪽같이 모르는 가운데 집단 살해장을 만들어 6백만여 명의 사람을 학살하는 장면을 보여 준 다음에, 현재의 한 젊은 독일인에게 그 일을 되돌아보게 하면서 감상을 묻자 그는 이렇게 말했다. '그들이 저지른 큰 실수는 그때 유대인들을 깡그리 말살하지 못한 것이다.'

---

156) 프랑스『현대』지 편집장이며 폴란드 계 작가인 란츠만이 19년 동안 유대인 학살장 아우슈비츠에서 살아남은 사람들을 추적하여 보여 준 아홉 시간짜리 영상물「쇼아(Shoah : 지상 최대의 재난이라는 뜻의 히브리 어)」에서 유대인 학살을 위해 악당 히틀러 패들이 보인 잔혹함은 가히 초절적이다. 그들은 이미 악의 화신 그 자체이지 결코 사람이라고는 볼 수 없는 만행을 저질렀다.

157) 1930년대에 일본인들이 총독부에 앉아 벌인 한국민 말살 책략을 세계사 연표에 의거해 대강 보이면, 1930년 5월과 6월에 진남포항과 인천항에 대한 축항 및 확장 공사에 들어갔다. 그 이전 4월에는「동아일보」에 정간 조치를 취했다. 31년 4월 조선 보병대를 해체하고 흥사단 사건으로 민족 지사 안창호를 체포하였다. 이해에 단천 사건, 만주 사변 등이 발발하였고, 32년에 이봉창 의사가 사쿠라다몬(櫻田門) 밖에서 일본 왕을 저격하였으나 실패, 윤봉길 의사가 상해 천장절 축하 행사에서 시라카와(白川義則) 대장을 폭사시켰다. 이해에 총독부는 이른바 정신 작흥 운동(精神作興運動)이라는 이름으로 조선인들을 세뇌시키는 작업에 들어갔다. 33년에 서울 동경 간의 전화가 설립되어 더욱 일본의 몸통이 한반도로 가까워 오고 있었다. 34년에 조선 농지령이 시행되고 경기도 부천에 염전을 구축 개시하였다. 35년에 이르러 국세 조사를 개시, 36년에 조선 불온 문서 임시 취체령(取締令)을 공포하였다. 8월 4일의 일이었다. 이어 이해에 조선 사상범 보호 관찰령 시행 규칙을 제정하여 공포하였다. 천재 작가 이상이 죽은 1937년에 총독부는 중요 산업 통제법 시행을 발표하였다. 1938년에 자기들 필요에 따라 국가총동원법을 시행하고, 조선 의용대를 조직하였던 그해에 중등학교에서는 조선어과를 폐지하면서 일어 사용을 강요, 우리말 우리글 쓰기를 탄압하기 시작하였다. 참으로 숨차도록 격렬하게 제 마음대로 행패를 부린 시절이었다.

이런 악마성은 모든 인간 속에 내재하는 속성이어서, 그것이 발동하여 잔혹사를 자행하여도 어쩔 수 없는 일일까? 이 문제의 해답이 이효석의 소설 작품을 해명하는 열쇠가 된다면 얼마나 좋을까? 이처럼 일본의 어둠이 점점 더 짙게 한국을 덮어 가고 있던 1930년대에 그가 작가로서 선택한 민족어는 분명 한국어였고, 1938년부터 한국어 말살 정책이 정식으로 실현되던 때여서 그의 소설적 이야기들은 절멸의 위기에 싸여 있었다. 이야기 문학이 가장 큰 집으로 짓는 보루는 작가가 선택한 언어 공동체의 정신 내용일 뿐만 아니라, 그들이 공동체 생활 속에서 오랜 동안 형성해 온 민족 문화 보존이다. 민족어에 극악한 상황이 점점 다가오고 있던 때에 그는 한국어를 선택한 작가가 되었다. 그는 그처럼 가열한 일본인들의 폭력과 악행에 대하여 결코 비난하거나 대항하지 않았고 소설로도 반항의 문채(文彩)를 드러내지 않았다. 당시 수재들만 입학할 수 있었던 경성 제국 대학을 졸업한 인재가 어째서 조만간 사라질지도 모를 한국어를 택해 그의 이야기들을 쓰려고 했을까? 당대의 시각으로는 분명 한국어는 멸절될 수도 있었다. 최근 일부 인사들에 의해 천재 시인이라 칭송되는 미당 서정주 시인이, 당시에는 '해방될 것을 정말로, 감쪽같이 몰랐다'고 고백한 바와 같이, 당대는 그야말로 일본인들의 천지여서 한국인과 한국어의 운명은 풍전등화였다. 1942년 5월 25일 오후 일곱시 30분, 서른여섯 나이에 작고한 이 총명한 작가 이효석은 어째서 이런 풍전등화 같은 운명에 처한 한국어를 선택하여 한국인들의 이야기를 하려고 하였을까?

그는 본격적인 저항 문인이 아니었다. 뿐만 아니라 그의 작품 이야기들은 주로 자연과 땅, 사랑, 호사스러운 생활 풍습, 인간의 본능과 섹스, 속물들의 유치한 사생활 내역, 고향에 대한 짙은 그리움을 다루고 있다. 아니, 가장 가난하고 서글픈 삶을 평생 살아왔으면서도 결코 불평하거나 애달아하지 않으면서 건강하게 자기 운명을 인정하는 인물들도 그는 그렸다. 그 대표적인 것이 「메밀꽃 필 무렵」이 아닐 것인가? 그는 운명론자로서 일본의 통치를 어쩔 수 없는 일이라고 받아들였나?

나라가 이미 통째로 일본에게 먹힌 상태에서 사랑 이야기나 밝은 생활, 건강하게 사는 시민들의 모습 표현이 주를 이룬 이유는 어디에 있을까? 한동안 나는 이 문제에 대해 많은 생각을 하였다. 그는 친일 파였을까? 이 질문만큼 한국인 지식인들에게 곤혹스러운 것은 없다.

과연 그는 친일파였을까? 결코 아니었다.

2. 이효석의 1930년대 작품 세계 읽기

1930년대 초는 식민지 치하에서 벌어지는 일본의 악독한 폭력에 대응하려는 문학적 세력이 형성되어 있었다. 그것은 당 시대 소련을 종주국으로 한 세계 공산주의 운동이 상당한 영향력을 발휘하면서, 각국의 이상주의 청년들이 이 사상을 통해 민족의 운명을 바꿀 수 있다고 생각하였던 일반적인 풍조의 하나였다. 이 시기에 한국에서는 정치적인 사회주의 운동과 병행한 문학 운동이 전개되었다. 카프(KAPF: 조선 노동자 예술가 동맹)의 맹원으로 본격적 활동을 펼친 박영희, 김팔봉, 이효, 이익상 등 20여 명의 젊은 사상가들이 1925년(김윤식 설)부터 1935년 카프 해산 때까지 식민지 한국에 커다란 반일본적 문학 제도권을 형성하여 놓았다. 일본의 폭압 못지않은 울림으로 소련의 사상적 사주를 받은 이 문학 제도권의 목소리는 엄청난 음역으로 뻗어 나아갔다. 이럴 때의 이효석의 초기 소설은 그 모습을 드러낸다. 경향파적(傾向派的) 동반 작가(同伴作家)가 그에게 붙여진 명찰이었다. 노동자 계급이 주도하는 국가 건설을 위한 문학 제도권 속에 직접 참여하여 완전하게는 앞서지 않더라도 옆에서 지켜보며 동조하는 세력이라는 기이한 명칭의 동반 작가, 그 그룹에 그가 속해 있었다고 1970년대의 이 방향을 연구한 학자들은 정리하여 놓았다. 「노령 근해(露領近海)」, 「오! 그 나라에」, 「북국 통신(北國通信)」, 「상륙」, 「행진곡」 등을 이효석은 발표하였는데, 이미 알려져 있다시피 그들 카프 계열 작가들의 소설이나 시들이 대개 현실 비판의 의도가 너무 돌출함으로써 나쁜 세력에 대한 증오심을 증폭시키려는 목소리만 높았던 것과 마찬가지로, 그의 작품들도 '도식적이고 평면적인 현실 폭로', 부조리 비판 등 당위론적 주장이 겉으로 돌출하여 독자들의 심금을 울린다거나 감동에 이르는 예술적 수준 함량을 유지하기 어려웠다. 문학 평론가 홍사중이 이효석의 1930년대 작품들을 정리하여 풀이하면서 그의 경향파 작품들을 그렇게 평하여 놓았다. 이 글은 그의 초기 경향파 계열의 작품들을 피해서 다루어 보려고 한다.

나는 이효석의 작품 가운데서 1930년대 작품들, 주로 1934~39년에 발표된 중·단편들을 집중적으로 다시 읽었다. 1939년에 발표한 『화분(花粉)』은 소설의 장르적 특성으로 볼 때 분명 장편 소설에 해당한다. 「메밀꽃 필 무렵」을 비롯하여 「분녀(粉女)」, 「돼지」, 「향수(鄕愁)」, 「장미 병들다」, 「개살구」, 「산」, 「막(幕)」, 「산정(山精)」, 「라오콘의 후예」, 「해바라기」 등 주로 30년대에 발표된 스물한 편의 중·단편 소설과 『화분』을 중심으로 해서 읽을 때, 나는 그의 소설적 이야기 틀을 셋으로 나누어 풀이하고자 한다. 그의 이야기 틀의 내용 하나는 성에 관한 화두이다. 얼핏 보기에 도덕적 자의식이 없는 인간들의 타락한 생활과 그로 인한 주변인들의 실색(失色)과 고통으로 일그러진 당대의 구조적 관념은 과연 어떻게 읽어야 하는가? 이 질문은 『화분』을 그 중심에 놓고 살펴볼 수 있다. 「개살구」, 「돼지」, 「분녀」 등은 이 화두를 중심 주제로 삼아 쓰인 작품들이다. 이효석의 작품들 속에서 크게 보이는 도덕성 결핍의 문제는 주로 성 문란과 관계된 가족 해체 징후이다. 둘째로 그의 작품 세계를 이루는 이야기의 틀은 자연 친화적인 섬세하고도 다감한 인물들의 세상 읽기와 관련되어 있다. 「산」, 「들」, 「가을과 산양(山羊)」, 「산정」 등에서 보이는 아름다운 식물들, 꽃과 나무, 숲과 강에 관한 절묘한 묘사가 이 작가적 눈길에서 솟아오르는 두 번째 특징으로 읽히는 이야기 세계이다. 세 번째가 「메밀꽃 필 무렵」을 중심으로 해서 읽을 수 있는 요염한 인간적 사랑 이야기 틀이다.

1) 성과 가족 관계의 긴장 문제

이효석의 작품들을 읽으면 2001년 지금도 사회적으로 화제가 되어 언제나 떠들썩한 성의 상품화와 개방 풍조, 그로 인한 가족 간 갈등의 문제가 짙게 깔려 있음을 본다. 우선 이 문제를 그의 장편에 속하는 『화분』에서 살펴보기로 한다. 『화분』은 1939년 작품이다. 이 작품의 기본 구도는 제1주인공 현마의 오리무중에 싸인 가족 내용에서 시작된다. 그의 인물 됨과 가정 형편을 보면 다음과 같다.

첫째, 그는 생활의 여유가 있는 인물이다. 재산이 있어 외국 영화들을 수입하여 국내에 배급 상영하는 업종의 사업가이다. 그러나 작품에서 이 부분의 사업적 노력은 일체 배제되어 있어서 오직 그의 한가한 삶의 정경만 묘사되어 있다.[158]

둘째, 그는 세란을 첩으로 삼아 그녀의 열아홉 살짜리 여동생 미란과 함께 도시 근교의 아담한 집을 사서 푸른 집으로 부르며 살림을 차려 놓았다. 본부인에 관한 언급은 한 군데도 없다.

셋째, 그는 남색가이다. 남색 행각에 대한 언급이 자세하게 되어 있지는 않으나 그는 남색가이다. 떠돌이 총각 단주를 자신의 영화 배급소 사무실에 두고 사랑을 나누고 있다.

넷째, 그는 단주를 처제 미란의 약혼자로 발설하면서도 동시에 미란을 겁탈하였다.

이렇게 설명하고 나면 그의 주변에 모여 사는 인물들의 기본은 적시된 편이다. 그 은밀하고도 안락한 '푸른 집'에는 그의 젊은 첩 세란과 처제 미란, 남색 상대의 단주, 그리고 새파랗게 젊은 식모 옥녀가 아무런 생활의 구애도 없이 자유분방하게 살고 있다. 생활의 여유 속에서 그들의 은밀한 성 행각은 다음과 같이 이루어졌다.

현마의 첩 세란은 단주를 젊은 애인으로 삼아 성욕을 발산한다. 단주는 자신의 주인이 들인 첩 세란과 음욕을 충족하면서도 자신의 아냇감으로 생각하였던 미란이 음악가 영훈과 가까워지자 질투 끝에 미란과의 성 관계를 성사시킨다. 단주는 피서철에 주인들이 멀리 가 있는 동안 집에 있던 식모 옥녀와도 성 관계를 맺는다. 이 작품은 혼음과 근친상간의 성 행적으로 가득 차 있다.[159] 현마가 처제 미란

---

158) 작중 인물 현마는 자신의 첩의 여동생을 겁간하고 나서 3천 원짜리 수표를 대주면서 다음과 같이 이야기한다. "내게는 재산이 있기는 하나 영화니 무어니 이런 노름에밖엔 쓸 길두 없는 것이구 그까짓 하치않은 재산이 다 무어게." 이효석, 『화분』, 『한국 문학 전집』 8권(민중서관, 1975), 146쪽.

159) 동시대 작가 김유정의 작품 속에도 아내에게 몸을 팔게 하는 내용이 있다. 노름 밑천을 마련하기 위한 몸 팔이 행각은 「소나기」, 「만무방」 등이 있고, 남편의 병을 수발하기 위해 몸을 파는 경우는 「산골 나그네」 등이 있으며, 현진건의 「정조와 약가(藥價)」도 있다. 가난병에 처한 인물들의 불가피한 몸 팔기 내용이지만 김유정의 작품들도 성 담론을 담고 있음에는 틀림이 없다. 그러

을 겁탈하고 난 이후 단주가 자신의 첩 세란과 벌이는 음란 행위를 목격하면서 가정이 파탄되었다는 내용의 이 이야기 틀은 과연 어떻게 읽어야 할까?[160] 이 이야기 틀에서 우리가 정리할 수 있는 것은 대체로 다음과 같다.

첫째, 음욕이란 과연 무엇일까? 이런 물음이 작품의 기본 의문이다. 본부인이 있는 남자이면서 돈이 생기면 다른 젊은 여자를 찾아나서는 사내의 발걸음은 그의 인격과 어떤 관계가 있나? 자기 성취에 대한 확실한 전망이 없을 때 그것은 목표처럼 발현되는 것일까? 아니면 어떤 생애 목표도 그 밑바탕에는 여러 여인을 독점하려는 욕망이 깔려 있는 것인가? 또는 일체의 생애 목표를 지니지 못한 인물들이 대체로 이런 축첩 행위로 힘을 과시함으로써 자신의 사람됨을 드높여 보려는 것일까?

「개살구」속의 주인공 형태는 오대산에 산을 가지고 있다가 박달나무가 세가 나는 바람에 돈을 벌자 첩치가(妾置家)를 하면서 면장 운동이나 하는 날건달이다. 면장 운동으로 군수에게 뇌물이나 전해 주면서 은근히 현 면장을 협박하는 장본인 형태는 동네 사람들의 눈에 벗어난 음모꾼이고 불쌍한 흉물일 뿐이다. 『화분』의 주인공 현마 또한 자신의 삶에 대한 뚜렷한 전망도, 당 시대의 어둠에 대한 일체의 울분에 찬 의견도, 자신의 존재에 대한 존엄성도 없는 날건달에다 음욕만 잔뜩 짊어진 인물이다. 작가는 이처럼 그들을 드러내 놓고 나서 작품 말미에 불행한 인생들이라고 결론지었다.

나 이효석의 성 담론은 보다 적극적이고 대담한 화법으로 실제를 보이면서 우리에게 성 본능의 도덕적 긴장과 질서를 캐묻고 있다. 이효석 소설 문법의 독특한 논법이다.

160) 그의 작품 「개살구」에서도 아버지의 첩과 성 관계를 맺는 아들 이야기가 선연하게 형상화되고 있다.

이미 한국이 망해 일본인들에게 지배를 받으면서 국내에 이런 날건달들이 우글거렸다는 증언의 메시지 말고도 이 작품의 의도는 또 있다. 그것은 한국 사람들이 은연중에 닮아 가는 일본 풍조에 대한 패러디이다. 한국인들은 당시 이미 일본에게 먹힌 바 되어 일체 생의 목표를 잃은 시대였다. 성적 쾌락과 무의미, 게다가 혼음의 기이한 부분들이 작품 속에 어떤 분위기를 만들고 있음은 주목할 만한 대목이다. 일본인들은 1930년대에 지식인들 스스로가 일본적 문화 감각을 다음과 같이 공공연히 내세웠다. 에로티시즘(eroticism), 그로테스크(grotesque), 난센스(nonsense), 이것은 일본이라는 나라의 정체를 명확하게 알게 하는 아주 기막힌 천명(闡明)이라고 나는 지금도 생각한다.[161] 1930년대에 일본 지식인들이 퍼뜨린 일본 문화의 세 가지 축이 품고 있는 함축 의미가 이 작품의 한가운데에 있다. 교묘한 패러디이다.

둘째, 가족 간의 긴밀한 유대는 도덕적 긴장감으로 이루어지는 것이라는 메시지가 이 이야기 틀에는 있다. 도덕적 긴장감은 성욕의 치열한 조절을 요구한다. 욕정은 젊은이들에게 그 자체로 귀한 것이지만, 정상적인 도덕적 관계를 만들 수 없는 가운데 성 관계가 이루어졌을 때 반드시 그들 내면에 상처나 벌을 되돌린다. 왜 그럴까? 결혼은 인간의 '개인 집 짓기'를 혼백 속에 지닌 이들의 거대한 눈길로 된 법적 구속력을 강화, 제도화한 관계 맺음이기 때문이다. 결혼은 법이고 도덕이며, 이 혼례식 이후 딴 남자, 딴 여자와 잠자리를 갖지 않도록 제도화한 법적 구속이다. 여러 남자에게 몸을 허락한 처

---

161) 근래 재일 동포 작가로서 명성을 올리고 있는 유미리의 『타일』은 이런 일본적인 문화 감각을 그대로 베껴 낸 이야기이다. 아주 정확한 일본식 문화 공리에 맞춘 소설이 바로 이 작품이다. 삶의 무의미함과 음란함, 그로테스크함이 『타일』에는 절묘하게 배합되어 있다.

녀들의 망연자실한 내용들은 이효석 작품 속에 아주 빈번하게 드러난다. 「분녀」 속의 분녀, 「들」의 옥분이, 「장미 병들다」의 남죽이 등은 모두 몇 남자와 성 관계를 맺어 결혼 질서를 어지럽힌 장본인들이다. 가족률의 담장을 넘어선 인물들의 전형이다. '집짓기'의 정결성이 훼손되고 나면, 어떤 단위이든 모임살이 사람들의 가슴속에 남는 것은 치욕이다.

그러기에 '개인 집 짓기'의 성패는 젊은 두 남녀의 사랑 또는 욕정이 적당한 조절로 조화를 이룰 때에만 가능하다. 이효석의 작품 세계에는 이 조절력을 잃은 사람들을 그리면서 이들이 조절력을 잃은 이유가 수상한 세력(일본의 압제)이라는 암시가 많다. 나라를 빼앗겼다는 것은 '민족 집 짓기'가 좌절되었다는 내용이 된다. '민족 집 짓기'에 실패한 국가 속의 일원들은 '개인 집 짓기'에 성공하기가 어렵다. 한민족 삶의 구심점과 결속력을 깨뜨리기 위해 일본 총독부 관리들은 갖은 수단과 방법을 동원하여 한민족 정체성 허물기에 노력하였다. 자기 존재에 대한 정체성을 잃은 사람들은 인생의 전망을 지니지 못한다. 이효석의 작품들 속에는 이런 소모적인 사랑이나 욕정 배설로 세월을 한탄하는 모습이 숨어 있다. 작가가 잠복해서 하고자 한 이야기의 내용이다. 그의 작품 도처에는 당대의 음험하게 도사린 무서운 말 막이 제재가 화자든 주인공이든 입을 틀어막고 있는 내용의 언표로 깔려 있다. 「개살구」에서 '사상' 논법으로 공갈치는 이야기, 「들」의 문수가 주재소에 끌려감, 「시월에 피는 능금꽃」의 촌 동무의 편지 내용, 「막」의 주인공 세운이 스스로 내린 자가 건강 진단, 「분녀」의 한 주인공 상구의 징역살이 등, 이효석의 작품에는 일본 폭력의 거대한 먹구름을 등에 진 인물들이 살고 있다.

2) 자연 친화 문채론

어째서 이효석은 그처럼 녹색 이미지에 매달려 작품의 그물을 짰을까? 그는 마치 숲 속에 커다란 거미줄을 쳐놓고 그 근방을 떠도는 인생들의 군상을 채취하여 작은 목소리로 자신의 이야기 집을 지은 내성의 작가였던 것으로 읽힌다. 그의 1930년대 후기 작품에선 항일이라든지, 반일 투쟁, 일본놈들 욕하기 따위의 작품적 속뜻은 거의 보이지 않는다. 푸른 나무숲, 장미꽃을 비롯한 무수한 양화, 나무가 우거진 정원 가꾸기, 냇물에 그물 던져 천렵하기, 섬세하게 묘사한 꽃과 나무, 봄·여름·가을에 맞춘 날씨와 감정 묘사 등은 가히 높은 천품(天稟)으로 읽힌다.

푸른 널을 비스듬히 달고, 가는 모기둥으로 고인 갸우뚱한 현관 차양에도 담쟁이가 함빡 피어 올라, 이른 아침이면 넓은 잎에 맺힌 흔한 이슬방울이 서리서리 모여 아랫잎 위로 뚝뚝 떨어지는 소리를 듣기란 산골짜기 물소리를 듣는 것과도 같아서 금시에 시원한 산의 영기를 느끼게 되었다. 머루, 다래의 넝쿨 대신에 드레드레 열매 맺힌 포도 넝쿨이 있고, 바람에 포르르르 나부끼는 사시나무 대신에는 비슷한 잎새를 가진 대추나무가 있다. 뜰은 그림자 깊은 지름길만을 남겨 놓고는 흙 한 줌 보이지 않게 일면 화초에 덮였다.[162]

「낙엽기」 속의 뜰 묘사인데, 이 표현 다음에 그가 늘어놓은 화초는 장미, 글라디올러스, 촉규화, 맨드라미 등 무려 스물둘씩이나 되어 "모든 나무와 어울려 뜰은 채색과 광채와 그림자의 화려한 동산이었

---

162) 이효석, 「낙엽기」, 『낙엽기』(정음사, 1974), 115쪽.

다"고 적고 있다. 이처럼 뛰어난 자연 묘사뿐 아니라 그 의도 속에 감추어진 자연 친화의 사상은 무엇을 의미할까? 그처럼 농촌인지 도시인지 구분 없이 화려한 나무숲과 꽃잎, 그 속을 거니는 사람들을 이야기로 그린 그는 그것을 가지고 우리에게 무엇을 보라고 한 것일까? 그의 자연 묘사는 거의 요염하기까지 하다. 「산」의 중실이라든가 「들」의 들판, 「산정」의 산행 등은 모두 이효석의 굵은 심상을 이루는 고향이고 생산적인 행로이다. "산에 오름은 결코 소비적인 행락이 아니요, 반대로 참으로 생산적임을 알게 되었다"고 「산정」에서 그는 썼다.

그가 그리는 자연은 그렇다면 어떤 곳인가? 겉으로 풍요로운 이 자연은 누구에겐가 끊임없이 침탈당하여 그대로 보존할 수 없는 불안한 자연이다. 들판의 곡식도, 광산의 광물도, 사람들이 태어나 자란 고향도 이미 쭉정이만 남아 그곳으로부터 탈출해야 하거나 아니면 쫓겨나게 생긴 곳이다. 동시대 작가 김유정이나 박영준, 안수길 등이 한국 땅에서 쫓겨나는 한국인들의 헐벗음과 가난 고통을 전면에서 이야기하였지만 이효석은 전면 화법을 회피한 작가였다.[163] 그

---

163) 이상화의 시 「빼앗긴 들에도 봄은 오는가」는 열한 마디 연으로 된 절창의 맨 앞 연과 끝 연을 한 줄씩으로 처리하면서 다음과 같이 읊고 있다. 앞 연은 "지금은 남의 땅 — 빼앗긴 들에도 봄은 오는가?"이고, 끝 연은 "그러나 지금은 — 들을 빼앗겨 봄조차 빼앗기겠네"이다. 들을 빼앗겼기 때문에 봄조차 빼앗기겠다는 이 시적 담론엔 '도둑이여 웃기지 말라!'는 주장이 들어 있지 않나? 아무것도 빼앗기지 않았노라, 그러나 지금 우리는 우리의 땅과 집과 영혼을 빼앗으려는 일본인들을 피해야 하고 두려워해야 하며 멸시해야 하는 고통 속에 놓여 있다. 「빼앗긴 들에도 봄은 오는가」에는 반어 사용이 가장 절묘하게 드러났고, 시인을 둘러싼 어둠을 등에 진 채 고통스러워하는 시적 자아가 펄펄 춤을 추며 들판을 걷고 있다. 도도한 자기애의 정상(頂上)! 이효석의 반어적 소설 문법을 나는 이런 측면에서 읽는다.

것은 작가들의 고유한 특징으로 누구도 용훼(容喙)할 수 없다. 이런 그의 소설 문법에서 나는 다음과 같은 몇 가지 작가적 속뜻을 적시하려고 한다.

첫째, 그가 즐겨 그린 자연은 이미 우리가 친화할 수 없는 자연이다. 이상화가 읊었고 박영준이 묘사했으며 채만식이 서사화하였듯 1930년대 한국의 자연은 악한 세력에게 더럽혀져 적화된 땅이며 그 위에 자란 꽃이고, 숲이며 강물이며, 바위와 산, 들판, 그리고 집 뜰에 가꾼 정원의 나무였다. 이효석의 작품들 속에 그려진 자연물들은 작가가 그렇게 주인공들에게 친하도록 안아 들이려는 마음으로 그려 놓았음에도 불구하고 도저히 접근하기 어려운 박토이며, 빚으로 칠갑한 농토이고, 몸만 더럽히는 흙이다.[164]

둘째, 마음의 목이 죄어진 영혼의 답답함. 그의 빛나는 자연 묘사의 태깔과 결 속에는 주리를 틀린 사람이나 집을 빼앗긴 사람들이 내는 울화와 분노, 숨죽인 인내의 고통이 잠복해 있다. 나라의 집을 빼앗겼으니까. 그리고 힘센 것을 자랑하여 남을 억압하거나 두들겨 팸으로써 승리감을 즐기는 자들에 대한 어처구니없는 당혹감을 그의 작품 도처에서 볼 수 있다. 힘이 세다는 것에 대한 열등감과는 아주 다른 내용의 감정이 그의 작품에 나타나 있다.

면상을 손으로 가려 쥐고 비슬비슬 일어서서 달려들려 할 때, 장골의 두 번째 주먹에 다시 무르게도 넘어지고 말았다. 땅 위에 문질러져

---

164) 「분녀」에서 주인공 분녀가 겪은 네 남자 가운데 중국인 왕가나 천수에게 몸을 빼앗길 때엔 '수풀 그늘 속'이거나 '길 없는 둔덕' 밑, '성벽' 밑이다. '달 없는 그믐밤', 이런 배경도 양순한 처녀들을 능욕하기 위한 원초적 자연의 지독한 한 독즙으로 작용한다고 나는 읽는다. 이것이 많은 평론가들이 지적하는, 이효석 소설 문법이 발휘하는 자연의 원초적이고 환상적인 본능일 터이다.

서 얼굴은 두어 군데 검붉게 피가 배고 두 줄기의 코피가 실오리 같은 가느다란 줄을 그으면서 흘렀다. 단번에 혼몽하게 지쳐서 쭉 늘어졌음에도 불구하고 약질은 간신히 몸을 세우고 다시 한 번 개신개신 일어서서 장골에게 몸을 던지다가 장골이 날쌔게 몸을 피하는 바람에 걸어 보지도 못한 채 또 나가쓰러지고 말았다.

한참이나 죽은 듯이 고요한 속에서 코만 흑흑 울리더니 마른땅에는 금시에 피가 흘러 넓게 퍼지기 시작하였다.

「졌다!」

짧게 한마디 —그러나 분한 듯이 외쳤으니, 그것으로 싸움은 끝난 셈이었다.

「항복이냐?」

장골은 늠실도 하지 않고 마치 그 벅찬 힘과 마음에 티끌만큼의 영향도 받지 않은 듯이 유들유들하게 적수를 내려다보았다.

「힘이 부쳐 그렇지, 그리 쉽게 항복이야 하겠나.」

「뼈다구에 힘 좀 맺히거든 다시 덤비렴.」

「아무렴, 그때까지 네 목숨 하나 살려 둔다.」

의젓하고 유유하게 대꾸하면서 약질이 피투성이의 얼굴을 넌지시 쳐들었을 때, 현보는 그 끔찍한 꼴에 소름이 끼쳐서 모르는 결에 남죽의 소매를 끌었다.[165]

일본 문화의 특징 가운데 독특한 뉘앙스를 풍기는 것 하나가 칼잡이들이 결투에서 지키는 이른바 도(道)라는 것이다. 승리자의 유유함과 패자의 의연함을 대단한 미덕으로 여기는 칼 승부 세계의 태깔을 마치 인생 전부의 것에 대입할 수 있는 것처럼, 그것이 일본 문화

---

165) 이효석, 「장미 병들다」, 같은 책, 175~176쪽.

의 찬란한 빛깔이나 되듯이, 모든 대중 문학 작품들 속에 형상화하여 놓고 있다. 힘이 세어 이긴 자의 유유한 자세와 진 자의 품새를 미화한 그런 풍조가 1930년대 당대 한국에서는 물론 지금도 한국으로 넘쳐 들어오는 일본 대중문화물들 속에는 가득 차 있다. 이 당시 한국의 작가들은, 일본 영화 속에 일본군들이 승승장구하는 장면을 감격적으로 대하는 인물들을 그리곤 하였다. 영혼의 답답함 속의 열려진 의식의 창구, 일본인들이 놓은 지적 덫은 바로 이런 계획된 반미학적 품새였다.

작가는 위 인용문에서 보듯 강약 부동(强弱不同)의 현장을 목격한 다음 "강하고 약하고 이기고 지고—이 두 길뿐. 지극히 간단하다"고 썼다. 그러고 나서 그는 "그 일장의 싸움 앞에서 우연히 시대를 들여다본 듯하다"고 썼다.

셋째, 원초적 본능과 자연 친화의 관계 확인. 이효석 소설 문법은 역동적이며 동물적인 세계가 아니라 정적이고 식물적인 세계관에 초점을 맞추고 있다. 이것은 당대의 정치적 억압에 짓눌려 강요된 것이지만, 동시에 작가의 의도적인 문법이며 미학적 선택이라고 나는 읽으려 한다. 미학은 여러 가치족 간의 관계 읽기이며 그 긴장이다.[166] 「향수」 속에 나오는 고향은 농민이 팔아야 하는 산업 기지화한 땅이고, 투기꾼들에 의해 점령된 곳이다. '울 밑의 호박꽃, 강낭콩, 과수원의 꽈리, 바다로 열린 벌판, 벌판을 흐르는 안개, 안개 속의 원두꽃……' 등을 보고 싶다고 꿈꾸던 아내의 꿈은 그곳을 다녀오는 순간 온데간데없이 사라진다. 고향은 이미 남의 곳으로 바뀌어 가는 흔들리는 장소이고 환영이다.

---

166) 니콜라이 하르트만, 전원배 옮김, 『미학』(을유문화사, 1969), 341~431쪽 참조.

이렇게 잃어져 가는 곳의 자연 속에는 원초적이고 식물적인 아름다움이 남아 있다. 움직이는 것은 모두 욕망과 약탈을 꿈꾸는 자들의 몫이고, 그런 자들이 빼앗아 지니고자 하는 땅이자 식물들은 모두 원초적 생명력을 지니고 있다. 언제나 그 자리에서 새롭게 식물들을 소생시키는 자연, 그것이 작가 이효석이 간직한 믿음이었다고 나는 읽는다. 원초적 생명력을 지닌 자연에서만 훼손된 가치는 다시 소생한다. 땅과 흙의 신비한 복원력을 우리는 다음 인용에서 볼 수 있다.

흙빛에서 초록으로—이 기막힌 신비에 다시 한 번 놀라 볼 필요가 없을까. 땅은 어디서 어느 때 그렇게 많은 물감을 먹었길래 봄이 되면 한꺼번에 그것을 이렇게 지천으로 뱉어 놓을까. 바닷물을 고래같이 들이켰던가, 하늘의 푸른 정기를 모르는 결에 함빡 마셔 두었다가, 그것을 빗물에 풀어 시절이 되면 땅 위로 솟쳐 보내는 것일까. 〔……〕 초록 풀에 덮인 땅속의 뜻은 초록 옷을 입은 여자의 마음과도 같이 엿볼 수 없는 저 건너 세상이다.[167]

땅과 식물을 여성에 빗댄 상상력은 이효석 소설 문법에 내린 가장 심오한 철학적 닻이다. 침략과 약탈, 동적 이미지가 남성적인 것이라면, 수탈과 겁간, 정적 이미지는 여성적이다. 그러나 생산성의 원초적 기반은 바로 땅이며 흙이고, 나무와 수풀, 강과 바다이다. 그 속에서만이 생명력은 회복과 환생을 반복할 수 있다. 이것이 1930년대 작가 이효석 소설을 읽는 요체라고 나는 판단한다.

---

167) 이효석, 「들」, 『낙엽기』(정음사, 1974), 86~87쪽.

3. '애욕의 신비성'과 문학적 완성도

1930년대에는 많은 작가들이 활동하였고 각기 그들의 문학적 성과를 빛내었다. 1970~80년대에 석·박사 학위 논문으로 가장 많이 연구된 작가들이 이 시기의 작품들이었다. 1980년부터 월북한 작가들에까지 연구 폭이 확장되었을 때, 이 시기는 한국 소설 문학사상 찬연한 황금기였다. 가장 불행했던 시대에 가장 빛나는 소설적 언술 행위가 이루어졌다는 일은 결코 우연이 아니다.[168] 이효석은 비록 염상섭이나 채만식, 이기영, 홍명희 등과 같이 장편 소설로 또는 웅장한 소설 시각으로 승부를 내지 않았지만, 단편 작품을 거론할 경우 대표작으로 뽑히는 「메밀꽃 필 무렵」이 지닌 문학적 향취와 예술적 완성도는 후대 어느 누구도 가치를 깎아내릴 수 없는 작가이다.

앞에서 나는, 저녁나절 이 마을 저 마을을 들르는 떠돌이 봇짐장수 허 생원을 표현하는 아름다운 장면을 인용한 바가 있다. 그가 힘주어 바라보고 있고 사랑해야 할 대상으로 읽은 인물들의 면면이, 그의 작가적 애정이 어디에 있는지를 알게 한다. 장돌뱅이 이야기를 쓰는 현역 작가 가운데 김주영이 있다. 『객주』나 『아라리 난장』은 어찌 보

---

168) 몽골 병들이 1240년에 안변(安邊)에 내침한 것을 비롯하여 황룡사(黃龍寺)를 불태우고, 1251년 고려 국내에 대거 내침하던 그 당시 9월에 고려에서는 '대장경판재각'을 완성하였다. 나는 오랫동안 이 경판 만들기에 들인 당대 선인들의 정성과 공력, 재력 동원 등을 도무지 이해할 수 없었다. 전쟁으로 나라가 쑥밭이 된 형편 속에서 이런 마음 씀이 과연 어떤 의미가 있는지 도무지 이해할 수 없었다. 그러나 1930년대 한국 작가들의 찬연한 문학 기록 행위는 고려 때 만들어진 대장경판의 공력 들임과 다름이 없다는 생각이다. 이효석의 이 작품 읽기에서도 이해의 폭을 넓히듯 대장경판의 민족적 자존심과 그 위대성은 아무리 찬탄해도 지나치지 않다.

면 이효석의 봉평 장마당 이야기와 연결된 전통적 소설 문법으로 읽을 수 있다. 고향의 산야와 그곳에서 나는 물산, 그것을 여기저기 날라 주면서 생계를 유지하는 떠돌이 장수들, 그들의 신산(辛酸)한 생애 경영에 치열한 눈길을 둔다는 것은 그 작가 됨의 정신을 읽게 한다. 자기가 나서 자란 산과 들판, 강물과 방죽, 산비탈길을 오르내리던 감각은 자아에 대한 깊은 애정과 동류 이웃에 대한 치열한 애정 없이는 형성되지 않는다. 어떤 시간대와 공간에 대한 저린 감동은 사랑과 그리움을 동반하지 않고는 이루어질 수 없는 정서이다.

나라를 빼앗겨서 봄도 빼앗기고 말도 빼앗기고 집도 빼앗기고 일터도 빼앗기고 민족의 문화 감각도 빼앗기고 그리고 정신조차 빼앗기고 나면, 사람의 정체성은 말살된다.[169] 그러나 인간의 존재값으로 표현할 수 있을 이 정체성은 작가들이 선택한 민족 공유어에 의해 재생되거나, 결코 절멸되지 않는다. 이효석이 선택한 우리말로 된 가장 아름다운 작품 이 「메밀꽃 필 무렵」에서 읽을 수 있는 내용을 몇 개의 단위로 나누어 해석하면 다음과 같다.

첫째, 이 짧은 단편 소설의 이야기 마디는 대강 여섯 개로 나눌 수 있다. 여섯 개의 장면 마디는 다시 몇 단위로 잘게 나누어진다. 이것을 장면으로 바꾸어 요약하면 이렇다.

1. 시골 장마당에서의 풍경
   1) 파장 풍경

---

169) 이 문장은 각기 당대 한국의 시인이나 작가, 한글학자, 역사학자, 정치학자, 그리고 철학자들에 의해 확인된 내용을 단순화한 표현이다. 시인 이상화, 한글학자 최현배, 역사학자 홍이섭, 김용섭, 그리고 많은 작가들이 구체적으로 일본인들에 의해 착취당했던 내용들을 기록하여 놓았다.

2) 충주집 술집에서의 허 생원 호통

3) 허 생원 당나귀와 장터 각다귀들(아이들)의 휜소 — 가장 활력이 넘치는 장면

2. 장돌뱅이들의 달빛 비친 산길 걷기 — 동행은 셋: 조 선달과 총각 동이, 허 생원

3. 허 생원의 과거 이야기 듣기(그의 유일한 단골 화제)

1) 허 생원의 젊었던 한때(그러나 평생 계집과는 인연이 없었던 '서글픈 신세')

2) '뒤에도 처음에도 없는 단 한 번의 괴이한 인연' 이야기

(1) 봉평 장날 밤 물레방앗간 속에서의 성 서방 딸과 만나 '무서운' 정사

(2) 다음날로 줄행랑을 놓은 허 생원의 과거 회상

4. 장터 충주집에서 벌인 소동에 대해 동이에게 사과하면서 동이의 과거 알기

1) 동이 어머니의 봉변: 아비 모르게 달도 안 차 낳은 자식, 동이

2) 동이 어머니의 고향, 봉평 확인

3) 허 생원과의 과거 관계 쪽으로 이야기 접근

4) 과거 생각 하다가 허 생원의 실족과 동이의 구원, 등에 업힘

5. 이야기 과정에서 드러난 사실

1) 허 생원의 당나귀가 늙어서 새끼를 봄

2) 동이의 손 씀이 왼손잡이라는 사실에 허 생원이 놀람

6. 제천 장터 행보 결정

둘째, 이효석의 「메밀꽃 필 무렵」이 지닌 낙관론적 사상 읽기. 이 작품 속에는 확실한 낙관론이 들어 있다.

내가 위에서 제목으로 쓴 '애욕의 신비성'은 이효석 자신이 이 「메

밀꽃 필 무렵」을 해설하면서 쓴 해석 용어이다. 앞에서 나는 이효석의 성 담론에 관해서 길게 이야기한 바가 있다. 성 문란과 가족의 해체에서 원초적 본능을 거쳐 식물적 사상에 이르기까지 애욕의 비긴 관계들을 논의하였다. 그런데 「메밀꽃 필 무렵」에 와서, 다른 작품들 속에 구구하게 형상화되었던 애욕이 인간 삶의 관계 훼손으로 가지 않고 관계 복원 쪽으로 그 가능성을 열어 놓고 있다는 점에 우리는 모두 놀란다. 그의 지치지 않는 낙관론이 허 생원이나 조 선달, 동이들에게 이런 해석을 내렸다. 이것은 이효석의 가장 뛰어난 소설 행보였다고 나는 읽는다.[170] 문장 하나하나, 거기 담긴 배경 묘사 하나하나가 그의 다른 작품들뿐만 아니라 1930년대 작가들의 작품 전체의 문채에서도 결코 뒤지지 않는 문학적 완성도와 신선한 감각을 내뿜고 있다.

4. 결론

1930년대면 지금으로부터 70여 년 전의 세월 저편이다. 그 시대의 농촌이나 도시, 그곳을 수놓는 화려한 꽃들과 우줄우줄 늘어선 나무들, 짙푸른 숲과 강, 그곳에서 삶을 유지해야 했던 사람들의 사는 정경을 이효석의 말을 통해 본다는 것은 오늘의 우리에게 신비하게 와 닿는다. 봉평과 제천을 사이에 두고 '애욕'의 시작과 끝을 아름답게 보게 하는 아주 짤막한 「메밀꽃 필 무렵」의 이야기는 지금 보아도

---

170) 동이의 왼손잡이를 허 생원의 유전자로 암시한 작가적 장치를 놓고 비근대적 또는 비과학적이라는 사실주의적 시각의 비판이 있어 왔다. 풍마우(風馬牛)!

신비하다. 그 신비감은 아마 세월이 흘러가더라도 변함이 없을 것으로 나는 믿는다.

20여 년 전에 나는 당시에 읽고 있던 영국의 문학 비평가 콜리지(1772~1834)의 「문학평전」의 한 구절[171]을 가지고 독서 심리 상태를 이야기하면서 이효석의 「메밀꽃 필 무렵」과 현진건의 「운수 좋은 날」을 해석하였다. 독서 심리는 시간과 공간 뛰어넘기가 기본이다. 현재 읽고 있는 이 자리에서 지금 우리는 작품의 배경이 되는 곳으로 천 리가 되든 만 리가 되든 따라나서야 하고, 그곳이 비록 바다 속 2만 리가 되어도 따라나서게 되어 있다. 시간도 마찬가지이다. 워즈워스나 콜리지는 영국 땅 어느 지역의 사람들이며 지금으로부터 180여 년이 넘는 과거 속의 인물들이다. 70년 저편의 강원도 평창군 봉평면의 한 지역, 개울이 있고, 그곳에 앙증맞은 물레방앗간이 있으며, 난전을 펼칠 만한 장터가 있으며, 비록 늙어 쭈그러진 채로 힘없어 보이면서도 그 속에 자아 존재의 위대성을 지닌 채 삶의

171) 워즈워스와 사상적 동지이며 영국 낭만주의를 선언하는 데 주도적인 역할을 한 시인이자 비평가인 콜리지는 워즈워스와 아주 가까운 사이의 동시대 문인이었다. 워즈워스가 그들의 공동 시집 『서정시집』 둘째 판 서문에 쓴 글 '시와 시어'에 대한 내용을 비판하여 낭만주의 사상 이론을 보충하면서 콜리지는 1817년에 「문학평전(Biographia Literaria)」을 썼다. 이 글은 워즈워스의 '시와 시어'와 함께 1970~80년대에 문학 이론을 공부한 한국 대학원 학생들이 읽어야 할 필독 논문이었다. 그 글 가운데 한 구절은 이렇다. "불신의 의도적 차단(willing suspension of disbelief)." 7행이나 되는 긴 문장의 한 부분으로 들어 있는 말이다. 문학 작품이 제시하는 인물이나 배경, 사건 등이 너무 허무맹랑하여 믿을 수 없다 하더라도 독자인 우리는 일단 그 불신의 마음을 의도적으로 막아 '그렇다 치고' 하는 심리가 되어 독서를 진행한다는 내용의 진술이다. 이 글은 D. J. Enright Ernst De Chickera, *English Critical Texts*(런던: 옥스퍼드 대학교 출판부, 1962), 191쪽에 들어 있다.

고통을 견뎌 온 주민들이 있다. 그리고 그곳을 이야기의 터전으로 삼아 한국말로 글을 쓰면서 스스로를 절제해야 하고 그 자기 검열에 분통을 터뜨리며, 나라 형편에 어떤 표정을 지어야 할지를 고심하다가 젊은 나이에 죽은 작가 이효석이 있다. 이효석은 어떤 작가였나?

그는 당대의 반일본 및 유토피아 건설을 꿈꾸면서 민족 독립운동을 병행하던 준정치 문학 집단 사상에 동조한 바 있었다. 그러나 이런 경향파적 사고가 문학과는 거리가 있음을 그는 알고 있었고, 당대에는 일본 통치 경찰이 이 사상을 근본부터 싹을 자르려는 독기가 사방에 퍼져 있었다. 앞에서 살핀 바 젊은 총각들이 툭하면 경찰서에 잡혀 가고 학교로부터도 퇴학당하는 일들이 다반사였다. 신동엽이 그의 장시 「금강」에서 절절이 읊고 있던 '쇠 항아리'의 압제가 한국인들의 자유를 일체 빼앗아 감으로써, 당대의 한국인들은 자유로운 생각의 숨조차 쉬지 못할 형편이었다. 그런 때에 그는 우리말을 선택하여 이야기를 시작하였다. 소설은 일단 삶의 이야기가 아닌가? 그는 농촌이든 도시이든 자연과 성을 중요한 화두로 삼아 이야기를 이끌었다.

성 담론은 적절한 수위만 조절한다면 어느 시대 어떤 독재자나 악마들도 못 들은 척 눈감고 용인하여 왔다. 자연에 관한 노래나 예찬도 예외는 아니다. 그것들은 언제나 '시간으로부터의 도피' 속에 놓여 있기 때문에 당대 폭력자들의 눈으로부터도 벗어나 있는 셈이다. 그러나 그것이야말로 시대와 사상, 민족을 뛰어넘는 천재로 언술화될 때, 영원한 가치를 지니는 예술적 상관물로 남아날 수 있다. 이효석의 경우가 이에 해당한다고 나는 읽고 있다.

이상의 「지주회시」, 돼지와 거미
── 천치의 중얼거림과 천재의 자의식

1. '몽상의 집' 짓는 천치와 천재

이상론(李箱論)을 쓰는 사람들치고 그가 천재임을 염두에 두지 않는 사람은 거의 없다. 그만큼 그의 자의식과 그것을 무기로 한 중얼거림은 일반 문법을 엄청나게 저해하는 말장난에 성공하고 있다. 반어, 역설, 뒤틀기, 말장난, 위트, 말 재치 부리기, 때로는 독설 등 말로 꾸밀 수 있는 모든 기법을 그는 다 부렸다. 천재적인 작가, 천재 시인이라 부르는 데 부족함이 없는 문학적 요건을 그의 문학적 진술판이 충분히 갖춘 것이다. 그러므로 그가 또 한편 천치라는 사실을 논객들은 이야기하기를 꺼린다. 그는 천재이니까. 그러나 그는 천치이기도 하다. 그의 대표작으로 꼽히는 「날개」나 여기서 다룰 「지주회시」의 주인공은 모두 천치이다. 이 천치의 이야기를 가지고 세상을 웃게 한 작가 이상 또한 갈 데 없는 천치라고 나는 읽는다.

염상섭의 초기 작품 「표본실의 청개구리」 속의 한 주인공 김창억

(金昌億)은 머리가 살짝 돌아 버려 남들이 돌려 놓은 인물이다. 그런 천치는 당 시대뿐 아니라 지금도 어느 곳에서나 있다. 염상섭은 이런 인물을 통해 1930년 당시 조선이 '나라의 집'을 빼앗김으로써 많은 사람들이 정말로 '자아의 집'을 잃고 돌아 버렸다는 것을 보여 주려 하였다. 나라 찾는 일에 나섰다가 징역살이를 하고 출옥한 다음, 정신이 나간 사람 이야기란 제법 화젯거리임에 틀림없다. 그는 천치였지만 우리들 존재 속에 든 모두의 천치였다.

이상의 빼어난 작품들 모두가 '자아의 집' 없이 떠도는 인물들의 이야기이다. 1930년대는 일본 쪽에서 볼 때 제국주의 시대의 황금기였다. 세계를 제패할 듯한 망상이 그들의 어깨를 들썩이게 하였고 남 앞에서 우월한 존재인 듯 착각하고 살기에 충분할 만큼 왜인들에게는 아주 황홀한 시대였다. 이 세계가 모두 그들 앞에 무릎 꿇은 듯이 보인 그때에 일본인들은 한반도를 기점으로 하여 아시아 전역을 누비며 힘을 과시하였다. 일본은 국가 정책으로 자국민들로 하여금 거들먹대며 어깨를 으쓱거리도록 부추겼다. 어떤 힘의 과시에 의한 악한 일을 다른 나라 국민들에게 벌여도 그것이 죄가 되지 않음을 일본인들은 마음 놓고 즐겼다. 이것이 제국주의의 씻을 수 없는 죄악임을 당시의 그들은 머릿속에서 깡그리 지우려 하였다. 뿐만 아니라 이런 철면피한 생존 의식은 지금의 일본 속에서 다시 자라나고 있다. 일본인들의 영원한 불행이 아닐 수 없다. 행여 몇몇 일본 지식인들이 이 유치한 국가 조직의 폭력 부림을 반대하였겠지만 그야말로 그 당시에 그런 목소리는 새 발의 피일 수밖에 없었다. '존재의 힘'은 그것을 밖으로 내뻗을 때 필연적으로 남을 손상시킨다. 일본이 국가 팽창 정책으로 아시아 전역을 들쑤시고 나섰을 때 가장 아픔과 절망의 피해를 입은 족속은 한반도 국민 우리들이었고, 중국, 미얀마, 말레이시아 등 자기 힘의 균형을 스스로 유지하여 오던 나라들이었다. 서구 학자들과 그들의 지식 하수인들이 즐겨 부르는 이른바 '선진국의 밥', '후진국의 불가피한 불행'이었다.

산업화와 자본주의, 제국주의와 패권주의, 힘의 외화(外化)와 문명, 남 억누르기와 자기 과시는 모두 보기 좋은 쌍을 이루는 짝이다. 상공업 기술 개발에 의한 재부의 축적을 먼저 이룬 서양이 가장 크게 여러 나라에 번식시킨 것은 세계적 도시 만들기였다. 노동 집약과 생산성 극대화와 함께 만들어 낸 이 도시는 역설적으로 1차 생산성을 완벽하게 제거하였다. 상업이란 도시 내각에 사는 주민들이 서로의 이윤을 뜯어먹는 형국으로 발전한다. 이런 도시의 불모적 성격과 함께 편리함과 안락함은 도시를 가득 채우는 장치들로 조립된다. 거미와 양돼지가 자연스럽게 서식하는 공간이 도시이다.

생산성이 제거된 도시에서는 아내의 몸조차 돈을 줘야 동침할 수 있음을 이상의 작품은 이야기한다. 이 등식은 자본주의가 성숙해 가는 과정 속에서 금과옥조로 내세우는 물화 법칙(物化法則)의 공공연한 논리적 꼬투리이다. 이런 물화 법칙이 실현된 가장 생생한 '현실의 집'을 이야기하는 작가가 이상이다. 그러나 이상의 소설 작품을 이해하기 위해서는 일단 그의 천재적 말장난 껍데기를 까보아야 한다. 그의 번뜩이는 말의 천재적 운용 뒤에는 갈 데 없는 천치가 침을 흘리며 맥없이 누워 있다. 천치란 무엇인가? 비실제적이고 비사교적이며, 남들로부터 인정받을 일체의 물적·지적 재산도 지닌 것이 없어 언제나 놀림감이 되거나 오해의 소용돌이 속에 살고 있는 사람이다. 그런 이들은 이 세상살이에서 쓸모없는 사람이라 치부되기 쉽다. 생산적인 일이라고는 아무것도 하지 못하고 이 세상 어디에 내놓아도 남을 위해 출중한 개성을 보이지도 못한다. 롬브로소가 쓴 「천재론」에 나오는 신체적 장애 등 다른 사람들과 다르게 얽는 삶의 내용도 이상을 일면 천치라 부르는 맥락에서 벗어나 있지 않다. 비록 경성 제국 대학을 나오지는 못했다 하더라도 일본 제국주의 정책에 적당하게 적응하면서 '자기 집'을 짓는 사람들은 많았다. 뿐만 아니라 당대의 많은 사람들이 자아의 집을 짓기 위해 투쟁의 대열에 서거나 나라를 떠나 새 집터를 찾기도 하였다. 그러나 이상은 제대로 지은 자기 지상의 '집'이 없다. 그가 지은 집은 '자의식의 집'이며 '말장난의 집', '문학의 집'뿐이었다.

2. 문학 작품을 읽는 두 틀의 맥락과 이상의 이야기 세계

문학 작품은 두 개의 구조적 맥락으로 존속한다. 산출된 작품 자체라는 맥락과 그것을 산출한 작가가 겪은 생 체험의 현실적 맥락을 작가나 독자는 벗어날 수가 없다. 물적으로 존재하는 작품은 작가가 선택한 국어 '말씀'의 문법적 틀로 짜인 일정한 이야기 마디들의 집합체이다. 그러나 현실이라는 맥락은 쉽게 눈에 띌 수도 있고 띄지 않을 수도 있도록 작품 속에 숨어 있어서 그것을 찾아내는 일은 독자의 몫이며 문학 연구자들의 몫이기도 하다. 문학 작품의 이 두 맥락은 작품읽기에 있어 분리할 수 없는 짝이다.

문학 작품 속에 그려지는 세상과 그것을 그리는 작가가 살던 현실이라는 세상은 일단 같다고 읽을 수밖에 없다. 그러나 그것들 간에 같은 모양을 일일이 증명해 내기란 그리 쉽지 않다. 일반 현실 속에서 벌어지는 여러 사람들과 여러 다른 존재들 간의 모양은 단일하게 결정되어 있는 것이 없고 작가가 그려 내는 순간조차 이미 그 물상은 변해 있기 때문에 두 개의 틀을 같다고 말해도 별반 틀리지 않는다. 뿐만 아니라 그것이 아주 다른 것이라 해도 또한 틀리지는 않는다. 그러나 문학 작품을 잘 읽으려 할 때 이런 두 개의 틀은 언제나 독자들의 이해를 방해한다. 현실판으로부터 독서판으로의 정신적 이동에는 언제나 '말씀'이 개입해 있어서 명정하게 이 둘을 갈라 읽는 이는 극히 드물다. '말씀' 그 자체가 하나의 이념이며 관념이라는 전제로부터 이 글은 시작한다.

본명 김해경(金海卿)인 이상이 1929년 조선 총독부 내무국 건축과 기수로 취직하였고, 그 4년 뒤 1933년에 폐결핵으로 기사직을 그만두었으며, 서울의 통인동 집을 팔고 효자동으로 와서 친부모와 함께 살면서 배천〔白川〕 온천으로 요양 갔다가 기생 금홍이를 만나 귀경 후 동거하게 된 내역 등은 그의 작가 연보에 자세하게 기록되어 있다. 또 스물여섯 살에 변동림(卞東琳)과 결혼하여 정식으로 된 형식상 '한 채의 집'이 있었음도 이상 읽기의 현실판에서는 확인할 수가 있다.

그러나 그의 이 현실판 속의 '집' 한 채조차 지극히 불안정하고 힘겨운 긴장 속에 놓여 있었음을 그 당시의 연보적 행적들은 잘 암시한다. 변동림과 결혼하여 행복하게 살던 1936년에 그는 동경으로 건너갔고 사상 혐의로 왜경에 피검되었으나 건강 악화로 보석, 깊어진 병증을 이기지 못한 채 스물여덟 살로 죽었다. 그는 「날개」, 「지주회시」, 「동해」, 「종생기」, 「황소와 도깨비」 등 주옥같은 문제의 소설 작품들을 발표하였다. 그가 현실판 속에서 지은 '자아의 집'은 지극히 불완전하였고 그 속에 채워야 할 많은 일들이 있었다. '땅의 집' 한 채를 조선의 한 대지 위에 짓고 나머지 '하늘의 집'은 아내 변동림과 낳을 아이에 의해 완성될 것이었다. 그러나 그가 지은 지상 현실판 속의 '집'은 이것을 짓기 시작한 단계에 머물러 있을 뿐이다. '땅의 집'도 '하늘의 집'도 그가 지은 '집'은 불완전한 것이었다. 그래서 그가 지은 '자의식의 집' 모양이 모두 그와 흡사하거나 불행한 천치의 '말장난 집' 꼴이 되어 있다.

결혼하여 자식들을 줄줄이 낳아 가정을 번족하게 하기 위해 밤낮 없이 열심히 땀 흘려 일하는 것이 생활하는 사람들의 일반 상식이다. 어느 대학 무슨 학과를 나와서 직장은 어떤 종류의 것이고, 월급은 얼마나 받는지, 앞으로의 진급 전망은 어떤지, 남들에게 얼마나 인정을 받고 또 존경받는지, 노후는 어떻게 보장되어 있는지 따위는 우리들 삶 외피를 싸고 있는 엄연한 현실 지배 논리이다. 사람의 능력이 이 기준표에서 벗어나면 일단 그는 사회적으로 뒤처진 사람이며 그 정도의 심도 여부에 따라 백수니 천치니 하는 사회적 판정은 결판난다.

스물여덟에 죽었고 남긴 것이라고는 현실적으로 쓸모없는 시와 소설 몇 편이었던 이상은, 비록 그가 천재적인 머리 씀과 재능을 지니고 있었다 해도 이 기준으로 보아 천치임에 틀림없다. 문인들이 그래도 이런 천치로부터 엄청난 힘을 발견하고 있음에도 불구하고 당 시대에 그의 시편들은 이해받지 못하였고 여전히 난해한 문인으로 그는 남겨져 있는 형편이다. '위대한 것, 그것은 오해받는 것'이라고 미국의 어떤 사상가는 말했다. 그러나 작가 이상이 그렇게 남들로부터 당대에 오해를 받음으로써 위대한 '천재의 길'로 가게 되었다고 하더라도 남을 깊이 사랑한다든지 사랑하는 남을 위해 노심초사하며 땀 흘려 일하기에는 그에게 주어진 생애의 길이는 너무 짧았다.

그가 작품을 쓰고 자기 생애를 경영하려고 커피 장사를 시작한 나이는 불과 20대에 불과하였다. 치기로 세상을 마음 놓고 읽을 수 있는 나이는 10대 후반부터 20대가 아닐까? 게다가 그는 너무 일찍 심각한 병이 들어 자기 앞에 마주 선 엄청난 크기의 세계에 도전장을 내고 행동을 개시하기에는 신체 조건부터 불리한 것이었다. 프랑스의 랭보가 10대부터 세상을 비웃고 이런 우스꽝스러운 세상과 결별하기 위해 끊임없는 가출과 방황, 남색과 도둑질, 광기 어린 행동 등으로 강렬한 자기 기질을 발산하였으나, 조선의 이상은 그 못지않은 강렬한 기질의 비수를 자기 내면 쪽으로 들이댈 수밖에 없었다. 그것은 그의 생애 조건이었던 1930년대 조선의 식민지 현실과 자기 몸 조건과도 무관하지 않다고 나는 읽을 생각이다. 폐병쟁이이며 생활 무능력자에다 세상과 손잡고 나아가기에는 너무나도 비극적인 세계관이 그를 가로막고 있어서 이상은 스스로를 쥐어짜는 조소와 풍자, 빈정거림 등으로 자아의 자폐증을 어거하는 수밖에 없었다.

그는 가정을 이룩해 꾸려 나아갈 힘도 재주도 없는 엇박이였으며, 나라를 되찾겠다고 떨쳐 일어설 용기도 뜻도 없었던 무능력하고 치기 어린 현실적 천치였기에 천재의 일을 직업으로 삼은 사람이었다.

3. 거미들과 돼지들이 사는 세상 이야기, 「지주회시」

이상의 소설적 이야기에서 '집'은 이미 해체된 상태로 멀리 있다. 아니, 어쩌면 그의 이야기 속에 '집'은 의도적으로 안중에 없었는지도 모른다. '나라의 집'이든 '개인의 집'이든 그에게 있어 '집'은 모두 남의 것이었기 쉽다. 왜인들 천지에서 '나라'도 '자아'도 온전한 상태로 지탱할 수 없었던 1930년대, 일본인들의 천국 조선이 조선인인 그에게는 지옥 그 자체일 수밖에 없었다. 조선인이 조선 안에서 지옥 영혼으로 될 수밖에 없었던 내역은 그의 장편 소설 『12월 12일』을 분석하면 좀 더 구체적으로 설명할 거리를 찾을 수 있다. 조선조 나라가 무너졌지만 그것을 떠받치던 가족 제도의 낡고 퇴락한 관념과 유전자적 자의식의 문제, 이상 윗대 '집안'의 쇠락한 기운 등은 그 작품 자체를 읽는 것만으로도 훤하게 밝혀 보인다.

그런 1930년대의 조선 지옥에서 이상이 읽은 조선인의 '집'은 모두 가건물이며 임시 건물이다. 그의 작품 「지주회시」의 세계는 '거미'와 '돼지'로 상징되는 당대의 모든 인물들이 뒤얽혀 사는 현실이다. 거미처럼 줄을 쳐놓고 무심히 지나가다가 잡히는 날파리나 곤충의 피를 빨고 살을 뜯어먹으며 사는 존재들과 그런 존재들 속에 스스로를 놓고 자의식에 빠진 채 '말장난'에 빠진 천치 인물이 이 작품 속에는 살고 있다. '거미'와 '양돼지' 형상의 대표적인 꼭짓점이 일본과 일본인들임은 두말할 필요도 없다.

남의 나라를 통째로 삼켜 남 보기 싫게 살이 찐 제국주의 '일본'이 곧 이 작품 속 '양돼지'와 '거미' 형상이며, 작가의 잠재의식 속에서 의도되어 형상화된 것이라고 나는 읽으려 한다. 1930년대에 그들 일본국과 일본인들은 남의 피와 살을 빨아먹는 '거미'였으며 그것으로 살이 뒤룩뒤룩 찐 '양돼지'였음에 틀림이 없으니까. 치밀하게 짜 엮어야 하는 거미줄 잣기에 유능한 일본 국민들은 거기 걸린 먹이를 결코 놓치지 않는 기민함과 잔혹한 흡수력을 또한 지녔다. '에로티시즘', '그로테스크', '난센스'를 자신들의 문화 요소라고 일본 지식인들이 주장하는 내용 속에 이미 이런 잔혹하고도 추악한 탐욕은 함축되어 있다. 남의 피를 빠는 것에 그들 '거미'는 아무런 죄의식이 필요 없다. 그것이 일본인과 일본국이 지닌 선험적이고도 본질적인 기질이다. 거미줄에 걸릴 먹이를 끈질기고도 조용하게 기다림에는 일종의 아름다움까지 엿보인다. 이런 가학적 아름다움은 자주 한국의 친일 지식인들이 위대하다고 고개 숙이는 한 대목이기도 하다.

욕망의 전염성은 또한 위대하게 쉽고도 넓게 확산되는 법이다. 인천의 미두(米豆) 노름으로 농지를 일본에 빼앗긴 사정은 1930년대 채만식의 군산 미두 노름판 이야기 「탁류」 속에 질펀하게 나오는 우리 천치 백성들 행적으로 잘 보여 주었다. 만석 쌀을 미두에 다 까발리고 나서 하도 울어 인천 어느 연못이 눈물로 가득 찼었다던가? 정주사의 행적을 통해 채만식은 인천 미두 이야기를 그렇게 했었다. 「지주회시」의 화자 친구 "오(吳)의아버지는백만의가산을날리고마지막경매가완전히끝난것이바로엊그제"인데 여러 형제 가운데서 바로 이 '오'에게만 그의 아버지가 한줄기 촉망을 두고 있다고 하였다. 그러나 오 역시 노름에 손을 대고 있어서 친구인 '나'도 "아내의살에서허다한지문(指紋)내음새를맡은" 바로 그 아내가 벌어 온 돈 1백 원을 오를 통해 날려 버렸다. 오의 꾐, 아니 욕망의 부채질에 스스로 빠져 버린 것이다. 그의 '거미 됨'에 대한 자의식의 시작이다.

가산을 망친 아버지의 편지를 읽으며 화가 됨을 포기하는 눈물을 흘리기도 하였던 친구 오와는 한때 "깨끗한우정이꿈과같은그들의소년시대를아름다운것으로남기게하였"었는데 10년 후에 그는 형편없이 변하였다. "기름바른머리 ─ 금시계 ─ 보석박힌넥타이핀 ─ 이런모든오의차림차림이한없이그의눈에거슬렸다. 어쩌다가저지경이되었을까." 양돼지 쪽으로 그의 친구 오가 기울어 버린 것이다. 아름다운 소년의 꿈을 버린 오가 사는 방식은 드러내 놓고 여자들의 등을 쳐먹고 사는 완벽한 '거미'이며 그렇게 해서 '양돼지'가 되는 길이다.

일본이 답습한 근대 자본주의 전략의 핵심인 탐욕 확장 법칙이 사는 사회환경이란 가장 신속하고 죄의식을 배제한 '거미' 노릇으로 양돼지가 되는 길이었고, 이것을 조선인 오는 뒤따르고 있다. 불가피성이 이 조건 속에 있다고 변명될 수 있다. 작중 화자의 눈은 그것을 추하게 보았다. 김승옥이 1960년대에 와서 부른 '속물'을 읽는 1930년대식 자의식이었다. 이런 자의식이 발동되는 상관 인물로서의 직접 현장은 바로 그의 친구 오이며, 오의 친구이자 작가가 '양돼지'라고 부른 아르(R) 카페 전무이다.

욕망의 전염병은 거기 전염된 인간의 내면을 텅 비게 한다. 남의 노동 결과나 치욕의 대가를 착취하면서도 일체의 자의식 없는 인간들을, 작중 화자이며 인물인 주인공은 끝없이 멸시하지만 그도 그런 질병에 순치되지 않을 수 없다. 또 하나의 불가피성 논리가 붙는다. 천치들의 천국이 「지주회시」, 곧 '거미'와 '돼지'의 만남이니까. 작중 인물 '나'는 친구 오에 대한 멸시와 허풍에 대해 믿지 못하면서도 어쩔 수 없이 그를 따라 생각의 흐름을 맞추고 있다. 약육강식의 무한 경쟁 쪽으로 모든 사람들을 몰아가는 힘을 근대 자본주의는 발휘했고, 일본은 조선에 와서 행복한 승리를 쟁취했던 것이다. 역사상 조선 전역에 수없이 출몰해 왔던 왜인들은 1592년에 맛본 약탈의 재미를 1910년부터 36년 동안 다시 황홀한 기분으로 맛보았다. 가학자들이 몇 번 맛본 그 피맛을 어떻게 과연 잊을 수 있을까? 그러나 피학대자들이 겪는 피착취 현실은 언제나 견디기 힘든 지옥일 수밖에 없다. 「지주회시」는 그것을 이야기하고 있다. 1920년대 현진건의 자의식을 담은 「빈처(貧妻)」나 「술 권하는 사회」 등의 분위기가 이 작품 「지주회시」 속에는 있다. 일확천금을 부추기는 노름판 사기술 이야기에 스스로 빠져 들면서 중얼거리는 자의식 섞인 푸념이 주인공의 천치스러운 모습을 확장하는 장면은 이렇다.

어쩌다가아니 — 어쩌다가나는이렇게훨씬물러앉고말았나를알수없었다. 다만모든이런오의저속한큰소리가맹탕거짓말같기도하였으나또아니부러워할래야아니부러워할없는형언안되는것이확실히있는것도같았다.[172]

―――――――――――――――

172) 김용직 엮음, 『이상』(문학과 지성사, 1979), 183쪽.

작가란 일반적으로 인간의 천박한 행동과 그에 따른 결과, 어리석은 결정에 의한 불가피한 파국, 끝없는 탐욕 부림과 그에 의해 파생하는 여러 인간적 비극 내용들을 이야기로 그린다. 인간의 어리석음이나 탐욕은 꼬리에 꼬리를 물고 이어져 바로 그런 어리석은 인간들을 괴롭힌다. 역사적인 현실판에서 일본 제국주의자들은 조선인들의 탐심을 조직적으로 부채질함으로써 합법을 가장하여 조선인들의 정신과 재물을 탈취하였다. 조직 도박과 전당포, 물가 조작 등으로 대표되는 일본 정부 속임수에 조선인들의 모든 '천치'가 발휘되었다는 이야기이다. 이것은 다분히 도표화할 수 있는 도식으로 짜여 있다. 이런 어리석음과 탐욕 부림, 천치와 같은 조선인의 행적들은 작가가 「지주회시」에서 지극히 간략한 형태로 드러내 보이고 있다.

　탐욕 도식의 꼭짓점은 오사카에 본점을 둔 행복한 일본의 미두 도박판 사기꾼들로 되어 있다. 그들의 도박 술수는 아주 높은 단수에다가 칼자루를 쥔 억압자들의 보호와 강자들의 억지가 섞여 있어서 조선의 어느 누구도 미두 도박판에서 자신의 쌀과 농토를 지킬 수는 없었다. 일확천금에 대한 탐욕 부림은 노름판에서 가장 적나라한 모습을 드러낸다. 착각과 오만한 방심은 이 노름판의 양 날개이다. 착각과 오만한 방심에 스스로를 방기할 때 인간 내면은 필연적으로 황폐해진다. 오와 그의 친구 아르 카페 전무, 또는 근래 들어 눈에 띄게 보이는, 미국 원정 노름판을 휘젓고 다닌다는 한국 '양돼지'들이 전형적인 그런 인물들이다. 남에 대한 일체의 겸양을 잃은 자들, 그러면서도 남의 눈에 노출됨을 꺼리는 거미족들, 거대한 당대 물신의 조직적 욕망 부채질에 의해 전염된 이런 속물들에 관한 절망과 반어적 말장난이 「지주회시」의 기본 주제를 이루는 내용이다. 앞에 인용한 말에서 보듯 작중 화자 자신도 그들을 부러워하지 않을 수 없을 만큼 욕망의 부채질은 사람을 깊게 마취시킨다. 「지주회시」의 이런

1930년대적 절망이 1997년이 저무는 늦여름께 커다란 추를 매단 채 나의 천치 가슴속에 철렁이며 떨어지는 광경은 경이롭다.

자꾸만 말라 가는 아내, 양돼지들 지문으로 온몸을 마사지하는 아내, 그러면서도 생활 대책이 전혀 없는 천치 남편을 먹여 살리기 위해 반송 우편처럼 나갔다가 다시 들어오는 아내, 아내와 자기의 격을 따질 때 틀림없이 자신은 '거미'가 되고 말게 하는 아내, 양돼지 아르카페 전무에게 떠밀려 계단에서 굴러 떨어진 아내, 경찰서에 끌려간 아내의 보호자 노릇이 귀찮다고 집으로 내빼 잠만 자는 무능하고 부실한 남편, 굴러 떨어진 대가로 받은 돈 20원을 놓고 공돈 생겼다고 행복하게 쓸 궁리를 하는 아내와 이 돈을 몽땅 가지고 나가 오의 여자 마유미와 술 마시고 팁 주는 데 다 쓰겠다고 작정하는 남편, 전무에게 양돼지라고 부르고 계단에서 다시 굴러 떨어지면 아내는 또다시 돈이 생긴다고 생각하는 이런 남편과의 '집'은 진정한 의미의 '하늘의 집'이 아니다.

「지주회시」에는 '집'이 없다. 이 작품 이야기 공간 속에는 '땅의 집'도 '하늘의 집'도 지을 생각 자체가 없는 인간들의 치기만만한 장난기로 온통 뒤덮여 있다. 이곳에 사는 사람들에게는 더럽혀진 세계 변혁에 대한 젊은이다운 패기도 사회적 어둠에 대항하는 분노심이나 울분도 없다. 거대한 사회적 욕망에 전염된 인간들의 천치스러운 중얼거림과 작가의 반어적 자의식만이 어둡게 도배된 이야기 세계가 「지주회시」의 애상적 분위기이다. '나라의 집'이 무너진 상태 속에 세워진 가건물로서의 지리멸렬한 '개인 집 살이' 내용을 이 작품은 절묘하게 잘 보여 준다.

한국 근대 소설의 자기 정체성 확인에 관한 연구

── 근대 소설 작품들 속의 한국과 한국인 및 일본과 일본인

1. 서 론

이 글은 한국과 한국인 자신에 대한 점검을 목표로 한다. 도대체 한국은 무엇이고 한국인은 누구인가? 모든 인간이 다 그렇겠지만 자아에 대한 확인 방식에는 여러 가지가 있을 터이다. 오직 자아만을 보고 자기라고 믿는 경우와, 자아를 둘러싸고 있는 세계를 작은 범위로부터 커다란 범위로 확장하며 자아의 자기 됨을 비교하여 확인하는 방식이 있다. 이 두 방식 가운데 하나를 채용하는 사람들이 아무리 그것의 독자성을 강변한다 해도 서로의 방식이 은연중에 넘나드는 것을 부정할 수는 없다. 모든 존재 자체가 그렇게 타자와 떨어져 존재할 수 없는 운명을 지고 존재하기 때문이다. 작가들은 이런 자기 운명을 포함하여 자아를 둘러싸고 있는 남과 세계를 유심히 살피는 사람들이다. 그들이 남과 세계를 유심히 살피는 이유는 기실 처절하다. 진정한 자아가 누구인지를 그들은 알고 싶어하기

때문이다.

한국인들은 근세 1백여 년 동안 엄청난 질곡과 시련을 겪었다. 오랜 역사를 지닌 종족임이 틀림없는 한국과 한국인으로서의 개인적 자아가 심하게 겪어야 할 자기 분열을 우리는 근대 작품들 속에서 목도한다. 좁게는 한국인 우리 자신이며 넓게는 일본과 서구와 관련된 자아 세우기에서 우리는 여러 분열된 모습을 본다. 일본은 한국인에게 있어서는 중요한 화두이다. 한국인에게 있어 일본이나 일본인은 특수한 관계로 인식되는 고유 명사이다.

우리에게 겨우 남겨져 전하는 사서(『삼국유사』, 『삼국사기』 등)에 끊임없이 등장하는 과거 일본국과 일본인들, 그리고 1910년부터 시작된 한국의 식민 경영, 광복이 된 이후에도 정치, 경제, 문화 등 여러 방면에 걸친 갈등이나 화해 몸짓들은 한국인에게 지속적으로 반복하여 넘나들고 있다. 한국인에게 일본인은 때로 사악하고 간사스러우며 악착같은 섬나라 근성을 지닌 인간들로 매도되는가 하면, 또 어느 한쪽에서는 근면하고 폭넓은 창조 능력을 발휘하여 세계에서 으뜸가는 국민으로 마땅히 한국인이 본받아야 할 사람들로 칭양되기도 한다. 매도와 칭양은 모두 우리들 자신의 주관적인 사태에 따른 것이지만 울림의 차이는 엄청나다. 이 글은 사태 가치족에 속하는 친일파, 민족파를 가려내는 것이 목표가 아니다. 우리들 자신의 자아 찾기가 탐색의 핵심이다.

1900년대는 한국 사회가 왕정 붕괴와 함께 서구 산업 사회의 변혁 물결을 받아들이지 않을 수 없던 시대였다. 열강 제국의 시장 개방 압력에 따라서 서구를 향한 '개방', 그들을 모방하는 '개혁', '개화' 패러다임은 당대적 생존 방식 바꾸기라는 중요한 한국 사회 지식인들의 기본 화두였다. 이 시대에 이를테면 동서 유럽 쪽의 여러 국가 정책 담당자들이나 기타 서양으로 지칭되는 다른 나라 야심가들이 세계를 향해 뻗어 나가는 힘을 길러 자기 나라 세력을 팽창시키는 전략으로 삼고 있었음은 당대 서양 역사는 물론 당장 한국 근대 역사가 생생하게 겪었던 경험들로도 확인할 수 있다. 영국의 키플링이 1900년대에 도도하게 내쏟던 저술들 속에는, 그들 영국 제국인들이 마땅히 개척하여 문명인으로 길들여야 할 밀림과 야수들, 그리고 미개인들인 아프리카나 아시아 제국 신민들이 있었다. 그들을 자기화하여 복속시키는 일은 그들의 마땅한 사명이며 그들이 믿는 신의 명령이었다. 그것이 당대에 그들이 철석같이 믿었던 신조(이데올로기)였다. 물론 이 글의 목적은 우리의 이웃이면서 수천 년 동안 끊임없이 우리를 괴롭혀 온 일본에 대한 간략한 생각을 정리하려는 데 있다.

어떤 존재이든 자아 개인의 힘을 외부로 팽창하려 하면 남과는 필연적으로 부딪치게 된다. 존재가 부딪치면 파괴가 뒤따르거나 존재 간의 불화가 발생한다. 불화나 파괴가 인간의 존재 이유일까? 이 논리도 우리가 익숙하게 들어 온 서양인들의 이론이다. 약육강식, 적자생존, 이것은 서양이 19세기 들어 팽창 정책으로 남의 나라에 들어가면서 가르친 생존 법칙이다.

서양인들이 어째서 그들의 팽창 정책을 주기적으로 채택하게 되는지를 우리는 쉽게 단언할 수 없다. 우리의 눈에 띄는 그들 서구인들이 개인은 물론 그들로 뭉쳐진 집단 자체가 엄청난 힘을 지녔고 그런 폭발적인 힘을 외화하여 개발 패러다임에 목매고 있다는 점을 우리는 온몸으로 느낀다. 개인 존재나 집단이나 그들이 지닌 힘을 외화하려고 할 때 모든 개인 존재의 존엄성이나 생존권이 무사하게 지켜지기는 어렵다는 것이 이 글을 쓰는 나의 전제이다. 민주주의, 그것은 일종의 환상이다. 왕권주의나 전체주의가 그러면 이상적인 정치 제도인가? 그 모든 것을 우리는 이미 서양과 동양을 통해 지켜

보았다. 동등한 생존권 보장에 관한 한, 정치 제도란 무의미하다. 다만 지구의 인간 밀림 속을 뛰노는 맹수들과 약한 짐승들이 힘겨운 생존 투쟁을 벌이고 있을 뿐이다. 이것은 사람의 사람됨을 읽는 또하나의 눈길이므로 진실의 전부라고 볼 수는 없다. 문학 작품은 그런 점에서 무정부주의적이라고 나는 믿는다.

우리 시계(視界)에 보이는 인류사에는 커다란 집단 변혁 운동이 세 번 있었다. 그것은 프랑스와 러시아에서 경험한 두 개의 혁명이고 또 하나는 한국에서 경험한 동학 혁명이다. 이들 혁명을 일으킨 사람들의 모든 이념은 인간이 동등한 권리를 가지고 태어났다는 생각이었다. 인간의 동등한 생존권 장전에 관한 깨우침을 준 이 인류사적 경험들은 불과 1백 년을 상거한 시간 거리 속에서 겪은 변혁 내용이었다. 볼셰비키 혁명이 일어난 해와 프랑스 혁명이 발발한 해 사이에 우리 나라 동학 혁명이 끼여 있다는 사실은 신기한 일이지만 실제로 그랬다. 그런데도 우리들 자신은 잘 모르고 있거나 애써 잊으려 하고 있다. 그 이유는 무엇일까? 이것도 참 신기한 망각이다.

1789년의 프랑스 혁명, 1894년의 동학 혁명, 1917년 볼셰비키 혁명 들은 나라 형편이 다른 조건에서 터져 나온 것이었지만, 모두 인간의 동등한 살 권리와 관련되어 모아진 힘의 분출이라는 특징을 지니고 있다. 집단의 안녕과 개인의 자유는 인간이 살면서 피할 수 없는 존재값의 문제이다. 그런데 이렇게 개인 존재의 값을 묻는 집단 행동을 벌여 오는 동안 우리는 이 1백여 년을 상거하는 18세기 후반부터 서구로부터 엄청난 삶의 변화를 진행시켜 온 또 하나의 혁명을 목도하게 된다. 그것은 '산업 혁명'이라는 생활 변혁의 물결이었다. 이 혁명의 물결은 앞에서 벌인 세 개의 혁명 배후에서 싹텄고, 또 그것을 먹고 급속도로 자라났다.

이 산업 혁명이 인간의 존엄성을 확장함으로써 집단 안녕을 보존

하리라는 꿈은 실제적으로 일상생활 속에서 여러 가지 눈에 띄는 변화를 가져왔고, 그것을 일본과 한국은 불가피하게 받아들이지 않을 수 없는 처지에 놓였다. 그것은 근대화라는 이름으로 불린 서양 바람이었으며 집단 이익을 팽창하려는 지구촌 주민들의 피할 수 없는 욕망의 우주적 현현이었다.

'개화'란 '근대화'의 다른 이름이었다. 이 명칭은 그것 자체가 계급성을 띠고 있다. 가진 자와 갖지 못한 자, 누리는 자와 누리지 못하는 자 사이에는 뛰어넘을 수 없는 벽이 있다. 강력한 근대성의 힘으로 무장한 일본을 향한 한국 지식인들 정신 속에는 독특한 양가 감정이 있음에 틀림없다. 동양의 강자로 떠오른 일본의 존재는 한국인에게는 부담이며 짐인 동시에 함께 살아야 하는 고약한 이웃 나라이다. 이들에 대한 한국 지식인들의 자의식은 다시 떠올려 봄 직한 일이다.

2. 일본 신앙과 한국인의 자기 정체성

자기 문제를 푸는 데 남에게 의지하는 경우란 모여 사는 사람들 사이에 얼마든지 있을 수 있다. 그러나 불가피해서 그럴 경우라 할지라도 자아가 죽음을 불사하고 지켜야 할 근본은 있다. 세계의 각 민족들 사이에는 가끔씩 그런 자아를 망각함으로써 동족에게 피해를 끼치는 인물들이 존재한다. 모든 언어권의 문학적 소재 속에 이 화제는 자주 등장한다. 이른바 천애의 고아 의식이 그것이다. 조선조 말기가 되면서 막강한 서양 세력과 일본이 한국을 뒤흔들고 들어오자 많은 이런 지적 고아들이 생겨났다. 그것이 우선 동경 유학파로 나타난 것은 결코 우연이 아니다.

1) 초기 동경 유학파의 일본 신앙

1910년에서 1920, 30년대로 들어서면 초기 일본 유학생들이 일본에서 또는 귀국한 한국에서 몇 가지의 어려운 과제를 안고 생활하게 된 것을 알 수 있다. 그것은 나라 되찾기와 한국인으로서의 인간다운 생애 꾸미기이다. 그것은 상당히 어려운 지적 결정 사항이다. 이미 일본에게 점령당한 조국에서 일본식 정신을 배워 온 사람들은 일종의 정신 분열 증상을 앓지 않을 수 없었다. 일본 쪽이 시키는 대로 행동함으로써 민족과 조국을 배반하느냐, 일본에 저항함으로써 막강한 당대 일본 세력에 의해 죽을 수도 있는 모험을 강행하느냐 하는 양도론적 자기 판결 앞에 각자는 서게 되었다. 이런 지적 결정 사항의 어려움을 아주 쉽게 넘어선 사람이 이인직과 그 비슷한 선택을 한 일본 신봉파 지식인들이다. 이들을 우리가 단순히 '친일파'라는 용어로 정리하는 것은 합당치 않다. 그들은 일본을 우리 삶의 구원자로 믿었던 일본 신자들이었다. 일본의 책략을 그들이 알았든 몰랐든 믿음에 관련된 한 그들의 일본 경도는 적극적이었다. 그들의 '이성적' 판단에 의하면, 동족의 사활 문제는 일본에 의해서 결판난다는 것이었다. 그들은 일본을 향한 신앙인이었기 때문에 정신적 고뇌나 절망은 있을 수 없었다. 이인직의 대표작으로 운위되는 『혈의 누』나 『치악산』을 검토해 보면, 이들 일본 신앙인들의 주장이 어떤 지식 바이러스에 침투당해 있는지를 익히 알 수 있다. 그것에 한국인들 모두에게 일본 신앙을 전파해 옮기려는 교묘한 책략이 숨겨져 있음을 간과할 수 없다.

이인직의 『혈의 누』는 1906월 7월 22일부터 그해 10월 10일까지 「만세보(萬歲報)」에 그 상권이 연재된 '전기적' 성격을 띤 염정 소설(艶情小說)이다. 1894년부터 1895년까지 청(淸) 군대가 동학란을 평정한다고 들어오자 일본 군대까지 들어와 풍도(豐島) 앞바다와 아산(牙山)에서 양군이 충돌하여 성환(成歡), 평양(平壤), 요동(遼東) 등지 전투에서 일본이 승리한 내용을 배경으로 한 작품이다. 청일전쟁의 평양 전투에서 돈 잘 쓰기로 유명한 김관일은 부인과 그의 딸 김옥련을 잃었으나, 여러 경로의 우여곡절 끝에 옥련은 일본인 이노우에(井上) 군의관의 도움으로 일본 유학은 물론 미국에까지 유학하여 신학문을 익힌 신청년 구완서를 배필로 삼아 가족 모두와 만나는 이야기이다. 동학 혁명이 세계 혁명사적 가치가 있는 민권 운동이었음을 볼 수 없었던 이 작가의 눈은 일본과 미국이 우리 생애의 유일한 살길이라고 믿음으로써 나라의 자존과 독립을 송두리째 일본에게 넘겨줄 책략에 앞장섰다. 동학 혁명은 민권의 대등함을 세계 대내외에 널리 알린 엄청난 역사적 사실이다. 프랑스 혁명과 볼셰비키 혁명을 열심히 논하는 학자들이 동학 혁명을 외면하거나 정면으로 연구하지 않은 현상을 어떻게 읽어야 할까? 이 동학 혁명이 조선조 말기의 나라 전부를 뒤흔드는 혁명적 사건이었음에도 이인직은 눈을 딴 곳에 두고 있다. 그리하여 그는 일본이 한국의 유일한 구원 국가라고 보았다. 한국 가정의 모든 어려움은 일본인의 손길에 의해서만 비로소 행복한 결말을 얻을 수 있다는 것이다. 『혈의 누』나 『은세계』, 『치악산』 등은 모두 이런 작가적 전망으로 쓰인 작품이다.

여러분 동포가 의리를 잘못 잡고 생각이 그릇되어서 요순 같은 황제 폐하 칙령을 거스르고 흉기를 가지고 산야로 출몰하여 인민의 재산을 강탈하다가 수비대 일병(日兵) 40~50명만 만나면 수십 명 의병이 더 당치 못하고 패하여 달아나거나 [……].[173]

---

173) 이인직, 『혈의 누·은세계』(범우사, 1984), 185쪽.

『은세계』의 1절이다. 이인직의 소설 세계는 대체로 이와 같았다. 이인직 자신은 이미 스스로 작정하여 일본의 밀정으로 행세하는 일을 기꺼워한 데다가, 그나 그와 같은 자리에 서서 자기 삶을 경영하려던 일본의 초기 유학파들은 한국은 물론 한국인을 저급한 민족으로 치부하기를 꺼려 하지 않았다. 그것이 초기 한국 문학사 기술 자체에서 여실하게 드러난 내용이다. 이들의 신문학 신화 전파는 필연적으로 한국 문학사가 마땅히 지녀야 할 민족 문학사적 정신을 뒤틀어 놓는 결과를 낳았다. 문학사가 그 민족의 생애에 관한 문학적 관심을 드러내는 것은 필연적이며 불가피성의 법칙에 따를 수밖에 없다.

한국 문학사가 이인직 유의 일본 밀정에 대해 민족에게 끼친 해코지 내용을 사리(捨離)한 채 '근대성' 확보에 앞장섰다는 쪽으로 기술 방향을 잡은 것은 초기 동경 유학파들의 커다란 영향력의 결과이다. 뿐만 아니라 그것은 일본 고급 두뇌들이 심어 놓은 의도적인 책략이기도 하다. 근대성 확보를 위한 논증 문제를 문학사 기술의 척도로 보려는 의도는 현재 일본 극우파 관료들이 치밀하게 계획된 순차에 따라 하고 있는 발언 중에 '식민지 시대에 한국은 근대화의 기틀을 닦았다'는 발언의 진의와 조금도 다르지 않다. 놀라운 일이다.

이 당시 이광수의 『무정』은 한국의 대표적인 문학사나 소설사에서 '최초의 근대 소설'이라는 이미 고정된 판정을 받은 작품이다. 삼각 관계를 그린 이 대중 통속 소설을 놓고 그들은 자유연애를 다룬 최초의 것이니 '최초의 근대 소설'일 수밖에 없다는 것이다. 유교 이데올로기는 연애 자체를 금지해 왔고 그것은 인간의 개인적 감성을 무시하는 봉건적 통제이니 마땅히 깨뜨려 없애야 할 악덕인데, 이광수는 과감히 그것을 주장했다는 것이다. 앞 시대의 관념을 깨는 데 이광수는 앞장섰을 뿐 아니라 그래야 할 필요성을 도처에서 강조하였다. 일찍이 일본에 유학하고 있던 그의 목소리는 바로 우리가 믿고 따라야 할 새로운 가치를 살포하는 선각자 행세를 했지만, 실은 불행하게도 그는 일본 지식 권력자의 하수인으로서 일본을 통한 서양 정신 바이러스에 감염된 중간 숙주에 지나지 않는 인물이었다. 『무정』이 '근대 소설의 효시'라는 판정을 얻기에 필요한 작가의 성분적 요건을 들어 보이면 대체로 이렇다.

첫째, 그가 일본 유학파 지식인이라는 점이다. 둘째로는 작가가 충분히 일본의 교육 혜택을 누림으로써 일본은 힘이 강한 선진국일 뿐아니라 한국에게는 은의(恩意)로운 나라라고 은연중에 그가 믿고 있다는 점을 들 수 있다. 친일 성향을 지닌 눈으로 한국을 보았을 때한국은 마땅히 후진한 봉건 국가여서 개조되어야 할 나라일 뿐이다. 서양 정신 바이러스에 감염된 중간 숙주로서 친일 작가가 되었을 때비로소 그는 '근대 작가'로 규정될 수 있었던 것이다. 그러므로 '근대 작가'나 '근대 소설'은 지극히 '일본적인 것' 또는 '서양적인 것'이라는 등식이 성립한다. '계몽주의', '신교육', '신여성', '개화', '신가정', '신문학' 등 '새롭다'는 말은 곧 일본 것이거나 서양적인 것이어서 우리의 지식인들은 눈코 뜰 새 없이 발전 모델인 일본과 서양, 특히 미국 닮는 일에 몰두할 수밖에 없었다. 신교육을 받은 주인공 이형식은 과거에 양가 부모들이 정해 준 배필 박영채와 신여성이며 부잣집 딸인 김선형 사이에서 고민하는 척하다가 김선형을 택한다. 부모도죽어 없고 무일푼인 박영채보다 김선형은 부잣집 딸인 데다 신여성이다. 이광수의 통속적인 눈으로 선형을 택하는 것은 당대 이데올로기에 맞다. '힘센 곳에 기대어 사는 법'의 고취는 당대 개화파 정치인들의 현실 감각에 기인한 것이었고 친일 지식인들의 신조 발의였다. 말로는 그들을 본받아 우리도 자력으로 잘살아 보자는 것이었다. 그러나 이미 남의 몸통을 누르고 일어선 일본에게 목을 눌린 형편에서 그들을 본받자고 내세운 신교육 명분은 결국 '일본의 힘 앞에 굴복하여 생명을 부지하는 것이 당대 삶의 길'이라는 내용이다. 이광수의 『무정』은 이러한 방식의 살아남기 이데올로기를 가지고 남녀 간의 삼각관계를 그린 통속 염정 소설이다. 한국 문학사 기술에서 불요불급한 내용일 수 없는 근대 소설 효시론은 이런 친일 성향의 눈길로부터 시작된 것이다. 다시 검토돼야 할 내용이다.

그의 글재주가 가히 천재적임을 보인 곳은 이른바 서사 양식이라는 소설에 있지 않다고 나는 읽는다. 「돌베개」를 비롯한 「죽은 새」, 「백로」, 「나는 바쁘다」, 「우리 소」, 「제비집」, 「서울 열흘」 등은 그의 빼어난 산문이다. 사릉(思陵)에 은거해 있던 시절에 그가 쓴 명상 어린 글들인데, 과연 일본인들이 부릴 만한 재능을 지닌 문재(文才)가 이 글들에 유감없이 발휘되고 있다. 그처럼 생명의 외경심을 빼어나게 드러내 보인 문재가 일본 신앙을 극대화해 보여 준 글에서도 가히 경이로운 문학적 운신임이 드러났는데, 그것은 한국인들을 위해서는 기막힌 독서의 고통을 주는 내용을 이루고 있다. 「지원병 훈련소의 하루」, 「내선 일체와 조선 문학」, 「동포에 고함」, 「내선 청년에 고함」, 「황민화의 한 길」, 「지식층의 고도(孤島)」, 「신체제의 윤리」, 「영국이여, 물러나라」, 「문단 위문사의 의의」, 「조선 청년과 애국심」, 「무부츠옹의 추억」, 「'동아 정신의 수립'에 대하여」, 「조선 신궁 신전에서」 등 이른바 그의 친일 행적의 글들 속에서 이광수 문체는 온전히 자아를 일본에 예속시키려는 정신으로 가득 차 있다. 그는 「동포에 고함」에서 이렇게 말하고 있었다.

조선 청년 된 자, 모름지기 이 마음을 명심해야 한다. 즉 황국 신민으로서의 감사와 긍지로써 분기하여, '팔굉일우의 황모(皇謨)를 따라, 홍아 성업 완수의 일익(一翼)이 되어, 동아 공영권의 확립을 기(期)하며', '생활의 전시화(戰時化)에 노력하여, 직장을 봉공의 전장(戰場)삼아 반드시 직분 보국(職分報國)에 정신(挺身)할 것을 기(期)'해야 한다. 그 외의 길은 모두 허락될 수 없는 사도(邪道)이며, 반국가적, 비국민적이라는 것을 깊이 명백하게 인식해야 한다.

이 글은 문사의 글이라기보다는 지극히 정치적인 칼럼이다. 뿐만 아니라 이 글의 배경에는 1940년대라는 특수한 국제 정치사적 상황이 놓여 있다. 국내에서는 '창씨개명'이 이루어져 조선인임을 완전하게 말살하려는 미나미(南次郎) 총독의 독려가 칼날 같았고, 일본은 그들의 전력을 기울여 대륙 전쟁에서 패하지 않으려는 절체절명의 시기였다. 이광수는 그런 세력에 휩쓸리지 않을 수 없는 위치에서 자기 삶을 경영하고 있었다. 그것은 당대의 동경 유학파로서, 일본 숭배자로서, 또 일본으로부터 받은 혜택에 대한 자기 의식을 통해 그가 피해 갈 수 없는 언술 행위였다.

그러나 이광수의 문학적 언술 행위는 이미 1930년대로 오면서 그 주도적인 위세가 뒤로 물러선다. 김동인이 그의 「한국 근대 소설고」에서 "고적(孤寂)을 홀로 지킨 이인직의 뒤를 이어 역시 홀로 지키고 있던 춘원은 여기 몇 사람의 동지를 만났다"고 쓰면서 김동인 자신과 염상섭 등의 시대가 왔다고 한 내용은 바로 이것을 뜻한다.

이광수는 작품 말미나 발문 등에서 수시로 자기는 작가라기보다는 그 이상의 어떤 인물이기를 자주 천명한 바 있다. 그것은 그가 선택한 권력 노선이었고 또한 그의 운명이었다. 그는 조선인의 운명을 일찌감치 깨우친 선각자로서 자아 스스로를 세우려 했기 때문에 위에 보인 내용과 같은 글들을 쓰지 않을 수 없었다. 그의 개인적 불행의 문제에서 끝나지 않는 불행을 그의 언술 행위는 안고 있었다.

동경 유학파이면서 일본적 사유 방식을 배워 온 많은 지식인들 가운데서도 한국과 한국인을 일본인적 정신 숙주라는 역할 질곡으로부터 벗어나야 할 것으로 인식한 작가들이 많았다. 그들은 지식인의 사회적 역할 문제를 놓고 심각하게 고심하기 시작한 것이다. 그들은 1930년대로 접어들면서 이 문제를 천착하는 작품 활동을 왕성하게 하였다. 좌파 이데올로기를 지닌 지식인들이 일본에서 좌파 지식을 옮겨 온 내용은 김윤식이 20~30년 이상 탐구해 온 저술들(『한국 근대 문예 비평사 연구』(1973), 『한국 근대 문학 사상사』(1984), 『한국 근대 소설사 연구』(1986), 『한국 현대 현실주의 소설 연구』(1990))에 상당한 내용으로 해석 정리되어 있다. 이 저술들에서 우리는 많은 것을 배웠다. 1930년대를 가로지르는 한국 사회에 일본과 일본인, 한국과 한국인의 위상 변화를 읽게 하는 김윤식의 노작들은 우리 자신을 읽게 하는 커다란 지형도로 자리한다.

2) 자기 정체성 문제 탐색

한국과 일본과 세계의 1930년대, 이 시기로 들어서면 드러내 놓은 일본 신자들을 제외한 많은 작가들이 왜정 질곡의 당대적 사회 분위기를 좀 더 선명하게 그려 이야기하고 있다. 이 시기에 많은 작가들이 등단한 사실도 특별히 기록되어야 할 일이다. 「동아일보」와 「조선일보」 등이 '신춘문예'를 통해 작가를 배출하는 기관지 역할을 함으로써 단편 소설로 당대 사회를 날카롭게 읽는 작품들이 풍성하게 나왔다. 짧은 이야기를 가지고 당대 사회의 부조리와 무자비한 일제의 폭력, 거기 대응하는 힘이 달림으로써 비참한 마음을 다스려야 하는 한국 지식인의 고뇌 등이 이들 작가들의 작품에는 핍진하게 그려지고 있다. 김유정, 박영준, 현덕(玄德), 이근영(李根榮), 조명희(趙明

熙), 이효석, 김남천, 이태준, 안회남(安懷南), 박태원(朴泰遠), 최명익(崔明翊), 현경준(玄卿駿) 등 기라성 같은 작가들이 나와 이 시대의 민중적 질곡을 고발하는 이야기들을 각기 터득한 소설 기법에 따라 발표하였다. 이 가운데서 안회남의 경우는 일본 탄광에 징용으로 끌려가 고생한 경험을 작품 내용으로 하고 있어서 생생한 사실감을 불러일으켰다. 동경 유학이라는 출세 발판 마련과는 상당히 비껴선 자리에서 그들의 작품 행위가 이루어졌기 때문에, 일본과 일본인은 마땅히 한국에서 사라져야 할 질곡이며 폭력배들임을 그들은 강렬한 어법으로 증언하였다. 일본인들에 둘러싸인 한국인들의 비참한 참상 이야기(김유정, 박영준, 현덕, 이태준, 안회남, 박태원, 이효석 등의 경우)와 이것을 극복하기 위해 제시한 방법론(조명희, 김남천, 최명익, 현경준 등의 경우)들은 한민족 자존과 갱생의 길에 대한 전망을 화두로 하고 있다. 한국인의 신성을 회복하고 일본인들을 한반도에서 몰아내는 일이 이 시기 30년대 작가들에게 있어서는 중요한 모티프였다. 초기 동경 유학파의 대표자인 이인직이나 이광수와 같은 일본 신앙적 태도로부터 이들은 상당한 관계 거리를 두고 일본과 일본인 그리고 한국과 한국인들을 파악하고 있었다. 초기 동경 유학파들의 지식 권력 행사가 일본 신앙 쪽으로 표면화되는 것에서 분산되어 상당한 자기 반성과 일본 비판의 장이 열린 것이다. 사실주의, 비판적 사실주의, 사회주의적 사실주의 등 제국주의적 패권 이데올로기에 대항하는 반제국주의 이데올로기가 그들 작가들의 뚜렷한 신조였다. 일본 신앙파들의 지적 잠복은 이때로부터 본격화되기 시작하였다.

또 한편 사회를 전반적으로 읽을 수 있는 긴 이야기 형식인 장편소설로 염상섭의 『삼대』와 이기영의 『고향』, 홍명희의 『임꺽정』, 채만식의 『탁류』, 『태평천하』 등이 발표되면서 1930년대는 이야기 문학의 괄목할 만한 진전을 보여 주고 있다. 이들도 물론 모두 일본 유학의 경험이 있다. 이들 역시 당대의 사조가 서양닮기의 틀 속에 놓여 있음을 용인한 상태에 있었기 때문에 우리의 옛것에서 무엇인가 창조적인 것을 찾겠다는 쪽으로 마음을 지니지는 못하였다. 그러나 그들은 이인직이나 이광수처럼 맹목적으로 일본닮기를 꿈꾸거나 지껄이는 치기에 젖지 않는 차분한 지식인들이었다. 뿐만 아니라 이들은 보다 냉철하게 일본과 한국의 입장을 읽었기 때문에, 무턱대고 일본닮기를 주장하는 글들을 쓰지는 않았다. 단 한 편의 소설로 1930년대 장편 소설의 한 활로를 열었던 벽초(碧初) 홍명희는 월북하여 김일성과 함께 북한 정권을 만드는 데 나서서 북한 정권의 부주석으로 활동하였다. 작가로서 그는 30년대에 쓴 『임꺽정』한 편만 남겼을 뿐이다. 이 작품은 명종 때 이름난 화적패의 괴수 임꺽정을 주인공으로 하여 천민 계층이 마땅히 누려야 할 생존의 권리 주장을 전망으로 한 작품이다. 영웅의 기상이 있는 임꺽정을 중심으로 하여 모인 각기 독특한 재주를 지닌 작중 인물들이 봉건 왕조에 기생하는 관적(官賊)이나 모리적(謀利賊)들의 부정한 재물을 탈취하여 가난한 사람들에게 나눠 주는 의적(義賊) 이야기가 작품의 주된 골격이다. 공산사회주의를 신봉하던 작가 홍명희는 사회적 분노심을 이야기 마디마디마다 드러냄으로써 당대 사회의 민중적 아픔을 다독거렸다. 80년대에 들어서면서 이 작품이 폭발적으로 많이 읽힌 사정은 작품의 전망과 독서 상황의 동족 관계를 보이는 좋은 본보기이다.

채만식은 일본 제국주의자들의 침탈로 인한 한국인 희생양의 모습을 통해 일본인들의 저열한 폭력을 장편 소설 『탁류』에서 보여 주었다. 동시에 그는 일본 침략의 질곡을 외면한 채 그 시대를 '태평천하'라고 읽은 도덕적 불구자 윤직원의 어리석은 행태를 『태평천하』에서 풍자적으로 그려 보였다. 30년대 후반에 이루어진 소설적 성과였다. 위 두 작품은 사실 미워할 자와 사랑할 자에 관한 감정을 안짝, 바깥짝으로 그린 한 편의 작품이라 읽을 수 있다. 일본 사람들의 곡물 착취 내용과 그에 따라 한국인 가정이 몰락해 가는 과정을 그린 『탁류』가 억압받는 한국 민중에 대한 애정을 보인 것이라면, 그런 억압은 나 몰라라 하고 치부와 축첩, 엽색 행각으로 당대의 분위기를 외면한 인물을 보인 것이 『태평천하』였다. 30년대 후반의 한국 사회와 한국인의 한 계층을 읽게 하는 아주 좋은 소설적 담론이다.

이기영 또한 월북하여 이북의 사회주의 정권 창출과 그 유지를 위한 지적 산업에 이바지한 지식 사회주의자였다. 친일 지주의 악랄한 농민 착취에 대한 성급한 경향 작가들의 노골적인 증오심 표출을 보인 작품들과는 달리, 『고향』은 농민 김희준이 일본에서 공부하고 돌아와 농촌에 생기기 시작하는 공장에서 노동자 계급의 조직적인 의식 증대를 교육해 나가는 내용을 그리고 있다. 악덕 지주에 대항해 싸워 그 세력을 깨부수고 새로운 유토피아 건설을 꿈꾸게 하는 문제와, 창작 방법상의 문제를 놓고 문학이 형상화할 수 있는 최고의 인민적 융화를 주제삼던 당대 카프 조직 멤버 임화, 김태준, 김남천 등여러 문학 동지들로부터 이 작품은 격찬을 받았다. 카프 파들의 생각은 문학의 정치화였다. 착취당하는 인민들의 결집에 의한 세력화는 당대 공산사회주의를 국가 건설의 모델로 믿고 있던 한국의 일부 문학 지식인들의 절체절명의 꿈이었다. 그러므로 그들은 왜정 당국으로부터 끊임없이 탄압받았다. 1931년과 1934년에 불었던 검거 선풍에서 이기영은 두 번 다 검거되어 집행유예와 2년의 구형 등 탄압을 받았다. 소련의 볼셰비키 혁명 성공은 이들 환상적 이상주의자들로 하여금 한국에서의 공산사회주의 국가 건설을 목전에 온 낙원처럼 믿게 만들었다. 이 공산 낙원이 결국 물거품처럼 부서질 환상임을 깨닫게 하기에는 그 후 소련과 동독이 스스로 무너지는 80여 년의 세월을 기다릴 수밖에 없었다.

　염상섭의 『삼대』는 1931년 「조선일보」에 연재된 작품이다. 서울 중산층 집안의 삼대에 걸친 생활 방식과 신념의 변화를 치밀한 필치로 그려 보인 이 작품은 당대 한국 사회를 이루고 있던 가정의 전형적인 변환 과정의 지적도에 해당한다. 유교 이데올로기를 믿던 할아버지 세대 조의관과 신교육을 받은 자답게 기독교를 믿는 척하던 그의 아들 조상훈, 이 두 세대 모두의 생각과 행위의 결과를 떠안아야 할 입장에 놓인 손자 세대 조덕기 삼대가 각기 살아가는 방식을 『삼대』는 중후하고도 진지하게 그려 보였다. 치부에 재능을 지닌 할아버지는 토지를 매입하여 소작을 주고 그것을 다시 증식해서 늘리고 계속해서 다시 토지를 사거나 주택을 사들이는 식의 증식으로 치부한 부재지주(不在地主)이다. 그는 비록 돈은 모았으나 중인(中人)이라는 출신성분으로부터 벗어나기 위해 양반 가계에 자기 족보를 잇는 족보 보수와 조상 무덤치레에 막대한 돈을 쓰는 인물이다. 그의 첩치가(妾置家)가 다시 아들 대에 이어지고 있음은 자고이래로 돈 가진 자들의 상례처럼 그려지고 있다. 둘째 세대인 상훈은 뚜렷한 직업이나 하는 일 없이 엇박이로 물려받은 돈이나 탕진하는 인물이다. 그는 기독교를 믿는 척하면서 아버지가 몰두하는 조상 숭배 의식인 제사를 기피한다든지 뒷돈을 대어 만든 학교의 여학생을 건드려 첩처럼 데리고 살다가 망신을 당한다든지 하는 찌그러진 인물이다. 아들의 눈에 그는 "봉건 시대에서 지금 시대로 건너오는 외나무다리의 중턱에 선 것 같다"고 보였다. 그는 "따라서 그만큼 사회적으로나 가정적으로나 또는 자기의 사상 내용으로나 가장 불안정한 번민기(煩悶期)에 있는 것"이다. 당시의 정치 현실로 보아 사회 내에 퍼져 오는 사상은 과연 무엇이었나? 쉽게 말해서 그것은 전통적인 한국의 모든 것들로부터의 시급하고도 확실한 탈피였다. 그러나 무

284

엇보다도 이 시대는 일본이 스스로 멸망의 길로 접어들면서 발악의 치열도를 더해 가던 때였다. 그러므로 어떻게 살아남느냐가 당대의 가장 절실한 당면 문제였다는 점을 당대 소설 읽기에서 빼서는 안 된다. 그러나 불행한 일이었지만 이런 와중에서 살길은 오직 서양닮기에만 있으리라고 믿은 당대 사상은 오랜 세월이 지난 지금 엄청나게 심각한 자기 반성을 요구해 오고 있는 게 사실이다.

이 항목에서 하고자 하였던 이야기를 요약하면, 조선조 5백여 년간 믿고 의지해 왔던 유교 이데올로기의 인문적 자연신 신앙을 1900년대 이후 최근세로 오면서 완전하게 버림으로써 서양식 산업화를 통한 물신 숭배로 한국인 스스로가 자아 정체성 찾기에 나섰다는 내용이 된다. 이것이 철학적인 내용이므로 지극히 추상적인 것이라면 농업 위주에서 상공업 위주로 삶의 기틀을 바꾼다는 사회 경제적 내용은 보다 구체성을 띤다.

3. 비판적 소설 담론과 일본

모든 경험은 당대적이면서 동시에 후대적인 성격이 있다. 인간의 체험은 시간이라는 변화를 타고 이미지로 변화하여 언어화의 과정을 거치면서 윤색되거나 과장 축소된다. 그러므로 인간의 체험은 언어화하는 순간, 관념으로 바뀌어 남들과 공유하는 이야기의 마당으로 열린다. 작가들은 자신의 체험은 물론이고 남의 체험이나 그것이 이미 관념화한 것이라 할지라도 자기식 이야기 공법에 맞는 말의 규칙을 가지고 재구성함으로써 남이라는 독자를 확보한다. 이것이 이야기 문학의 행위 반경을 결정하는 기초적인 세 개의 기둥이다. 독특한 자기의 이야기 공법을 지닌 작가와 이야기 자체, 그리고 그것을 듣거나 읽고 보는 독자들은 천지에 미만한 체험을 지닌 존재들이고 우주이며 소리, 말, 그림, 빛깔이다. 이것들이 모여 비로소 우주는 존재하며 문학은 존재한다. 문학은 이야기로 된 또 하나의 우주이다.

천지에 미만해 있는 존재들에게 그 이유는 있는지 모든 사람들은 의문을 품고 있다. 우주의 이 미만한 존재들은 어째서 존재하는지 그것은 과연 존재할 만한 그럴듯한 이유라도 있는 것인지를 특히 작가들은 알고 싶어한다. 그들은 우선 가장 가까운 자아 존재의 이유부터 알고자 의문에 깊이 빠져 있다.

일본이 대륙 진출을 목표로 하여 아시아 전역에다 자기들 삶의 전진 기지를 건설하려던 힘의 외화 결과는 1945년을 기점으로 물거품이 되었다. 그러나 적어도 그들이 1900년대 초부터 1945년에 이르기까지 한반도를 비롯하여 중국 대륙, 말레이시아, 미얀마 등 남의 나라에 가서 누리고 빼앗아 간 인권과 재산권, 생존 권익들은 엄청난 것이었고, 그 용량과 질에 비례한 만큼 그들에게 짓밟히면서 인권과 재산권들을 빼앗긴 쪽의 아픔은 컸다. 누구에게나 승리할 때가 있으면 패배할 때도 있는 법이다. 일본이 승리자로서 행세할 당시에 한국 작가들이 본 일본과 일본인들은 잔혹한 것이었고 한국과 한국인들의 처지는 비참한 것이었다. 잔혹한 존재와 비참한 존재의 존재 이유, 그것은 피식민지 당시의 한국 작가들은 물론이고 광복 이후 한국 작가들의 중요한 이야기 내용이었다. 1930년대의 작품들 속에 존재하는 일본인들은 위세와 특권을 마음 놓고 부리던 인물들이었다. 그러므로 거기 맞서 있는 한국인과 그들의 존재 양태를 읽고 있는 한국인들에게는 잔혹한 존재들이었다.

"전쟁이란 무서운 거다. 진다는 것은 이렇게 비참한 것인가." 1930년대의 『삼대』에서 염상섭은 독립운동가 장훈을 고문하는 일본 형사의 혹독한 면모를 생생하게 다룬 바 있었다. 1953년에 발표한 작품 「짖지 않는 개」에서 염상섭은 광복 직후 한 일본인 지방 법원 판사 가족의 일본 귀환 과정을 그리면서 이렇게 적었다.

> 요즈음에는 일본 여자들이 조선 사람의 집에 식모살이를 구해 다니기도 하고, 웬만한 집에서는 대개들 일녀 식모를 두고 있다. 해방 이후에는 조선 여자 식모가 없어지기도 했지만 일녀들은 첫째 먹는 거와 자리가 수용소보다도 편하고, 이남으로 따라 내려갈 길이 뚫리려니 싶어서 아무쪼록 조선 사람과 인연을 맺자고 그러는 것이었다. 노서아 장교란 어떤 위인인지 그 덕에 다시 방칸이라도 얻고, 식량이며 땔나무라도 공짜로 얻는 모양이나 이남으로 내려가는 조건만은 아무래도 조선 사람에게 매달려야 할 형편인 것이다.[174]

승리자라고 느낀 순간 남들 앞에서 거들먹거리던 사람들이 한순간에 기가 죽어 남에게 굽실대는 모습을, 1945년에 패망한 일본인들에게서 찾아 보여 준 작가들은 그리 많지 않다. 한국인의 도덕적, 정서적 심성이 잘 드러나는 결과이다. 그런 점에서 허준의 「잔등」은 독특한 빛을 발한다. 광복 직후 일본과 일본인, 또 한국과 한국인들의 태도 변화에 대한 소설적 인물 관찰은 변환기 인간의 존재 방식을 보게 하는 데 좋은 자료가 된다. 패전국 일본인의 한 가족은 삼팔선 이북에 주둔한 소련군 하급 장교에게 딸을 바침으로써 시베리아로 추방당한 법원 판사 일본인을 빼내어 소련 군부대에 출근케 하였고 그의 아내는 한국인 집에 식모로 나앉았다. "마지못해 나섰겠지만 식모살이로서는 아까운 여염집 아낙네였다"고 염상섭은 썼다.

---

174) 염상섭, 『짖지 않는 개』(삼중당, 1997), 21쪽.

그는 「만세전」에서 한국을 "구더기가 들끓는 무덤!"이라고 썼었고 「표본실의 청개구리」에서도 "현대의 모든 병적 다크 사이드를 기름 가마에 몰아넣고 전축(煎縮)하여 최후의 가마 밑에 졸아붙은 오뇌의 환약이 바지직바지직 타는 것 같기도 하고"라고 썼다. 조선에서 거들먹대는 일본인들과 그들에게 빌붙어 아양 떠는 조선인들, 죽는시늉으로 삶을 도모하는 한국인들을 향해 그는 '구더기' 같다고 썼다. 미치광이가 되어 자유인이 된 인물 김창억을 통해 당 시대의 일본과 한국, 그리고 세계 정세를 이야기하려 했던 염상섭의 눈길 앞에 패배한 일본인의 모습은 이렇게 명료했다. 먹고 먹히는 세계, 억누르고 억눌리는 생존, 오직 힘을 외화하는 것만을 삶의 척도로 내세우는 욕망의 팽창 모형은 인간을 보다 고양된 인간으로 자기화하려는 길 앞에 가로막힌 거대한 장벽이다. 이 중독증에 일본은 먼저 길들었고 한국은 그들에 의해 더욱 아픈 체험으로 중독되어 왔다.

작가는 존재의 운명에 대해서 끊임없이 묻는 질문자이다. 과연 '나'는 누구이며 '너'는 누구인가? 박경리는 『토지』에서 7백여 명 이상의 인물들을 등장시키면서 그들의 감정과 생각들, 그들이 겪는 눈물겨운 생애에 대한 질문들로 이야기를 전개시키고 있다. 『토지』 속에서 작가 박경리가 묻는 '나'는 억압과 살육을 당하면서도 제대로 항변조차 할 수 없는 한국이며 한국인들이다. 자기들이 짊어진 굴욕과 피압박의 운명을 놓고 한편에서는 동족을 모함하거나 일본의 밀정으로 행세함으로써 자아를 부지하려는 인물이 있는가 하면, 끝없이 자기 존재의 정체성을 부인하려는 패배주의적 인물들도 널려 있다. 그리고 '나'의 반대항 속에 놓인 '너'는 일본이며 일본인으로서 가장 가까운 전경에 놓이지만, 이 '너' 속에는 한국인 자신들도 분명하게 포함된다. 악당은 일본인들 속에만 있는 것이 아니고 한국인 우리 자신들 속에도 있다. 그것을 작가는 알고 있기 때문에 편벽된 분노의 감정을 조절한다. 그것이 뛰어난 작가의 자존심이며 문학적 재능이라고 나는 읽는다.

『토지』는 한국과 한국인은 물론이고 일본과 일본인에 대한 각계각층 사람들의 의견 개진이 들어 있다. 무지한 농민으로부터 과격한 성격의 목수, 교사, 수단을 가리지 않는 사업가, 조직을 갖춘 독립운동가, 분개한 지식인들이 읽는 일본관이 이 작품에는 들어 있다. 그 것은 모두 이야기 형태로 구체화된다. 이야기는 곧 작가의 문학적 전망이며 문학 담론이 지니는 철학적 메시지이다. 훌륭한 작가는 언제나 당대의 삶이나 자아의 생존 문제를 멀리 넘어선다. 비록 한국인들이 처참하게 인권을 유린당하는 내용을 한국인 작가로서 고발하는 내용이라 할지라도 아래 인용 부분은 작가적 분노심만 있지 않다. 일본인들에 대한 증오심이나 멸시감을 동반하기는 하였으되 거기엔 일본 역사를 꿰뚫는 지식으로 무장한 논리적 연민이 있다. 뛰어난 작가는 언제나 이야기 그물망 속에 대응해 마주 선 존재들 간의 도덕적 판정에 균형을 깨지 않는다. 작가 박경리에게 있어 일본과 일본인은 상당히 비중이 큰 문학적 화두였다. 관동 대지진이 일어났을 때 일본 정치 두뇌들이 일본 민중의 살기 띤 광기를 재일 한국인들에게 돌림으로써 '5천이 넘는 조선인들의 목숨 따위'를 '죽창, 곤봉, 갈고리, 식칼까지 꺼내 들고 닥치는 대로 참살했던' 일들을 『토지』는 생생한 언어로 서술하고 있지만, 그것은 사실 기록을 통한 작가적 역사 증언을 위한 소설의 기본 기능과 무관하지 않다. 소설 속에는 시들과 마찬가지로 그림과 같은 서술과 도도한 웅변, 이야기의 극적 변환, 일정한 명제에 대한 냉철한 논리적 진술, 또 그것을 위한 치열한 검증 등이 모두 포괄된다.

일본에는 민족주의 같은 것은 없어. 있다 하더라도 그것은 희박해.

그곳엔 군국주의와 황도주의(皇道主義)가 대종이다. 민족주의란 외적인 침입을 끊임없이 받으며 싸워서 제 나라를 지키는 데서 싹트고 자라는 것. 일본은 거의 외적인 침입이 없었던 나라 아닌가. 국세가 융성해서 그랬다기보다 섬나라라는 지리적 여건 때문에 인방에서는 잊혀진 곳, 관심 밖의 나라, 그러니까 세계사 속에선 뒷길을 걸어온 셈이지. 침략이란 반드시 강한 편에서 약한 편을 정벌하는 것만은 아니며 없는 쪽에서 있는 쪽을 사생결단하며 생존의 신장책으로 감행할 경우가 있는데 일본은 후자에 속하는 거고, 전쟁이라는 것도 어떤 면에서는 균형의 법칙에 의한 필요악으로서, 그러니까 일본이란 섬나라는 역사상 근해에 나가서 노략질이야 했겠으나, 임진왜란을 제외하면 남을 침범하고 내가 침범당하는 일이 별반 없었던 관계상 제 나라 안에서 끊임없는 싸움을 하지 않으면 안 되었다. 바닥은 좁지만 균형의 법칙에 의한 필요악과 인간 본성의 호전성이 제 동족끼리, 상호간에 행해졌던 거야. 민족주의가 없다, 민족주의 사상이 희박하다, 그렇게 보는 내 견해의 이유가 바로 거기 있네. 이들이 명치유신을 꾀하여 그야말로 천우신조, 천재일우라, 열강의 뒤꽁무니를 슬금슬금 살피다가 노쇠한 청국, 국내 사정이 엉망으로 돼 있는 러시아를 물어뜯은 것은 전통적인 그 칼과 황도 사상, 그러니까 칼은 힘으로, 황도 사상은 명분으로 둔갑한 거지. 그리고 그 밑바닥에 있는 것은 공범자끼리의 굳은 악수, 털어먹으러 가자, 털어서 갈라 먹자, 음흉스럽지. 국민이나 실력자나 서로의 지분(持分)을 생각하면서 멀쩡한 얼굴로 천황을 향해 충성을 맹세하거든. 저희들끼리 싸우다가도 공동 이해에 처하면 칼은 안으로부터 밖으로 눈 깜짝할 새 선회하는 일본의 특성이야말로 황당무계한 것도 진실이 되며 진실에 대한 고뇌가 없기 때문에 참다운 뜻에서 사상과 종교도 부재야. 차원 높은 문화 예술이 없는 것도, 그들의 음악이나 춤을 보아. 단조로운 몸부림, 힘의 폭발이 없는데 칼을 들면 잘 싸우거든. 한마디로 천황을 아라히도가미로 모시는 황당 무계한 것도 방편에 불과한 건데, 충성의 대상이 다양하다.[175]

이인직이나 이광수는 동경 유학 이후 일본을 힘의 실체로 믿어, 일본이 한국인 자아 위에 주인으로 놓인 운명이라 읽었음에 틀림없다. 당시에 일본은 한국을 점거하여 자기 나라인 것처럼 행세하던 시대였기에, 이광수식의 이런 눈길은 한국 지식인들의 지적 혜안이나 양심을 읽게 하는 중요한 단서이다. 한국인이 읽는 일본과 일본인들의 생태적 운명이나 그 문화 배경을 그들은 냉철한 눈으로 읽지 못하였다. 뿐만 아니라 일본인들 앞에 복종하는 글들을 써 보임으로써 한국 지식인 격조를 스스로 떨어뜨렸다. 그러나 박경리는 그러한 전대 지식인들과 선 자리를 확연히 달리하였다. 비판적 눈길로 일본의 지성을 보았고 그들의 슬픈 운명을 본 것이다.

일본인들 가운데는 지성적인 인물들도 상당히 있음을 작가 박경리는 인정한다. 관동 대지진 사건 당시에도 한국인들이 애매하게 죽어 간다는 것을 알고 있던 소수의 일본인들이 있음을 그는 잘 알고 있다. 그의 『토지』에 등장하는 맑은 정신의 일본인은, 한국인 동경 유학생이며 독립운동에 나선 유인실을 사랑하는 일본인 오가다 지로이다. 그는 분명 일본인들 가운데서도 맑은 정신에 속하는 인물이다. 위의 일본론은 바로 일본인과 친일파로 불리는 조용하 집안의 고민하는 동생 조찬하 앞에서 격렬한 지식인 제문식이 펼치는 일본론이다.

이 이야기 내용의 상당한 부분들을 곧 작가 주장으로 읽는 것은 독자들의 권리이다. '진실에 대한 고뇌가 없기 때문에 참다운 뜻에서

---

175) 박경리, 『토지』 11권(솔, 1993), 212~213쪽.

사상과 종교가 부재'하고 '차원 높은 문화 예술이 없다'는 진술은 위 인용 이야기의 요점이다. 살아 있는 신으로 섬기는 일본의 천황 사상(天皇思想)으로부터 질문을 펼치는 작가 박경리의 『토지』는 일본과 관련된 한국 근대사를 문화 사회적으로 검증하는 가장 본격적이며 치열한 지성적 집적물로 판단된다. 비겁하고 더러우며 사악한 한국의 인간형으로부터 정의를 위해 몸 바치는 일에 언제나 당당한 인물, 작은 실수에도 도덕적으로 괴로워하는 인물, 바르지 않은 것에 과감하게 등 돌릴 줄 아는 인물 등 작중 주인공 7백여 인물 가운데는 한국인의 다양하고도 깊은 성격이 남김없이 형상화되었다. 일본인들의 직접적인 감시의 눈길로부터 자유로운 시대에 쓴 작가적 위치를 감안하더라도 박경리의 작가적 전망은 치우치거나 진실에 어긋나 보이지 않는다. 그것이 『토지』가 독자들로 하여금 긴장과 열기로 따라 읽게 하는 문학적 지성이며 매력이다.

왜정 당시 독립운동에 직접 참가하였고 그로 인해 한 다리를 잃은 채 중국에서 창작 활동을 하는 원로 작가 김학철(金學鐵)의 장편 소설 『격정 시대』나 '조국의 영광'과 '민족의 해방'을 위해 독립 해방군들이 주둔해 있던 화북조선독립동맹 조선의용군 본부를 찾아 중국의 태항산(太行山)을 향해 잠행하던 한 지식인의 이야기를 쓴 김사량(金史良)의 『노마만리(駑馬萬里)』 주인공들은 모두 적 일본에 대한 증오심이나 저주 어린 분노심을 무턱대고 함부로 쏟지 않았다. 고급 작가의 지성적 자기 절제 결과이다. 박경리의 『토지』가 이런 작품적 절제 속에서 이야기를 전개하고 있다는 점은 괄목할 만한 점이다.

김원일의 장편 소설 『바람과 강』 속에도 일본과 일본인들 그리고 한국인의 본성을 알게 하는 내용은 아주 눈부시게 그려졌다. 중국에서 독립운동원으로 활동하다가 일본군에게 포로로 잡혀 혹독하게 고문당하며 요구하는 정보를 발설한 다음 풀려나는 자리에서 한국인 주인공에게 일본 헌병 조장인 아끼야마라는 자는 이렇게 저주하고 있다.

우리도 너를 인간 이하로 대하며 어지간히 족쳤지마는 그건 다 대일본 제국, 조국과 민족을 위한 불가피한 조치였다. 우리는 우리에게 주어진 일을 했을 뿐이니깐. 그러나 너는 동족을 팔아먹은 개만도 못한 자식이다. 이제 너의 이용 가치는 끝났다. 너 같은 자식은 죽일 필요도 없는 인간 쓰레기다. 그러므로 우리는 천황 폐하의 자비심으로 너를 석방시키기로 작정했다. 조선인은 어느 누구도 너를 믿지 않을 것이고, 너는 다시 마적이 될 수도 없을 것이다. 그러니 앞으로 개돼지같이 살아![176)

주인공 이인태가 일제 시대에 겪은 기구한 생애 속에는 결코 깨어지지 않는 한국인의 도덕적 가치관이 아주 선명하게 들어 있다. 비록 의도하지는 않았다 하더라도 적어도 남을 해친 자는 죄인이라는 자의식을 이 작품은 가슴 저리게 그려 놓았다. 그것이 모여 사는 사람들끼리 갖추어야 할 도덕적 덕목이며 인간의 존재 이유이기도 하다. 그는 불가피하게 동족을 배반한 죄업 때문에 고향으로 절대 가지 않는다. 이 흥미로운 주인공 이인태에게서 우리가 보는 것은 한 종족 간에 지켜야 할 도덕적 진실에 대한 경외심이다. 그러나 일본 헌병의 야비한 변명과 저주 속에서 우리가 보는 것은 앞에서 박경리가 논리화한 일본론에 끈이 닿는 일본인적 특성이다. '진실에 대한 고뇌가 없'는 일본인, 그것이 김원일의 『바람과 강』이 보여 주는 역설적인 진술 내용이다.

---

176) 김원일, 『바람과 강』(문학과 지성사, 1985), 217쪽.

이런 일본인적 특성과 한국인의 무구한 성품에 대한 구상은 1984년에 발표된 문순태(文淳太)의 중편 소설 「인간의 벽」 속에도 선연하게 그려져 있다. 해코지하고도 언제나 시침을 뚝 떼는 인간, 진실에 언제나 눈감는 인간이 이 작품 속에는 있다. 언제나 진실에 눈감는 인간, 그들을 일본인 전부라고 말해서는 안 될 것이다. 그러나 적어도 박경리나 김원일, 문순태가 그들의 작품 주인공을 통해 주장해 보이거나 그려 보인 일본인들은 그렇다. 자아가 없으매 진실도 개의치 않을 수 있는 인간성이 일본인의 특징적인 성품이었다고 읽었다면 그들의 지성은 부재라는 가설이 성립할 수밖에 없다. 지성은 국적도 민족도 시간도 뛰어넘는 인간 정신의 보편소이다. 일본인들에게 참 지성도 예술도 없다는 진술은 일본인에게는 치명적이지만 1970년대의 이 한국 작가들은 그것을 일본인들이 짊어진 비극적 운명이라고 보았다.

4. 결 론

1970년대에 친일파 연구는 비교적 활발하게 이루어졌었다. 그러나 그것은 상당한 위험 부담을 안고 진행된 것들이었다. 역사적 측면에서든 문학 작품을 통해서든 70년대 또한 한국 지식 산업이 일본으로부터 완전히 자유로울 수는 없었기 때문이다. 박정희 대통령이 이끈 군부 정권의 테크노크라트들이 동경 유학파였거나 적어도 일본 신앙 바이러스에 깊이 감염된 사람들로 일본을 뒤쫓는 국가 정책을 채택하였기 때문에 한국 근대화의 모델이며 뒤따라 본받을 교과서가 일본이었음은 우리가 익히 겪어 보아 왔다. 일제 잔재 청산이라는 것이 과연 현실적으로 가능하기나 한 것인지 알기 힘든 형편으로 한국의 현대사는 진행되어 왔다. 그러나 이때에 친일파 연구도 눈에 띄게 진행되었음은 기억될 만한 일이다. 김대상(金大商)의 「일제 잔재 세력의 정화 문제」[177]는 한국 사회 각계각층에 박힌 일본 신앙적 뿌리가 얼마나 굳고 깊은지를 충격적으로 보여 준 글로서 70년대적인 성과였다.

한국인으로서의 민족 감정을 조절하기 무척 어려운 국면을 70년대는 격렬한 사회 변동과 함께 연출하고 있었다. 당장 근대화의 목표를 향해 진행시켜야 할 외국 자본 차용 문제만 해도 일본을 비껴가기는 여간 어려운 현안이 아니었다. 60년대 초에 군부 정권이 들어서서 '한일 국교 정상화'를 위한 김종필의 도일 등을 둘러싸고 각 대학교에서 격렬하게 일으킨 반일 데모라든지 정부의 외교 정책 반대 데모는 일본이나 일본인에 대해 한국인들 자신이 아직도 피해 의식에서 벗어나지 않았음을 실증적으로 보여 준 사건들이었다. 1910~20년대 이인직이나 이광수를 필두로 하는 동경 유학파들의 일본 신조를 넘어서려는 의지의 진통이 70년대에 와서 크게 드러난 것은 역사 반복을 원하지 않는 한국인의 본능적인 반응으로 읽힌다. 이처럼 불가피하고도 필연적인 한국 현대의 역사 진행 과정에서도 일제 시대 친일파 정화 문제에 대한 탐색은 꾸준히 이루어졌다.

박경리의 『토지』는 그런 점에서 현대 문학사의 찬연한 금자탑이다. 그것은 앞의 이광수 세대의 자기 비하를 뛰어넘는 한국인의 자아 동일성에 관한 본격적인 복구 작업이었다. 70년대 당시만 해도 한국의 지식 산업은 부정적인 일본 탐구에 몰두할 수만은 없는 사회적 격동을 겪고 있었다. 일본을 뒤쫓는 근대화 열기라든가 일본식

---

177) 『창작과 비평』 통권 35호(1975).

재벌 만들기 정책에 의해 한국의 산야가 거침없이 파헤쳐졌던 일들은 그에 따른 경향 각지에 무수하게 들어선 공장 건설과 함께 농경 사회 파괴의 현장에서 작가들이 관심 가져야 할 심각한 문제들로 치환되었다. 반정부 인사들이 줄줄이 감옥으로 가거나 재판도 없이 투옥되었고 쥐도 새도 모르게 감쪽같이 행방불명이 되던 시대가 70년대였음을 우리는 생생하게 기억한다. 그럴 때 묵묵히 『토지』는 집필되고 있었고 장장 25년 만인 1994년에 완결되었다. 한국의 근대를 가로지르는 현대 문학사의 획기적인 사건이었다.

70년대 작가들은, 개발 모형을 내세우며 주민들의 '말할 자유를 유보'케 한 군부 독재자들의 독재에 반개발 주장과 고향 이데올로기로 맞서 당시대의 시대적 고뇌를 이야기하였다. 그런 거친 세월을 겪는 동안 박경리는 거대한 한민족사를 『토지』의 이야기 탑으로 엮어 내었다. 나아가서 『토지』는 일본과 일본인에 대한 실체를 종합적으로 형상화하는 데 성공하였다. 부패함과 악에 대한 분노심은 작가든 일반 독자든 일반적으로 일어나는 감정이다. 그러나 작가 박경리는 '치열한 애정 없는 문학의 뜻 없음'이라는 철학적 표명을 그의 『토지』에서 여실한 표징으로 형상화하여 보여 주었다. 그것이 작가 박경리를 위대하게 읽히게 하는 요소이다. 진실에 대한 치열한 질문과 존재에 대한 뜨거운 애정이 『토지』 속에는 녹아 있기 때문이다.

일본과 일본인, 그들은 우리 한국인에게 과연 무엇인가? 미처 일본과 일본인의 정체를 밝힐 수 없이 그들에게 동경 유학이라는 신세를 지고 한국인 또는 한국 작가로서의 이름에 빛을 잃은 이인직이나 이광수 같은 문인들은 오늘날 우리에게 더욱 잊을 수 없이 뚜렷한 민족인의 반사적 귀감이 되었다. 같은 시기에 동경에서 유학하였고 귀국 후에 작품 활동을 벌인 중국의 노신(魯迅) 같은 작가가 중국의 위대한 민족 작가로서 빛나는 것에 비해 어째서 이인직이나 이광수

같은 작가들은 한국인의 기(氣)를 빼앗는 데 앞장섰을까? 이것은 지금처럼 어려운 시대를 다시 만난 시점에서 깊이 되새겨야 할 명제로 우리에게 남겨졌다.

'나'이면서 동시에 '남'이고자 하는 꿈은 인류가 지녀 온 영원한 이상이다. 그러나 '나'의 단위가 국가라든지 민족이라는 덩어리로 될 때 이 꿈은 심하게 복잡한 형태가 된다. 한 집단을 묶는 정신적인 핵이 없다면 그 집단은 필연적으로 무너질 수밖에 없다. 이미 이 시대 전 세계인의 숭배 대상인 물신은 민족 단위나 국가 단위를 뛰어넘는 상품으로 그 경계를 무너뜨리고 있다. 그러나 과연 그런 경계 파괴가 영속적인 형태로 존속할 수 있을까? 나는 그렇다고 믿지 않는다.

일본과 한국은 영원히 다른 나라일 수밖에 없고 한국인이 그들 일본의 정체를 밝히면서 한국인 스스로의 자기 정체성을 찾지 못한다면 한국과 한국인의 앞날은 결코 밝을 수 없다. 이 말은 친일파를 경계해야 한다든지 동경 유학을 자제해야 한다든지 하는 논의와 다르다. 한국인들은 더욱 일본인들을 알고 존중하며 사랑해야 한다. 그들이 짊어진 운명적 삶이 결코 가볍지 않음을 우리는 분명하게 알아야 하고, 그들이 수시로 정략에 따라 쓰는 속임수라든지 부정직한 사태 판단 등에 대해서도 우리는 냉철한 눈길로 읽을 수 있어야 한다.

1592년부터 일본이 쳐들어와 일으킨 임진왜란을 기록한 유성룡의 『징비록』이나 김구의 『백범일지』가 새롭게 읽혀야 하는 이유들이 여기에 있다. 그것은 『토지』나 『노마만리』, 『격정 시대』, 『바람과 강』, 「인간의 벽」 등에서 작가들이 읽고 있는 일본과 일본인 그리고 한국과 한국인이 모두 대등하게 알고 걸어야 할 확실한 역사적 전망과, 일본인 및 한국인의 정체성이 구체적으로 기록되고 있기 때문이다.

결코 남을 나의 수단으로 삼지 않는 정신적 지표를 위의 작품들은 보여 주었다. 나의 존엄성은 남의 존엄성을 지켜 주는 인류애적 정신 위에서만 유지될 수 있음을, 비록 고통의 지성사이기는 하지만 박경리의 『토지』나 김사량의 『노마만리』, 김학철의 『격정 시대』, 김원일의 『바람과 강』, 문순태의 「인간의 벽」은 통렬한 아픔과 함께 형상화하여 보여 주었다. 한국 문학사의 빛나는 한 장면이다.

참고 문헌

거해 편역. 법구경. 고려원. 1992.

구모룡. 구체적 삶과 형성기의 문학. 문학과 지성사. 1988.

권영민. 월북 문인 연구. 문학사상사. 1989.

권오돈 옮김. 예기. 홍신문화사. 1976.

김근태. 초기 서사 유형의 모색 과정과 「기재기이」. 열상고전 제6집. 1993.

김남천. 맥. 을유문화사. 1988.

김동인. 동인 전집 8. 홍자출판사. 1969.

김부식. 김종권 옮김. 삼국사기. 광진문화사. 1969.

김석산. 베어울프. 탐구당. 1978.

김영민. 한국 근대 소설사. 솔. 1997.

김윤식. 한국 근대 문학 사상사. 한길사. 1984.

──── . 한국 근대 소설사 연구. 을유문화사. 1986.

──── . 한국 현대 사실주의 연구. 문학과 지성사. 1990.

김윤식 · 김현. 한국 문학사. 민음사. 1973.

김윤식 · 정호웅 엮음. 한국 근대 리얼리즘 작가 연구. 문학과 지성사. 1988.

김학성 · 권두환 엮음. 고전 시가론. 새문사. 1984.

김학성 · 최원식 엮음. 한국 근대 문학사의 쟁점. 창작과 비평사. 1990.

김학철. 격정 시대. 풀빛. 1993.

노르베리 호지, 헬레나. 오래된 미래. 녹색평론사. 1996.

로렌스, D. H. 김명복 옮김. 로렌스의 묵시록. 나남. 1998.

로트만, 유리. 유재천 옮김. 예술 텍스트의 구조. 고려원. 1991.

루이스, C. S. 아픔의 문제. 뉴욕: 맥밀런. 1962.

루카치, 게오르그. 이영욱 옮김. 역사 소설론. 거름. 1993.

마종기. 두 번째 겨울. 부민문화사. 1965.
———. 변경의 꽃. 지식산업사. 1976.
———. 안 보이는 사랑의 나라. 문학과 지성사. 1980.
———. 모여서 사는 것이 어디 갈대들뿐이랴. 문학과 지성사. 1986.
———. 그 나라 하늘 빛. 문학과 지성사. 1991.
———. 조용한 개선. 문학동네. 1996.
———. 이슬의 눈. 문학과 지성사. 1997.
박경리. 토지. 솔. 1993.
박지원. 윤재영 옮김. 열하일기. 박영사. 1983.
박지원 · 이옥. 이가원 옮김. 연암 · 문무자 소설선. 박영사. 1974.
박희병. 한국 고전 인물전 연구. 한길사. 1992.
상허문학회 엮음. 근대 문학과 구인회. 깊은 샘. 1996.
설성경 · 최철. 가사의 연구. 정음사. 1985.
——————. 민요의 연구. 정음사. 1985.
——————. 향가의 연구. 정음사. 1985.
송준호. 쌀 한 말, 옷 한 벌, 간장 한 병. 행림출판사. 1993.
———. 한국 명가 한시선. 문헌과 해석사. 1999.
신동욱. 한국 현대 비평사. 시인사. 1988.
아도르노, T. W. 홍승용 옮김. 미학 이론. 문학과 지성사. 1984.
안회남. 불 기타. 수문서관. 1988.
양주동. 증보 고가 연구. 일조각. 1965.
염상섭. 삼대 · 만세전 기타. 민중서관. 1978.
유민영. 한국 현대 희곡사. 홍성사. 1982.
이가원. 이조 한문 소설선. 민중서관. 1961.
———. 조선 문학사. 태학사. 1997.
———. 허경진 옮김. 유교 반도 허균. 연세대학교 출판부. 2000.
이경덕. 신화로 보는 악과 악마. 동연. 1999.
이광수. 문학과 평론. 광영사. 1958.
———. 이광수 전집 6. 삼중당. 1968.
———. 김원모 · 이경훈 옮김. 동포에 고함. 철학과 현실사. 1997.

이규보. 장덕순 옮김. 돌과의 문답. 범우사. 1974.

이규보. 동국이상국집. 민족문화번역추진위원회. 1978.

이기영. 고향. 수문서관. 1988.

이동하. 이광수. 동아일보사. 1992.

이문구. 장한몽. 책세상. 1987.

──. 해벽. 창작과 비평사. 1994.

이윤석. 용비어천가. 효성여자대학교 출판부. 1994.

이인직. 혈의 누·치악산. 아세아문화사. 1978.

이장희. 조선 시대 선비 연구. 박영사. 1992.

이희중. 기억의 지도. 하늘연못. 1998.

임우기. 그늘에 대하여. 강. 1996.

자펑아오. 박지민 옮김. 흑백을 추억하다. 오늘의 책. 2000.

전광용. 신소설 연구. 새문사. 1986.

정인보. 정인보 전집. 연세대학교 출판부. 1983.

정현기. 비평의 어둠 걷기. 민음사. 1991.

──. 한국 문학의 해석과 비평. 문학과 지성사. 1994.

──. 한국 소설의 이론. 솔. 1997.

조남현. 한국 현대 소설의 해부. 문예출판사. 1993.

──. 한국 현대 문학 사상 연구. 서울대학교 출판부. 1994.

조동일. 한국 문학 통사. 지식산업사. 1989.

조흥윤. 한국 문화론. 동문선. 2001.

천이두. 한의 구조 연구. 문학과 지성사. 1994.

최동호. 현대시의 정신사. 열음사. 1985.

최유찬. 『토지』를 읽는다. 솔. 1996.

쿤즈, 리처드. 문학과 철학. 런던: 루틀렛쥐와 키건 폴 런든. 1971.

풀레, 조르주. 김붕구 옮김. 현대 비평의 이론. 홍성사. 1979.

하르트만, 니콜라이. 전원배 옮김. 미학. 을유문화사. 1969.

한국문학연구회 엮음. 『토지』와 박경리 문학. 솔. 1996.

홀, 에드워드. 김지명 옮김. 숨겨진 차원. 정음사. 1984.

한국 현대문학의 제도적 권력과 사회

초판 1쇄 인쇄일 · 2002년 9월 16일
초판 1쇄 발행일 · 2002년 9월 23일
지은이 · **정현기**
펴낸이 · **임성규**
펴낸곳 · **문이당**

등록 · 1988. 11. 5. 제 1-832호
주소 · 서울시 성북구 동소문동 4가 111번지
전화 · 928-8741~3(영) 927-4991~2(편)
팩스 · 925-5406
ⓒ 정현기, 2002

홈페이지 http://www.munidang.com
전자우편 webmaster@munidang.com

ISBN 89-7456-193-X 03810